Bodie & Brock Thoene

Wie Asche im Wind

Bodie & Brock Thoene

Wie Asche im Wind

Schulte & Gerth

Willkommen in unserer Welt,
Ian Stone McCraw –
wir lieben dich

Die amerikanische Originalausgabe erschien im Verlag
Thomas Nelson, Nashville, Tennessee,
unter dem Titel „Ashes Of Remembrance“.

Aus dem Amerikanischen übersetzt von Eva Weyandt

Best.-Nr. 815 711
ISBN 3-89437-711-9
1. Auflage 2000
Umschlaggestaltung: Daniel Mark Duffy/Michael Wenserit
Satz: Typostudio Rücker
Druck und Verarbeitung: Schönbach-Druck
Printed in Germany

Binde ihn an eine Säule und lass ihn dort bis Mittag!
Verbinde ihm beide Augen
und kleide ihn wie einen Narren!
Nimm ein Seil aus grobem Hanf und lass ihn fesseln!
Spucke auf ihn und verspotte ihn!
Schlage ihn und pfähle ihn – Marias einzigen Sohn.
Fälle einen Baum aus dem Garten – den höchsten,
der da ist!

Aus „The Blessed Virgin's Keep", altes keltisches Gedicht.

Prolog

Nach der Zerstörung von Drogheda und der Verwüstung von Wexford ergoss sich in diesem blutigen Herbst ein nicht versiegender Strom von Menschen in den Westen. Im August 1649 war der englische Kriegsherr Cromwell in Irland gelandet, ein Puritaner durch und durch. Nach dem endgültigen Sieg über den Stuart-König Charles und seiner Hinrichtung war Cromwell entschlossen, auch Irland endlich zu unterwerfen.

Um das zu erreichen, brachte er eine Elitetruppe von 17.000 Soldaten mit: grimmige, Lieder grölende und fanatische Kämpfer. Sie hatten den größten Teil des Jahrzehnts damit verbracht, während des Bürgerkriegs in England durch das Land zu streifen, ihre Pferde in Kirchen unterzustellen, Jahrhunderte alte Glasmalereien und Reliquien zu zerbrechen und alles, was auch nur den Anschein von Papismus hatte, zu zerstören oder zumindest zu entweihen.

Cromwell wusste, dass die blutrünstigen Hunde sich, wenn sie älter wurden, nicht mit weniger zufrieden geben würden. Die Einwohnerzahl Irlands zu dezimieren würde nicht nur eine Hochburg der verhassten Alten Religion auslöschen, es würde England auch zusätzliche Angriffe ersparen.

Richard Burke, der Lord von Connacht, hielt sich auf seinem Besitz in der Grafschaft Roscommon auf, als nicht nur die Flüchtlinge, sondern der Krieg selbst über ihn hereinbrachen.

„Sie kommen!“, rief ein junger Mann aus Longford, der mit weit aufgerissenen Augen auf seinem keuchenden Pferd über den Dorfplatz jagte. „Ich habe sie mit meinen eigenen Augen gesehen! Reiter! Dragoner waren da und Kavallerie. Sie werden in weniger als einer Stunde hier sein.“

Sofort machte sich Panik im Dorf breit. Männer und Frauen schrien entsetzt auf. Alle hatten die schrecklichen Horrorgeschichten gehört: Von 3000 irischen Soldaten der Garnison in Drogheda waren nur 30 lebend entkommen. Das war natürlich das Risiko des Krieges; was folgte, ganz bestimmt nicht: Drei Tage lang war Drogheda der Zerstörungswut der puritanischen Krieger ausgeliefert. Tausende Männer, Frauen und Kinder wurden hingemetzelt, viele von ihnen in der Krypta der St. Peters-Kirche, wo sie Zuflucht gesucht hatten. Cromwell selbst sagte danach: „Ich hielt es nicht für sinnvoll, den Soldaten ihre Kriegsbeute vorzuenthalten oder sie daran zu hindern, den Feind zu vernichten."

Und nun kamen Cromwells Truppen in den Westen, um hier ihre Metzgerarbeit fortzusetzen. „Wir müssen Barrikaden errichten", drängte Lord Burke. Trotz seiner 67 Jahre war er ein entschlossener Kämpfer und hatte keine Angst, zu Schwert oder Spieß, Muskete oder Kanone zu greifen.

„Dazu bleibt keine Zeit mehr", widersprach sein Freund Nicholas Lingard. „Und außerdem haben wir keine Chance, uns gegen sie zu behaupten. Die Flucht ist unsere einzige Möglichkeit."

Aber selbst für eine Flucht war es bereits zu spät. Cromwells Truppen teilten sich auf. Die eine Abteilung drängte geradewegs ins Dorf; die Soldaten metzelten jeden nieder, der sich ihnen in den Weg stellte. Das andere Regiment umstellte das Dorf und schnitt somit den Bewohnern jeglichen Fluchtweg ab.

Ein berittener Soldat, der Burkes gezücktes Schwert sah, versuchte, ihn niederzureiten. Der Herr von Connacht wich jedoch bis zur letzten Sekunde nicht zur Seite, dann richtete er sein Schwert gegen das Pferd. Das Tier bäumte sich auf, warf seinen Reiter ab und sank schließlich zu Boden. Mit einem einzigen Hieb schlug Burke dem Mann den Kopf ab. Trotzdem wurde Lord Burke Meter für Meter zurückgedrängt. Langsam wich er, doch der Feind zahlte größeren Tribut als er.

An der Kreuzung im Dorf stand das alte Steinkreuz an der Stelle, an der öffentliche Versammlungen und Feiern abgehalten wurden. Zu seinem Sockel hatten sich dreihundert verängstigte Frauen und Kinder zusammengedrängt. Burke und die irischen Kämpfer, die noch am Leben geblieben waren, wurden immer mehr zurückgedrängt, bis nur noch eine Hand voll bewaffneter Priester und ein Dutzend erschöpfter und verwundeter Bauern die Zivilisten verteidigten.

„Legt eure Waffen nieder!", rief Cromwells General Broghill.

„Nicht, bis wir deine Zusage haben, dass die Frauen und Kinder verschont werden", brüllte Burke.

„Dann werdet ihr gemeinsam sterben, das schwöre ich!" Verärgert über die Verzögerung befahl Broghill seinen Männern vorzurücken. Zwei Priester wurden von den Pferden niedergetrampelt und bei dem ersten Ansturm fielen sechs bewaffnete

Männer. Ein puritanischer Dragoner schnappte sich ein irisches Kind und nahm es als menschliches Schutzschild. Das Mädchen, das Minuten später tot war, wurde beiseite geworfen und ein anderes Kind genommen.

Von beiden Seiten wurde Burke nun angegriffen. Einen Schlag konnte er mit seinem Schwert noch abwehren, bevor seine Klinge abbrach und nur noch der Griff und ein kleines Stück Klinge übrig blieben. Diese Waffe streckte Burke aus und fing damit den Schlag ab, der für eine Mutter mit ihrem kleinen Sohn bestimmt war.

Ein Soldat blieb stehen und hieb auf Burkes Kopf ein. Der irische Lord warf dem Soldaten den nutzlosen Griff ins Gesicht. Mitten im Schlag wurde der Dragoner zur Seite geschleudert und nur die flache Seite des Schwertes traf Burke am Kopf. Auf den Stufen des Kreuzes ging Lord Burke zu Boden und die dahingemetzelte Mutter mit ihrem Kind fiel über ihn.

*

Als Richard Burke erwachte, fühlte sich sein Kopf an, als sei er von dem Schlag des Soldaten gespalten worden. Es war stockdunkel und Burke konnte nichts sehen. War er vielleicht erblindet oder gar tot?

„Wo bin ich?“, murmelte er, während er sich fragte, ob er vielleicht lebendig begraben worden war.

„In der Kirche vom Heiligen Kreuz“, erklärte eine Stimme ganz in seiner Nähe. „Ruht Euch aus. Für den Augenblick seid Ihr in Sicherheit.“

„Wer seid Ihr?“

„Mein Name ist Pater David von Ballygar“, erwiderte der Mann. „Ich wurde zusammen mit neunzehn Mitbrüdern aus den umliegenden Dörfern von Cromwells Truppen hierher gebracht.“

„Wie lange bin ich schon hier?“

„Es ist noch der Abend des Massakers“, erklärte der Priester.

„Wisst Ihr, wie viele gestorben sind?“

Pater Davids Stimme zitterte, als er antwortete. „Ihr solltet vielleicht eher fragen, wie viele überlebt haben! Ihr allein wurdet verschont. Wir mussten in Ketten an den Leichen vorbeiziehen. Broghill hat geschworen, sie als Abschreckung gegen weiteren Widerstand unbeerdigt dort liegen zu lassen.“

Richard Burke begann zu weinen. „Warum wurde ich verschont?“, fragte er schließlich. „Um mich später aufzuhängen?“

Leise erwiderte Pater David: „Nein. Wir werden aufgehängt. Eure Amtskette hat Euch als Adeligen ausgewiesen, darum wurdet Ihr unter den Leichen hervorgezogen. Man sagt, Ihr würdet als Sklave nach Barbados geschickt. Ein lebender Sklave ist ein abschreckenderes Beispiel für die anderen irischen Lords als einfach nur eine weitere Hinrichtung.“

Über ihnen in der Kirche ertönte eine dröhnende Stimme. „Englische Soldaten“, tönte es, „ihr kennt mich. Ich habe an eurer Seite die götzendienerischen Truppen Belials bekämpft. Nun hört, was ich, Hugh Peters, als euer Pastor zu sagen habe: Glaubt nicht, dass eure Arbeit getan ist, nur weil ihr heute gute Dienste geleistet habt. Nein! Nicht solange die ansteckende Krankheit des Papismus in diesem Lande grassiert. Ihr müsst tun, was Josua nach dem Angriff auf Jericho getan hat. ‚Tötet alle, die in dieser Stadt leben‘, hat er seinen Kriegern gesagt, ‚junge Männer und alte, Kinder und Mädchen.‘ Lasst nicht ab von eurem heiligen Krieg, solange noch ein Kind Belials am Leben ist.“

Pater David bemerkte: „Seid dankbar, dass Ihr bewusstlos gewesen seid. Das geht schon seit Stunden so. Sie wollen die Engländer für morgen zu weiteren Gräueltaten aufstacheln. Nach dem Spektakel natürlich.“

„Welches Spektakel?“

„Vor der Stadt steht eine große Eiche, ein majestätischer alter Baum.“

„Ich kenne ihn“, erklärte Burke.

„Ja, nun, nach dem morgigen Tag wird das ganze Land ihn kennen. Wir, die zwanzig Priester, sollen gemeinsam an seinen Ästen aufgehängt werden.“

Richard Burke schwieg eine Weile, dann fragte er: „Wie alt seid Ihr, Pater?“

„Sechsunddreißig“, lautete die Antwort. „Aber ich habe genügend Gräueltaten für tausend Jahre gesehen.“

„Trotzdem, dem Klang Eurer Stimme nach zu urteilen, seid Ihr jung und stark. Wie groß?“

„Etwa so groß wie Ihr. Warum fragt Ihr?“

Burke lächelte in die Dunkelheit hinein. „Würdet Ihr gern Euren Finger in Cromwells Auge stechen?“, fragte er. „Ich bin ein alter Mann. In der Hitze Indiens werde ich in einem Monat tot sein. Aber Ihr, Pater! Ihr könntet unter den Gefangenen arbeiten. Ihr könntet die Hoffnung Gottes zu den Sklaven bringen, wenn Ihr bereit dazu seid."

„Wie soll dies geschehen, wenn ich doch morgen gehängt werde?"

„Tauscht den Platz mit mir. Meine Amtskette hat mich ausgewiesen, sagtet Ihr. Niemand kennt mich. Lasst uns die Kleidung tauschen. Einer wird hängen und einer wird in die Sklaverei geschickt. Damit sind die Truppen Cromwells zufrieden."

„Das würdet Ihr tun?", fragte Pater David erstaunt.

„Ich bitte Euch, mir diesen Dienst zu erweisen", bestätigte Burke entschlossen. „Es wird mir eine Freude sein, noch im Tod von Nutzen zu sein. Bestimmt wurde ich aus diesem Grund am Fuß des Kreuzes verschont."

„Ihr und Eure Erben werdet von nun an bis zum Ende der Welt gesegnet sein, wenn meine Gebete etwas wert sind", sagte der Priester. „Wenn Ihr sicher seid, dass Ihr das wirklich wollt."

„Ich bin fest entschlossen", bestätigte Burke. „Mein Sohn und Erbe ist sehr wohl in der Lage, mein Anwesen zu führen und er hat eine Reihe von Söhnen, die ihm helfen. Nur um eines möchte ich Euch bitten: Teilt ihnen mit, was aus mir geworden ist."

*

An Händen und Füßen in Ketten gelegt und in Richard Burkes Kleidung wurde Pater David vor die Stadt gebracht, um die Hinrichtung der Handlanger des Teufels mit anzusehen; die Erhängung der papistischen Priester.

Zwanzig Männer wurden gezwungen, sich in einem Kreis um die mächtige Eiche zu knien. Einer von Ihnen versuchte, das Vaterunser zu sprechen, doch mit einem Schlag auf den Mund wurde er sofort zum Schweigen gebracht. „Ihr kniet nur, um den Tod zu empfangen", erklärte der Soldat, der den Schlag geführt hatte. „Von Leuten wie euch nimmt Gott keine Gebete an."

Die Priester wurden gefragt, ob einer von ihnen um Gnade bitten würde; doch keiner tat es. Sie wurden gefragt, ob sie ihre Seelen retten wollten, indem sie vor ihrer Hinrichtung konvertierten; aber auch das tat keiner.

Den Männern wurde eine Schlinge um den Hals gelegt, dann

zogen die Truppen Cromwells die um sich schlagenden und tretenden Gestalten hoch. „So wird es allen Verrätern und Götzenanbetern ergehen“, rief Pastor Peters.

„Gott erhalte dich, Richard Burke“, flüsterte Pater David. „Mögest du und dein Haus gesegnet sein.“

Und als er fortgeführt wurde, blickte der Priester auf die mächtige Eiche mit ihrem schrecklichen Schmuck. „Und möge dieser Baum als Denkmal wider die Grausamkeit stehen“, sagte er. „Verflucht sei, wer sie fällen will.“

Teil I

Oh, die Tage des Tanzens,
Oh, der Klang der Sackpfeife,
Oh, für eine dieser Stunden der Fröhlichkeit.
Fort sind sie! Wie deine Jugend, viel zu früh!

(Altes Lied aus Kerry)

Kapitel 1

Natürlich sollte es ein Abend sein, an dem sich nur die Männer von Castletown und Ballynockanor vergnügten. Doch die verrückte Molly Fahey ließ sich nicht davon abhalten, dabei zu sein. Immerhin war Squire Joseph ihr kleiner Liebling. Sie hatte ihn als Baby gestillt, mit ihm getrauert, als er Waise wurde, ihn nach seinem vermeintlichen Tod betrauert und sich über seine Rückkehr als Herr über die Burke-Ländereien gefreut. Und da er keine Blutsverwandtschaft mehr hatte, die ihm an diesem letzten Abend seines Junggesellendaseins angemessenen Beistand leistete, ließ sie sich nicht abweisen. Außerdem, hatte sie nicht versprochen, sie würde zu Ehren seiner Hochzeit tanzen?

Joe Watty, der Besitzer der Taverne in Castletown, nannte die lärmende Zusammenkunft der fünfzig Männer und der verrückten Molly „Junggesellenschmaus". Die Feier wurde zu Ehren von Joseph Connor, Lord Burke von Connacht, abgehalten, der am folgenden Nachmittag in der Kirche von Ballynockanor die Witwe Kate Donovan Garrity heiraten wollte.

Der Junggesellenschmaus war bereits sechs lange Stunden im Gange und eine Menge Trinksprüche waren ausgebracht worden. Mittlerweile war auf alles angestoßen worden, was den Anwesenden eingefallen war. Patrick O'Brien, der blinde Pfeifenspieler, hob sein Glas (oder das Glas von irgendjemandem in seiner Nähe) in Erinnerung an diejenigen, die nicht unter ihnen weilten. „Also wirklich, Squire Joseph, es ist schade, dass Tom Donovan, dein Schwiegervater, nicht bei uns sein und miterleben kann, wie seine Tochter, die Witwe Kate, mit dir verheiratet wird."

„Aye." Mike O'Rourke, der Geiger schnalzte mit der Zunge. „Tot ist er. Und Aidan Clooney auch. Es wäre schön zu sehen, wie Tom auf Kates Hochzeit zu Aidans Flötenspiel tanzt."

„Ein Wunder wäre es, nichts weniger!", rief Adam Kane, der Verwalter der Burke-Ländereien. Er griff nach seinem Glas, das sich in der Hand des blinden Flötenspielers befand. Doch Kane war bereits ziemlich betrunken, sodass er stattdessen Pater O'Bannons Glas mit Limonade erwischte. „Auf Tom Donovan! Einen wahren Patrioten! Sohn Irlands! Erschossen von den britischen Wächtern bei der Verteidigung von ... was war es noch, Molly?“

Molly verdrehte die Augen. „Bier! Kein Blut in Toms Adern, nur Ale. Er hätte die Engländer mit seinem Atem umbringen können, wenn er nah genug herangekommen wäre.“

„Macht nichts. Er ist tot.“

Molly fuhr fort: „Ein Hauch aus seinen Nasenflügeln hätte eine Fackel entzünden können. Eine sichere Waffe gegen die Engländer war er! O’Connell hätte mit ihm die britischen Schiffe in Clontarf niederbrennen können. Nur war Tom da schon tot.“

„Wo war ich stehen geblieben?“, nuschelte Adam Kane.

Pater O’Bannon, der das Glas mit Limonade in Kanes Hand betrachtete, kam zu dem Schluss, dass der Verwalter an diesem Punkt nicht mehr merkte, was er trank.

Mit einem zahnlosen Grinsen begann die verrückte Molly zu singen und zu tanzen. Der blinde Pfeifenspieler stimmte mit ein. O’Rourke nahm seine Geige zur Hand.

Ich würde Gott gern einen See von Bier schenken.
Ich würde gern sehen, dass die himmlischen Heerscharen
dort picheln in alle Ewigkeit.
Das würde den Himmel zu einem fröhlichen Ort machen.
Ich würde mit den Männern und Frauen Gottes
zusammensitzen
dort an dem See aus Bier.
Wir würden für immer auf das Leben trinken
Und jeder Tropfen wäre ein Gebet.

Nach heftigem Applaus hob der Bräutigam sein Glas und verkündete feierlich: „Ich trinke auf dich, meinen Schwiegervater Tom Donovan, und auf dich, Aidan Clooney! Auf den Himmel und eure Gesundheit, meine Herren!“

Alle riefen: „Auf den Himmel und die Gesundheit!“

*

Die Stimmen und das Gelächter aus Wattys Taverne drangen in der kühlen Nachtluft zu den Bergen hinauf. Der volle Mond am Himmel schickte seine Strahlen auf Connacht herab und beleuchtete die Ruinen des großen Herrenhauses der Burkes wie eine Kohlezeichnung. Die Reste der eingestürzten Schornsteine ragten in den Himmel hinauf. Geschwärzte Steinwände und angebrannte Dachbalken waren alles, was vom Erbe der ruhmreichen Burkes noch übrig geblieben war. Im Dienstbotenquartier in den Ställen brannten noch ein paar Lichter in den Fenstern, während die Frauen auf die Rückkehr ihrer Männer warteten.

Auf dem Berg über dem Fluss lauschten fünfzehn berittene britische Soldaten und ein englischer Gutsbesitzer der Musik.

„Es ist bereits Sperrstunde", sagte der Hauptmann und zog sich den Kragen seines Mantels fest um den Hals. „Wir könnten die ganze Bande verhaften, wenn sie herauskommen."

Colonel Mahon, ein ehemaliger Angehöriger der britischen Armee, dem als Anerkennung für seine Verdienste die Crownlands östlich der Burke-Ländereien übereignet worden waren, hustete in seine Hand. „Sie alle verhaften, weil sie die Sperrstunde nicht eingehalten haben? Das ist ein unwesentliches Vergehen. Wir sind hinter Joseph Burke her." Er schnippte mit den Fingern, um seinen Wolfshund Flint zu sich zu rufen.

Mahon drehte sich um und betrachtete die Überreste von Burke Hall. „Als ich dieses Haus in Brand gesteckt habe, dachte ich, damit sei es mit ihm zu Ende. Sie halten ihn für unbesiegbar, wissen Sie. Stand an Daniel O'Connells Seite und setzte sich für die Aufhebung ein. Mit seinem letzten Penny hat er die Steuern zurückgezahlt und damit verhindert, dass ich sein Land kaufen konnte. Und er hat die Höhe der Pachtzahlungen für seine Bauern herabgesetzt. Joseph Connor Burke ist die große politische Hoffnung hier im Westen. Er glaubt, er sei dem Schicksal O'Connells und der anderen Rebellen in Dublin entkommen, die verhaftet wurden und auf ihre Verurteilung warten. Er läuft frei herum. Aber ohne den Squire werden die Bauern in Westirland sich ducken, krümmen und zahm wieder in ihre Hütten zurückkriechen. Morgen wird Lord Burke heiraten. Das ist der richtige Augenblick für die Verhaftung."

Der Hauptmann rutschte unruhig auf seinem Sattel herum. „Heute Abend wäre es leicht, ihn zu schnappen. Dann haben wir es hinter uns."

„Nach der Hochzeit", erwiderte Mahon.

„Aber nach ..."

Colonel Mahon hob die Hand. „Wie kommt es, dass Sie nie geheiratet haben, Captain?"

„Mehr als einmal stand ich dicht davor, Sir. Aber meine Pflichten forderten Mäßigung von mir. Und Sie?"

„Zu meiner Zeit als Offizier war es ganz ähnlich. Ich war empfänglich. Nicht dass ich mich für sechzehnjährige Schönheiten, die frisch aus der Obhut ihrer Gouvernanten entlassen worden waren, begeistert hätte. Ich habe eher Frauen mit ein wenig Erfahrung bevorzugt."

Der Hauptmann nickte. „Also eine ehrbare Witwe."

„Ich gestehe, für Witwen hatte ich schon immer eine Schwäche. Mir gefallen Frauen, die ihre mädchenhafte Unbeholfenheit bereits überwunden haben und wissen, was sie wollen."

„Genau meine Meinung zu dem Thema", stimmte der Hauptmann zu.

„Und außerdem ist es eine Frage des Vermögens. Eine Witwe ist einer Jungfrau entschieden vorzuziehen, wenn ein Mann sorgfältig auswählt. Eine englische Frau, egal welcher Herkunft, wird keinen Mann heiraten, der in Irland wohnt."

Der Hauptmann nickte, dann fügte er hinzu: „Ich wäre beinahe auf ein Mädchen hereingefallen, deren Schwager schwor, sie hätte ein Einkommen von 800 pro Jahr. Damit hätte ich mich zur Ruhe setzen können. Es stellte sich jedoch heraus, dass sie zwar 800 bekam, jedoch nur für ein Jahr. Beinahe wäre es wegen der Auskunft des Schwagers zu einem Duell gekommen. Kein Glück hier in Galway."

Bei diesen Worten lächelte Mahon zynisch. „Es gibt eine alte Formel für die Berechnung des Vermögens einer irischen Frau. Nimm die Hälfte der Zahl, teile sie durch drei und was dann übrig bleibt, ist die Hälfte des tatsächlichen Betrages." Er schnippte mit den Fingern.

„Nicht im Norden", widersprach der Hauptmann. „Im Norden sind sie gut dran. Eine Rasse cleverer, gerissener, langnasiger Presbyterianer ..."

„Das sind sie", stimmte Mahon zu. „Trotzdem habe ich mir nie eine Frau aus dem Norden Irlands vorgestellt. Aber eine reiche irische Witwe hier aus dem Westen ..."

„Traurigerweise kenne ich keine."

„Ich kenne eine Frau, die bald Witwe sein wird, nachdem ihr Mann wegen Verrats vor Richter Lewis' Gericht gestellt und in Galway gehängt worden ist."

„Können Sie ein solches Urteil bereits voraussagen?"

„Lewis ist der Richter mit Kilkenny-Ruf. Und eine gut ausgewählte Jury in Galway wird für die Familie Burke keinerlei Sympathien empfinden."

„Aber nach der Hochzeit?"

„Wenn man den Mann vor der Zeremonie verhaftet, wird sein Vermögen an seinen kleinen Sohn übergehen. Es ist besser, er hinterlässt eine Witwe mit beträchtlichem Vermögen."

Der Hauptmann lachte so laut, dass sein Pferd stampfte und unruhig schnaubte. „Sie haben die Absicht, sie zu heiraten, nicht?"

Mahon ließ diese Frage kalt. „Niemals. Ich heirate keine irische Bäuerin. Nein, Captain, ich habe die Absicht, die Witwe zu überreden, ihren Besitz an einen Herrn zu verkaufen, der ihn angemessen verwalten kann. Und das bin ich."

„Überreden." Der Hauptmann dachte über dieses Wort nach.

Mahon erwiderte: „So wie alle Männer der Königin die Iren davon zu überzeugen versuchen, dass das, was für England gut ist, das Beste für sie ist."

*

Der Morgen zog über den Bergen von Galway herauf. Sauber und kalt tauchte er das Dorf Ballynockanor in sein klares Licht.

Längs der Straße reihten sich zwei Dutzend strahlend weißer Häuser, in ein lebhaftes Spiel von Schatten und Licht getaucht. Ein Flickenteppich grüner Felder war eingefasst von niedrigen Steinmauern, die sich die Hänge hinaufzogen und das Land eines armen Bauern von dem eines anderen abgrenzten. Da der karge Boden im Westen Irlands in jedem Frühling neue Steine hervorbrachte, waren die Mauern, die die Weide vom Kartoffelstück abgrenzten, breit und stark.

Vom alten Steinkreuz der Heiligen Brigit hoch über dem Tal aus beobachtete Kate Donovan Garrity, wie das Dorf, in dem sie geboren worden war, langsam zum Leben erwachte. Dünne Rauchfahnen stiegen aus den Schornsteinen auf, während die Glocken der Kapelle die Leute zur Morgenmesse dieses ersten Tages im Advent 1843 rief.

Während sich die Farmer und ihre Familien beeilten, ihre Arbeit noch vor der Morgenmesse zu erledigen, schlenderte die verrückte Molly Fahey den Weg entlang zum Friedhof. Kates 12-jähriger Bruder Martin kam mit zwei Eimern frischer Milch aus dem Kuhstall, während die 7-jährige Mary Elisabeth die

Hühner fütterte. Alles schien so normal zu sein, wie es immer in Ballynockanor gewesen war und immer sein würde.

Es war Kates Hochzeitstag. Heute, nach einem langen Jahr der Unruhe und Zweifel, würde sie endlich Joseph Connor Burke heiraten.

Unter dem Kreuz überlegte Kate, was ihr Vater Tom wohl sagen würde, wenn er noch am Leben wäre. „Sicher, und es wird aber auch Zeit, dass du zur Vernunft kommst, Mädchen! Joseph ist ein guter Mann. Er ist zwar ein Gutsbesitzer, aber jetzt ist er arm wie wir anderen auch. Sein großes Herrenhaus ist niedergebrannt. Die Steuern haben alles aufgefressen. Aus Liebe zu Irland hat er seine eigene Sicherheit aufs Spiel gesetzt und ein Vermögen verloren. Kate, wenn du mit einem solchen Patrioten kein Erbarmen hast, bist du nicht die Tochter von Tom Donovan. Hab doch Mitleid, Mädchen, und heirate ihn wegen dem, was er für sein Land getan hat! Und das Kind deiner Schwester ... der kleine Tomeen ... er braucht dich doch auch."

Und was war mit Kates Mutter? Sie hätte einfach gefragt: „Liebst du ihn, Kate? Liebst du ihn so sehr, dass du zu ihm stehst, was immer auch geschehen mag?"

Als sie sich das liebe Gesicht ihrer Mutter vorstellte, lächelte Kate und sah zum Brigits-Kreuz hoch. Das Läuten der Glocken hallte von den Hügeln wider. Kate wiederholte die Frage: „Liebe ich Joseph Connor Burke als den armen Mann, der er jetzt ist?"

Eine Lerche sang aus einem Busch heraus. Der weiche Wind ging über das nickende Gras hinweg und strich über ihr Gesicht. „Aye. Das tue ich. Ich liebe ihn. Mehr als mein eigenes Leben."

*

Die Glockenschläge von St. John waren laut und deutlich zu hören. Das war auch kein Wunder, da Martin, Mary Elisabeth und die verrückte Molly Fahey am Glockenseil zerrten. Die beiden Kinder und die Frau mit dem kindlichen Herzen waren mit einem Eifer dabei, als ginge es um eine Fahrt zum großen Jahrmarkt in Cong.

Die Tochter der verrückten Molly legte aus Angst vor der Missbilligung Pater O'Bannons ihrer Mutter die Hand auf die

Schulter, um sie von dem Glockenseil fortzuziehen, aber der gute Priester bestand darauf, dass sie weitermachte. „Dieses kleine Vergnügen hat sie sich anlässlich dieser frohen Gelegenheit verdient", sagte er. „Lass sie nur."

Das begeisterte Läuten zauberte ein Lächeln auf die Gesichter der Bewohner von Ballynockanor. Immerhin gab es an diesem Tag viel zu feiern: Eine von ihnen, Kate Donovan, würde Joseph Connor Burke heiraten. Und was noch wichtiger war: Die Burke-Ländereien standen nicht mehr in der Gefahr, der Krone übereignet oder von diesem Halunken Colonel Mahon übernommen zu werden.

„Keine Häuser werden abgerissen", bemerkte O'Rourke, während er seinen Geigenbogen mit Kolophonium einrieb. „Kein Abschied mehr von Lieben, die nach Amerika auswandern müssen."

„Doch Tom Donovan ist nicht mehr am Leben und auch das Herrenhaus steht nicht mehr, in das der Squire seine Frau bringen kann." Mit seiner Bemerkung brachte Paddy O'Flaherty, der Besitzer des einzigen Pubs in Ballynockanor, einen Hauch Melancholie in die Fröhlichkeit des Tages.

„Nein", stimmte der Geiger zu, „aber wir haben die Aussicht auf eine ganze Schar von kleinen Burkes." Damit begann O'Rourke auf seiner Geige zu spielen.

Sofort fingen die Leute auf dem Weg neben der Kirche an zu tanzen, zu lachen und zu singen. O'Brien stimmte mit seinen Pfeifen mit ein und die beiden spielten um die Wette die Weise „Whiskey vor dem Frühstück", bis alle Seitenstechen hatten vom Tanzen und Lachen.

Kate Donovan tanzte mit ihrem Mann, wurde ihm dann jedoch von Adam Kane entrissen, der wiederum von der Magd Fern mit Beschlag belegt wurde. Joseph führte die Köchin Margaret, während Kate sich schließlich den funkelnden Augen von Pater O'Bannon gegenübersah.

„Wirst du heute für uns auf der Geige spielen, kleine Katie Don ..., ich meine Lady Burke? Ich glaube, das war Teil eines Gelöbnisses."

Molly Fahey wirbelte mit Mary Elisabeth herum. „Ein Versprechen war es, das stimmt, Pater. So wie ich auf der Hochzeit tanze." Unter ihrem groben Wollrock blitzte ein roter Petticoat hervor, ein Geschenk von Joseph Connor Burke.

Martin holte die kostbare Geige hervor und reichte sie seiner

Schwester. „Spiel für uns, Schwester", bat er. „Papa hätte es gewollt."

*

Vom Gipfel der Hügel hinter dem Blutacker und in Sichtweite der Kapelle lauschte Colonel Mahon auf das Läuten der Glocke und die ersten Töne der Geige. Hoch aufgerichtet in seinen Steigbügeln und dankbar für die Gelegenheit, sich einmal strecken zu dürfen, wandte er sich zum Hauptmann der englischen Truppen um.

„Das ist Ihr Signal, Captain. Jetzt sind Sie an der Reihe." Der Wolfshund Flint neben dem Pferd zitterte vor Erregung.

„Männer", rief der Hauptmann, „dort unten befindet sich der berüchtigte Joseph Burke. Es war sein Heim, in dem wir von Ribbonmen überfallen und beschämt wurden. Einige dieser Ribbonmen vergnügen sich vielleicht jetzt im Augenblick dort unten bei den Feierlichkeiten. Es gibt keinen Zweifel daran, dass diese Leute rebellische Neigungen haben und Lord Burke ist verantwortlich für einen großen Teil der Unruhe in diesem Teil des Landes. Ich will damit sagen, ich weiß, dass ihr eure Pflicht tun werdet." Schließlich fügte er noch hinzu: „Denkt daran, hier geht es um die Verhaftung eines Mannes, nicht um einen Angriff. Bitte kein Blutvergießen, es sei denn, es wird Widerstand geleistet."

Zwei der Soldaten warfen sich einen bedeutungsvollen Blick zu und lösten die Schnallen, mit denen ihre Schwerter gesichert waren.

„Gute Jagd", sagte Mahon und salutierte.

„Richtig", stimmte der Hauptmann zu. „Lasst uns zur Hochzeit gehen."

*

Joseph sah sich um und seufzte zufrieden auf. Er fing Kates Blick ein, die mit der Geige vor den Leuten stand. Er blinzelte ihr ermutigend zu und wurde mit einem strahlenden Lächeln belohnt. Sie war so wunderschön! Das Herz schwoll ihm in der Brust und drohte zu platzen. Josephs einzige Furcht war, er könnte allein in seinem Bett aufwachen und feststellen, dass alles nur ein Traum gewesen war. Unwillkürlich schloss er die

Augen, wie um die Realität zu überprüfen. Doch schnell öffnete er sie wieder. Sie ansehen zu können und es nicht zu tun war einfach absurd. Für den Rest seines Lebens, schwor sich Joseph, würde sie sein letzter Anblick am Abend und sein erster am Morgen sein. Und dazwischen auch, erinnerte er sich.

Kate spielte ein paar Läufe, dann nickte sie O'Brien und O'Rourke zu.

Ich werde immer deine Liebe sein,
spielten die Geigen und die Pfeifen.
Vom Frühling bis zum Frühling.
Mein Herz, mein Leben, mein Lied, mein Alles
gehören alleine dir.

Die melancholische Melodie hing in der Luft, während die Hochzeitsgäste bereits das Klappern herannahender Hufe auf der Straße vernahmen. Die Reiter kamen in Sicht. Sie teilten sich auf und umzingelten die Hochzeitsgäste. Miss Susan, die Amme, schnappte sich den kleinen Tomeen und zog sich in den Schutz der Kapelle zurück.

Jeder Mann aus Ballynockanor ermahnte seinen Nachbarn, sich zu beherrschen.

„Was hat das zu bedeuten?", fragte Pater O'Bannon. „Wie Sie deutlich sehen können, findet hier eine Hochzeit statt und das geht Sie nichts an." O'Bannon nahm Kate am Arm und hielt sie fest.

Der Hauptmann ignorierte den Protest des Priesters. Er trat seinem Pferd in die Flanken und ritt durch die Menge. Martin zerrte den blinden O'Brien aus dem Weg. Der Offizier brachte sein Pferd nur Zentimeter von Joseph entfernt zum Stehen.

„Joseph Connor Burke, im Namen der Königin, Sie sind verhaftet", verkündete er feierlich. „Wenn Sie widerstandslos mitkommen, wird niemand zu Schaden kommen."

Die verrückte Molly hockte sich in den Schmutz und warf eine Hand voll Dreck in die Luft. „Sachse!", schrie sie. „Ausländer. Fort mit dir!"

„Haltet die Frau zurück", forderte der Hauptmann.

„Wollen Sie sie so zurückhalten, wie Sie es mit meinem Papa getan haben?", fragte Martin Donovan. „Sie einfach niederschießen?" Seine Worte riefen zornige Zustimmung bei den anderen Anwesenden hervor.

„Martin!“, rief Joseph alarmiert. „Du darfst die Frauen und Kinder nicht in Gefahr bringen.“ Das war genau der richtige Ansatz. Stolz, zu den anderen erwachsenen Männern gezählt zu werden, verstummte Martin. Die anderen hatten sehr wohl verstanden, worum es ihm ging.

„Ich werde mitkommen, Captain“, erklärte Joseph.

„Gut, dass Sie vernünftig sind“, meinte der Offizier. „Sie werden auf das zusätzliche Pferd steigen.“

Nachdem Joseph getan hatte, wie ihm befohlen worden war, wies der Hauptmann seine Leute an, ihm die Hände zu fesseln. „Das ist nicht nötig“, widersprach Joseph. „Ich habe versprochen, Sie widerstandslos zu begleiten.“

Als Kate sah, wie ihr Mann, mit dem sie erst seit einer Stunde verheiratet war, abgeführt wurde, konnte sie sich nicht mehr länger zurückhalten. Sie riss sich von Pater O'Bannon los, drückte dem Priester die Geige in die Hand, rannte zu dem Offizier und ergriff seinen Steigbügel. „Wohin bringen Sie ihn? Wie lautet die Anklage?“, rief sie. „Warum machen Sie das?“

„Aus dem Weg“, befahl der Hauptmann. „Der Gefangene wird nach Galway gebracht. Er ist des Verrats angeklagt. Und nun fort da!“

Kate keuchte entsetzt. „Aber das bedeutet den Galgen! Joseph! Joseph!“ Sie lief, an den Hauptmann geklammert, neben dem Pferd her. Er schlug mit den Zügeln auf den Hals des Pferdes, gleichzeitig trat er mit dem Stiefel nach ihr und traf sie an der rechten Wange. Kate wurde zurückgeschleudert und fiel taumelnd zu Boden.

Die Soldaten sprengten durch die Menge hindurch, die sich schnell zu beiden Seiten der Straße in Sicherheit brachte. Die verrückte Molly warf noch immer Dreck nach ihnen und schrie: „Sachsen! Sie haben den Burke gestohlen. Über das Meer werden sie ihn bringen. Ach, kleiner Connor, geh nicht! Geh nicht!“

*

Sie ließen Kate schließlich allein. Ohne eine Träne zu vergießen, wünschte sie ihnen gute Nacht und ging ins Bett. Miss Susans Stimme drang durch die Tür. „Auch mir haben sie meinen Mann auf diese Weise entrissen. Ich war nicht halb so tapfer wie Miss Kate.“

Dies ließ Kate schließlich doch die Tränen in die Augen steigen. Es war nicht Tapferkeit, die sie davon abhielt, schluchzend zusammenzusinken, sondern blanker Zorn und die Entschlossenheit, niemals zuzulassen, dass die englischen Herren sie weinen sahen. Aber jetzt war sie allein, allein in der Nacht, die eigentlich das Ende ihrer Einsamkeit bedeuten sollte. Ihr Blick ruhte einen Augenblick auf dem weißen Satin ihres Hochzeitskleides, das über dem Stuhl in der Ecke hing. Sie blies die Kerze aus und legte sich ins Bett. Eine einzige Träne lief ihr die Wangen hinunter. Zornig wischte sie sie mit dem Handrücken fort.

„Sie werden mich nicht brechen“, flüsterte sie durch die zusammengebissenen Zähne. „Sie werden mich nicht brechen, Joseph!“

Ihre rechte Wange war von dem Tritt des Hauptmanns geschwollen und schmerzte. Aber sie begrüßte den körperlichen Schmerz als Ablenkung von ihrer Trauer.

Der Duft frischer Tannenzweige erfüllte den Raum. Die Zweige hatte Martin an diesem Morgen geschnitten. Als Kate Martins Hemd gebügelt hatte, hatte sie Mary Elisabeth, die ihm half, das Brautgemach zu schmücken, verschwörerisch kichern hören.

Martin hatte gelacht und gesagt: „Also, ich habe die Zweige von den Bäumen Seiner Lordschaft geholt, aber da Joseph Seine Lordschaft und gleichzeitig der Bräutigam ist, werde ich wohl für dieses Verbrechen nicht zur Rechenschaft gezogen werden.“

Verwobene Zweige über dem Fenster und der Tür und am Kopf- und Fußteil des Bettes überdeckten den Geruch von hundert Jahren Torffeuer. Im Zimmer roch es wie auf einer Waldlichtung, sauber und frisch. Doch jetzt verspottete die Dunkelheit ihre Gabe.

Es stimmte, dass ein Kind, das sogar noch jünger war als Martin, wegen des Diebstahls von Tannenzweigen aus dem Wald eines Gutsbesitzers verbannt werden konnte. Der Diebstahl eines Laibes Brot vom Bäckerwagen in Dublin war ein so schweres Verbrechen, dass man deswegen für sieben Jahre in die Strafkolonien von Neusüdwales deportiert wurde. Was würde dann erst die Strafe für Josephs Verbrechen sein? Bei seiner Verhaftung war ihm Verrat gegen Königin Victoria und England vorgeworfen worden. Wie viele Iren waren wegen eines Vergehens gehängt worden, das tausendmal geringer war als das? Die Drohungen der Soldaten klangen noch in ihren Ohren nach. Würde sie Josephs Witwe sein, bevor sie überhaupt in seinen Armen gelegen und gespürt hatte, wie ihre Seelen und Körper miteinander verschmolzen?

„Joseph!“ Sie seufzte. „Oh Joseph, mein Liebster, was wird aus uns werden?“

Überwältigt von Furcht, drückte Kate ihr Gesicht in ihr Kissen und begann leise zu weinen.

*

Als Joseph sich an der schmierigen Steinmauer abstützen wollte, rutschte seine Hand ab. Ein ölig grüner Schleim hatte sich auf seine Handfläche gelegt. Die einzige Lichtquelle in dem drei Quadratmeter großen Raum war ein kleines Fenster hoch oben in der Mauer. Viel zu hoch, um es zu erreichen, selbst wenn man hochsprang, und trotzdem war die Öffnung mit rostigen Stäben vergittert.

Ein so genanntes Bett, bestehend aus einem Steinvorsprung, war nur knapp sechs Zentimeter über dem Boden an der Wand angebracht. Die dünne Strohschicht darauf war früher vielleicht einmal gelb gewesen, doch nun war sie grau vor Schimmel. Zweifelnd betrachtete Joseph die Ausstattung seiner Zelle – eine verschlissene Decke, ein Holzeimer mit Wasser und ein rostiger Kübel, der als Toilette dienen sollte.

Die Treppenstufen schienen weniger schleimig zu sein, darum ließ sich Joseph darauf nieder. Dass er in aller Öffentlichkeit verhaftet worden war, bedeutete, dass seine Feinde sich ihrer Sache sicher waren, wenn die Beweise auch fingiert sein mussten. Auch die Tatsache, dass die Verhaftung an seinem Hochzeitstag vorgenommen worden war, konnte kein Zufall sein; die britischen Behörden wollten an ihm ein Exempel statuieren.

Und was war mit Kate? Wie wurde sie damit fertig? Kate hatte bereits ihre Mutter, ihren ersten Mann und einen kleinen Bruder in einem Feuer verloren, das lebenslange Narben bei ihr hinterlassen hatte. Und jetzt noch Josephs Verhaftung, nur ein Jahr nach dem Tod ihrer Schwester Brigit und der Verbannung ihres Bruders Kevin nach Amerika, sechs Monate nach der Ermordung ihres Vaters durch britische Soldaten. Würde sie einen weiteren Verlust verwinden können?

Im Gang hörte er das Klirren von Schlüsseln und das Quietschen des Riegels, der zurückgeschoben wurde. Joseph erhob sich und wich von der Treppe zurück, während der Besucher in seine Zelle trat. Kurz und stämmig, kahl und mit einem Stoppelbart. Besonders stach ihm eine Narbe ins Auge: Sie zog sich von seiner Stirn bis zum rechten Wangenknochen. Das eingesunkene und geschlossene Augenlid zeugte von dem Verlust des Auges.

„Stell dich vor dein Bett, Kerl!", befahl der Gefängniswärter und schob ihn mit seinem Knüppel zurück. Sein Verhalten ließ darauf schließen, dass er nur zu gern von dem Knüppel Gebrauch machen würde, sollte Joseph es sich einfallen lassen, seinen Anweisungen nicht Folge zu leisten.

„Ich bin Joseph Connor Burke", erwiderte Joseph ruhig, „und ich fordere ..."

„Halt's Maul, bevor ich es dir hiermit stopfe", drohte der Wärter und schwenkte seinen Knüppel. „Du hast hier nichts zu verlangen. Du bist der *Gefangene* Burke und nichts weiter. Hier drin bin ich, Mister Gann, dein Herr und Meister ... übrigens zugleich auch dein Henker und Leichengräber, also benimm dich und sprich erst, wenn du gefragt wirst. Verstanden?"

Joseph nickte und ein schiefes Grinsen verzerrte das bereits verunstaltete Gesicht zu einer scheußlichen Grimasse.

„Du lernst schnell, nicht? Also dann, die beiden Eimer bei Tagesanbruch auf die obersten Stufen, bis zum nächsten Tag wird nichts mehr nachgefüllt oder ausgeleert. Das Mittagessen muss innerhalb von zehn Minuten verzehrt werden, sonst gibt es einen Tag lang nichts. Klar?"

Joseph nickte erneut.

„Ich glaube nicht, dass du lange genug hier sein wirst, um zu hungern, Kerl", meinte Gann. „Verrat bedeutet hängen."

„Verrat?", Joseph schnaubte. „Ich habe nichts dergleichen getan."

„Das sagen sie alle", gab Gann zurück. „Nun, merk dir eins, Gefangener Burke: Wenn der *große Befreier* ..." Der Wärter brach in lautes Gelächter aus, nachdem er Daniel O'Connells Spitznamen ausgesprochen hatte. „Wenn schon auf den Anführer von euch Torf tretenden Rebellen der Galgen wartet, warum meinst du, du würdest dem entkommen? Alle diese Ratten sollten zertreten und ihre Nester ausgeräuchert werden, sage ich."

Verbittert wollte Joseph einwenden, dass genau dies bereits getan worden sei, doch er hielt den Mund.

„Siehst du das hier?“, fragte Gann und drehte den Kopf, damit seine Wange besser zu sehen war. „Scullabogue, Knastbruder, damals in ’98.“

Joseph konnte das Schaudern nicht unterdrücken, das durch seinen Körper rann.

„Dann weißt du davon?“, fuhr Gann fort.

Allerdings wusste Joseph von den Abscheulichkeiten von Scullabogue. Nach der Niederlage bei der Rebellion von 1798 hatten sich die fliehenden Rebellen an unschuldigen protestantischen Loyalisten vergriffen. Männer, Frauen und Kinder waren in eine Scheune zusammengetrieben und lebendig verbrannt worden. Andere waren draußen erstochen worden.

„Zweihundert meiner Verwandten und Nachbarn wurden von den Rebellen verbrannt“, erklärte Gann. „Und als ich, damals erst elf Jahre alt, versuchte, sie aufzuhalten, wurde ich von einem von ihnen aufgespießt und lachend herumgeschleudert.“ Gann brach ab, dann schüttelte er den Kopf. „Ist ja auch egal“, schloss er. „In weniger als einem Monat werde ich zusehen, wie dieser Rebell gehängt und dann in einem Teerfass verbrannt wird. Wie gut, dass ich noch ein Auge habe, nicht? Und dieses Auge wird dich immerzu beobachten.“

*

Der Lichtstreifen an der Wand in Josephs Zelle wurde immer kleiner. Die langsam rollenden Wellen in der Hafenmündung hinter seinem Gefängnis gaben dem Läuten der Glocken zur Ankündigung eines einlaufenden Schiffes einen traurigen Klang. Joseph saß reglos auf den Steinen und starrte auf das Fenster, bis der letzte Lichtschein verschwunden war.

Er legte sich die dünne Decke um die Schultern und dachte darüber nach, wie er Daniel O’Connell benachrichtigen könnte, der sicherlich für seine Freilassung sorgen könnte. Doch dann wurde ihm klar, dass ja auch O’Connell um sein Leben bangte. Der Befreier hatte seine eigene Schlacht auszutragen.

Joseph nahm sich vor, sich der Hilfe seiner anderen Freunde in der Aufhebungsbewegung zu versichern, obwohl er sich gleichzeitig fragte, ob sie wohl auch im Gefängnis waren oder sich versteckt hielten. Was die anderen einflussreichen Gutsbesitzer betraf, die die britischen Behörden umstimmen könnten ... vermutlich feierten sie seine Gefangennahme, da sie Joseph als einen Abtrünnigen ihrer Klasse betrachteten.

Die Leute von Ballynockanor wünschten sich vielleicht, sie könnten ihn befreien, aber Joseph wusste, dass sie machtlos waren. Die Pächter schafften es kaum, ihre eigene Familie zu ernähren und von einem Gale-Tag bis zum nächsten zu überleben. Es war weder klug noch möglich, dass sie sich für Joseph einsetzten.

Wer blieb übrig? Pater O'Bannon natürlich. Der alte Priester würde keine Mühe scheuen, um Josephs Freilassung zu erreichen; vermutlich war er gerade schon dabei, maßgebliche Leute in Dublin von Josephs Verhaftung zu unterrichten. Aber was dann?

Blieb nur noch Kate. Wieder kehrten seine gequälten Gedanken zu ihr zurück. Kate würde Himmel und Erde in Bewegung setzen, um seine Freilassung zu erwirken. Sie würde sich mit jedem möglichen Helfer in Verbindung setzen, jeden Beamten mit Bittschriften und Forderungen bombardieren, egal wie wichtig oder unwichtig er war.

Joseph konnte sie bildlich vor sich sehen: Ihr Gesicht vor Zorn und entschlossenem Stolz gerötet, ihr Kinn trotzig vorgestreckt, die braunen Augen sprühten Funken. Wie sehr er sie liebte! Wie schön war es, sie in die Arme zu nehmen und wenn sie sich an ihn schmiegte. Der warme, erdige Duft von Vanille, den ihr Nacken verströmte ...

In der Dunkelheit streckte Joseph die Hände aus, doch er berührte nicht den weichen, warmen Körper, von dem er geträumt hatte, sondern die feuchte Mauer seiner Gefängniszelle. Wenn er nicht in diesem Loch eingesperrt wäre, in diesem Verlies, läge er jetzt im Haus der Donovans im Bett und hielte Kate in seinen Armen. ...

Er würde den Gefängniswärter bestechen, damit er eine Nachricht nach Derrynane schickte, überlegte er. Daniel O'Connell wohnte in Derrynane, an der Küste ganz in der Nähe von Galway City. Vielleicht würde ein Fischerboot eine Nachricht zu O'Connells Gefolgsleuten bringen. Aber nein, Daniels ganze Familie und alle Freunde waren im Augenblick damit beschäftigt, die Gerichtsverhandlung in Dublin vorzubereiten. ...

Kapitel 2

Der erste Markttag in Castletown nach der Verhaftung war bitterkalt und trüb. Warm eingepackt bauten die Farmer die Stände auf, während die Kunden herbeieilten, ihre Einkäufe erledigten und sich dann schnell wieder in ihre warmen Häuser verzogen. Nur wenige nahmen sich die Zeit, den üblichen Tratsch auszutauschen.

Die neue Lady Burke hatte bei den Pächtern ihres Mannes einen Stand aufgebaut, um den Käse, die Butter, Milch und Sahne der Donovans zu verkaufen, wie sie es in der Zeit vor ihrer Heirat, als sie einfach Kate gewesen war, auch immer getan hatte. Jedoch spürte sie eine gewisse Ehrfurcht im Umgang mit ihr auf Seiten ihrer langjährigen Freunde. War es nur die Kälte, die ihre Freunde dazu brachte, den Blick zu senken, wenn sie mit ihr sprachen, und dann davonzueilen, als hätte sie sich verändert?

Da Joseph im Gefängnis saß, hatten die Meisten gedacht, Kate wäre klug genug, auf dem Hof zu bleiben und ihr Leben fortzusetzen, als hätte es nie eine Hochzeit gegeben. Immerhin war es recht wahrscheinlich, dass sie bald schon wieder Witwe wurde. War die Ehe überhaupt gültig, wenn man bedachte, dass es nach der Trauung gar keine Hochzeitsnacht gegeben hatte? Niemand wagte es, Pater O'Bannon nach der Haltung der Kirche zu einer so delikaten Angelegenheit zu fragen, aber in Joe Wattys Taverne wurden diese Fragen bei einem Glas Bier und einer Pfeife intensiv erörtert.

Eine neue Information kursierte unter den Farmern und den Stadtbewohnern: Lady Burke wollte nicht auf das Anwesen ziehen. Sie sagte, der Hof der Donovans sei ihr Heim, bis ihr Mann zurückkäme und sie in sein Haus brächte. Zusammen mit Martin, Mary Elisabeth und Miss Susan wollte Kate auch weiterhin die Kühe melken und den Stall ausmisten. Sie wüsste nicht, was sie sonst tun sollte. Sie würde den kleinen Tomeen großziehen, als wäre das Kind nicht der Erbe der Burke-Ländereien. Immerhin war das Kind ein halber Donovan.

„Er wird auf diese Weise ein guter Mensch werden", meinte O'Rourke zu Adam Kane.

„So sollte es nicht sein, es ist nicht angemessen", widersprach

Kane. „Kates rechtmäßiger Platz ist im Herrenhaus, nicht in einem Kuhstall. Ich bin in Galway gewesen, um mit Squire Joseph einige Dinge zu besprechen. Sie wollten mich nicht zu ihm lassen, aber ich glaube, ich kenne seine Meinung zu dieser Angelegenheit.“ Sein Blick folgte Colonel Mahon, der sich eine Koppel Lämmer ansah. Mahons riesiger Hund Flint saß wachsam vor dem Schafstall und betrachtete die Tiere mit unverhohlenem Interesse. Mit seinen hohen, glänzenden Stiefeln trat Mahon nach einem Schaf, das sich ihm in den Weg gestellt hatte.

„Unter den Schafen der Gegend gibt es einen Wolf“, fuhr Kane fort und deutete auf den Colonel. „Der möchte gern die Burke-Ländereien in die Fänge bekommen und mir wäre es lieber, wenn Lady Burke ihre Kühe aufgeben und auf das Anwesen ziehen würde.“

Doch die Jahre, in denen sie eine Tragödie nach der anderen hingenommen hatte, gaben Kate die Kraft, hoch aufgerichtet dem widrigen Wetter zu trotzen. Sie gab ihre Gefühle nicht preis und niemand sprach offen mit ihr über die Tatsache, dass ihr frisch angetrauter Ehemann vermutlich gehängt werden würde.

„Kate Donovan trägt die Kraft des St. Brigits-Kreuzes in sich“, bemerkte die Witwe Clooney zu Margaret, der Köchin der Burkes. „Stürme mögen wüten, doch sie bleibt fest in dem Boden verwurzelt, in dem sie gepflanzt wurde. Ich denke, sie würde zu Staub verfallen, wenn sie fortziehen würde.“

Margaret seufzte, während sie einige Rüben auswählte. „Kate ist immer eine gute Gesellschaft. Ich habe mich darauf gefreut, für sie kochen zu können und dass dieser niedliche kleine Junge neben dem Herd spielt. Nichts ist so gekommen, wie es sollte!“

„Wenn Squire Burke aufgehängt wird, dann bleibt sie besser da, wo sie gerade ist“, meinte die Witwe Clooney wissend. „Eine vertraute Umgebung ist ein Trost.“

„Aye. Wenn er tatsächlich gehängt wird, was wird dann aus uns werden, die wir ihm dienen?“ Während sie dies aussprach, ließ Margaret einen Kohlkopf in ihren Korb fallen. Beide Frauen starrten ihn an, als stellten sie sich unwillkürlich vor, wie ein von der Axt des Scharfrichters abgetrennter Kopf zu Boden fällt.

Witwe Clooney hob in dem Augenblick den Kopf, als Colonel

Mahon aus dem Schafstall kletterte. „Der da wird sich das Gut schneller unter den Nagel reißen, als wir gucken können. Jeder von uns, der auch nur einen einzigen Penny für die Sache der Aufhebung gezahlt hat, wird von seinem Land vertrieben und unsere Äcker werden in Weideflächen verwandelt werden. Mein lieber Aidan, Gott hab ihn selig, hat diesem englischen Colonel nie getraut."

„Seht ihn euch an", flüsterte Margaret erstaunt, während sie sich zu den anderen vorbeugte. „Er geht geradewegs auf sie zu! Herr, erbarme dich, Witwe Clooney! Der Colonel spricht mit ihr!"

„Der hat aber Mut", stimmte die Witwe zu.

Alle Köpfe auf dem Marktplatz drehten sich zu Kate um, während der Colonel auf sie zuging, sich an den Hut tippte und ihr einige Worte sagte, wie es schien. Sie nickte mit offensichtlicher Kälte, dann wandte sie sich um, um Mrs. Watty beim Abwiegen eines Pfundes Butter zu helfen. Colonel Mahon beobachtete sie eine Weile, als hätte er ihr noch etwas zu sagen, aber sie schenkte ihm keinen weiteren Blick, bis er ein Stück Käse auswählte. Sie nannte ihm den Preis. Er bezahlte, was sie gefordert hatte, und nachdem er noch eine Weile gezögert hatte, marschierte er mit seinem Hund davon.

Ohne den Blick abzuwenden, bemerkte die Witwe Clooney: „Sie ist eine von uns."

„Das ist sie", bestätigte Margaret.

„Falls der Squire Joseph gehängt wird und wir alle von unserem Land vertrieben werden, dann werden wir erleben, wie Kate Donovan uns auf das Schiff folgt."

*

Martin starrte dem davoneilenden Mahon nach. „Und was wollte der Engländer von dir?", fragte er mit seiner vom Stimmbruch gezeichneten Stimme.

„Käse", erwiderte Kate emotionslos.

„Vermutlich wollte er etwas über Joseph erfahren."

„Auf jeden Fall hat er ein großes Stück Cheddarkäse genommen, Martin."

„Er ist ein Spion, weißt du. Er arbeitet für Dublin Castle, wird behauptet. Sprich nicht wieder mit ihm, Kate. Er hat ein Auge auf Josephs Land geworfen."

Sie hätte vermutlich gelächelt, wenn ihr Herz nicht so schwer gewesen wäre. Martin war der Mann im Hause, solange Joseph fort war, und er nahm seine Aufgabe sehr ernst. „Er kann sein Auge hinwerfen, wohin er will, Martin, aber das bedeutet nicht, dass er auch nur eine Parzelle davon bekommt."

„Die Ribbonmen wissen, wie man mit Leuten seiner Sorte umgeht."

Bei der Erwähnung der Ribbonmen wirbelte Kate zornig herum. Sie zog ihn hinter den Wagen und funkelte ihn an. „Schschsch, Martin! Willst du für Kriminelle sprechen, die gegen die Dinge kämpfen, für die Joseph im Gefängnis sitzt? O'Connell sagt, Gewalt wird nur noch mehr Gewalt über uns bringen."

„Ich wünschte, sie würden ihm einen nächtlichen Besuch abstatten und ihn hängen."

„Behalte deine Wünsche gefälligst für dich! Wenn du laut auf dem Marktplatz über solche Dinge sprichst und Mahon eines Nachts tatsächlich von den Ribbonmen gehängt wird, wird die Polizei hinter dir her sein! Möchtest du gehängt werden? Oder deportiert wie dein Bruder Kevin? Sei doch vernünftig, Martin. Wir haben schon genügend Donovans wegen Dummheit verloren!"

Martin entwand sich ihr und funkelte sie an. „Ich finde, du solltest bekannt machen, was diese Engländer nicht nur den Donovans, sondern auch deinem Mann und allen ehrlichen Iren angetan haben. Hast du etwa Angst vor ihnen?"

„Aye", erwiderte sie heftig. „Bei jedem Atemzug denke ich daran, dass Joseph in ihrem Gefängnis eingesperrt ist. Angst? Ich kann nachts kaum schlafen vor Angst, ich könnte etwas sagen oder tun, das ihnen Beweise gegen Joseph liefert."

Martin schluckte und wich einen Schritt zurück. „Natürlich ... ich meine ..."

„Genau solches Gerede wie deines könnte dazu beitragen, dass Joseph verurteilt wird. Joseph hat sich an O'Connells Seite für den Frieden eingesetzt. Für Irlands Frieden würde er sterben ... und das könnte tatsächlich auch geschehen. Aber um keinen Preis der Welt würde er töten. Hast du irgendjemandem gegenüber so gesprochen, Martin?" Bittere Tränen brannten in ihren Augen.

Martin schämte sich seiner Unachtsamkeit. Er wandte sich ab. „Aye."

Sie richtete sich auf. „Das darfst du nicht. Du wirst dem Henker helfen, eine Schlinge um Josephs Hals zu legen." Sie legte ihm die Hand auf die Schulter. „Verstehst du, was ich sage, Martin? Mahon ist vielleicht ein Spion. Das ist sogar wahrscheinlich. Zweifellos gibt er jedes Wort, das er hier hört, nach Dublin Castle weiter. Und sogar in Ballynockanor gibt es einige, die sagen, was sie wissen, und noch mehr hinzudichten, wenn sie einen Gewinn davon haben. Halte deine Zunge im Zaum, Junge."

„Aye." Er war geschlagen. „Das werde ich, Kate."

„Zieh grüßend die Mütze, wenn der Teufel vorbeigeht, damit er sich nicht gegen dich, mich und Joseph wendet. Wenn Joseph untergeht, dann wird jeder Pächter auf seinem Land mit ihm untergehen."

Er nickte. Kate wusste, dass er gefährlich offen über seine Gefühle und Wünsche gesprochen hatte. Sie machte sich Vorwürfe, dass sie ihn nicht früher gewarnt hatte. Jeder verstand vollkommen, warum Martin Donovan wollte, dass alle Engländer – Soldaten und Grundbesitzer – eines schrecklichen Todes starben. Aber es auszusprechen ...!

*

Das eiserne Gitter an der Zellentür wurde laut klirrend zurückgeschoben, sodass Joseph zusammenfuhr. „Wo sind die Eimer, Kerl?", ertönte Ganns Stimme. „Beeil dich!", befahl er und schlug mit einem Knüppel auf den Riegel.

Als beide Behälter durch die Öffnung geschoben worden waren, fragte Joseph: „Wann werde ich dem Richter vorgeführt? Sie können mich nicht einfach ohne ein Verhör hier festhalten."

Als einzige Antwort wurde das Gitter wieder vorgeschoben.

Drei Tage lang stellte Joseph dieselbe Frage; drei Tage lang bekam er keine Antwort. Die Toiletten- und Wassereimer wurden jeden Morgen kurz nach Sonnenaufgang ausgetauscht. Ein halber Laib grobes, schimmeliges Brot und ein Viertelliter Wassersuppe wurden gegen Mittag in seine Zelle geschoben. Das waren die einzigen Zeichen, dass überhaupt jemand von Josephs Anwesenheit in dem dunklen Verlies wusste.

Am Morgen des vierten Tages war sein Bart stoppelig, seine Kleidung verschmutzt und seine Augen waren rot vor Sorge und Schlafmangel. Mechanisch beugte er sich vor, um das frische

Wasser in Empfang zu nehmen, als er bemerkte, dass das Gitter noch nicht geschlossen worden war. Durch die Öffnung erblickte er ein Paar Stiefel im Gang auf der anderen Seite der Tür.

„Du bekommst Besuch“, verkündete Gann unfreundlich. „Stell dich unter das Fenster und rühr dich nicht vom Fleck, bis die Tür wieder geschlossen ist.“

Joseph nahm den Wassereimer und taumelte die Treppen hinunter. Seine Gedanken überschlugen sich, wer es wohl sein könnte. Pater O'Bannon? Daniel O'Connell? Konnte er hoffen, dass es vielleicht Kate war? Er spritzte sich schnell etwas Wasser ins Gesicht und klopfte den schlimmsten Schmutz von seiner Hose.

Die Angeln der Tür quietschten und sie wurde langsam aufgezogen. Eine lange Pause folgte, in der Josephs Puls raste, dann trat ein kleiner Mann mit Brille und Aktentasche in die Zelle. Er war Joseph vollkommen unbekannt. Der Besuch stieg die drei Stufen hinunter. Als die Tür hinter ihm zugeschlagen wurde, zuckte der kleine Mann zusammen.

„Wer sind Sie?“

Der unscheinbare Mann schob sich die Brille zurecht und antwortete in unterwürfigem Ton: „Sweeney, Jasper Sweeney.“

„Kenne ich Sie, Mister Sweeney?“

„Du liebe Güte, nein“, erwiderte Sweeney. „Nein, nein, nein.“ In seinem Tonfall lag das schiere Entsetzen, als wäre eine Verbindung zwischen ihm und Joseph undenkbar. „Ich bin Ihr Verteidiger.“

„Mein Verteidiger?“, erwiderte Joseph verwirrt. „Wer hat Sie geschickt?“

„Nun, sehen Sie, das ist etwas kompliziert. Es wurde der Antrag gestellt, dass Sie von Daniel O'Connell verteidigt werden.“

„Gut“, seufzte Joseph erleichtert.

„Aber nein“, korrigierte Sweeney. „Das wäre ganz unmöglich. Mister O'Connell ist selbst des Verrats angeklagt. Er kann Sie nicht verteidigen.“

„Aber er hat Sie hierher geschickt?“

Sweeney sah ihn schockiert an. „Ich habe absolut keine Verbindung zu politischen Demagogen und verräterischen Verschwörungen. Nein, nein, nein. Ich bin ein loyaler Untertan Ihrer Majestät, der Königin.“

Ärgerlich machte Joseph einen Schritt auf den kleinen Mann mit dem gestärkten Kragen zu. Er verlor allmählich die Geduld. „Wer hat Sie denn dann geschickt?“, rief Joseph.

„Noch ein Schritt und ich rufe den Wärter“, warnte Sweeney. Er drückte seine Aktentasche an die Brust, als wolle er jeden Augenblick die Flucht ergreifen.

„Warten Sie“, meinte Joseph etwas ruhiger und hob die Hände. „Ich möchte so gern etwas über meine Familie erfahren und was hier eigentlich vorgeht. Können Sie mir etwas sagen?“

„Das ist schon besser“, meinte Sweeney. „Da Ihr Freund ebenfalls des Verrats angeklagt ist, hat der Richter mich zu Ihrem Verteidiger bestimmt.“

„Wer ist der Richter?“ Joseph kannte viele der Richter aus der Umgebung. Ein paar von ihnen waren der Aufhebungsbewegung gegenüber sehr negativ eingestellt, aber viele von ihnen waren auch gerechte Männer, bei denen Joseph die Chance auf ein faires Verfahren hatte.

„Der Richter wurde speziell für dieses Verfahren ernannt“, erklärte Sweeney. „Sein Name ist Lewis. Er kommt nicht aus diesem Teil des Landes, sondern aus dem County Kilkenny.“

Josephs Herzschlag setzte aus und er schluckte schwer. „Lord Lewis von Callan?“

„Genau der.“

Es hätte nicht schlimmer kommen können. Richter Lewis hatte seine richterliche Laufbahn zur Zeit des Aufstandes von ’98 begonnen. Er wurde als der „Henker von Kilkenny“ bekannt. Diesen Spitznamen hatte er bekommen, nachdem er die Errichtung eines Galgens überwacht hatte, an dem dreißig Rebellen gleichzeitig gehängt werden konnten. Es war weithin bekannt, dass Lewis einem britischen Offizier gegenüber gesagt hatte: „Ich hasse diese tröpfchenweise Arbeit. Sie einzeln oder zu zweit zu hängen ist so ineffizient.“ Lewis’ Wunsch nach gesteigerter Produktivität hatte ihn dazu gebracht, mehrere hundert Männer an den Galgen zu bringen.

„Und Sie sollen mich vor Richter Lewis verteidigen“, wiederholte Joseph. „Wie viele Fälle dieser Art haben Sie bisher schon bearbeitet?“

Sweeney nahm seine Brille ab und polierte sie mit einem sauberen Taschentuch, bevor er antwortete. „Eigentlich bin ich noch nie vor Gericht erschienen“, gestand er. Dann griff er in seine Aktentasche und holte eine in Leder gebundene Ausgabe von *Blackstone's Commentaries* hervor. „Aber ich habe dies sehr sorgfältig studiert ... wirklich sehr sorgfältig."

Kapitel 3

Es war Mittag. Martin und Mary Elisabeth waren in der Schule. Miss Susan war in die Stadt gegangen, um ein Stück Kord für eine neue Hose für Martin zu besorgen. Kate und Tomeen hielten sich im Garten auf, als Adam Kane am Tor anhielt. Trotz des herrlich warmen Tages blickte er finster drein.

„Na, wenn das nicht der Pachteintreiber ist", neckte Kate. „Hallo, Adam. Ich habe meine Steuern und meine Pacht bereits bezahlt."

Bevor er in den Garten eintrat, zog Kane den Hut. „Guten Tag, Mylady."

„Immer noch Kate für Sie, Adam."

„Verzeihung, Mylady ... Kate. Wir alle, das heißt, wir auf dem Gut, dachten, Sie würden nach Castletown ziehen."

„Wenn Joseph entlassen ist."

„Das kann noch eine Weile dauern."

„Ich kann warten. Ich kann mir nicht vorstellen, allein im Schatten der Ruinen zu wohnen."

„Aber Sie wären doch gar nicht allein. Wir alle sind doch da. Fern, Margaret, Molly. Das Hauspersonal braucht jemanden, den es versorgen kann. Und Squire Joseph hat ein schönes Haus für Sie eingerichtet. Vor der Hochzeit, meine ich. Es ist kein bisschen düster."

„Ich habe selbst viel zu lange den Haushalt geführt, um mich jetzt bedienen zu lassen, Adam. Und hier fühle ich mich weniger einsam."

Aber Adam Kane ließ nicht so schnell locker. „Sie sind jetzt Lady Burke", sagte er, während Kate Zwiebeln für das Abendessen ausgrub. „Und der kleine Tomeen ist der neue Viscount Burke. Fern und Margaret sagen, es gehöre sich nicht, dass er wie das Kind eines gewöhnlichen Pächters aufwächst."

Kate entfernte die Erde von der Zwiebel. „Aber genau das ist er. Das Kind und das Enkelkind eines Pächters, Adam. Das bin ich und das war auch seine leibliche Mutter, meine Schwester. Und unser Vater und sein Vater vor ihm."

Der Verwalter zog die Augenbraue in die Höhe. „Aber die

Kühe melken, die Ställe ausmisten und Milchprodukte ausliefern ... die Frau von Squire Burke?"

„Und wenn ich es nicht mache, wer übernimmt es dann?"

„Ich könnte hundert andere finden."

Kate schwenkte vorwurfsvoll die Zwiebel vor seiner Nase. „Ach, aber niemandem würde es so viel Spaß machen wie mir, Adam. Wie sonst erfahre ich Neuigkeiten aus jedem Haushalt im Pfarrbezirk?" Sie lachte, doch das schien ihn noch mehr zu betrüben.

„Squire Joseph hat Dick die alte Scheune herrichten lassen, bis es kaum noch zu sehen war, dass sie nicht immer ein Haus gewesen ist."

„Die Scheune, ja?", lachte Kate. „Warum sollte ich in eine Scheune ziehen, wo ich hier ein richtiges Haus habe?"

„Es wäre einfacher, Kate ... Madam, für Martin und Mary Elisabeth, zur Schule zu gehen, wenn sie innerhalb der Tore von Burke Hall wohnen würden. Sie bräuchten nur über den Rasen laufen und wären schon da."

„Sie können jeden Morgen mit mir nach Castletown fahren, wenn ich die Milch dorthin bringe."

Kane ließ nachdenklich den Kopf hängen. „Aber da sind auch noch die Nächte, Kate."

„Aye", erwiderte sie und in Gedanken stimmte sie ihm zu, dass die Nächte ohne Joseph tatsächlich sehr lang waren. Würde es leichter werden, wenn sie in einem für sie ungewohnten Haus wohnen würde? „Aber ich weiß, dass der Morgen immer kommt."

Beunruhigt trat Kane von einem Fuß auf den anderen. „Die Zeiten haben sich geändert, Kate. Eine Frau allein ...", sagte er.

„Ich bin nicht allein."

„Dann muss ich eben deutlicher werden, Kate." Er schob zufrieden sein Kinn vor. Die praktische Kate würde auf seine Warnung hören. „Es gibt Gerüchte."

„Das ist nichts Neues."

„Miss Susan, die Kinder und Sie sind hier nicht mehr sicher."

„Sie machen zu viel aus –"

„Squire Joseph, Daniel O'Connell ... nun, Kate, die Politik in Irland ist ein unangenehmes Geschäft. Ob es Ihnen nun gefällt oder nicht, Sie sind die Frau eines Mannes, der zur Zielscheibe für die Opposition geworden ist. Zwei der Jungen in Wattys Taverne haben von einem wilden Burschen drüben auf dem

Marktplatz in Cong gehört. Er ist über die Befürworter der Aufhebungsbewegung hergezogen, über die Frauen und Kinder seiner Feinde. Die Familie Ihres Mannes, könnten Sie sagen." Er hustete hinter vorgehaltener Hand und mied ihren Blick. „Er hat Drohungen ausgesprochen, Kate. Es war beinahe biblisch. Babys auf den Steinen zu zerschmettern, um das Land von ihnen zu säubern."

Instinktiv nahm Kate das Kind auf den Arm und strich ihm die roten Locken zurück. „Irgendetwas Konkretes in Bezug auf Ballynockanor?"

„Nein. Aber Cong ist kaum weiter als ein Morgenmarsch von hier entfernt, Kate. Seien Sie doch vernünftig. Wir können Sie und den Kleinen drüben in Castletown bewachen. Es gibt eine Menge Leute, die vom Tod Squire Josephs profitieren würden. Für den Augenblick ist er hinter den Gefängnismauern besser geschützt als Sie und Tomeen, Miss Susan, Mary Elisabeth und Martin. Denken Sie nicht, diese Leute würden davor zurückschrecken, Sie alle umzubringen. Kommen Sie mit mir, Kate."

„Ich werde darüber nachdenken", versprach sie. Dass seine Worte sie innerlich erzittern ließen, verschwieg sie lieber. „Und ich werde mit Pater O'Bannon darüber sprechen. Für den Augenblick ist Josephs Schicksal ausreichend Grund zur Sorge."

*

„Sie werden Joseph durch diese Tür in den Gerichtssaal bringen, Tochter", erklärte Pater O'Bannon Kate. Sie waren zu Josephs erster Anhörung nach Galway City gekommen.

Sie war dankbar, dass sie eine Stelle hatte, auf die sie sich in dem überfüllten Saal konzentrieren konnte. Ihr Magen krampfte sich zusammen. Aufgewühltes Wasser lag vor ihnen, das wusste sie, bevor sie und Joseph wieder einen sicheren Hafen erreichen würden ... falls sie es überhaupt schafften. Vor der Verhandlung war es ihr nicht gestattet worden, mit ihrem Mann zu sprechen.

„Ruhe im Gerichtssaal!", rief ein Gerichtsdiener mit einer Autorität, die keinen Widerspruch duldete. „Die Sitzung des Schwurgerichts der Grafschaft Galway, Provinz Connacht im Jahre des Herrn 1843 beginnt. Seine Ehren Richter Lord Lewis führt den Vorsitz!"

Eine Eichentür zur Rechten des erhöhten Platzes des Richters öffnete sich und Richter Lewis, der Henker von Kilkenny, betrat in voller Amtstracht den Gerichtssaal. „Gott schütze die Königin und dieses ehrenwerte Gericht!“, bellte der Gerichtsdiener.

An den Tischen des Staatsanwalts, der Gerichtsangestellten und der Verteidigung ertönte eine lebhafte Erwiderung darauf. Besonders begeistert reagierte Mahon, der selbstzufrieden grinsend unmittelbar hinter der Anklagevertretung saß.

Richter Lewis spähte über seine Lesebrille auf die rund 200 Zuschauer und sein bereits strenger Gesichtsausdruck wurde noch strenger. „In meinem Gerichtssaal werde ich keinerlei Störungen dulden“, warnte er. „Ein Ausbruch, egal wie heftig, und ich werde den Täter verhaften und den Gerichtssaal räumen lassen. Der Gefangene möge hereingebracht werden.“

Auf der anderen Seite des Saales wurde eine Tür geöffnet und Joseph hereingeführt. Trotz der Ermahnung des Richters erklang aufgeregtes Gemurmel. Auf Pater O’Bannons strengen Blick hin, presste sich Kate die Hand auf den Mund und zwang sich, still zu sein.

Josephs Fußketten klirrten, als er in den Saal schlurfte. An den Händen war er an den Gefängniswärter gekettet. Er hatte beträchtlich an Gewicht verloren und seine Augen wirkten fiebrig. Sein Haar war ihm abgeschoren worden.

„Oh, Schwester“, stöhnte Mary Elisabeth. Sie zupfte Kate am Ärmel. Josephs Anblick verursachte Kate regelrecht körperliche Schmerzen.

Martin, der auf der anderen Seite von Mary Elisabeth saß, stieß sie mit dem Ellbogen in die Seite, um sie zum Schweigen zu bringen. Sein Gesicht war vor Zorn verzerrt. Zorn spiegelte sich auch in den Gesichtern von Adam Kane und Joe Watty, von O’Rourke und der normalerweise zurückhaltenden Fern. Selbst das freundliche Gesicht von Pater O’Bannon war zu einer Maske erstarrt.

„Verlesen Sie die Anklageschrift“, fordert der Richter.

Ein Gerichtsdiener erhob sich und verkündete: „Joseph, Lord Burke von Connacht, wird des Hochverrats gegen Ihre Majestät, Königin Victoria, beschuldigt. Er hat sich verschworen, die Regierung Ihrer Majestät zu stürzen und hat wissentlich anderen Hilfe geleistet, um eben dieses Ziel zu erreichen. Außerdem hat er eine ungesetzliche Schule gegründet, die dem Zweck der

Indoktrination Minderjähriger mit den Prinzipien des Verrats und der Verführung dienen sollte."

„Gefangener", fragte der Richter mit unverhohlener Verachtung, „wie plädieren Sie?"

„Nicht schuldig, Mylord", erwiderte Joseph mit fester Stimme.

„Die Aussage wurde aufgenommen. Der Gefangene wird an seinen gegenwärtigen Aufenthaltsort überstellt, um dort die Gerichtsverhandlung zu erwarten."

Zum ersten Mal schien Josephs schüchterner und zurückhaltender Verteidiger etwas zu sagen zu haben. „Wenn es dem Gericht gefällt", meldete sich Jasper Sweeney entschuldigend zu Wort, „Lord Burke ist Mitbeklagter mit dem ehrenwerten Daniel O'Connell und anderen, wenn er auch nicht vor demselben Gericht zu erscheinen hat. Diese anderen warten ebenfalls auf ihre Gerichtsverhandlung, doch sie sind auf ihr schriftliches Ehrenwort hin auf freien Fuß gesetzt worden. Ich bitte das Gericht, meinem Klienten dieselbe Milde zu erweisen."

„Abgelehnt", brummte Richter Lewis. „Dies ist mein Gerichtssaal, nicht irgendeiner in Dublin. Verrat, Verschwörung und Verführung sind Verbrechen, die zu offener Rebellion und bewaffneter Erhebung führen. Es wird keine Milde geben, schon gar nicht für ein Mitglied einer privilegierten Klasse, das sich nicht damit entschuldigen kann, von anderen verführt worden zu sein. Bringt ihn fort!"

Josephs Blick suchte die Galerie ab. Als er Kate entdeckte, brachte er ein schwaches Lächeln zustande und blinzelte ihr zu, um ihr zu versichern, dass er durchhielt und dass sie ebenfalls durchhalten solle. In diesem Augenblick übertrug sich seine Kraft auf sie. Sie formte mit den Lippen die Worte *Ich liebe dich*, bevor er aus dem Saal geführt wurde.

*

Martin und Mary Elisabeth waren gerade unterwegs zur Schule, als die verrückte Molly sie abpasste. Mary Elisabeth stieß ihren Bruder in die Seite. Er seufzte resigniert und begrüßte die alte Frau.

„Guten Tag, Kinder."

„Hallo, Molly", erwiderte Mary Elisabeth finster. Das Mädchen hatte seit der Hochzeit und Josephs Verhaftung kaum einmal gelächelt.

„Möchtet ihr etwas essen?“ Die verrückte Molly hielt ihr Gesicht in den Wind.

Mary Elisabeth runzelte die Stirn. „Wir haben Porridge gegessen.“

„Er ist davongeflogen.“ Molly sah zu den Vögeln hin. „Ganz verloren ist er. Armer, armer Connor. Armer Joseph Connor Burke. Davongeflogen.“

Ihr Singsang hatte in der Regel etwas zu bedeuten. Das beunruhigte Mary Elisabeth. Schule oder nicht, das Kind war geneigt, die Rechenstunde zu opfern, um zu hören, was die verrückte Molly Fahey zu sagen hatte.

„Wir kommen zu spät zum Unterricht, Molly.“ Martin zog Mary Elisabeth hinter sich her.

„Aye.“ Molly tänzelte am Straßenrand entlang. „Rechnen, ja? Zahlen und Zahlen. Der Teufel liebt nichts mehr als Zahlen. Vielleicht eine. Vielleicht zwei. Vielleicht drei. Darum hat er den armen Joseph auch ins Verlies geworfen. Kate muss die Summe kennen, sonst wird zwei und zwei niemals vier sein.“

„Wir werden es ihr ausrichten, Molly“, versicherte Martin.

„Tut das.“ Sie legte den Kopf zur Seite. „Der Wind wird ihn weit forttragen, fürchte ich. Der arme Joseph. Weit fort von da, wo er sein möchte.“

Mary Elisabeth riss sich von Martin los. „Sie macht es schon wieder! Spricht in Rätseln über Joseph. Das hat etwas zu bedeuten!“

„Mary Elisabeth!“, schimpfte er. „Die Schule!“

„Aye“, kicherte die verrückte Molly. Jetzt hatte sie sie. „Die Schule. Das werden sie ganz bestimmt gegen ihn verwenden!“ Und plötzlich war sie wieder ganz ruhig. Sie blinzelte Mary Elisabeth zu. „Hast du von deinem armen Bruder Kevin gehört, der nach Amerika verbannt worden ist?“

„Ein paar Mal hat er eine kurze Nachricht geschickt“, antwortete Martin anstelle seiner Schwester, der anscheinend die Worte fehlten.

„Ein paar Mal. Aye! Das ist der Grund für das Unglück, Martin. Ein Tag zu spät. Sie schicken jede Nachricht einen Tag zu spät. Und der arme Joseph weiß nichts von der Nachricht.“ Sie hob ihr spitzes Kinn zum Himmel. „Der Wind wird ihn hintragen, wo er nicht hin will, ihr werdet es sehen! Zurück nach

Hause, ihr Dummköpfe! Die Küsten Irlands! Nach Hause! Diese Richtung!“ Traurig den Kopf schüttelnd, wandte sie sich abrupt um und ging zurück zur Küche. „Zwei und zwei ist in der Rechnung des Teufels niemals vier, seht ihr? Und jede Nachricht kommt einen Tag zu spät.“

*

Der Assistent des Lordkanzlers von Irland, ein gewisser Burtenshaw Suggins, rülpste hinter vorgehaltener Hand. Aus der Tasche seiner Brokatjacke holte er ein emailliertes Schnupftabakdöschen hervor und schnupfte eine Prise in jedes Nasenloch, dann musste er laut niesen. Blinzelnd sah er sich in dem Salon seines Stadthauses in Dublin um. „Gesundheit!“, meinte er zufrieden. „Köstlich. Möchten Sie eine Prise?“

Er bot den anderen beiden Männern im Raum seine Dose an. Edward Lucas, Untersekretär des Lordleutnants von Irland, lehnte dankend ab. Colonel Mahon runzelte nur die Stirn. „Und wie ist die Reaktion Eurer Lordschaft auf meinen Vorschlag?“, fragte er erneut.

„Ich sage, die Aufhebungsbewegung ist tot, zumindest für dieses Jahr“, prahlte Suggins. „Wir werden dafür sorgen, dass O’Connell auch weiterhin bis zur Gerichtsverhandlung um sein Leben bangt und ihn dann schließlich verurteilen und einsperren – aber nicht so lange, dass er zum Märtyrer wird, Sie verstehen. In der Zwischenzeit werden wir mit seinen radikaleren Gefährten zusammenarbeiten und den Eindruck vermitteln, dass O’Connell sie verkauft hat, um sein eigenes Leben zu retten und somit die Aufhebungsbewegung irreparabel spalten.“

„Genau das habe ich Colonel Mahon erklärt“, warf Lucas ein. „Joseph Burke hat keinerlei Bedeutung mehr.“

„Für mich schon“, brummte Mahon. „Und für Sie auch, als Sie ihn noch tot sehen wollten.“

„Ich habe keine Ahnung, was Sie damit sagen wollen“, erwiderte Suggins kalt. „Auf jeden Fall ist das nun bedeutungslos geworden. Jetzt ist nicht die Zeit, Märtyrer einer Sache zu schaffen, die bereits im Sterben liegt.“

„Aber ich habe dafür gesorgt, dass Burke eingesperrt und des Verrats angeklagt wird. Richter Lewis wird den Fall verhandeln!“

Lucas und Suggins wechselten einen entnervten Blick. „Genau deshalb wollten wir Sie unbedingt sprechen“, sagte Lucas. „O’Connell wird verurteilt werden, aber nicht wegen Verrats.“

„Was?“, rief Mahon. Er fuhr in seinem Sessel hoch, als ihm klar wurde, dass sein gut ausgeklügelter Plan zu scheitern drohte.

„Wie ich schon sagte, nicht wegen Verrats“, fuhr Lucas unbeirrt fort, „sondern wegen des weniger schwerwiegenden Vorwurfs der Verschwörung mit dem Ziel, den Frieden zu stören. Die Strafe dafür beträgt zehn Jahre.“

„Dies ist auf höchster Ebene beschlossen worden“, erläuterte Suggins. „Politisch gesehen ist dies der Kurs, den wir verfolgen. Hüten Sie sich davor, übers Ziel hinauszuschießen, Colonel Mahon.“

Mahons Gedanken überschlugen sich. Keine Anklage wegen Verrats bedeutete, dass auch kein Todesurteil verhängt werden würde. Und jetzt, wo er Suggins seinen Plan enthüllt hatte, gab es auch keinen anderen Weg mehr, Joseph zu einem vorzeitigen „natürlichen“ Tod zu verhelfen. „Können Sie diese Information wenigstens so lange wie möglich geheim halten?“

„Das ist unsere Strategie“, räumte Lucas ein. „Dies dient unserem Ziel, Daniel O’Connell so viele schlaflose Nächte zu bereiten wie möglich und so seinen Widerstand zu brechen.“

„Wann wird die Anklage erhoben?“

„Erst kurz vor der Gerichtsverhandlung, die für die erste Januarwoche festgesetzt worden ist“, erklärte Lucas.

„Gut“, meinte Mahon nachdenklich. „Sehr gut. Es bleibt genügend Zeit. Meine Herren“, meinte er und erhob sich, „ich danke Ihnen, aber ich muss sofort aufbrechen und nach Galway zurückfahren.“ Mit einem kurzen Gruß ging er davon.

„Behalten Sie den Mann im Auge“, befahl Suggins Lucas, nachdem der Colonel sein Haus verlassen hatte. „Vielleicht noch ein Glas von dem ausgezeichneten Portwein?“

Kapitel 4

Irgendetwas stimmte nicht. Martin merkte das an dem Bellen eines Hundes, dem aufgeregten Muhen der Kühe und dem wilden Läuten der Kuhglocke, noch bevor er und Mary Elisabeth in die Nähe der Weide kamen.

„Das klingt, als läge eine der Kühe im Todeskampf!" Mary Elisabeth rannte vor und kletterte über die Steinmauer.

Wegen seines verkrüppelten Fußes konnte Martin ihr nicht so schnell folgen. Er rief seiner Schwester hinterher: „Was ist los?"

„Martin! Oh Martin! Martin!", schrie sie über das Bellen hinweg. Dann nach einer kurzen Stille: „Weg hier! Lass sie in Ruhe! Fort mit dir!"

Martin verfluchte sein verkrüppeltes Bein und kämpfte sich den steinigen Abhang hinauf. Endlich hatte er die Weide erreicht. Als er über die Mauer kletterte, entdeckte er Mary Elisabeth, die zwischen elf Milchkühen stand, einen Stein in der Hand hielt und weinte. In der Mitte lag Daisy, das Leittier der Herde, blutend und zerbissen, mit gebrochenem Vorderbein. Keuchend und mit wildem Blick lag das Tier auf der Seite, hob den Kopf und versuchte vergeblich, sich aufzurichten.

„Es war ein Hund!", schluchzte Mary Elisabeth. „Ich habe ihn dort hinten gesehen." Sie deutete auf die Steinmauer. „Ein Wolfshund war es, ein Riesenvieh!"

Martin legte den Arm um Mary Elisabeth und kniete sich dann neben die Kuh. Er legte die Hand auf ihren Nacken und drückte das verängstigte Tier zu Boden, um es zu beruhigen. Die Kuh war nicht mehr zu retten. „Er hat ihr die Gedärme herausgerissen", erklärte Martin. Ein Blick auf die restliche Herde zeigte, dass noch drei weitere Kühe verletzt worden waren. „Ein Wolfshund also."

„Aye. Ein großer, haariger Teufel mit blutigen Fängen. Ich habe einen Stein nach ihm geworfen und ihn getroffen. Er ist davongerannt. Aber wir sind zu spät. Ach, Martin. Die arme, arme Daisy."

Martin atmete langsam aus und überlegte, was zu tun sei. „Wer in der Gegend hat denn einen solchen Hund?"

Von der anderen Seite der Steinmauer antwortete eine Stimme mit englischem Akzent. „Ich." Es war Colonel Mahon. Er stieg von seinem Pferd und sprang über die Steine hinweg, dann ging er geradewegs auf das leidende Tier zu.

Der Hund mit seinem blutverschmierten Maul folgte ihm dicht auf den Fersen.

Verängstigt begannen die Milchkühe zu muhen und rannten in Panik zum andere Ende der Weide.

„Sie!" Martin ballte die Fäuste, als er sich erhob. „Halten Sie den Köter von unseren Kühen fern!"

Mary Elisabeth schrie auf und warf wieder einen Stein nach dem Hund. Er wich zurück und kehrte ganz zahm an die Seite seines Herrn zurück.

„Sehen Sie nur, was er angerichtet hat! Halten Sie ihn zurück!"

Mahon blieb stehen, zog die Pistole, befahl dem Hund, sich zu setzen, zielte zwischen seine Augen und drückte ab.

Der Schuss wurde von den Bergen zurückgeworfen, während der Hund zusammensank. Mahon trat über den Kadaver hinweg und ging auf die sterbende Milchkuh zu.

Er lud seine Waffe erneut, warf einen Blick auf Martins verkrüppeltes Bein und befahl Mary Elisabeth: „Geh und hol deine Schwester und die Magd. Erzähl ihnen, was passiert ist. Und bringt den Wagen für den Kadaver mit. Das Fleisch muss ja nicht verkommen." Damit gab er einen zweiten Schuss ab, der die Kuh in den Kopf traf.

Weinend eilte Mary Elisabeth zu Daisy. „Nein! Nein! Nein! Nein!"

Angewidert ergriff Mahon das Mädchen am Arm. „Na los, fort mit dir! Tu, was ich dir aufgetragen habe."

In einer schnellen Bewegung zückte Mahon sein Messer und schlitzte der Kuh die Kehle auf, damit sie ausbluten konnte. Martin blieb blass und erschüttert auf dem Boden sitzen. „Du, Junge. Steh auf. Wir werden sie hier häuten. Wir müssen das Fleisch und das Fell retten."

*

Hysterisch schluchzend versuchte Mary Elisabeth zu berichten, was geschehen war. Kate hielt das weinende Kind in den Armen, bis sie endlich die Geschichte zusammenhatte. Jemand mit einer Pistole hatte Daisy erschossen. Ein schreckliches Ungeheuer mit tropfenden Lefzen hatte sie angegriffen. Die Kuhherde war in Panik geraten. Sie sollte den Wagen holen und sofort kommen.

„Mary Elisabeth! Wo ist Martin?“ Kate packte das Kind an den Schultern. „Hör mir zu. Ist Martin verletzt?“

Es gelang Mary Elisabeth, den Kopf zu schütteln.

Kate und Miss Susan warfen sich einen Blick zu. „Wir sollten Mister Adam Kane holen“, meinte die Amme.

„Keine Zeit. Und ich möchte es auch nicht riskieren, Mary Elisabeth oder Tomeen mitzunehmen.“

„Keinesfalls sollten Sie allein fahren, falls es tatsächlich die Ribbonmen sind, die das Vieh abschlachten“, warnte Miss Susan düster. „Dieses Mal haben wir keinen Tinker, Gott hab ihn selig, der sie verjagt.“

„Ich muss.“ Kate nahm ihren Mantel und die Laterne vom Haken. „Mary Elisabeth, ich bin bald wieder da. Hörst du mich, Kind?“

Sie zündete den Docht an und sah sich schnell in der Hütte um, ob sie vielleicht sonst noch etwas mitnehmen könnte. Sie nahm ihren Nähkorb und steckte noch eine Flasche Whisky ein. Vielleicht musste eine Wunde gesäubert und genäht werden. Dazu kamen noch einige Talgkerzen. Bis Kate die Weide erreichte, würde es beinahe dunkel sein. „Pass auf sie auf, Susan. Und verriegele die Tür, bis ich wieder da bin.“

Der Wind pfiff um Kates Wangen und wirbelte ihr Haar durcheinander. Mit gesenktem Kopf trottete der Esel langsam den Abhang hinauf. Kate hielt die Zügel fest umklammert und lenkte das Gefährt durch die hereinbrechende Dunkelheit.

Es war schon ziemlich dunkel, als sie bei der Weide ankam. Außer dem Heulen des Windes war nichts zu hören. Sie hob die Laterne und rief: „Martin! Wo bist du, Junge?“

Martin trat aus dem Schatten in den Lichtstrahl. Er sah aus wie ein Geist und schwieg eine ganze Weile. „Daisy ist tot. Ich und der Squire haben den Kadaver ausgenommen. Wir werden das Fleisch aufhängen und verarbeiten müssen.“

Hinter ihm tauchte Colonel Mahon auf. „Lady Burke. Es ist ganz allein meine Schuld. Ich habe den nichtsnutzigen Köter getötet. Er wird Ihrem Vieh nichts mehr tun.“

Sprachlos näherte sich Kate dem Schauplatz des Gemetzels.

Der Kadaver des Hundes machte sie traurig: Irische Wolfshunde wurden dazu abgerichtet, das Rotwild und die Elche auf den riesigen Anwesen der Adeligen zu reißen und zu töten. Das Tier war nur seinem Instinkt gefolgt.

Daisys Kopf starrte Kate aus toten Augen an. „Sie war meine beste Milchkuh."

Martin erwiderte: „Wir werden vermutlich auch noch drei von den anderen verlieren."

„Der Hund hat des Teufels Willen getan." Mahons Kleidung war voller Blutflecken. „Mein aufrichtiges Bedauern, Lady Burke."

Kate presste die Lippen zusammen. Eine verbitterte Antwort lag ihr auf der Zunge. Sein Bedauern machte Daisy nicht mehr lebendig und würde auch den weiteren Schaden, der in der Herde angerichtet worden war, nicht wieder in Ordnung bringen. Kate untersuchte die Wunden der anderen Milchkühe.

„Arme Tiere", murmelte sie. „Arme, arme Tiere." Hier konnte sie die Wunden der Kühe nicht versorgen. „Wir müssen sie nach Hause in den Stall bringen."

Colonel Mahon drehte ihr den Rücken zu und machte sich an die Arbeit. „Sie werden einen Mann brauchen, der Ihnen hilft, die Wunden zu versorgen, Lady Burke. Aber diese beiden werden Sie vermutlich verlieren." Er deutete auf zwei Milchkühe, die geschwächt im Gras lagen. „Und jetzt hilf mir mal, Junge." Er und Martin hievten das hintere Viertel des Kadavers auf den Wagen. „Gut, dass es so kalt ist. So bleibt das Fleisch frisch, bis Sie dazu kommen, es zu verarbeiten. Aus den Eingeweiden wollen Sie sicher Wurst machen."

Es dauerte eine Weile, den Wagen zu beladen. Als Martin schließlich Daisys Glocke aufhob und die beiden verletzten Kühe auf die Beine gezerrt hatte, verabschiedete sich Mahon von ihnen und ritt davon, als wäre er zufällig auf der Straße vorbeigekommen.

*

Es war kurz nach Mitternacht, als zwei Reiter sich dem Stall näherten, in dem Kate, Miss Susan und Martin die Kühe verarzteten.

Zerrissene Euter, tiefe Bisse im Nacken, den Flanken und

herausquellende Gedärme erzählten die Leidensgeschichte von „Sonnenschein“ und „Liebchen“. Wie Daisy würden sie vermutlich getötet werden müssen, um ihr Leiden zu beenden und ihr Fleisch zu retten.

Kate sah kaum von ihrer Arbeit auf, als zwei Männer den warmen Stall betraten und sich vorstellten.

„Verzeihung, Lady Burke, Madam. Wir sind Dan und Andrew Glen, Madam. Squire Colonel Mahon hat uns geschickt, damit wir Ihnen ein wenig helfen. Wir sind Melker.“

Die Beiden waren Zwillinge, hatten beide rote Bärte, rosige Wangen und hellblaue Augen sowie wahre Stiernacken. Sie unterschieden sich nur durch die Farbe ihrer Halstücher – der eine trug ein rotes, der andere ein blaues.

Miss Susan betrachtete die beiden misstrauisch. Martin fuhr verärgert hoch. „Wir nehmen nichts vom Teufel an.“

„Ruhig, Martin. Sie kennen sich mit Kühen aus. Das macht sie zu unseren Verbündeten“, wies Kate ihn zurecht. Und an die Brüder gewandt sagte sie: „Sie sind willkommen.“

„Junge, würdest du unsere Pferde versorgen?“, fragte der mit dem blauen Tuch. „Wir haben sie ganz schön gescheucht, um schnellstens hierher zu kommen.“

„Versorgen Sie sie selbst“, gab Martin kurz zurück.

Kate erhob sich von dem Melkschemel und funkelte Martin an, der errötete und den Blick abwandte. Er warf sein mit Whisky durchtränktes Tuch zu Boden und verließ ärgerlich den Stall. Kate wandte sich wieder ihrer Arbeit zu. Dan und Andrew gingen von Tier zu Tier und untersuchten die Wunden.

Als der Morgen anbrach, waren die beiden am schwersten verletzten Kühe geschlachtet und zerlegt. Die Wunden der anderen waren gesäubert und genäht worden. Die Melker schätzten den Schaden genauso ein wie Kate. Drei Milchkühe tot, vier andere so schwer verletzt, dass sie sicherlich lange keine Milch mehr geben würden.

*

„Blutacker!“ Die verrückte Molly schwenkte ihre Arme, als wollte sie aus dem Kreis der Schulkinder davonfliegen. „Es ist ein verfluchter Ort, das ist er. Blutacker!“ Sie richtete den Blick auf Mary Elisabeth, die vor ihr zurückzuckte. „Gemetzel! Verrat! Ach! Die Wölfe unter die Lämmer zu lassen. Ist schon mal passiert, wisst ihr. Fragt den kleinen Connor, der in dieser schrecklichen Nacht vor den Hunden geflohen ist. Es waren seine Hunde, nicht, Martin? Erzähle uns mehr!"

Martin, der zornig darüber war, dass Molly nun über die gerissenen Kühe der Donovans lamentierte, erwiderte: „Lass gut sein, alte Frau."

Sie schien überrascht zu sein. „Alte Frau jetzt, ja? Sicher, aber ich bin nicht so alt wie andere."

„Und wie wer?", fragte Martin, um sie von dem Geschehnis vom Vortag abzulenken.

„Nun, ich bin nicht so alt wie ... der heilige Patrick."

„Der ist schon lange tot."

Sie hob korrigierend ihren knochigen Finger. „Nein! Er lebt mit allen Heiligen und preist Gott im Himmel, so ist es."

„Du bist älter als jeder andere in Ballynockanor." Ein Glück, sie hatte das Massaker vergessen.

„Nein! Nicht so alt wie Jehova, der täglich über die Seven Bens wandert. Ich bin noch ein Frühlingsküken. Ein kleines Küken, eine Färse. Wie ich schon sagte, Martin ..."

„Du bist so alt wie ..." Das Spiel war vorbei und er hatte verloren.

„Ein schöner Hund war es. Hat die Stiefel des Squire geleckt. Damals! Muttermilch ist auf den Blutacker verschüttet worden! Nur den Grund dafür weiß ich nicht."

*

Colonel Mahon stieg nicht von seinem Pferd, während er mit Pater O'Bannon sprach. Dem Priester fiel auf, dass er den englischen Squire an diesem Tag zum ersten Mal ohne seinen Wolfshund sah.

„Guten Tag, Squire, Colonel Mahon", sagte Pater O'Bannon.

„Guten Tag, Hochwürden."

Bisher war Mahon zu höflich. „Sie sind weit weg von zu Hause, Squire." Pater O'Bannon wollte ihm dadurch klarmachen, dass er sich auf Burke-Land befand.

„Ich bin hier, weil ich eine Schuld begleichen möchte." Mahon griff in seine Tasche und warf dem Priester einen Lederbeutel zu, in dem sich eindeutig einige Münzen befanden. „Dies ist für Lady Burke. Ich finde es nicht angemessen, es ihr persönlich zu überreichen. Es ist der doppelte Wert ihrer Kühe. Würden Sie dafür sorgen, dass sie dies mit meinem tief empfundenen Bedauern erhält?“

Pater O’Bannon nahm den Beutel und senkte den Kopf. *Eine Schuld, hat der Mann gesagt? Tief empfunden, ja? Bedauern, ja?* Trotz der begründeten Zweifel des Priesters, hier war ein Beutel mit harten Münzen, der zeigte, dass doch wenigstens eine Art Herz in der Brust dieses Kerls pochen musste.

„Nun“, erwiderte der Priester und wog die Münzen in der Hand. „Aye. Ich werde ihr das Geld geben, Squire. Aber dies wird ihr ihre Tiere nicht ersetzen. Lady Burke hat ihre Kühe geliebt.“ Er behielt für sich, dass Kate die Tiere sogar am Tag des heiligen Franziskus abwechselnd hatte segnen lassen. „Wenn ich am Stall der Donovans vorbeiging, habe ich oft gehört, wie sie ihnen etwas vorgesungen hat.“

„Nun, ich ...“ Mahon brach ab und mit einem schwachen Nicken sagte er: „Guten Tag.“ Dann ritt er weiter.

*

Einundzwanzig Goldmünzen lagen in sieben Stapeln auf dem Tisch zwischen Kate und Pater O’Bannon aufgereiht.

„Drei Sovereigns für jede getötete oder verletzte Kuh“, bemerkte der Priester. „Das muss man dem Teufel lassen – Colonel Mahon bezahlt, was er schuldig ist.“

„Dreimal mehr, als sie wert waren.“ Kate seufzte. „Aber trotzdem wiegt das Geld den Wert meiner Freundinnen nicht auf. Ich werde sie vermissen, Pater. Sie waren gute Tiere.“

„Aye. Seltsam, nicht, Tochter? Alle Lebewesen auf der Erde kennen ihren Platz und ihre Aufgaben. Nur die Menschen nicht.“ Er deutete mit dem Finger auf die Münzen. „Ach, na ja. Das ist mehr Geld, als die Burkes gesehen haben, seit sie mit dem Burgo-Schatz ihre Steuern bezahlt haben.“

„Und mehr als die Burkes in den kommenden Jahren zu sehen bekommen werden. Seit Josephs Verhaftung habe ich noch eine Aufforderung zur Steuernachzahlung bekommen. Adam Kane hat mir die Rechnungen gebracht, als ob ich wüsste, was zu tun ist.“

„Du musst jetzt deine Aufgabe als Herrin übernehmen, Kate. Joseph braucht jemanden, der sich um die Geschäfte kümmert.“

„Es hört nie auf und ich kenne mich in diesen Dingen überhaupt nicht aus. Ich bin noch immer die Tochter eines Bauern. Wenn Mahon jetzt nicht seine Schulden beglichen hätte, hätte ich kein Geld, um die Dienstboten zu bezahlen, ganz zu schweigen von den Steuern."

„Gott hat für dich gesorgt, wie er es versprochen hat, Mädchen. Übrigens hat Adam Kane erzählt, du würdest noch einmal nach Galway City fahren, um zu sehen, ob du Joseph vor der Gerichtsverhandlung besuchen kannst."

„Das werde ich. Aber sie haben mich schon zweimal abgewiesen."

Der alte Priester blinzelte ihr zu. „Colonel Mahon hat dir den Schlüssel in die Hand gegeben, Tochter." Er hielt eine frisch geprägte Münze ans Licht. „Die junge Königin Victoria. Ihre goldenen Wangen in eine schmierige Handfläche gedrückt, werden auch den unfreundlichsten Gefängniswärter freundlich stimmen. Ich frage dich, wer würde widersprechen, wenn die Königin selbst ihn auffordert, die Tür aufzumachen?"

*

Es war finsterste Nacht, als die Kutsche der Burkes vor dem Gasthaus in Galway City vorfuhr. Adam Kane hielt die Zügel und Kate, Miss Susan und der kleine Junge saßen darin.

Der Verwalter hämmerte an die Tür des halb verfallenen Gebäudes. Es dauerte ganze fünf Minuten, ehe ein verschlafener Mann in einem roten Flanellnachthemd und einer Kerze in der Hand die Tür öffnete.

„Ein Zimmer für Lady Burke, ihre Magd, das Kind und mich."

Bei der Erwähnung des Namens Burke riss der Gastwirt die Augen auf. „Die Frau des Verräters, ja? Kein Platz. Dummköpfe beherbergen wir, aber niemals Verräter."

Die Tür wurde zugeschlagen.

Es dauerte zwei Stunden, bis Adam Kane endlich ein Zimmer für die kleine Gesellschaft ergattert hatte. Den Namen Burke erwähnte er in Galway nicht mehr.

*

Das Gefängnis namens „Spanischer Bogen" neben den alten Kais war im Jahre 1584 erbaut worden, um den Hafen von Galway City zu schützen, der damals noch außerhalb der Stadtmauern lag. Hier entluden die spanischen Kaufleute ihre Schiffe. Hier wurden auch widerspenstige Seeleute eingekerkert und Meuterer in Ketten gelegt, bis sie den Langen Weg hinuntergeführt wurden, um am Mast eines Schiffes aufgehängt zu werden.

Auf der anderen Seite am Westufer des Flusses befand sich der Claddagh. Seit dem Mittelalter war das flache, steinige Ufer das Heim von grimmigen und unabhängigen Gälisch sprechenden Fischern. Sie verachteten die englischen Günstlinge, die die Stadtmauern bewachten. Dort hatten Kate und ihre Begleitung Unterkunft für die Nacht gefunden.

Bei Anbruch der Morgendämmerung erwachte sie durch den leisen Gesang von gälischen Stimmen in der Frühmesse: „*Is reobhrea an stor ata ag Rina Gloire duinn in aisce ...*“

Wundervoll ist der Schatz,
den der König der Herrlichkeit für uns bereithält.
Sein eigenes Blut und Fleisch als Vergeltung der Sünden.
Setze deine Hoffnung nicht auf Gold oder auf Macht,
denn sie sind eine Lüge.
Wie ein Dunst, verglichen mit der Herrlichkeit des Himmels.

Diese Worte beruhigten Kate irgendwie. In der Nacht hatte sie nur wenig Schlaf gefunden. Vielmehr hatte sie darüber nachgedacht, wie sie Josephs Gefängniswärter gegenübertreten und ihm die Goldmünze geben würde, damit sie ihren geliebten Joseph sehen konnte. Wie würde der Mann, wie man hörte ein recht bösartiger Mensch, auf das Bestechungsgeld reagieren?

Während Miss Susan Tomeen fütterte, suchte Adam Kane einen Bootsmann, der Kate zum anderen Ufer rudern würde.

Obwohl Kane dagegen gewesen war, beschritt sie allein den Langen Weg zum Gefängnis. Sie trug einen Korb mit frischer Kleidung, Fleischkuchen und Brot für Joseph bei sich. Auf dem Weg zum Gefängnis betete sie und drehte den Goldsovereign in den Händen, den sie für Gann reserviert hatte. Der Gastwirt im Claddagh hatte Kate erzählt, Gann sei abgrundtief bösartig. Das Verlies, beinahe ein Ebenbild der Hölle, sei also eine angemessene Unterkunft für einen Menschen wie Gann.

Kates Herz klopfte zum Zerspringen, als sie unter dem steinernen Bogen hindurchging, der dem Gefängnis seinen Namen gegeben hatte, und sich einem jungen britischen Soldaten näherte, der vor dem Eingang Wache hielt.

Sie wickelte ihren Schal um ihr Kinn, sodass die Narben nicht zu sehen waren. Lächelnd sprach sie den Mann an, als würde sie ihn bereits kennen. „Guten Morgen, Sir. Stehen Sie schon die ganze Nacht über Wache?“

„Aye, Madam.“ Seine blutunterlaufenen Augen zeigten, wie erschöpft er war. „Außerdem war es eine besonders kalte Nacht.“

„Nun, dann ist Ihr Dienst hoffentlich bald beendet“, meinte sie freundlich. „Eine heiße Tasse Kaffee wird Ihnen jetzt gut tun.“

„Da haben Sie Recht, Madam.“

„Ich wünschte, ich könnte Ihnen eine anbieten. Aber ich habe etwas anderes zu erledigen.“

„Was kann ich für Sie tun, Madam?“

„Ich bin gekommen, um mit dem Gefängniswärter Gann über einen Gefangenen zu sprechen. Ich habe ein paar Sachen für ihn mitgebracht.“

Da der Wachposten davon ausging, dass sie die Frau oder Schwester von einem der Gefangenen war, kühlte sich sein Verhalten merklich ab. Sein Tonfall wurde unfreundlich. „Ich werde Gann holen.“

Er ließ Kate wartend vor der Tür stehen und kam wenige Augenblicke später mit der Nachricht zurück, Gann hätte keine Lust, mit ihr zu sprechen, was immer auch ihr Anliegen sei.

Kate drückte einen Schilling in seine Handfläche. „Versuchen Sie es noch einmal für mich, ja?“

Er steckte die Münze in seine Jackentasche, senkte den Kopf und verschwand erneut hinter den dicken Eingangstüren.

Minuten vergingen, bevor er zurückkam. „Tut mir Leid, Madam. Er sagt, er will niemanden sehen.“

Kate runzelte die Stirn. Diesem Soldaten von niederem Rang noch einen weiteren Schilling zu geben würde nichts ändern. Sie erinnerte sich an das, was Pater O'Bannon gesagt hatte. Schließlich räusperte sie sich und sagte: „Richten Sie Mister Gann aus, ein Sovereign würde ihn erwarten.“

Der junge Mann blickte sie verstehend an. „Ein Sovereign“, wiederholte er und verschwand zum dritten Mal hinter den Türen.

Dieses Mal dauerte es noch länger und Kate hoffte, Gann würde selbst kommen, das Bestechungsgeld nehmen und sie zu Josephs Zelle führen.

Doch stattdessen kam der Soldat wieder heraus. Er war sehr niedergeschlagen. „Er sagt ... Madam ... ich kann Ihnen nicht genau wiedergeben, was er auf Ihr Angebot gesagt hat. Aber er will kein Geld. Er würde treu seine Pflicht erfüllen, sagt er, und er würde jeden verhaften, der versuchte, ihn zu bestechen." Der junge Mann gab ihr den Schilling zurück. „Sie verschwinden besser, und zwar schnell. Er ist ein sehr ungehobelter Mensch und Frauen, die in dieses Gefängnis eingelassen werden, werden überaus schlecht behandelt. Ich habe selbst eine Schwester zu Hause. Sie sind sehr hübsch und es könnte ihm einfallen, Sie ... Sie zu seinen eigenen Zwecken zu missbrauchen."

Die Drohung ließ sie erschaudern. Sie nickte, da sie sicher war, dass der Soldat ehrlich ihr gegenüber war. „Können Sie diese Dinge dem Gefangenen Joseph Burke bringen?" Sie stellte den Kopf zu seinen Füßen ab.

„Gann wird das für sich nehmen." Der Wachposten schob den Korb mit dem Fuß zurück. Er senkte die Stimme und fügte hinzu: „Bitte, Madam. Nehmen Sie die Sachen und verschwinden Sie. In der Mauer befindet sich ein Fenster. Manchmal beobachtet Gann die Vorgänge hier draußen. Beeilen Sie sich."

Kate schluckte. Sie spürte die Nähe des Bösen. „Aye." Sie nahm den Korb und eilte davon.

*

Das Fleisch der getöteten Kühen wurde für die Festtage zwischen den Familien des Pfarrbezirks aufgeteilt. Als Kate, Miss Susan und die Kinder am Weihnachtsmorgen aus der Kirche zurückkamen, standen die Melker Dan und Andrew Glen vor der geschlossenen Stalltür.

„Guten Morgen, Lady Burke", sagte Rot.

Blau fügte hinzu: „Sieht so aus, als würden wir am Weihnachtstag Sonne bekommen."

Trotz des strahlend hellen Morgens war es bitterkalt. Kate verhielt sich freundlich, aber reserviert. Sie bat die beiden zu einer Tasse Tee ins Haus. Die verletzten Kühe erholten sich recht schnell, wenn die Tragödie auch die Milchproduktion auf ein Viertel des bisherigen Ertrages reduziert hatte.

Blau zog dankend den Hut. „Vielen Dank, Madam, aber wir haben keine Zeit für eine Tasse Tee. Colonel Mahon hat uns auf einen Weihnachtsbotengang zu Ihnen geschickt und wir haben uns bereits viel zu lange aufgehalten."

Damit traten die Brüder zurück und rissen die Stalltür auf. Im Inneren des Stalles liefen ein halbes Dutzend fremde junge Kühe herum.

„Die sind für Sie, Madam. Sechs der besten Frühlingsfärsen in vier Grafschaften. Ich und Andrew sind auf Schatzsuche gewesen, könnten Sie sagen, auf Geheiß des Squires. Sucht die besten Tiere, die es gibt, hat er gesagt. Jede von ihnen wird innerhalb von einem Monat ein Kalb werfen. In null Komma nichts wird die Milchwirtschaft wieder in Gang kommen. Sie sehen also, sechs Kühe, sechs Kälber. Eine schreckliche Tragödie ist für Sie zum Segen geworden und ebenso für die Leute in Ihrer Umgebung. Mit den besten Empfehlungen von Colonel Mahon, Madam."

Die Brüder grinsten, als Kate einen Schrei des Entzückens nicht unterdrücken konnte. Tränen traten ihr in die Augen, als sie den Stall betrat und die Kühe betrachtete, ihre samtweichen Mäuler streichelte und ihre seidenweichen Hälse rieb. Der Squire hatte sie weit über ihren Verlust hinaus entschädigt.

„Der Squire hat dem Hause Donovan und Burke über die Maßen Recht getan. Sagen Sie ihm, dass ihm tatsächlich vergeben worden ist."

„Sie sind auch gut erzogen", bemerkte Blau stolz. „Wir haben darauf geachtet, dass sie gut stehen und sich geduldig melken lassen."

„Fromm und brav sind sie, alle sechs", fügte Rot hinzu. „Eine Frau allein ohne Mann ..." Er kratzte sich den Bart und trat unruhig von einem Fuß auf den anderen. „Diese Kühe sind genau die richtigen für eine sanfte Dame."

Rot deutete auf die gewölbten Leiber der Tiere. Sie schienen genauso breit wie hoch zu sein. „Der Squire weiß, dass es oft Schwierigkeiten bei der Geburt des ersten Kalbes gibt. Er sagt, Sie brauchten sich keine Sorgen zu machen. Wenn Sie eine verlieren, wird er Ihnen eine andere dafür kaufen. Mein Bruder und ich werden kommen und Ihnen helfen, wenn die Kälber auf die Welt kommen." Er griff in die Tasche seines Mantels und holte einen Umschlag mit Colonel Mahons Siegel hervor. „Hier sind die Kaufverträge für jede Tier und ein Brief von dem Squire, den Sie lesen können, wenn es Ihnen passt. Eine Antwort wird nicht erwartet. Er wünscht Ihnen und Ihren Pächtern alles Gute und hofft, dass sich Ihr Verhältnis in der Zukunft bessern wird."

„All dies und nicht einmal eine Tasse Tee, um sich aufzuwärmen?", fragte Kate.

„Nein, Lady Burke. Der Squire ist ein strenger Herr und wir sind bereits eine Stunde zu spät dran. Es wird eine Menge Ärger geben, wenn wir uns jetzt nicht beeilen."

*

Kate las Martin Colonel Mahons Brief vor. Die Botschaft war kurz und prägnant:

Lady Burke,
ich hoffe, die Tatsache, dass ich Ihre toten und verletzten Kühe durch neue Tiere ersetzt habe, bessert Ihre Stimmung und lässt mich in Ihrer Gunst steigen.

Martin schnaubte verächtlich. „Niemals wird er in unserer Gunst steigen! Seine Teufelschaft hat noch nie in deiner Gunst gestanden."

Kate las weiter:

Ich stehe in Ihrer Schuld. Wenn ich etwas für Sie tun kann, zögern Sie nicht, mir eine Nachricht zu schicken. Ich werde alles in meiner Macht Stehende tun, um Ihnen zu helfen.
Ihr treuer Diener
Colonel Mahon

„Etwas für uns tun?", höhnte Martin. „Er hat uns überhaupt nicht geholfen. Er hat nur das bezahlt, was er uns schuldig war, und sein Unrecht wieder gutgemacht."

Kate warf das Blatt auf den Tisch. „Aber trotzdem muss man es ihm zugute halten. Leute seines Standes denken nur selten daran, ein Unrecht wieder gutzumachen."

„Verteidige ihn nicht auch noch, Schwester. Männer wie er haben Joseph in Ketten gelegt. Mahon selbst kennt jeden betrügerischen Richter und Politiker in Irland. Er ist regelmäßig in Dublin Castle zu Besuch. Zweifellos wissen sie dort mehr über Josephs Fall, als wir je erfahren werden."

Kates Kopf fuhr hoch. Ihre Augen funkelten. Offensichtlich dachte sie über einen unausgesprochenen Gedanken nach. „Aye, Martin. Du hast Recht, Gott sei gelobt!"

„Weswegen? Weswegen sei Gott gelobt?", fragte er misstrauisch.

„Mahon. Dass er mehr über Josephs Fall weiß als wir. Er steht in meiner Schuld. Du hast ja gehört, was in dem Brief stand. Wenn jemand erreichen kann, dass ich ins Gefängnis gelassen werde, dann er!"

Kapitel 5

Der hagere, leichenblasse Verwalter der Mahon-Ländereien stand in der Halle des großen Herrenhauses vor Pater O'Bannon.

Obwohl die Rolle des Gesandten dem alten Priester überhaupt nicht behagte, hatten Kates Verzweiflung und seine eigene Sorge um Josephs Wohlergehen ihn dazu gebracht, sich zu überwinden.

„Ich bin im Namen von Lady Burke gekommen", erklärte Pater O'Bannon dem Verwalter. „Colonel Mahon hat Lady Burke versichert, dass er ihr bei Bedarf gern behilflich sein würde."

Der Verwalter mit der Hakennase blickte auf den Geistlichen herab, als sei er ein Spatz, der sich unter Lebensgefahr in das Nest des Raubvogels begeben hätte. „Der Squire, Colonel Mahon, hat mich angewiesen, dass kein papistischer Halunke jemals seinen Fuß über seine Schwelle setzen soll. Ich denke, Sie sind ein Papist."

Pater O'Bannon ließ sich durch die Drohungen des Verwalters nicht einschüchtern. „Junger Mann", sagte der Priester, obwohl der Mann so aussah, als hätte er die Fünfzig bereits überschritten, „wenn Sie meinem Wunsch nicht nachkommen und Ihren Herrn holen, werden Sie Schwierigkeiten bekommen, das garantiere ich Ihnen. Colonel Mahon hat Ihrer Ladyschaft versichert, dass er ihr sehr gern behilflich sein würde. Sie hat mich geschickt und ich bin den ganzen weiten Weg hergekommen und jetzt wollen Sie bitte so freundlich sein, den Squire zu holen, sonst wird er sicherlich ein Wörtchen mit Ihnen zu reden haben, wenn er erfährt, dass Sie den Boten Ihrer Ladyschaft so schäbig behandelt haben."

„Arroganter Nager." Der Verwalter zog ärgerlich die Augenbrauen zusammen.

„Und nachdem Sie Ihren Herrn geholt haben, könnte ich eine Tasse heißen Tee vertragen."

„Von mir bekommen Sie nichts außer meinem Stiefel."

„Aye, Ihre Stiefel, einen Meter Ihrer wertlosen Haut und die Insignien Ihres Amtes, wenn Sie mich auch weiterhin beleidigen und sich weigern, meiner Bitte nachzukommen."

„Das werden wir ja sehen!" Der Verwalter machte einen

Schritt nach vorn und griff nach Pater O'Bannons Hals. In diesem Augenblick sauste eine Reitgerte am linken Ohr des Priesters vorbei und traf den Verwalter mit voller Wucht an der Schulter. Mit einem erschreckten Aufschrei wich der Mann zurück.

Beim Anblick seines Angreifers wurde er zahm wie ein gut ausgebildeter Hund. „Ahh. Squire, Sir. Colonel Mahon, Sir. Ich wollte gerade diesen katholischen Häretiker verjagen, Sir. Er behauptet ..."

Mahons Augen funkelten vor Zorn. „Raus hier, Riggs! Sie wissen genau, was zwischen mir und Ihrer Ladyschaft vorgefallen ist. Und jetzt behandeln Sie ihren Abgesandten so? Packen Sie Ihre Sachen und verschwinden Sie noch heute von meinem Land!"

Pater O'Bannon lächelte, strich seinen Rock glatt und blinzelte dem entlassenen Verwalter zu. Verwirrt und entsetzt eilte der Mann an ihm vorbei.

Mahon reichte Pater O'Bannon die Hand. „Verzeihen Sie, Sir."

„Sicher, und werfen Sie diesen Burschen nicht hinaus. Er ist ein loyaler Angestellter und hat zweifellos nur das getan, was sein Herr ihm aufgetragen hat. Bestimmt hat meine Bitte ihn in tiefe Verwirrung gestürzt."

Mahon nickte kurz, ohne auch nur die Andeutung eines Lächelns zu zeigen, und läutete, um einen zweiten Dienstboten zu rufen. Er führte Pater O'Bannon in die Bibliothek. „Sie sind von Lady Burke gekommen."

„Genau."

„Ich habe versprochen, ihr zu helfen, wo ich kann."

„Sie beruft sich auf Ihr Versprechen."

„Wie kann ich ihr zu Diensten sein?"

„Das möchte sie Ihnen lieber selbst erklären, Squire."

„Nennen Sie den Ort."

*

Falls Colonel Mahon der Treffpunkt, den Kate ausgewählt hatte, nicht zusagte, so zeigte er es jedenfalls nicht.

Kate saß neben Pater O'Bannon in der ersten Reihe der Kirche, der Engländer hatte auf einem Lederstuhl ihnen gegenüber im Schatten des Kruzifixes Platz genommen.

Den Vorschlag, die Kirche als Treffpunkt für diese Unterredung zu nehmen, hatte Pater O'Bannon gemacht. Seine Gründe waren eindeutig. „Jedem Menschen, Protestant oder Katholik, Grundbesitzer oder Pächter, fällt es schwer, einen anderen in der Gegenwart des gekreuzigten Christus zu täuschen. Nur ein Mann mit einem Herz aus Stein, der keinerlei Achtung vor dem einzig wahren Richter hat, kann im Angesicht Gottes eine Lüge aussprechen. Wenn es so ausgeht, wie wir hoffen, wird sich der Tod deiner Milchkühe als der größte Segen herausstellen! Aber falls die Motive dieses Burschen für sein Friedensangebot an die Frau seines politischen Gegners falsch sind, werden wir es in seinen Augen lesen."

Kate betrachtete die glatten, ansprechenden Gesichtszüge des Colonel. Er wirkte entspannt, sogar erleichtert, als Pater O'Bannon das Gespräch mit der Warnung an beide Teilnehmer eröffnete, dass Christus Zeuge dieser Vorgänge sei.

Mahon räusperte sich. „Ich danke Ihrer Ladyschaft für die Gelegenheit der Wiedergutmachung."

„Ihre Hilfe wird dankbar angenommen", erwiderte Kate.

Mahons Blick wanderte zu Kates verbrannter Hand. Der Anblick brachte ihn für einen kurzen Augenblick aus dem Konzept. „Nach den schlechten Nachrichten aus Dublin hatte ich gehofft, dass Ihre Ladyschaft sich mit mir in Verbindung setzen würde."

Kate und Pater O'Bannon sahen sich an. „Welche Nachrichten?"

„Dann haben Sie es noch nicht gehört?" Er runzelte die Stirn.

„Wir haben bisher gar keine Nachricht erhalten", warf Pater O'Bannon ein.

„Nun also, Folgendes. Es gibt keine Anzeichen dafür, dass der Staatsanwalt die Anklage herabsetzt. O'Connell soll des Verrats angeklagt werden und die Todesstrafe bekommen. Dublin Castle ist O'Connell mit mehr Nachsicht begegnet, als Ihrem Mann hier in Galway zuteil wurde. Richter Lewis ist für seine Strenge bekannt. Fest steht, Lady Burke, dass er für Lord Burke die Höchststrafe fordern wird."

Ein dumpfer Schmerz machte sich in Kates Brust breit. Sie biss sich auf die Unterlippe. „Sie wollen mich nicht ins Gefängnis lassen, damit ich meinen Mann sehen kann. Ich hatte gehofft, Sie könnten mir in dieser Angelegenheit weiterhelfen, da Sie ... na ja ... Ihre politische Einstellung ist bekannt und im Einklang mit den Behörden, Sir."

„Der Punkt ist, Lady Burke“, erwiderte Mahon, „ich denke, ich kann helfen, Ihren Mann vor dem Galgen zu retten.“

„Sprechen Sie schon, Mann“, drängte der Priester.

„Er hat sich zu den Vorwürfen als nicht schuldig bekannt und somit einer Gerichtsverhandlung, Verurteilung und Hinrichtung Tür und Tor geöffnet. Und wenn er diese Haltung beibehält, wird er mit Sicherheit verurteilt und gehängt.“

„Welche Wahl hat er denn?“, fragte Kate.

„Ein Schuldeingeständnis zu einer geringeren Anklage, Lady Burke. Auf Verschwörung steht die Höchststrafe von nur zehn Jahren.“

„Deportation nach Neusüdwales“, murmelte Pater O'Bannon leise.

„Aber er wird am Leben bleiben“, schoss Mahon zurück. „Es besteht immer die Möglichkeit einer Begnadigung.“

„Wenn er am Leben bleibt“, erwiderte Kate leise, als ihr der Sinn dieser Auseinandersetzung klar wurde.

„Ich werde mich bei Richter Lewis für Lord Burke verwenden, wenn er damit einverstanden ist.“ Mahons Vorschlag war vernünftig. „Sie müssen mit Ihrem Mann sprechen.“

„Auch das werden Sie arrangieren müssen, Squire. Im Gefängnis gibt es einen Teufel mit Namen Gann. Er hat ein Herz aus Stein und lässt mich nicht zu meinem Mann vor.“

„Ich werde mich darum kümmern“, versprach Mahon.

Ihre Zweifel machten Kate misstrauisch. Sie warf einen Blick auf die Christusfigur am Kreuz und sah Mahon schließlich in die Augen. „Warum wollen Sie sich so für uns einsetzen?“

Mahon lächelte. „Um Ihre gute Meinung von mir wiederherzustellen, Madam, nachdem mein Hund Ihre Herde gerissen hat.“

„Aber Sie haben das doch bereits wieder gutgemacht.“

„Bedeutet das, dass Sie mir vergeben haben?“

Wieder blickte Kate auf das Kreuz und schließlich auf den geduldigen Pater O'Bannon. Der Blick des Priesters forderte sie auf weiterzusprechen. „Aye. Das ist meine Christenpflicht, Sir.“

„Dann sagen wir, ich tue es aus Freundschaft, Kate ... Lady Burke.“

Diese letzte Erklärung ließ Kate in den langen Tagen und Nächten, die auf dieses Gespräch folgten, keine Ruhe.

Kapitel 6

Verteidiger Jasper Sweeney sah sich aufmerksam in dem düsteren, aber trockenen Büro des Gefängniswärters um. „Das ist schon besser“, bemerkte er. „Ein deutlicher Kontrast zu diesem tropfenden Verlies.“ Sweeney erschauderte, als wäre er wochenlang unter der Erde eingekerkert gewesen.

„Eine sehr bedeutsame Veränderung und eine interessante noch dazu“, bemerkte Joseph. „Was hat das Ihrer Meinung nach zu bedeuten?“

„Oh, ich dachte, das wäre bereits klar“, meinte Sweeney erstaunt. „Die Anordnung ist vom Kronanwalt höchstpersönlich gekommen. Es ist ein Zeichen des guten Willens; eine Geste, um die Aufrichtigkeit des Handels zu unterstreichen, der Ihnen angeboten worden ist.“

Joseph schwieg.

„Seien Sie nicht dumm, Mann“, fuhr Sweeney fort. „Wenn Sie sich einer geringeren Anklage schuldig bekennen und allen somit eine Gerichtsverhandlung ersparen, wird Ihr Leben verschont werden.“

Joseph schnaubte verächtlich, wandte sich von dem sauber gekleideten Sweeney ab und starrte finster auf ein in Stein gemeißeltes Steinwappen der Familie Lynch auf der alten Mauer.

„Ich verstehe vollkommen“, sagte Sweeney voller Mitgefühl, während er sich von dem übel riechenden Joseph weg zum offenen Fenster bewegte. „Sie denken: ‚Warum sollte ich dem Kronanwalt vertrauen?‘“

Lachend korrigierte Joseph: „Sie müssen verzeihen, Mister Sweeney, aber ich habe mich auch gefragt, welchen Grund ich hätte, Ihnen zu vertrauen.“

Sweeney wirkte entsetzt. „Aber ich bin Ihr ...“

„Ersparen Sie mir Ihre Zuneigungsbekundungen“, unterbrach ihn Joseph mit müder Stimme. „Wie lauten die Einzelheiten der Botschaft, die Sie für mich haben?“

„Das Angebot basiert auf politischen Überlegungen“, erklärte Sweeney pikiert. „Wenn Sie gehängt werden, wie es sicherlich eintreffen wird, wenn Sie wegen Verrats verurteilt werden, woran kein Zweifel besteht ...“

Das ist die Einstellung meines Verteidigers, dachte Joseph verbittert, doch er unterdrückte ein erneutes verächtliches Schnauben.

„Eine Hinrichtung würde eine möglicherweise explosive Situation schaffen, die in niemandes Interesse liegt."

„Auch in meinem nicht", meinte Joseph leise.

Sweeney fuhr fort. „Darum sind die Behörden bereit, Ihnen einen Handel anzubieten. Wenn Sie sich schuldig bekennen, wird das Urteil auf Deportation lauten."

Jetzt war es endlich ausgesprochen. Wenn er sich der Verschwörung schuldig bekannte, würde Joseph nicht die Schlinge um den Hals gelegt bekommen, sondern nach Neusüdwales gebracht werden, weit fort von seinem Heim und seinen Lieben. Dann würde er die Familien nicht mehr beschützen können. „Und wenn ich ablehne?"

„Undenkbar." Sweeney wirkte ehrlich entsetzt.

„Ich werde mich mit Daniel O'Connell beraten müssen", überlegte Joseph laut. „Ein solcher Handel ist ihm ja sicherlich auch angeboten worden. Ohne mit ihm gesprochen zu haben, kann ich keine Entscheidung treffen."

Sweeney lockerte seinen Kragen. „Dazu ist keine Zeit", erwiderte er. „Der Kronanwalt hat ganz klargemacht, dass Sie Ihre Entscheidung sofort treffen müssen – um genau zu sein, bereits morgen. Der Richter ist wenig empfänglich für politischen Druck. Wenn er den Eindruck gewinnt, dass Sie zögern, wird er auf einer Gerichtsverhandlung bestehen. Ihr Leben hängt an einem dünnen Faden, der selbst durch einen Tag Verzögerung durchtrennt werden kann."

Joseph erhob sich und brachte Sweeney zur Korridortür, wo Gann Wache stand. „Guten Abend, Mister Sweeney", sagte er. Als Sweeney noch weiter auf ihn einreden wollte, fügte er hinzu: „Morgen werden Sie Ihre Antwort bekommen." Doch dann fiel ihm noch etwas ein. Er packte Sweeney am Ellbogen und deutete auf das Wappen der Familie Lynch. „Ich brauche Zeit, um meine Gedanken zu ordnen", sagte er. „Die Dinge sind nicht immer so, wie sie scheinen. Oft ist das, was gut erscheint, nicht unbedingt das Beste. Nehmen Sie die ursprünglichen Wälle dieser Festung, die Anfang 1500 von den Lynchs gebaut wurden."

„Und?", fragte Sweeney verwirrt.

„Meine Familie und die Lynchs waren Todfeinde", erklärte

Joseph. „Einer meiner Vorfahren wurde von dem Erbauer dieser Festung ermordet."

„Ach übrigens", fügte nun Sweeney hinzu, „als ein zusätzliches Zeichen des guten Willens wird Ihnen ein Besuch Ihrer Frau gewährt. Sie wird morgen für acht Stunden herkommen."

Joseph fehlten die Worte. Es war ihm unbegreiflich, wie Jasper Sweeney diese unfassbare Information als unbedeutenden Nachsatz weitergeben konnte.

*

Das Schlafquartier des Gefängniswärters war ein einzelner Raum, in die Mauer des Gefängnishofes gebaut. Der Raum war kahl wie eine Zelle. Ein Eisenkessel hing an einem Haken über einem Torffeuer, das mit schwacher Flamme in der Feuerstelle brannte. Ausgestattet war das kleine Zimmer mit einem schmalen Bett, einem Stuhl und einem groben Holztisch mit einer halb niedergebrannten Kerze, einer Zinnschüssel und zwei Zinntassen. Neben den Torfbriketts standen ein gefüllter Wassereimer und ein Schöpflöffel. Ein Fenster mit einer in vier Segmente aufgeteilten Glasscheibe und roten Baumwollvorhängen war die einzige Lichtquelle.

„Lord Burke wird in Kürze ins Brautgemach kommen", spottete der Wärter. „Warten Sie hier." Er schlug die dicke Holztür hinter Kate zu.

So düster der Raum auch war, Kate war dankbar dafür.

Ihr Herz klopfte vor Vorfreude, als sie ihren Korb auf den Tisch stellte, das Feuer schürte und den Kessel mit Wasser zum Kochen darüber hängte. Zum ersten Mal seit der Hochzeit würden sie allein sein, ohne die lauschenden Ohren eines Gefängniswärters vor der Tür miteinander sprechen können. Fast drei Wochen waren vergangen, seit sie kurz durch die Gitter der Besuchszelle mit Joseph gesprochen hatte. Gann hatte sie lüstern angeblickt und mit den Schlüsseln gerasselt. Heute würde sie Joseph davon überzeugen, den einzigen Weg einzuschlagen, der ihn vor dem Galgen retten würde. Sie hatte sich ihre Argumente zurechtgelegt, doch als sie daran dachte, seine Arme endlich wieder um sich zu spüren, waren alle sorgsam durchdachten Argumente wieder fort.

Schließlich hörte sie das Rasseln von Ketten und die raue Stimme von Gann. „Nun, Euer Lordschaft", lachte Gann, „du denkst, die Braut würde einen stinkenden Dreckskerl wie dich wollen?"

Die Tür flog auf und Kate erhob sich von der Feuerstelle. Im Türrahmen erblickte sie eine Gestalt, die sie kaum wieder erkannte. In seiner schmutzigen gestreiften Gefängniskluft und mit Fußeisen stand er da und sah sie an. Er hatte noch mehr Gewicht verloren. Sein kurz geschnittenes Haar war verfilzt und er hatte sich mehrere Wochen nicht mehr rasiert. Die Hände waren vor ihm gefesselt. Er blieb stumm, als wollte er ihren Namen vor Gann nicht aussprechen.

Auch Kate blieb reglos stehen. Kein Wort kam über ihre Lippen.

„Das nenne ich mal eine glückliche Wiedervereinigung. Nicht einmal ein Hallo, Euer Lordschaft! Sieh nur, wie sehr sie dich vermisst hat!" Gann schnaubte und versetzte Joseph einen Stoß, dass er ihr zu Füßen fiel.

Kate rührte sich nicht. „Nehmen Sie ihm die Ketten ab", forderte sie. „Das war ein Teil des Abkommens."

Bei dem Wort *Abkommen* blickte Joseph alarmiert auf.

Gann spuckte aus. „Ich werde sie mit eigener Hand abnehmen, wenn seine Leiche vom Galgen geholt wird!" Er trat nach Josephs Ketten. Dann ließ er sie allein, schlug die Tür zu und schloss ab.

Eine ganze Weile zögerte Kate. Sie dachte, Gann könnte zurückkommen, um sie zu verspotten. Schließlich rappelte sich Joseph mühsam auf. Sie eilte an seine Seite.

„Kate, nein ... berühr mich nicht, Liebling", flüsterte Joseph heiser. „Ich bin –"

Sie streichelte seinen Kopf. Obwohl sie sich vorgenommen hatte, stark zu sein, liefen ihr die Tränen die Wangen hinunter. „Ach, Joseph! Joseph! Das macht doch nichts."

„Bitte. Sie haben mir kein Wasser zum Waschen gegeben."

Wieder und wieder sprach sie seinen Namen aus. Sie nahm seinen Kopf in die Arme und wiegte ihn wie ein Kind, das hingefallen war und Trost brauchte.

Minuten vergingen. Sie konnte nicht sagen, wie lange sie ihn festhielt.

Das Wasser im Kessel begann zu kochen. Kate wischte sich die Tränen ab und richtete sich auf. „Etwas Seife und Wasser werden dir gut tun." Ihre Stimme zitterte, während sie in dem Korb herumsuchte. „Ich habe ein schönes Stück Seife mitgebracht. Und einen Pudding habe ich mitgebracht. Eine Hammelkeule. Brot. Einen Krug Milch, Butter und Kartoffeln."

„Ein Festessen."

Sie goss das heiße Wasser in die Zinnschüssel, füllte den Kessel erneut und hängte ihn wieder über das Feuer. Mit der Seife, einem Handtuch und der Schüssel kniete sie sich neben ihn. Sie spürte seinen prüfenden Blick, doch sie schaffte es nicht, ihn anzusehen, während sie sich bemühte, ihm das zerrissene Hemd auszuziehen. Die Handfesseln hinderten sie daran.

„Sie hatten es versprochen", murmelte sie, während sie an dem Hemd zerrte.

„Was ist das für ein Abkommen? Was haben sie dir versprochen, Kate?" Er packte ihr Handgelenk und zwang sie, ihn anzusehen. „Sweeney hat mir bereits gesagt, was sie von mir wollen."

Sein Blick schien ihre Seele zu erforschen. Ihr Mut verließ sie. „O'Connell wird vermutlich wegen Verrats gehängt. Aber du ... wenn du dich schuldig bekennst ..."

„Ich habe mich keines Vergehens schuldig gemacht, Kate. Daniel auch nicht. Wenn wir gehängt werden, wird sich ganz Irland erheben."

„Irland, ja! Und was ist mit mir? Mit Tomeen? Wie soll ich weiterleben, wenn du tot bist?" Sie zog sich von ihm zurück.

„Dazu wird es nicht kommen. Sie sind nicht so dumm, dass sie den Iren neue Märtyrer geben."

„Ach nein?" Die geduldige Annahme seines Loses machte Kate plötzlich wütend. „Vielleicht nicht in Dublin, aber wir leben hier in Galway. Man sagt, Richter Lewis würde Kerben in den Türrahmen seines Zimmers ritzen für jeden irischen Rebellen, den er gehängt hat – und jetzt hat er dich ins Auge gefasst, Euer Lordschaft! Ich weiß das aus sicherer Quelle."

„Wer hat dir das gesagt?"

„Mahon."

Die Nennung von Mahons Namen traf Joseph schwer. Falls jemand die Absichten von Richter Lewis kannte, dann war es Mahon. „Mahon möchte mich hängen sehen."

„Das stimmt. Die Burke-Ländereien würden sehr wahrscheinlich ihm zufallen, wenn du tot wärst."

„Und wenn ich mich auf der anderen Seite der Welt in einer Strafkolonie befinde?"

„Zehn Jahre. Sie haben mir gesagt, es wären nur zehn Jahre.

Und du wärst am Leben. Ich kann das schaffen, wenn du nur am Leben bleibst."

Er hob die Hand und berührte ihre Wange. „Du bist noch eine junge Frau, Kate. Zehn Jahre ..."

„Das ist doch keine Ewigkeit! Ich werde auf dich warten. Weißt du denn nicht, dass ich mein ganzes Leben lang auf dich gewartet habe, Joseph Connor? Und das Warten ist nicht halb so schlimm wie der Schmerz, dich niemals wieder in meinen Armen zu halten."

Ihr Flehen ließ ihn in schmerzliches Brüten versinken. Sie feuchtete das Handtuch an und wusch ihm das Gesicht, während er ihr die Tränen abwischte.

„Lass mich", sagte sie und küsste ihn auf den Mund. „Bitte, bitte, lass mich ..."

Er nickte kurz. Sein liebevoller Blick erwärmte sie. Er schloss die Augen und lehnte den Kopf gegen die Mauer. Sie zog ihm die Lumpen aus und goss warmes Wasser über seinen Körper. Ihre Finger zitterten vor Sehnsucht, als sie seinen Körper einseifte und abwusch.

„Steh jetzt auf", forderte sie ihn so sachlich wie möglich auf, nachdem sie einen neuen Kessel mit Wasser aufgesetzt hatte. „Ich werde dir den Rücken schrubben."

„Darf ich Ihnen ebenfalls eine Gunst erweisen, Kate Donovan, meine Lady Burke von Connacht?" Er lächelte sie an.

Plötzlich verlegen senkte sie den Kopf und fingerte an den Knöpfen ihrer Bluse. „Aye, Joseph. Ich hatte gehofft, du würdest fragen", erwiderte sie mit bebender Stimme.

Sein Blick verklärte sich, als ihre Kleider fielen. Sie hatte den Eindruck, als würde er die Narben, die die Flammen hinterlassen hatten, überhaupt nicht sehen. Ihre Scheu schmolz in seiner Leidenschaft für sie dahin.

„Dann küss mich, Kate." Er zog sie an sich. „Ein Kuss, um meine Träume für eine Weile zu erfüllen."

Kapitel 7

Pater O'Bannon eilte zu der einsamen Eiche, unter der die sterblichen Überreste des ermordeten Tom Donovan und der drei Opfer der Windpockenepidemie lagen, zu einem überstürzt vereinbarten Treffen mit Adam Kane.

„Vielen Dank, dass Sie so kurzfristig gekommen sind, Pater", begann Kane.

Der alte Priester lehnte sich keuchend von seiner eiligen Wanderung gegen den Stamm der Eiche, um wieder zu Atem zu kommen. Er nickte. „Ihre Nachricht klang sehr dringend", erklärte er, „aber ich konnte ihr nicht den Grund für einen so abgelegenen Treffpunkt entnehmen. Hätten Sie nicht genauso gut zur Kirche kommen können?"

„Das ging leider nicht, Pater", erwiderte Kane und suchte die Umgebung in allen Richtungen nach versteckten Lauschern ab. „Seit neustem erregt jedes Glas, das ich in Wattys Taverne trinke und jede Melodie, die ich pfeife, wenn ich über den Friedhof laufe, die Aufmerksamkeit von Fremden", fuhr Kane fort. Beunruhigt betrachtete er die vier Grabhügel.

O'Bannon nickte ernst. „Sie sind nicht der Einzige", gestand er. „Auch ich habe die Fremden bemerkt, die in den Messen an jedem meiner Worte hängen, und ich denke nicht, dass ich im Alter auf einmal ein begnadeter Prediger geworden bin."

„Seit der Verhaftung des Squire ist das so", fügte Kane hinzu. „Agenten der Krone vermutlich?"

O'Bannon zuckte die Schultern. „Aye, oder sie stehen in Diensten dieses Schurken Colonel Mahon. Aber da besteht eigentlich kein Unterschied. Zweifellos sind sie auf der Suche nach weiteren Beweisen gegen Lord Burke."

Bei diesen Worten runzelte Kane die Stirn. „Verzeihung, Pater, aber Leute wie uns auszuspionieren, erscheint mir doch eine Vergeudung von Arbeitskräften, wenn man bedenkt, dass sie sich nach Bedarf ihre Beweise zurechtzimmern können. Könnte es nicht sein, dass sie ..."

„Was, mein Sohn?"

Kane zupfte ein Stück Rinde vom Stamm der Eiche und hieb dann mit der Faust gegen den Stamm. „Es gibt etwas, das Sie noch nicht gehört haben, Pater. Man hat Squire Joseph einen

Handel angeboten: Wenn er sich schuldig bekennt, wird er nicht gehängt." O'Bannon zog erstaunt seine buschigen Augenbrauen in die Höhe. „Wir sind hier so isoliert von den Vorgängen in Dublin", fasste Kane zusammen, „obwohl auch auf den Befreier das Schafott wartet. Vielleicht sollten wir uns mit O'Connell beraten?"

„Betrug", murmelte O'Bannon. „Männer wie Richter Lewis und Colonel Mahon bieten keinen Handel an, es sei denn, sie haben davon einen Vorteil. Ja! Können Sie morgen aufbrechen?"

„Bei Sonnenaufgang."

„Kommen Sie auf dem Weg bei der Kirche vorbei. Ich werde Daniels Privatsekretär Mister Daunt einen Brief schreiben. Ihm können Sie trauen, aber niemand anderem. Sehen Sie zu, was Sie tun können, aber beeilen Sie sich!"

*

Seit Dublin waren sie hinter ihm, dessen war Adam Kane sicher. Obwohl er sich mit Sekretär Daunt in Daniel O'Connells Privathaus am Merrion Square getroffen hatte und im Schutz der Nacht durch die Hintertür verschwunden war, waren sie hinter ihm her.

Kane war es egal, wer sie waren; ihre Identität war so unwichtig wie die Farbe des Pferdes, auf dem er saß. Wichtig war allein, dass er auf schnellstem Weg nach Galway zurückkehrte. Gott möge geben, dass er ankam, bevor Joseph verurteilt wurde!

Er hatte einen guten Vorsprung vor seinen Verfolgern gewonnen, da bei dem Gasthaus unterwegs nur noch ein einziges Pferd zu haben gewesen war. Ob seine Verfolger nun ihre erschöpften Pferde behielten oder sich auf die Suche nach frischen Pferden machten, das Ergebnis war dasselbe: Kane hatte mindestens eine kostbare Stunde Vorsprung gewonnen.

Doch in der Dunkelheit verpasste der Verwalter den Abzweig nach Aughrim und damit nach Galway City. Obwohl er seinen Irrtum recht schnell bemerkt hatte, hörte er nun doch donnernde Hufe hinter sich. Er zweifelte daran, dass es mehr als einen Grund für einen so scharfen Ritt durch die dunkelste Nacht geben könnte.

Trotz des eiskalten Wassers und der starken Strömung

lenkte Kane sein Pferd in den Fluss. Der Lärm, den er machte, alarmierte seine Verfolger ganz in seiner Nähe und er hörte einen unterdrückten Schrei. Drüben im Norden erleuchtete der Mond die verfallenden Überreste eines Schlosses auf einem Berg und der eiskalte Wind trieb Nebelschwaden vor sich her.

Auf der anderen Seite des Flusses begann die Provinz Connacht. Das Ufer stieg sanft an und im Mondlicht war deutlich eine Stelle zu sehen, die nur mit Sumpfgras und nicht mit dichtem Gebüsch bewachsen war. Die Vorderbeine des Pferdes versanken im Schlamm und seine Hinterbeine gaben unter ihm nach. Mit wilden Sprüngen versuchte es, sich zu retten. In diesem Augenblick sah Kane, wie die Bäume vor ihm wie von dem Schein eines Blitzes erleuchtet wurden, obwohl kein Gewitter wütete. Sein Pferd warf den Kopf hoch und taumelte. Schließlich war der Schuss der Muskete zu hören, der über das Wasser krachte. Ein zweiter Schuss folgte dem ersten, als Adam und das getroffene Pferd das Ufer erreichten.

Eine kurze Zeit lang schien es so, als sei das Pferd nicht ernstlich verwundet. Doch dann sank der Braune, mit den Hufen um sich schlagend, zu Boden. Kane wurde abgeworfen.

Kane duckte sich in das sumpfige Gras. Die Verfolger, es waren zwei Reiter, hatten bereits die Flussmitte erreicht. Obwohl seine Feinde keine Gelegenheit hatten, ihre Muskete neu zu laden, würden sie ihn einholen, falls er versuchte, in den Schutz der Bäume knapp hundert Meter entfernt zu gelangen. Zweifellos würden sie dann eines der Gewehre wieder geladen haben und ihn niederschießen.

Der unbewaffnete Verwalter rechnete damit, jeden Augenblick erschossen zu werden. Es hatte keine Aufforderung gegeben, sich zu ergeben, keine Androhung einer Verhaftung. Sie wollten ihn einfach nur töten.

Doch Kane war entschlossen, sein Leben nicht so billig zu verkaufen. Er suchte auf dem Boden nach einem Stein, einem Ast, etwas, das ihm als Waffe dienen könnte. Seine Finger ertasteten einen dicken Knüppel, vergraben in den verfilzten Wurzeln des sumpfigen Grases. Kane zog ihn heraus. Es war eine Pike mit einer rostigen Klinge. Sie stammte vermutlich aus dem Krieg gegen König William.

Kniend wie die Pikenmänner von 1690 erwartete der Verwalter den Feind. Er positionierte sich so, dass die beiden Reiter dem Körper seines toten Pferdes würden ausweichen müssen. Dadurch bekam er die Gelegenheit, sie nacheinander zu erledigen.

Als sie aus dem Fluss geritten kamen, hatte sich der eine in seinem Eifer vor den anderen gesetzt. Hoch aufgerichtet in seinen Steigbügeln, entdeckte er Kane und stieß einen Schrei aus, als würde er sich auf einer Fuchsjagd befinden. Er lenkte sein Pferd direkt auf den Verwalter zu und wollte ihn niederreiten.

Kane hielt den Atem an. Seine Nerven waren zum Zerreißen gespannt. Er wartete, bis der Verfolger nur noch ein Dutzend Schritte von ihm entfernt war, dann hob er die Pike und zielte zwischen den Ohren des Pferdes durch. Die Spitze der Pike drang in den geöffneten Mund des Mannes ein und durchstach den hinteren Teil seines Halses. Der Verfolger wurde rückwärts von seinem Pferd geworfen und die Pike fiel Kane aus den Händen.

„Roger!“, rief der zweite Reiter. „Was ist passiert?“

Als der zweite Reiter näher kam, sprang Kane über das tote Pferd und warf sich dem verbleibenden Verfolger entgegen. Das Pferd scheute vor der schattenhaften Gestalt zurück, doch Kane gelang es, die Zügel zu ergreifen und das Tier herumzureißen, sodass der überraschte Reiter hinunterfiel.

Der Verwalter war schneller wieder auf den Beinen als der andere. Er hatte seine Hände bereits um den Hals seines Angreifers gelegt, bevor er bemerkte, dass der Mann bewusstlos war. Kane erhob sich und ergriff die herunterhängenden Zügel des verängstigten Pferdes. Schnell stieg er auf und sah hinab auf die Körper seiner Feinde.

„König James hat vor einem und einem halben Jahrhundert an dieser Stelle Irland vielleicht verloren“, murmelte er, „aber heute Nacht habe ich einen kleinen Teil seiner Niederlage wieder gutgemacht.“ Er sprach ein stummes Dankgebet an Gott und den lange verstorbenen irischen Pikenmann und sprengte in Richtung Galway City davon.

*

Richter Lewis betrat in majestätischer Haltung den Gerichtssaal von Galway City. Nachdem seiner Forderung nach Ruhe nachgekommen worden war, befahl er, den Gefangenen hereinzubringen. Alle Zuschauer hielten den Atem an und beugten sich wie ein Mann vor, um Josephs Ankunft mitzuerleben.

Squire Burke war nicht mehr an seinen Gefängniswärter gekettet und sehr viel sauberer als bei seinem letzten Auftritt in der Öffentlichkeit. Hoch erhobenen Hauptes betrat er den Gerichtssaal. Gann hielt sich in seiner Nähe, die Pistole griffbereit an seinem Gürtel.

Es gab eine Verzögerung, da sich der Verteidiger Sweeney und der Kronanwalt noch mit Lewis berieten. Niemand konnte verstehen, worum es bei diesem Gespräch ging, doch immer wieder hörte man von den anwesenden Pächtern der Burke-Ländereien die geflüsterte Frage: „Was haben sie nur vor?"

Martin brachte Mary Elisabeth zum Schweigen, die von Pater O'Bannon wissen wollte, was vorging. In Gedanken weilte der Pater jedoch außerhalb der Steinmauern. Er war der einzige Zuschauer, dessen Aufmerksamkeit nicht ausschließlich von den Vorgängen im Gerichtssaal gefangen genommen war.

Auch Kate nahm nicht wahr, was um sie herum vorging. Ihr Blick war fest auf Joseph gerichtet, obwohl er den Kopf nicht gehoben und ihren Blick nicht gesucht hatte. Sie hatte sich geschworen, nicht den flüchtigsten Blick von ihm zu verpassen oder die kleinste Gelegenheit auszulassen, Joseph ihre Liebe und Besorgnis zu zeigen.

Im Hof des Gerichtssaales ertönte das Klappern von Hufen auf dem Kopfsteinpflaster. Unterdrücktes Rufen und zornige Stimmen drangen durch die vergitterten Fenster, aber nur Pater O'Bannon bemerkte es.

Die beiden Anwälte kehrten zu ihren Plätzen zurück und das Gemurmel im Gerichtssaal verstummte. Lewis räusperte sich und blickte finster in die Menge. „Mir ist mitgeteilt worden, dass der Gefangene sein Bekenntnis ändern möchte und dass die Krone bereit ist, Milde walten zu lassen." Lewis fragte formal bei beiden Seiten nach, ob dies zutreffe, dann sagte er: „Joseph Connor Burke, Sie sind des Verrats angeklagt. Wenn Sie sich der Verschwörung schuldig bekennen, verwirken Sie Ihr Recht, vor einem Geschworenengericht zu erscheinen. Sie haben die Todesstrafe verdient, aber die Krone ist bereit, Milde zu zeigen und Ihr Urteil in Deportation umzuändern. Ist dies tatsächlich Ihr Wunsch?"

Erst in diesem Augenblick suchte Joseph Kates Blick. Ihr Blick hielt seinen fest. *Mach weiter*, sagte ihr Blick. *Du wirst leben und wir werden wieder zusammen sein.*

„So ist es“, stimmte Joseph zu.

„Dann, Joseph Connor Burke, hören Sie das Urteil dieses ehrenwerten Gerichts: Sie werden von Ihrem gegenwärtigen Aufenthaltsort fortgebracht und an einem Ort gefangen gehalten, den die Regierung Ihrer Majestät für geeignet hält, um dort auf Ihre Deportation in die Strafkolonie von Neusüdwales zu warten ...“

Der Lärm draußen in der Vorhalle wurde lauter. Die Wachposten sahen sich nervös um und der wachhabende Offizier legte die Hand an sein Schwert.

„Für die Zeit Ihres natürlichen Lebens.“

Sofort brach ein Tumult im Gerichtssaal los. *Ihres natürlichen Lebens ... natürlichen Lebens ... natürlichen Lebens.* Diese Worte sprangen an die Decke und purzelten wieder zu Boden, wurden von hundert Kehlen nach oben geschleudert, bis das Glas in den Fenstern klirrte. Dies war ein lebenslängliches Urteil; es war das Exil; eine lebenslange Verbannung.

*

„Was? Was? Was hat er gesagt, Kate?“ Martin packte Kate am Ärmel. Als sie nicht antwortete, wandte er sich verzweifelt an Pater O'Bannon. Die Knie des alten Mannes zitterten und er taumelte. „Deportation für die Dauer seines natürlichen Lebens? Was bedeutet das, Pater?“, fragte Martin.

Der Priester sank in betäubtem Schweigen in sich zusammen, als ihm die Bedeutung dieses Urteils klar wurde. „Es sollten doch nur zehn Jahre sein“, jammerte er. „Kate, Tochter! Sie sagten, die Höchststrafe sei zehn Jahre.“

Kates Gedanken überschlugen sich. Die Stimmen nahm sie nur noch wie im Nebel wahr. Konnte das tatsächlich geschehen? Ein schneller Blick auf Mahon sagte ihr, dass er das Urteil gekannt hatte. Der Aufschrei im Gerichtssaal rief eine sofortige Reaktion des Richters hervor, der mit seinem Hammer auf den Tisch schlug und die Zuschauer zur Ordnung rief.

Totenbleich, wie erstarrt und reglos bekam Kate ihr Stichwort von Joseph. Er sah sie an, hielt ihren Blick fest und mit seinem Blick befahl er ihr, Würde und Selbstbeherrschung zu zeigen. *Lass sie nicht sehen, dass du zusammenbrichst*, warnten seine Augen sie.

Mary Elisabeth, verwirrt von dem Tumult um sie herum,

klammerte sich an Kate und begann zu weinen. „Ist es so schlimm, Kate? Warum sind alle so aufgeregt?“

Martin sprang auf und mischte sich unter die Pächter der Burke-Ländereien, die die Fäuste schwenkten und dem Richter Schmähungen zuriefen.

Der Priester griff nach dem Jungen, rief ihn zurück, aber Martin entwand sich seinem Griff und drängte sich in die Mitte der Bauern. Unten im Gerichtssaal bildete sich eine englische Truppe, angeführt von Colonel Mahon.

Zehnmal rief der Gerichtsdiener: „Im Namen der Königin“, aber nicht einmal die Autorität von Königin Victoria konnte verhindern, was sich mit Sicherheit zu einem blutigen Zusammenstoß entwickeln würde. Der Lärm war ohrenbetäubend und übertönte jede einzelne Stimme. Mit finsterem Gesichtsausdruck erhob sich Richter Lewis von seinem Platz, gab dem Gerichtsdiener einen Befehl und stellte sich der aufgewühlten Menge.

„Es wird ein Gemetzel geben“, sagte der Priester zu Kate, während er seinen gebrechlichen Körper aufrichtete und seine Schäfchen anflehte, Ruhe zu bewahren. Sie schienen den alten Mann nicht zu hören.

Innerhalb von wenigen Sekunden drängten ein Dutzend Soldaten in roten Uniformen, mit Gewehren bewaffnet, die Treppe zur Galerie hoch und stellten sich hinter den Zuschauern auf. „Der Erste, der sich uns nähert, ist ein toter Mann!“, warnte ein grimmig aussehender Sergeant.

Die Waffen im Anschlag standen die Soldaten neben Mahons Männern und zielten ebenfalls auf Josephs Anhänger.

O'Bannon rief: „Männer von Castletown! Von Ballynockanor! Setzt euch sofort hin! Alle! Was für einen Zweck hat es denn, heute für eine Sache zu sterben, die sich sicherlich durch eine Berufung aus der Welt wird schaffen lassen?“

Mahon legte die Hände an den Mund und rief dem Priester zu: „Das Urteil steht mit dem Schuldbekenntnis! Keine Berufung! Keine Berufung!“

Der Lärm brach von Neuem los. Kate legte schützend den Arm um Mary Elisabeth. Die Stimmung im Gerichtssaal war hochexplosiv. Schließlich übertönte Josephs Stimme den Lärm.

„Männer von Irland!“, rief er der Menge zu, doch sein Blick hing unverbrüchlich an Kates aschfahlem Gesicht. Die Menge verstummte. „Der Ruf zur Aufhebung ist vor allem ein Ruf nach

Vereinigung, Protestanten und Katholiken, ein Ruf nach Frieden und Gerechtigkeit in Irland!“

Zustimmendes Gemurmel erhob sich im Gerichtssaal.

Joseph hatte nun ihre Aufmerksamkeit. „Wie viele von uns standen Schulter an Schulter mit Daniel O’Connell bei den Großkundgebungen in Galway City, Mallow und Tara? Wir haben seinen Ruf gehört, dass die Freiheit durch Frieden erreicht werden würde oder überhaupt nicht!“ Er hielt inne. „Freut euch! Mein Blut wird heute nicht für mein Land vergossen. Opfert nicht Menschenleben auf dem Altar der Gewalttätigkeit! Preist Gott! Ich werde weiterleben. Und ich kann beten, hoffen und träumen, dass wir noch während der Dauer meines natürlichen Lebens frei sein werden!“ Ein tosender Jubel brach los und Tränen des Stolzes auf ihren Mann traten Kate in die Augen. „Und ich bete zu Gott für die Einheit aller Männer Irlands und dass die Aufhebung bald Realität sein möge. Und dann werde ich in eine Heimat zurückkehren, in der Freiheit und Frieden herrschen!“

*

Als der Lärm endlich verstummte, war Adam Kanes Stimme aus dem Vorraum des Gerichtssaals zu hören. „Squire! Bekennen Sie sich nicht schuldig!“, brüllte der Verwalter. „O’Connell wird nicht des Verrats angeklagt, nur der Verschwörung. Squire, hören Sie mich? Fünf Jahre höchstens. Tun Sie es nicht!“ Mit diesen Worten platzte Kane, zwei junge Wachen vor sich herschiebend, in den Gerichtssaal.

Richter Lewis forderte erneut Ruhe und Ordnung. „Wachen! Entfernen Sie diesen Mann!“, brüllte Lewis so laut, dass er Kane noch übertönte.

„Sie werden nicht gehängt werden, Squire! Tun Sie es nicht!“

Wieder entstand ein neuer Tumult. Das verwirrte Schnattern der Menge mischte sich mit den Worten „Kein Hängen“, „fünf Jahre“ und „sein natürliches Leben!“

Lewis rief: „Wachen! Bringt diesen Mann zum Schweigen! Sofort, verstanden?“

Die beiden Wachen hatten Kane bereits an den Ellbogen gepackt. Als sie den Zorn in Richter Lewis Stimme vernahmen, stießen sie den Verwalter grob zu Boden und schlugen auf ihn ein, damit er Ruhe gab.

Gefängniswärter Gann richtete den Lauf seiner Waffe auf Josephs Kopf. Wortlos, aber mit einer eindeutigen Geste, befahl er Joseph, sich auf den Boden zu legen.

„Dies ist ein Aufstand!“, brüllte Lewis. „Ich werde den Befehl zum Schießen geben! Hört ihr? Die Soldaten werden schießen!“

Nun war es Kates Stimme, die den Lärm der Menge übertönte. „Hört auf! Hört sofort auf! Gebt ihnen keinen Vorwand, ihn zu töten! Bitte!“

Sofort legte sich der Tumult und Schweigen breitete sich aus.

„Das Schuldbekenntnis ist aufgenommen und das Urteil vermerkt. Eine Änderung ist nicht mehr möglich“, erklärte Richter Lewis mit eintöniger Stimme. „Gann, bringen Sie den Gefangenen fort. Wachen, räumt den Gerichtssaal. Es wird eine Ausgangssperre für sechs Uhr verhängt. Jeder, der nach dieser Zeit noch auf der Straße angetroffen wird, wird vor Gericht gebracht werden!“

Kapitel 8

Gefängniswärter Gann wirkte in dem Arbeitszimmer von Colonel Mahon in seinem Stadthaus in Galway City irgendwie fehl am Platze – wie eine Kröte auf einem schönen Porzellanteller.

„Er hält sich recht gut, Euer Ehren." Gann wischte sich mit dem Ärmel die Nase ab und trat unsicher von einem Fuß auf den anderen. „Trotz des Urteils ist er heiter. Bestimmt wird er nicht lange im Gefängnis bleiben."

Mahon tippte die Fingerspitzen aneinander und überdachte die Situation. Es war möglich, sogar wahrscheinlich, dass O'Connell mit einem milden Urteil davonkommen würde. Darum würden alle Urteile gegen seine Kameraden, vor allem gegen Joseph Burke, noch einmal überprüft werden.

„Heiter, ja?", bemerkte Mahon.

„Seine Frau und dieser papistische Teufel, Pater O'Bannon, sind in der Hoffnung zurückgeblieben, ihn sehen zu können."

„Besuche von seiner Familie sind nicht erlaubt, Gann. Seine Frau darf ihn keinesfalls sehen. Verstanden?"

„Aye, Euer Ehren."

„Das wird ihm seine Heiterkeit nehmen." Er lächelte vor sich hin. „Keine Nachrichten. Keine Briefe."

„Und der Priester?"

„Ihr Gefangener wird geistlichen Beistand brauchen."

Gann nickte. „Wenn ich mit ihm fertig bin auf jeden Fall."

„Die letzte Ölung. Ja. Lassen Sie den Priester zu ihm mit der Nachricht, dass er am Morgen verlegt werden wird."

„Sehr wohl, Euer Ehren. Wir werden sehen, wie heiter er danach noch ist."

„Ich zähle darauf, Mister Gann, dass Lord Burke die Seereise nicht übersteht. Falls die Lady Burke gute Nachrichten erreichen, zum Beispiel von seiner Begnadigung, werden sie zu spät kommen. Ihre Maßnahmen müssen natürlich im Rahmen der gesetzlich erlaubten Bestrafungen bleiben, das versteht sich von selbst." Er warf dem Gefängniswärter einen Goldsovereign zu.

Ein breites Grinsen legte sich auf Ganns Gesicht. „Ich

danke Euch, Euer Ehren, Sir. Genau das Richtige, um mir zu einem Neuanfang in Neusüdwales zu verhelfen. Und seien Sie versichert, dass ich in Bezug auf Burke meine Pflicht tun werde."

*

Das Klirren von Schlüsseln und das harte Knirschen des Riegels kündigten an, dass Gann mit Joseph noch nicht fertig war.

Seine Stimme ertönte im Flur vor der Zelle. „Wenn es nach mir ginge, würden Sie gleich zusammen mit Burke nach Neusüdwales deportiert."

Mit wem sprach er da? Joseph erhob sich, als die Tür geöffnet wurde. Im Türrahmen stand Pater O'Bannon, hinter ihm war das finster dreinblickende Gesicht von Gefängniswärter Gann zu sehen.

„Gott segne alle in diesem Haus." O'Bannon bekreuzigte sich und betrat die Zelle.

Gann spuckte auf den Saum des Priesterrocks. „Dein papistischer Kriegsherr ist gekommen, um dich mit einer Tasche voller Flüche zur Hölle zu schicken, Euer Lordschaft."

Weder Joseph noch der alte Priester reagierten darauf. Auch sprachen sie keinen Ton miteinander, bis die Zellentür wieder verschlossen war und sie hörten, wie Gann sich mit schweren Schritten entfernte.

Erst dann umarmte Pater O'Bannon Joseph und tätschelte ihm wie einem kleinen Jungen den Kopf. „Geht es dir gut, Joseph?"

Josephs Fragen sprudelten nur so aus ihm hinaus. „Wie geht es Kate? Wie hält sie sich?"

„Du kannst stolz auf sie sein."

Joseph nickte erleichtert, dann setzte er sich erschöpft auf die Kante seiner Koje. „Werden Sie erlauben, dass ich sie noch einmal sehe, bevor ich fortgeschickt werde? Ich möchte ihr sagen, dass sie um mich keine Angst haben soll."

Der Priester lächelte und holte einen Brief aus seiner Tasche. „Sie wollte dir dasselbe sagen, denke ich."

Joseph hielt den Umschlag an seine Lippen und atmete Kates süßen Duft ein. „Kate", flüsterte er.

„Lies ihn später, Junge. Ihre Worte sind nur für dich bestimmt. Sie haben mir ein paar Minuten Zeit gegeben, danach werden wir uns nicht mehr sehen. Ich bin sicher, dass ein Priester an Bord des Schiffes sein wird, mit dem sie dich fortschicken werden. Oder zumindest ein ehrlicher irischer Protestantenpastor, der deportiert wird, weil er mit den Iren marschiert ist. Aber seit du ein kleiner Junge warst, habe ich dir die Beichte abgenommen und jetzt, wo ich ein alter Mann bin, könnte Christus mich zu sich rufen, bevor du wieder zu Hause bist."

„Unter den Gefangenen heißt es, dass weder Priestern noch protestantischen Predigern gestattet ist, ihr Amt auszuüben. Gefängnisschiffe sind englischer Besitz. Die Kirche von England ist die einzig gültige Religionsform. Alle, die gegen diesen Erlass verstoßen, werden ausgepeitscht."

Pater O'Bannon nickte. Er kannte die Regeln, die die Freiheit der Anbetung auch unter den Gefangenen verboten. „In der Bösartigkeit ihrer Seelen haben sie Gott klein gemacht."

Joseph neigte den Kopf und murmelte: „Aye. Aber die Liebe Christi ist groß genug, mich in die Grube der Hölle zu begleiten und trotzdem zurückzubleiben, um auch meine liebe Kate zu trösten. Ich glaube; Christus helfe meinem Unglauben."

O'Bannon lächelte. „Du würdest einen guten Priester abgeben, Joseph, Junge. Für eine gewisse Zeit hat der Herr dich aufgerufen, mit den Leidenden zu leiden und denen zu dienen, die weniger Glauben haben als du."

„Beten Sie für mich, Pater. Es wird erzählt, einer meiner Vorfahren sei von Cromwell als Sklave auf die Bermudas geschickt worden, aber sein Schicksal wurde nie richtig bekannt. Allerdings ist sicher, dass er nie wieder nach Hause gekommen ist. Ich werde mehr Kraft brauchen, als ich im Augenblick habe. Wenn ich an die Jahre denke, die ich von Kate und dem Kind getrennt sein werde ... Sie sind meine Heimat. Ich finde keine Worte, um für mich oder für sie zu beten."

„Gott wird dir Kraft geben, wenn du sie am nötigsten brauchst. Das ist die Bedeutung der Gnade." Der alte Mann legte segnend seine Hand auf Josephs Kopf. „Im Augenblick seines größten Leidens betete Jesus für uns, die wir in diesem Leben leiden würden. Wenn du selbst keine Worte für ein Gebet hast, dann sprich das Gebet, das er uns gelehrt hat. Weder ein König noch ein Gefängniswärter hat Macht über deine Seele. Du gehörst Christus, im Leben wie im Tod. Darum klammere dich nicht an dein Leben, lieber Joseph; lege es in Gottes liebevolle Hände."

Joseph sank in seiner Zelle auf die Knie und legte seine letzte Beichte ab. Er nahm das heilige Brot Christi, das in der Messe an die Gemeinde ausgeteilt worden war. Es würde für lange Zeit das letzte Mal sein.

Schließlich griff Pater O'Bannon erneut in die Tasche und holte einen kleinen Bleizylinder heraus, der wie ein Senkblei geformt und an einem Lederriemen befestigt war. Der alte Mann legte diesen Anhänger Joseph um den Hals. „Wer weiß schon, wie lange es dauern wird, bis du wieder mit uns zusammen die Eucharistie wirst feiern können? Hier drin befindet sich das heilige Brot, das diejenigen, die dich lieben, zuletzt miteinander gebrochen haben. Wenn die Stunden dir unerträglich erscheinen, berühre dies und denke daran, dass die Liebe greifbar ist. Christus ist gestorben, Christus ist auferstanden, Christus wird wiederkommen."

Joseph legte die Finger um den kleinen Anhänger. Seine Kehle war wie zugeschnürt und er brachte keinen Ton heraus. Draußen im Gang waren schwere Schritte zu hören. Der Priester und der Gefangene umarmten sich zum letzten Mal.

*

Kate wartete in dem kleinen Raum, der als Gefängnisbüro diente. Der ekelhafte Gann brachte Pater O'Bannon zu Josephs Zelle. Kate hatte gehofft, dass auch sie die Erlaubnis erhalten würde, ihn zu sehen.

„Die letzte Ölung. Nennt ihr Papisten das nicht so?"

Kate bedachte Gann mit einem reservierten Blick. Der Mann war innerlich genauso bösartig wie äußerlich. Vielleicht würde sie eines Tages dazu kommen können, eine so armselige Seele zu bemitleiden.

Als sie keine Antwort gab, provozierte er weiter: „Ach, mit Leuten wie mir sprechen Sie wohl nicht."

„Wenigstens sind Sie ein ehrlicher Bösewicht."

„Nicht wie Colonel Mahon, ja? Er hat Sie beschwatzt, weil er wusste, dass Burkes Schuldbekenntnis ihn für immer nach Neusüdwales bringen würde. Ja, ja, und Sie haben nicht einmal Freunde an hoher Stelle, die Ihnen heute helfen können." Gann schwenkte den Schlüsselring vor Kates Nase und mit einem zufriedenen Grinsen steckte er sie wieder in die Tasche. „Besuche von Frauen sind bei Gefangenen, die zur Deportation verurteilt wurden, nicht erlaubt."

Kate reagierte auf seinen grausamen Spott mit einer Würde, die ihn erstaunte und gleichzeitig verärgerte. Die Selbstbeherrschung zu verlieren würde bedeuten, dass Gann Macht über sie und damit auch über Joseph gewann.

„Was?", rief Gann. „Keine Tränen, Lady Burke?"

„Ich hebe mir meine Tränen für Augenblicke der Freude auf. An dem Tag, an dem O'Connell befreit ist, wird Josephs Urteil aufgehoben werden."

„Falls der Narr so lange überlebt, werden Sie ihn vielleicht wieder sehen. Aber nach dem Hieb meiner Peitsche wird er kein richtiger Mann mehr sein."

„Kein Peitschenhieb kann jemals seine Seele treffen, Sir. Und die Seele ist es, die einen Mann ausmacht."

„Das denken Sie vielleicht, Madam, aber ich sage, der Mann wird im Bauch des schlimmsten Gefängnisschiffes Ihrer Majestät verrotten. Wie Jona." Ein breites Grinsen legte sich auf sein Gesicht, das seine verfaulten Zähne entblößte.

„Gott war selbst im Bauch des Wales bei Jona."

„Gott, ja? Aye! Und nicht nur Gott; auch ich werde mit ihm nach Neusüdwales segeln. Für die Zeit seines natürlichen Lebens, sagt der Richter ... das könnte eine sehr kurze Zeit sein."

Mit beherrschter Stimme antwortete Kate: „Ich weiß, wo Joseph sein wird, wenn Gott ihn aus diesem Leben abberuft. Das Leben eines jeden Menschen auf dieser Erde ist zu kurz. Und wohin werden Sie gehen, wenn Ihre Zeit hier abgelaufen ist?"

Ihre Worte machten keinen Eindruck auf ihn. „In die Hölle, hoffe ich. Der Satan braucht doch sicher verlässliche Gefängniswärter. Aye. Einen, der die neunschwänzige Katze so gut beherrscht, dass er mit einem Schlag das Rückgrat freilegen kann. Haben Sie schon mal gesehen, wie ein Gefangener zu Tode gepeitscht wurde, ja? Ein wunderbarer Anblick!"

Kate spürte, wie die Furcht ihr die Kehle zudrückte. „Werden Sie mir einen letzten Besuch gestatten?"

Er fuhr unbeirrt fort. „Wenn man die Leiche über Bord wirft, stürzen sich die Haie darauf."

„Ein letztes Wort mit ihm?"

„Ich war einmal an Bord eines Gefängnisschiffes. Ein Dutzend Sträflinge sind an der Ruhr gestorben. Danach war nicht mehr viel für die Haie übrig. Übrigens, Ihr Priester gibt ihm tatsächlich die letzte Ölung."

Kate zog sich ihren Schal enger um die Schultern. „Hier stinkt es nach etwas, das nicht mehr menschlich ist."

„Zu Ihren Diensten, Madam." Er verspottete sie, war auch noch stolz auf seine Grausamkeit.

„Ich werde am Kai auf Pater O'Bannon warten."

Gann brach in schallendes Gelächter aus. Er hatte einen kleinen Sieg errungen, aber sie war nicht zerbrochen.

Wenn sie noch länger geblieben wäre, hätte sie sich übergeben müssen, das wusste Kate. Die Seeluft tat ihr gut, aber jetzt konnte sie die Tränen nicht mehr zurückhalten. Sie wandte ihr Gesicht der Steinmauer zu, flüsterte einen letzten Abschiedsgruß und hoffte, Joseph würde sie irgendwie hören.

*

Pater O'Bannon war auf der Heimfahrt in der Postkutsche sehr schweigsam. Kate war dankbar für sein Schweigen. Sie hätte nicht sprechen können, ohne innerlich zusammenzubrechen. Fünfzig Jahre der Seelsorge unter seinen Gemeindemitgliedern hatten Pater O'Bannon ein Gefühl dafür gegeben, wann er schweigen und wann er reden musste. Er spürte, dass Kate Zeit brauchte, um ihre Gedanken zu ordnen und Ihre Gefühle unter Kontrolle zu bekommen.

Als die Pferde sich schließlich der Stadt näherten, atmete Kate tief durch und fragte: „Wie ging es ihm?"

„Er macht sich mehr Sorgen um dein Wohlergehen als um seines."

„Ich werde auf ihn warten."

„Du wirst vermutlich mehr tun müssen, als nur geduldig zu warten, Tochter. Mahon hat ein Auge auf die Burke-Ländereien geworfen. Es wird vermutlich eine Weile dauern zu klären, was Joseph in rechtlicher Hinsicht angetan worden ist. Aber es wird geklärt werden. Und in der Zwischenzeit musst du an dem Land und den Leuten festhalten, Kate. Joseph vertraut darauf, dass du in seiner Abwesenheit den guten Kampf kämpfst."

„Das werde ich, Pater. Aber ich weiß kaum, wo ich anfangen soll. Er ist mit einer einfachen Bäuerin aus Ballynockanor verheiratet. Ich habe keine Ahnung von der Verwaltung eines so großen Besitzes."

O'Bannon nickte. „Darauf setzt Mahon. Eine einfache Bäuerin, Tochter eines Pächters. Aye. Er zählt Burkes Flächen und rechnet zusammen, wie viel Weidefläche er haben wird, wenn er Ballynockanor erst mal abgerissen und uns von hier vertrieben hat."

„Mahon." Sie wiederholte den Namen. „Ach, Pater. Ich bin ganz krank, so sehr vermisse ich Joseph. Ich würde den letzten Stein in Connacht geben, um ihn zu befreien. Und das ist die Wahrheit."

„Aber er möchte diese Wahrheit nicht von der Frau hören, die er liebt, Kate. Deine Stärke ist es, was er an dir so liebt. Du hast einen Willen, der so stark ist wie Stein. Du wirst jetzt, wo er fort ist, eine Weile für ihn leben müssen. Jede Stunde wirst du dich fragen müssen: *Was würde Joseph tun? Was würde er sagen?*"

Sie schwiegen eine Weile. Schließlich tippte sich Pater O'Bannon an die Stirn. „Denk daran, Kate, du wirst gegen einen so cleveren Gegner klug kämpfen müssen. Mahon wird dir alles wegnehmen, wenn du nicht zu kämpfen lernst, wie Joseph Burke kämpfen würde."

Kapitel 9

Der Wagen, der die Gefangenen zum Gefängnis in Cork brachte, war ungefedert, es gab keinen Schutz gegen den Regen und Sitze waren auch nicht vorhanden, abgesehen von einem Platz für den Kutscher und einen für den Wärter. Zwei Dutzend Gefangene wurden auf die Ladefläche gezwängt, auf der eigentlich nur die Hälfte Platz gehabt hätten.

Die Gefangenen wurden am Knöchel aneinander gekettet, das rechte Bein des einen an das linke Bein seines Nachbarn und so weiter. Ben Brophy, ein grober Mensch aus Limerick, der deportiert wurde, weil er einen Konstabler angegriffen hatte, sagte, wenn sie so ins Meer geworfen würden, würden ihre Leichen eine hübsche Stiefmütterchenkette ergeben.

Der Gefangene, der an Joseph Burkes rechtes Bein gekettet wurde, Laurence O'Halloran, war ein Junge von erst sechzehn Jahren und so schmächtig, dass er kaum älter aussah als dreizehn. Der Junge zitterte bereits und bei dieser Vorstellung erschauderte er noch mehr. Er war zu sieben Jahren Zwangsarbeit verurteilt worden, weil er eine Kerze und ein halbes Pfund Butter gestohlen hatte.

„Windbö voraus!", rief der Gefangene zu Josephs Linken. Mit dieser Warnung war gemeint, dass er ein weiteres Schlagloch in der Straße entdeckt hatte. Zuerst bohrte sich das linke Vorderrad, dann das linke Hinterrad in die Vertiefung in der Straße. Durch den Aufprall schlugen die Ketten gegen ungeschützte Knie und die Fesseln bohrten sich noch tiefer in das bereits wund gescheuerte Fleisch.

„Tut mir Leid, Kameraden", entschuldigte sich Patrick Frayne. „Ich habe es nicht rechtzeitig gesehen." Seiner Sprache nach zu urteilen, war Frayne früher sicher einmal Seemann gewesen, schätzte Joseph. Er hatte gehört, dass Frayne für vierzehn Jahre verbannt worden war, aber das war auch das Einzige, was er von dem Mann wusste.

Von den zwei Dutzend Mann auf dem Gefängniswagen waren acht unter zwanzig Jahre alt. Zehn waren zu sieben Jahren Straflager verurteilt, sechs zu vierzehn; Joseph und sieben andere wurden „für die Zeit ihres natürlichen Lebens" deportiert.

Die anderen sieben Lebenslänglichen waren entweder Mörder, Brandstifter oder hatten wiederholt Gewalttaten begangen.

„Wie lange wird das noch d-d-dauern?“, fragte der junge O’Halloran.

„Jetzt nicht mehr so lange“, erwiderte Joseph freundlich. „Wir sind vor einer Stunde an Blarney Castle vorbeigekommen. Es kann nicht mehr weit sein.“

„Ich bin noch nie so weit weg gewesen“, erklärte O’Halloran. „Nie weiter als Tipperary.“

Joseph wusste, dass der Junge in Cashel zu Hause war; Tipperary war knapp fünfzehn Meilen davon entfernt. Traurig dachte er darüber nach, wie unfassbar die Vorstellung, auf die andere Seite der Erdkugel gebracht zu werden, für einen Jungen wie ihn sein musste. Auch für Joseph war das schwer.

„Haltet Ruhe, Kerle“, rief der Wärter, der neben dem Kutscher auf dem Bock saß. „Es wäre doch eine Schande, wenn ihr mit blutigem Gesicht in eurer neuen Unterkunft ankommen würdet, nicht?“ Gann schlug seinen Lieblingsknüppel gegen sein Bein und lachte.

*

In dem aus Stein gemauerten Gefängnis in Cork gab es Kojen für 250 Gefangene. Mit der Ankunft des Gefangenentransports, in dem sich auch Joseph befand, stieg die Zahl der Inhaftierten auf über 400.

Gann machte großzügig Gebrauch von seinem Knüppel, als er die Gefangenen in den Gefängnishof trieb. „Setzt euch endlich in Bewegung“, schnaubte er und stieß O’Halloran den Knüppel in die Rippen. „In einer Reihe.“

Zur Erbauung der Neuankömmlinge war eine Disziplinarmaßnahme angeordnet worden, die sie sich ansehen sollten. Kurz nachdem sich die zwei Dutzend Männer in zwei Reihen vor den Unterkünften aufgestellt hatten, wurde ein Gefangener vor ihren Augen in den Hof gezerrt und an einen dreieckigen Rahmen gefesselt, die Hände zusammengebunden oben, die Füße gespreizt und an den unteren Ecken festgebunden. Das Hemd wurde ihm vom Rücken gerissen. Der geschorene Kopf des Gefangenen war gesenkt, als er sich schuldig bekannte, einen Laib Brot gestohlen zu haben. Die Strafe dafür betrug 200 Peitschenhiebe.

Auf ein Nicken von Major James Boyd, dem Gefängnisdirektor, hin, trat ein stämmiger Wärter vor und schüttelte seine Lederpeitsche mit den neun Lederriemen. Die neunschwänzige Katze zischte durch die Luft und grub sich in das Fleisch des Häftlings. Gleich beim ersten Schlag floss Blut. Beim sechsten Schlag begann der Gefangene zu schreien. Beim zwanzigsten Schlag war kein Stück intakte Haut mehr zu sehen. Beim fünfzigsten Schlag sackte der Mann in sich zusammen. Eine gnädige Ohnmacht umgab ihn, während die Auspeitschung noch einhundertfünfzig Schläge lang weiterging.

Laurence O'Halloran konnte gar nicht mehr aufhören, sich zu übergeben. Sein Gesicht war graugrün wie das Meerwasser an einem verhangenen Tag.

„Ihr neuen Männer werdet bemerken, dass wir hier keinerlei Verstoß gegen die Disziplin dulden", belehrte sie Boyd. „Mister Gann", fuhr er fort, „Sie werden Ihre Gefangenen in ihr Quartier führen. Aber zuerst, wer von euch ist Joseph Burke?"

Als Joseph sich nicht sofort meldete, traf ihn Ganns Knüppel in den Kniekehlen und schickte ihn zu Boden. „Das ist er, Euer Ehren. Soll ich Ihm bessere Manieren beibringen?"

„Das ist nicht nötig, Mister Gann. Entfernen Sie die anderen, während ich mit Burke rede."

Als die beiden Männer allein waren, sagte Boyd: „Das war unnötig. Ich wollte nicht, dass Gann Sie so hart behandelt."

„Verglichen mit dem, was ich gerade mit angesehen habe", bemerkte Joseph und deutete auf den zusammengesunkenen Körper des noch immer bewusstlosen Delinquenten, „wie käme ich da auf den Gedanken, dass er brutal ist?"

„Ich meine Folgendes", erklärte Boyd, „Sie sind kein gewöhnlicher Krimineller – kein Fälscher, Vergewaltiger oder Trunkenbold. Es gibt keinen Grund, warum Sie während Ihres Aufenthaltes hier Demütigungen erdulden sollten."

„Und das bedeutet?"

„Ihr Aufenthalt hier kann recht angenehm sein. Einzelzimmer, besseres Essen. Privilegien. Immerhin sind Sie Lord Burke. Die einzige Schwierigkeit ist unser begrenztes Budget." Boyd räusperte sich bedeutungsvoll.

„Sparen Sie sich Ihren Atem, Major", erwiderte Joseph. „Ich mag zwar einen Titel haben, aber ich habe kein Geld, mit dem ich bestechen könnte."

Boyd lächelte weiter, doch in seine Augen trat ein harter Ausdruck. „Sie werden Ihre Meinung sicher noch ändern“, sagte er. „Wenn Sie mich sehen wollen, lassen Sie es mich durch Mister Gann wissen.“

Gann wurde gerufen und brachte Joseph zu seiner Zelle. „Lass dich warnen, Kerl“, sagte Gann. „Es gibt Leute, die froh sein würden, dich tot zu sehen. Ich bin gut bezahlt worden, damit ich dich im Auge behalte bis nach Australien. Pass gut auf, was du dem Direktor über mich erzählst. Wenn du der Meinung bist, 200 Peitschenhiebe seien eine harte Strafe, dann hast du keine Ahnung, wie ich dir das Leben zur Hölle machen kann.“

In der Unterkunft musste Joseph feststellen, dass kein Platz mehr für ihn war. Patrick Frayne rutschte zur Seite, damit Joseph sich zwischen ihn und O'Halloran zwängen konnte.

Eine Faust traf Joseph in den Rücken. Joseph drehte sich um und rechnete damit, Gann wieder zu sehen, doch stattdessen funkelte Ben Brophy ihn an. „Wir mögen es nicht, wenn Leute Privatgespräche mit dem Direktor führen“, sagte er kalt. „Es gibt Schlimmeres als Auspeitschen und das Schlimmste heben wir uns für Informanten auf. Denk an meine Worte, *Lord* Burke. Wir werden dich im Auge behalten.“

*

Martin und Mary Elisabeth schliefen bereits. Die Hochzeitsuhr tickte auf dem Kaminsims. Miss Susans dunkle Haut glänzte mahagonifarben im Schein des Feuers, als sie Tomeen stillte. Das flammendrote Haar des Kindes und sein porzellanfarbenes Gesicht bildeten einen starken Kontrast zu der dunklen Brust der Amme. *Ein wunderschönes Bild,* dachte Kate.

„Ich beneide Sie“, sagte Kate, während sie die Frau und das Kind betrachtete.

Miss Susan lachte leise. „Warum sollten Sie das, Miss Kate, wo Sie doch diesen hübschen Jungen großziehen können?“

„Er vertraut Ihnen so sehr.“

„Alle meine Babys wurden mir fortgenommen. Einige wurden von dem Mann verkauft. Einige sind im Himmel. Dieses Kind zu stillen ist mir ein großer Trost. Aber er gehört mir nicht. Er nennt Sie bereits Mama.“

„Für ihn sind Sie Sonne und Mond.“

Miss Susan strich ihm die Locken zurück. „Er wird jetzt bald entwöhnt sein. Adam Kane hat mir gesagt, eine kranke Frau in Cong würde bald ihr Kind zur Welt bringen. Ich schätze, ich werde dorthin gehen, sobald das Kind geboren ist."

„Ich hatte gehofft, Sie würden bleiben. Sie sind eine so gute Gesellschafterin", sagte Kate, dann verstummte sie. Wie konnte sie Miss Susan erklären, wie sehr sie sich davor fürchtete, allein zu sein? „Und ich könnte Ihre Hilfe brauchen."

„Martin hilft Ihnen in der Milchwirtschaft wie ein Mann. Mary Elisabeth kümmert sich wunderbar um Tomeen. Sie alle kommen gut ohne mich zurecht. Ich kann nicht bleiben, wenn ein neues Baby meine Milch braucht und Tomeen von der Muttermilch bald entwöhnt ist."

„Ich werde Sie vermissen."

„Ja. Ich werde Sie alle auch vermissen. Und das ist die Wahrheit." Die beiden Frauen schwiegen eine Weile. Schließlich meinte Miss Susan: „Nachdem sie mir meinen Mann weggenommen haben, gab es Zeiten, wo ich dachte, ich würde lieber sterben." Ihre klugen braunen Augen ruhten auf Kate. „Aber man stirbt nicht."

Kate nickte langsam. Sie wagte es nicht, den Blick von ihrer Stickarbeit zu nehmen. „Ich weiß."

„Zu Hause haben sie das Zuckerrohrfeld in Brand gesteckt, bevor sie das Zuckerrohr geerntet haben. Die Blätter und das Unkraut verbrannt, damit sie aus dem Rohr Zucker gewinnen konnten."

„Aye", erwiderte Kate neugierig. Wo würde das Gespräch hinführen?

„Das Leben ist nichts anderes als ein Zuckerrohrfeld. Das Leid brennt das Unkraut nieder. Ein Mensch findet heraus, was zählt und was nicht. Und übrig bleibt das Süße. Herausgepresstes, zusammengekochtes und reinstes Kristall. Eines Tages, Miss Kate, werden Sie nur noch den Zucker schmecken und sich nicht mehr an die Asche erinnern."

*

Kate spürte die Anwesenheit der Beobachter, bevor sie sie sah. Zwei Tage bevor Miss Susan fortging, um das neugeborene Baby in Cong zu stillen, redete sich Kate ein, ihre Unruhe sei nur darauf zurückzuführen, dass sie sich jetzt erst wieder an die Vorstellung gewöhnen müsse, allein zu leben. Doch an diesem Morgen war die Amme fortgegangen und Kates Unbehagen war noch immer da. Sie konnte das Gefühl einfach nicht abschütteln, dass etwas nicht stimmte.

Es war Mary Elisabeth, die als Erste dieses Gefühl als etwas Greifbares identifizierte. Es war ein schweigsames Abendessen. Martin sprach davon, dass Adam Kane noch immer darauf bestand, sie sollten nach Burke Hall kommen, wo er auf sie aufpassen könnte.

„Wir holen die Kühe von der Weide, sagt er. Ich habe ihm gesagt, er würde sich in der Milchwirtschaft nicht auskennen, sonst wüsste er, wie schlimm es für die Tiere ist, aus ihrem Heimatstall weggebracht zu werden.“ Martin reichte die Kartoffeln herum. „Irgendwie ist es einsam hier, jetzt, wo Susan fort ist.“ Er kitzelte Tom unter dem Kinn. „Vermisst du sie, Tomeen? Nun, du musst jetzt ein großer Junge sein. Ihre Titten reichen nicht von Cong bis hierher!“

Kate versetzte dem Jungen einen Rippenstoß. „Martin! Du redest wie ein Stallbursche. Was wirst du als Nächstes sagen?“

„Du wirst erstaunt sein, was ich noch alles sage.“ Martin lachte und das Baby stimmte mit ein. „Du meine Güte“, fügte Martin hinzu, „er sieht genau aus wie Brigit, wenn er lacht, findest du nicht auch, Kate?“

Kate fütterte Tom mit einem Löffel Suppe und nickte zustimmend. „Aye. Ein hübsches Kind. Und manchmal habe ich das Gefühl, als würde Brigit vom Himmel auf uns herablächeln.“

Mary Elisabeth begann zu strahlen. „Da sind drei Pilger auf dem Hügel. Oben, beim St. Brigits-Kreuz. Sie sehen zu uns herab.“

Ein Schaudern durchlief Kate. „Was meinst du?“

„Sie haben anscheinend eine mächtige Ladung Sünden, für die sie Buße tun müssen, denn ich sehe sie nun schon seit drei Tagen jeden Tag dort oben. Wie lange dauert es, zehn Vaterunser zu sprechen und den Hügel herunterzukommen? Aber sie sind immer noch da.“

„Warum hast du nicht früher was gesagt?“ Nervös blickte Martin durch das Fenster auf den Nachthimmel.

Das Mädchen zuckte die Achseln. „Was hätte das ausgemacht?“

Kate stand vom Tisch auf und schob den Riegel vor die Tür. „Kennst du sie?“

„Sie sind zu weit weg, um sie zu erkennen.“ Mary Elisabeth

spürte plötzlich die Furcht, die sich im Raum breit gemacht hatte. „Verriegele auch die Läden an den Fenstern, ja?"

Kate war bereits dabei. Sie ließ nur ein Fenster offen. Oben auf dem Gipfel des Hügels waren Fackeln zu sehen. Sie zählte elf Lichter, die in einem unregelmäßigen Kreis brannten. „Wann hast du sie zum ersten Mal gesehen?"

„Vor zwei Tagen und dann heute Morgen. Sie kamen, nachdem Miss Susan nach Cong gegangen war", erwiderte Mary Elisabeth. „Sie waren noch immer da, als ich den Stall verriegelt habe. Einer hatte eins von diesen Dingern ... ein Fernglas, und er hat dich damit beobachtet, Kate, als du die Wäsche abgenommen hast. Tomeen saß im Wäschekorb und der Mann hat auch ihn lange beobachtet."

Martin und Kate sahen sich wissend an, als die Fackeln ausschwärmten und sich in Richtung Tal in Bewegung setzten.

„Anhänger der Union, meinst du? Die Ribbonmen haben in der vergangenen Woche in Mayo eine protestantische Familie ausgeräuchert. Man spricht von Vergeltung."

„Sicher", meinte Martin. „Die Frau von Joseph Burke. Wer sonst? Zu spät, um nach Castletown zu fliehen."

„Blas die Kerzen aus!", flüsterte Kate, während sich die Fackeln nun hintereinander den Hügel herunterbewegten. „Martin! Mary Elisabeth. Holt eure Mäntel und Mützen."

Es blieb keine Zeit, irgendwelche persönlichen Dinge zusammenzusuchen. Kates Geige blieb auf dem Kaminsims stehen. Martin nahm sich den dicken Wanderstab seines Vaters als Waffe und Kate wickelte Tomeen in die Hochzeitsdecke ihrer Mutter. Schnell warf sie sich ihren Mantel über und schob die Kinder durch das schmale Fenster in der Küche hinaus. Es war zu klein, als dass ein Mann dort hätte einsteigen können. Da die Tür und alle anderen Fenster verriegelt waren, hoffte Kate, die Loyalisten würden glauben, dass Kate und die Kinder noch im Haus waren. Sie würden einen Vorsprung gewinnen, während die nächtlichen Reiter ihre Zeit mit dem Versuch vergeudeten, sie aus dem leeren Haus zu locken.

„Zum Fluss, Martin!" Kate drückte das Baby fest an sich. Mary Elisabeth hielt ihre Hand umklammert. Wortlos ging Martin voran. Er kannte jeden Stein und jede Wurzel auf dem Weg. Hinter ihnen taten sich die Lichtpunkte in der Dunkelheit zusammen. Kate sah kurz zurück. Die Oberkörper ihrer Verfolger waren in einen tanzenden orangefarbenen Schein getaucht. Wie beinlose Dämonen schlängelten sie sich den Abhang hinunter.

„Beeil dich, Kate“, zischte Martin. „Beeil dich! Ihr Lichtstrahl wird uns erfassen!“

Mit einem plötzlichen Erschrecken wurde es Kate klar. „Sie werden die Kühe töten!“ Hatten die Ribbonmen in Mayo nicht das Vieh der Protestanten getötet? „Martin, nimm das Baby! Rennt nach Burke Park! Seht nicht zurück!“ Sie reichte Tom an Martin weiter; wie im Nebel nahm sie wahr, dass Mary Elisabeth weinte, trotzdem löste sie die Finger ihrer Schwester von ihrem Umhang.

„Geh nicht zurück, Kate“, flehte Mary Elisabeth.

Kate bückte sich, gab ihr einen Kuss und flüsterte: „Und jetzt fort mir dir, Mary Elisabeth. Du und Martin, ihr kümmert euch um Tomeen. Meine schönen neuen Färsen! Diese Männer werden meine Milchkühe töten, obwohl es weder katholische noch protestantische Tiere sind, und das kann ich nicht zulassen. Lauft nach Burke Park. Sagt Adam Kane, wo ich bin. Lauft!“

*

Die Schritte der davoneilenden Kinder wurden von dem Lärm der herannahenden nächtlichen Besucher übertönt. Das Licht ihrer Fackeln war noch etwa hundert Meter vom Haus entfernt. *Es ist noch Zeit genug*, redete Kate sich ein, obwohl ihr das Blut in den Ohren rauschte und ihr Herz zum Zerspringen klopfte.

Sie duckte sich und bewegte sich am äußeren Rande der Steinmauer um den Pferch für die Kälber. Während sie sich langsam zum Stall vortastete, entwarf sie ihren Plan: Während sich die nächtlichen Besucher um das Haus kümmerten, würde sie durch die Hintertür in den Stall hineinschlüpfen und die Tiere den Hügel hinunter zur Straße treiben. Sie würden sich am Ufer des Flusses verteilen und ihre eigenen Spuren verwischen, sollte es jemandem einfallen, ihr zu folgen. Vielleicht würden ein paar Tiere getötet werden, aber genauso sicher würden einige überleben.

Sie kletterte über die Mauer hinein in den Schlamm des Pferchs. Instinktiv beschmierte sie sich das Gesicht mit Schlamm, damit sie im herannahenden Feuerschein nicht zu sehen war. Als sie sich aufrichtete, sah sie, wie die Ribbonmen den Weg überquerten. Nun waren auch Stimmen zu hören.

„Kate Donovan! Lady Burke!"

Die Nennung ihres Namens verwirrte sie. Sie tastete sich durch den Pferch, schlüpfte unter dem Tor hindurch und drückte sich an die hintere Wand des Stalles, während sie sich langsam zur Tür schob.

„Kate Donovan! Freunde deines Rebellenmannes haben das Haus und die Ställe von Mike Wiley in der Grafschaft Mayo niedergebrannt!" Zustimmendes Gemurmel erhob sich unter den Männern. „Wir sind gekommen, um die Tat zu vergelten."

Sie wollten also tatsächlich auch den Stall niederbrennen! Kate löste den langen Riegel vor der Tür. Die Angeln quietschten.

„Wir haben nicht vor, Frauen und Kinder niederzumetzeln wie deine papistischen Ungeheuer es mit protestantischen Familien tun."

Sie schlüpfte in das Gebäude. Ein Lichtschimmer drang durch das Dachstroh. Die Worte der Tageslosung gingen ihr durch den Sinn: *Rahel beweinte ihre Kinder und wollte sich nicht trösten lassen, denn es war aus mit ihnen.*

„Kommt heraus und es wird euch nichts geschehen!"

Sie wollten das Haus abbrennen. Die Vorstellung brennenden Dachstrohs machte Kate panische Angst.

„Die Freunde deines Mannes haben protestantisches Vieh getötet. Auge um Auge."

Sie flüsterte: „Oh Gott! Oh Jesus, Herr hilf!" Die Kühe wurden unruhig. Der ungewohnte Lärm draußen behagte ihnen nicht. Kate riss sich zusammen. Die Kühe muhten protestierend, als sie jeder auf die Flanke schlug, um sie in Bewegung zu setzen.

„Komm aus dem Haus, Kate Donovan", brüllte der Anführer der Loyalisten. „Entriegele deine Tür, sonst schicken wir dich zur Hölle, katholische Häretikerin, die du bist!"

„Aye!", rief ein anderer. „Und die Kinder auch! Bring sie hinaus in den Hof, sonst werden wir keinen von euch verschonen!"

Als Kate die letzte Färse hinaustrieb, wurde der Himmel durch einen hellen Bogen erleuchtet.

Die erste Fackel flog auf das Haus und landete auf dem strohgedeckten Dach.

*

„Sieh nicht zurück, Mary Elisabeth!“ Martin packte seine Schwester am Arm und zog sie hinter sich her zum Flussufer. Der Himmel hinter ihnen war hell erleuchtet und unheimliche Schatten tanzten vor ihnen auf dem Weg.

„Sie haben das Haus in Brand gesteckt!“, rief Mary Elisabeth. „Martin! Das Stalldach brennt!“

Martin konnte nun nicht anders, auch er drehte sich um. In diesem Augenblick stolperte er und fiel hin, doch noch im Fallen drehte er sich zur Seite, um Tomeen zu schützen. Das Baby begann zu jammern. Martin war der Verzweiflung nahe. Und wenn die Reiter sie nun hörten?

„Still jetzt.“ Er versuchte, Tomeen zu beruhigen, aber das Kind wollte sich nicht beruhigen lassen. Seine Schreie spiegelten das wider, was Martin empfand, als er seinen Blick auf die Flammenzungen richtete, die gierig nach dem Dachstroh und den Dachbalken leckten.

„Kate ist noch bei den Kühen“, schrie Mary Elisabeth.

Die Erinnerung an ein anderes Inferno lähmte Martin. Er verzog das Gesicht, als er an das Feuer dachte, das sein Bein verbrannt und ihn für immer zum Krüppel gemacht hatte. Sean, Kates erster Mann, war dabei ums Leben gekommen. Mutter war gestorben mit dem Baby in den Armen. Kate hatte schwere Brandwunden davongetragen. In dieser schrecklichen Nacht waren Nachbarn zu Hilfe gekommen. Wer würde heute Nacht zu Hilfe eilen?

Martin hörte eine Stimme sagen: „Wir müssen uns verstecken! Sie werden wissen, dass wir nicht da drin sind! Sie werden nach uns suchen!“ Es war seine eigene Stimme, weit entfernt und fremd.

Sein Blick fiel auf die Felsbrocken, die halb im Wasser und halb am Ufer lagen. Da war eine Spalte, eine Art Höhle, wo Martin bei Gewitter manchmal Schutz gesucht hatte. Es war sein Geheimplatz.

„Kate!“, schrie Mary Elisabeth nun beinahe hysterisch. „Oh, Kate! Sie ist im Stall, Martin!“

Martin schlug ihr ins Gesicht. „Hör auf zu schreien, sonst finden sie uns! Komm jetzt.“ Er zog sie zu den Steinen, dann schob er sie vor sich her. „Nimm das Baby“, befahl er ihr während er hinter ihr über die Felsbrocken kletterte.

Wenige Augenblicke später fiel der kleine Tom in einen erschöpften Schlaf. Vor Angst wie betäubt lag Mary Elisabeth zitternd an Martin gelehnt da. Als der Lichtschimmer abnahm, schlief sie endlich ein. Und schließlich konnte sich auch Martin nicht mehr wach halten.

*

Martin erwachte vom Gebimmel einer einsamen Kuhglocke. Er öffnete die Augen und blinzelte ins Licht des frühen Morgens.

Mit voller Wucht überfiel ihn die Erinnerung an die Ereignisse des vergangenen Abends. Die nächtlichen Reiter. Das Feuer. Kate, die zurückgegangen war, um die Kühe zu retten.

Kate. Wo war Kate?

Über das Läuten der Kuhglocke hinweg war ein krächzendes, disharmonisches Summen zu hören. Dann erklang Mollys Stimme: „Ein Trupp Pferde am Fuß des Passes! Ein zorniger Kampf von Fußsoldaten!"

„Wo ist Kate?" Mary Elisabeth war aschfahl. Dunkle Ringe lagen unter ihren Augen.

Tomeen schlief weiter.

„Ich weiß es nicht." Martins Arm war eingeschlafen. „Wir müssen gehen."

„Sind die bösen Männer fort?"

„Molly läuft herum, dann müssen sie wohl fort sein."

In diesem Augenblick tauchte ein wildes Gesicht über ihnen auf. „Da sind sie, Molly! Sieh nur! Ihr Haus ist niedergebrannt, aber sie sind in einem Haus aus Steinen. Keine Sorge! Keine Sorge! Hurra!"

„Mary Elisabeth, bleib hier mit Tomeen. Ich muss nach Kate sehen." Martin rappelte sich hoch.

Molly lachte aus voller Kehle. „Kate ist ein Wunder! Aye! Ein Wunder ist Kate! Wir haben alle Kühe bis auf eine gefunden. Und hier sind die Kinder. Wo sind die Kinder, fragt Kate. Nun, hier sind sie! Und da ist auch die letzte Kuh."

Martin blinzelte ins Licht. „Wo ist Kate, Molly?"

„Sucht euch drei. Sie ist krank vor Sorge. Aber Molly hat euch gefunden!" Sie blinzelte und kniff ihn in die Wange. „Lächle, Martin. Wir werden Nachbarn sein, Junge. Ihr werdet jetzt nach Burke Park ziehen, wie Adam Kane gesagt hat. Vom Donovan-Haus ist nichts weiter übrig geblieben als ein Haufen Asche. In der Politik geht es wohl nur darum, Häuser niederzubrennen, nicht?"

Aus dem Schutz der Felsbrocken heraus rief Mary Elisabeth: „Kann ich herauskommen, Martin?“

Martin seufzte. Burke Park. Ein Leben hinter verschlossenen Toren. Die verrückte Molly als Nachbarin. „Du sagst, Kate geht es gut?“

„Aye. Ist zornig wie eine Hornisse. Ich würde aufpassen, damit sie dir nicht den Kopf abbeißt.“

„Können wir jetzt herauskommen, Martin?“

Molly sprang überraschend behände auf einen Stein. Sie trommelte sich gegen die Brust und rief. „Er kommt! Er kommt nach Hause, Martin!“

„Joseph?“

„Nein, der Tinker ist unterwegs.“

„Er ist tot.“

„Joseph?“

„Nein, der Tinker.“

„Er kommt. Du wirst die Nachricht sehen. Sie kommt einen Tag zu spät. Und davon, davon segelt Joseph. Aber nicht der Tinker und die Evangelien. Vier. Oder die vier Reiter? Fischer? Kämpfer? Aye, das ist es! Sie werden einen wilden Kampf austragen mit Verwüstung. Wie heißt er noch? Verwüstung?“ Sie wischte den Gedanken fort wie eine Fliege. „Und wir werden endlich Nachbarn sein. Die Kartoffeln könnten knapp werden. Wer hätte gedacht, dass das passieren würde?“

Martin seufzte laut auf. Über Mollys Schulter hinweg entdeckte er Kate. Mit geschwärztem Gesicht und verdrecktem Kleid marschierte sie auf ihn zu.

„Martin!“, rief Kate erleichtert und begann zu laufen. „Oh, Martin!“

*

Colonel Mahon stürmte in seinem Arbeitszimmer umher, während er zornig auf die beiden Männer einredete, die vor dem Kamin saßen.

„Wie vollkommen unfähig ihr seid! Ihr habt weder die Frau noch das Baby finden können? Nicht zu fassen!“

„Ja, Sir, Euer Ehren“, sagte Kirby O’Meara. „Wir –“

„Ruhe!“

Kirby schloss gehorsam den Mund.

„Habt ihr tatsächlich eine Fackel angezündet und seid dann

fortgerannt wie Kinder, die den Heuhaufen eines Nachbarn angesteckt haben? Wie könnt ihr zu mir kommen und mir sagen, dass ihr nicht wisst, was aus ihnen geworden ist? Eines will ich euch sagen: Die ganze Familie ist jetzt mehr auf der Hut als jemals zuvor und wird sich hinter den Mauern von Burke Park verstecken!“

„Jawohl, Sir, Euer Ehren, Squire“, entschuldigte sich Kirby, „das wissen wir und es tut uns schrecklich Leid. Aber sehen Sie, Tatsache ist, sie waren bereits verschwunden, als wir das Haus umstellten. Sonst hätten wir sie gesehen.“

„Was bedeutet, eure stümperhafte Überwachung hat sie bereits gewarnt und sie sind geflohen.“

Kirby warf einen ängstlichen Blick zu den herrschaftlichen Porträts an der Wand des Arbeitszimmers, als könnten sie ihm sagen, was er antworten sollte. „Ich, das heißt ... vielleicht hängt das davon ab, was Euer Ehren mit Überwachung meint.“ Stumm flehte er Scully Deane um Hilfe an.

„Was mein Kamerad zu sagen versucht, Squire“, erklärte Scully, „ist, das Haus war von innen verriegelt und die Fenster ebenso, abgesehen von einem kleinen, durch das niemand fliehen konnte. Wir dachten, sie würden sich in der Nähe aufhalten, bis das Dachstroh in Flammen aufging. Niemand würde das tatenlos mit ansehen.“

Mahon ließ Scully seinen Bericht ohne Unterbrechung zu Ende führen. Nicht weil er den Mann mit dem kahlen Kopf besonders respektierte. Mahons Schweigen hatte eher mit Scullys Augen zu tun. Das linke Auge des Mannes war an die Decke gerichtet, während das rechte geradeaus sah. Die Überlegung, auf welches der beiden Augen er sich konzentrieren sollte, ließ Mahon so ungewöhnlich still bleiben.

Als Kirby merkte, dass der Colonel ruhiger geworden war, wagte er zu sagen: „Und dann drängten die Kühe aus dem Stall und wir wussten, die Dorfleute würden kommen, darum sind wir verschwunden.“

„Das erklärt alles“, überlegte Mahon. „Sie wussten von dem Angriff und haben sich im Stall versteckt. Verdammt!“

Kapitel 10

Die verrottenden, mit Wasser voll gelaufenen und keinesfalls mehr seetüchtigen Schiffsgerippe, *Hulks* genannt, waren seit Ende der 30-er Jahre des 19. Jahrhunderts als britische Gefängniseinrichtungen nicht mehr im Gebrauch. Krankheit und Ratten waren dort gediehen, was den Gefangenen nicht so gut bekommen war, darum wurden die Hulks nach fünfzig Jahren des Dienstes als britische Gefängniseinrichtungen aus dem Verkehr gezogen – überall, nur nicht in Cork. Die Gefängnisse in Cork und im nahe gelegenen Cove überstellten als Letzte ihren überzähligen menschlichen Ballast noch immer auf das Gefängnisschiff Ihrer Majestät *Tartar*, das im Hafen von Cove verrottete.

Jeden Nachmittag wurde den 246 Gefangenen, die im Rumpf der *Tartar* zusammengepfercht waren, gestattet, eine Stunde auf dem Schiffsdeck herumzulaufen. Dieses Privileg galt als besonders wichtig für die Gesundheit der Gefangenen. Trotz der gern genutzten Peitsche machte sich Gefängniswärter Quintle aufrichtig Sorgen um den Gesundheitszustand seiner Gefangenen, zumindest bis sie ihm von den Kapitänen der Transportschiffe abgenommen wurden. Der Grund dafür war, dass die Kapitäne pro Kopf bezahlt wurden für jeden Verbrecher, den sie mitnahmen. Quintle erhielt eine angemessene Entschädigung für jede lebende Seele, die er überstellte. Falls sie am Tag nach dem Auslaufen starben, dann war das allerdings nicht länger seine Sorge.

Folglich mussten die Gefangenen auf dem Deck herumlaufen – eine halbe Stunde in die eine Richtung, danach eine halbe Stunde in die andere Richtung. Jeder Mann musste seine rechte Hand auf die Schulter seines Vordermannes legen. Stolpern war nicht gestattet und der allgegenwärtige Gann achtete mit seinem Knüppel auf die Einhaltung des Tempos.

„Na los, beweg dich, Kerl!“, drängte er. „Wie willst du den Tigern davonlaufen, wenn du nicht trainierst?“

Gann freute sich daran, den etwas begriffsstutzigen und leichtgläubigen Gefangenen Angst einzujagen, indem er ihnen von frei erfundenen Gefahren und wilden Tieren erzählte, die angeblich in Neusüdwales auf sie warten würden. Die meisten

Gefangenen, darunter auch Joseph, trotteten schweigend dahin.

O'Halloran, der hinter Joseph lief, gehörte zu den leichtgläubigen. „Gann sagt, die Tiger würden überall dort von Bäumen springen und dir mit einem Biss den Kopf abbeißen“, flüsterte er.

„Lass dir doch nichts weismachen, Laurence“, murmelte Joseph. „Es gibt dort keine Tiger und selbst wenn es sie gäbe, würde Ganns Gestank sie vertreiben.“

Die Nachmittagslieferung von frischem Fleisch und Wasser war eingetroffen – natürlich nur für die Wärter. Die Gefangenen lebten von Hafergrütze und gepökeltem Rindfleisch, das schon Jahre zuvor für die Armee abgegeben worden war. An diesem Tag brachte das Versorgungsschiff auch eine erst drei Tage alte Dubliner Zeitung mit.

Gann stürzte sich auf die Zeitung, schnaubte verächtlich und eilte über das Deck an Josephs Seite. Triumphierend hielt er dem Gefangenen die Schlagzeile unter die Nase. „Siehst du, was da steht?“, fragte er. „Genau hier, für jeden zu sehen? Dort steht, dass Daniel O'Connell wegen Verschwörung verurteilt worden ist. Ich schätze, jetzt wird jede Berufung überflüssig, nicht?“

Joseph war stehen geblieben, als Gann ihm die Zeitung vor die Nase gehalten hatte. Er überflog den Text des Artikels. Daniel war verurteilt worden, las er. Das Urteil war noch nicht gesprochen. Sechs andere waren ebenfalls schuldig gesprochen worden.

Wumm! Ganns Knüppel sauste auf seine Schulter herab und betäubte Josephs rechten Arm. „Wer hat dir gesagt, dass du stehen bleiben sollst?“, fragte Gann. „Du hältst die ganze Gruppe auf.“ *Wumm!* Ein weiterer Schlag. „Die Hand auf die Schulter deines Vordermannes und beweg dich!“

Müde und erschöpft liefen die Männer weiter. Joseph musste seinen schmerzenden Arm mit der linken Hand stützen. Gann rief hinter Joseph her: „Und noch was für dich: Vielleicht wird O'Connell ja auch hierher gebracht und mit dir gemeinsam verschifft. Keiner von euch wird eine Berufung bekommen. Wäre das nicht eine schöne Aufhebungsparty? Ha!“

*

An dem Nachmittag, als das Gefangenenschiff Ihrer Majestät *Hive* in den Hafen von Cove einlief, befanden sich die Gefangenen zu ihrem täglichen Spaziergang an Deck. Dass das dreimastige Schiff zwischen dem Gefängnisschiff und der Küste Anker warf, verriet seinen Zweck, bevor der Name bekannt geworden war. Unter den Gefangenen und Wärtern, die Irland verlassen würden, herrschte reges Interesse an dem Schiff, das sechs Monate lang ihre Unterkunft sein würde. Da alle darüber nachdachten, dass die *Hive* sie 18.000 Meilen weit fortbringen würde, wurde das allgemeine Redeverbot gelockert.

„Das Ding wirkt irgendwie übel", murmelte Patrick Frayne. „Vernachlässigt und schlecht geführt."

Ben Brophy spuckte fluchend über die Reling. „Alles ist recht, um von diesem Hulk herunterzukommen, sage ich, und diesem Land des Elends zu entkommen."

Joseph Burke würde zusammen mit Brophy, Frayne, Laurence O'Halloran, dem unvermeidlichen Gefängniswärter Gann und 300 anderen Gefangenen auf der *Hive* deportiert werden. Weitere Deportationen würden auf späteren Schiffen erfolgen.

Am folgenden Tag begann die Überstellung der Gefangenen. 275 Männer und 25 Frauen wurden aus ihrem Geburtsland fortgebracht. Einige wie Brophy konnten es kaum erwarten zu gehen; viele wie O'Halloran hatten schreckliche Angst; die anderen nahmen ihr Schicksal gelassen hin.

Die *Hive* verfügte über drei Decks, eins davon unter der Wasseroberfläche. Übereinander angebrachte Kojen machten es möglich, dass drei Gefangene auf der Fläche von einem Bett schlafen konnten. Vor der Abschaffung der Sklaverei in Großbritannien war die *Hive* ein Sklavenschiff gewesen. Als Frayne dies hörte, machte er ein Kreuzeszeichen gegen den bösen Blick. „Ich habe euch ja gesagt, dass dieses Schiff ein böses Omen hat", erklärte er, als die Gefangenen nach unten gebracht wurden.

„Es ist genau das, was du daraus machst. Meinst du nicht auch, Freund Holt", bemerkte ein fröhlicher Gefangener zu seinem bleich aussehenden Kumpan.

Der Mann, der Holt genannt worden war, nickte zustimmend. Die beiden Männer waren beide sehr schmächtig und gleich alt. Der etwas rundlichere und fröhlichere war Pater Walter Talbot. Sein schmächtiger Gefährte war der presbyterianische

Pastor Henry Holt. Talbot wurde deportiert, weil er sich geweigert hatte, Beichtgeheimnisse preiszugeben. Holt hatte seinen Freund Talbot verteidigt. Beide sahen ihre Deportation als eine Berufung von Gott.

„Wir sollten die *Hive* nicht als schlecht oder böse verschreien", sagte Talbot. „Dinge sind eben so, wie sie sind. Nur die Verwendung durch die Menschen bestimmt ihren moralischen Wert."

„Aber sind nicht auf diesem Schiff nur Abscheulichkeiten begangen worden?", fragte Joseph.

„Aye", erwiderte Holt mit seinem seltsamen Akzent, einer Mischung aus Schottisch und Irisch. „Und nun liegt es an uns, ihm eine andere Zukunft zu geben."

Joseph schwieg, aber er griff nach dem tropfenförmigen Schrein, der um seinen Hals hing.

*

Die Asche des Donovan-Hauses war abgekühlt und die Gemüter der Dorfleute hatten sich erhitzt. „Wer würde denn so etwas tun!", rief Paddy O'Flaherty stirnrunzelnd. „Wenn ich die Kerle erwische, die dafür verantwortlich sind, werde ich sie in Stücke reißen!"

Mike O'Rourke wirkte ruhiger, war aber nicht weniger zornig. „Tom Donovan und sein Vater und Großvater waren gute, aufrichtige Christen und seine Kinder ebenfalls. Es ist ein schwarzer Tag für Irland. Diese lausigen protestantischen Mistkerle. Mögen sie in der Hölle verrotten ..."

Pater O'Bannon suchte die Trümmer nach noch brauchbaren Gegenständen ab. Er griff diese Bemerkung auf. „Sagt so etwas nicht!", ermahnte er. „Wer immer dies getan hat, ist kein richtiger Christ, hinter welcher Bezeichnung er sich auch versteckt!"

Kate half Mary Elisabeth, einen Haufen Asche wegzuräumen. Mit einem Aufschrei stürzte sich Mary Elisabeth auf einen Handspiegel. Das Glas war gesprungen und der Rahmen verzogen.

„Der gehörte deiner Großmutter", erklärte Kate mit müder Stimme. „Ich weiß, du kannst dich nicht mehr an sie erinnern, Mary Elisabeth. ‚Dinge sind nur ein Ersatz für Erinnerungen', hat sie mir immer gesagt." Kate betrachtete die Trümmer.

„Denk an meine Worte, Schwester. Du wirst mich vielleicht einmal daran erinnern müssen."

Margaret, die gerade die wenigen unbeschädigten Möbelstücke für den Transport nach Burke Hall verpackte, war so gereizt, dass Fern jedes Mal zusammenzuckte, wenn die Köchin sie ansprach. „Diese protestantischen Flegel aus Mayo", wütete Margaret. „Feige Halunken! Kommen her und greifen uns an, dann verziehen sie sich wieder hinter die Grenze. Schöne, tapfere Männer sind sie, wirklich!" Fern sprang zur Seite, als Margaret einen Besen auf einen Stein krachen ließ, als wollte sie den Schädel eines protestantischen Ribbonman zerquetschen.

Martin und der alte Flynn, der Stallmeister der Burkes, überprüften die Überreste des Stalles. Der Junge fand die Klinge eines Torfspatens. Der Griff war vollkommen verbrannt. Er betrachtete das Eisenwerkzeug, dann warf er es mit einer Heftigkeit fort, die den alten Mann erstaunte. „Es braucht doch nur ein neuer Griff dran", bemerkte Flynn.

„Es ist ja nicht der Spaten", schnaubte Martin. „Die ganze Welt muss erneuert werden! Ein anständiger Mann wie Joseph wird in Ketten fortgebracht, während die Bösen nachts Häuser niederbrennen und dennoch frei herumlaufen. Wenn ich sie nur schnappen könnte!"

„Mittlerweile sind sie wieder über die Grenze und in ihre Löcher verschwunden", bemerkte Flynn.

„Die größte Ratte von allen nicht", entgegnete Martin, „und ihr Loch ist genau dort." Martin deutete auf den Besitz von Colonel Mahon.

*

Als Kate und den Leuten von Ballynockanor das Ausmaß von Mahons Betrug an Joseph klar wurde, sprach man in Wattys Taverne und auf dem Marktplatz von Vergeltung.

Mary Elisabeth kam mit Einzelheiten nach Hause. „Sie sagen, man sollte Mahon eigentlich in einen Brunnen werfen. Aber das würde das Wasser verseuchen, darum wollen sie es doch nicht tun. Aber jemand sollte etwas unternehmen, sagen sie. Und wenn Kevin noch hier wäre, würde er das sicher auch machen."

„Kevin ist aber nicht hier", sagte Martin und schürte mit einem Eisenhaken das Torffeuer. „Aber ich bin es.“ Er hielt den Schürhaken in die Höhe und betrachtete die Spitze.

Kate sah zum Fenster hinaus, wo der alte Flynn gerade Josephs Pferd über den Hof führte. Die Schuldgefühle erdrückten sie beinahe. Sie war es gewesen, die Joseph davon überzeugt hatte, sich der geringeren Anklage schuldig zu bekennen. Und nun saß Martin hier und überlegte, Mahon zu ermorden.

„Verweile nicht dabei, Martin“, warnte Kate.

„Woher weißt du, was ich denke?“

„Weil ich selbst darüber nachgedacht habe.“

„Und warum sollte ich nicht?“

„Sie werden dich hängen.“

„Ich werde davonkommen. Wie Kevin. Ich werde Kevin in Amerika finden und ein Leben führen, ohne an diesen Ort hier denken zu müssen.“

„Und was ist mit denen, die du hier zurücklässt?“

„Ihr werdet nachkommen. Ich werde ihn mir schnappen, wenn es dunkel ist ...“ Er hob den Schürhaken, als wollte er zuschlagen.

„Das wäre Mord.“

„Auge um Auge, so sagt man doch? Sieh doch nur, was der Mann uns angetan hat. Mahon hat seinen Hund auf die Herde gehetzt. Ich zweifle nicht daran, dass er genau das getan hat; dann spielte er die Rolle des Mannes, dem das Leid tat. Er hat den Hund getötet, obwohl das Tier nur getan hatte, was sein Herr ihm aufgetragen hatte. Er hat dich in Gold bezahlt und dann die Färsen geschickt, damit du denkst, er hätte nichts Böses im Sinn.“ Martin warf den Schürhaken auf den Boden und Funken stoben in die Luft. „Aye. Du hast ihm auch geglaubt und ihm in die Hände gespielt. Und jetzt wird Joseph deportiert.“

Müde ließ sich Kate auf den Stuhl neben dem Feuer sinken. „Sicher, ich habe ihm wider besseren Wissens geglaubt. Er wollte mich mit seiner Freundlichkeit manipulieren und er hat seine Sache gut gemacht.“

„Du bist wirklich naiv“, meinte Martin stirnrunzelnd.

„Nun, du hast Recht und ich nehme die Schuld auf mich.“

„Schuld für dein gutes Herz? Weil du nie jemandem so etwas antun würdest, kannst du dir auch nicht vorstellen, dass andere es können!“ Mit dem Absatz seines Stiefels zertrat er eine brennende Kohle, die auf den Holzfußboden gefallen war. „Du trägst keine Schuld, Schwester, du bist getäuscht worden! Es gibt Menschen auf dieser Welt, die wissen, wie sie gute Taten und sanfte Worte einsetzen müssen, um ihre bösen Absichten durchzusetzen! Solche Männer müssten zertreten werden wie dieses Kohlestück, das aus der Feuerstelle rollt und das ganze Haus niederbrennen würde! Wärme und Licht geben sie vielleicht außerhalb der Grenzen des Rechtmäßigen. Aber sie sind eine Gefahr für uns alle! – Du denkst vielleicht, ich sei noch ein Kind. Wach doch auf! Pater O'Bannon sagt, süße Worte aus dem Mund eines gottlosen Menschen seien die sichere Zerstörung! Der Teufel steht vor den Toren, Kate. Er hat viele Arme, viele Gesichter auf dieser Welt und mehr Namen, als ich aufzählen kann. Einer davon lautet Mahon! Er muss sterben."

Seine Worte beschämten Kate. „Es stimmt, Martin. Ich wollte glauben, dass ein Funken Gutes in ihm war. Pater O'Bannon hat mich schon vor langer Zeit gewarnt, dass Jesus wusste, was in den Herzen der Menschen war, darum hat er ihnen nicht vertraut. Aber er hat sogar mit den bösen Menschen Mitleid gehabt, Martin. Hat sich für alle Menschen gegeben. Darum bedauere die Seele des Mannes, der uns getäuscht und uns Unrecht getan hat. Eines Tages wird Mahon vor dem Richter stehen und ohne Reue wird es kein Erbarmen geben. Überlasse ihn Gott, Martin. Wenn du ihn mit deiner eigenen Hand tötest, dann wirst du es sein, der verdammt ist, und der Böse wird *deine* Seele gewonnen haben. Gib dem Hass keinen Raum in deinem Herzen. Ich lerne gerade die schwerste Lektion bisher. Wie man klug ist, ohne verbittert zu sein. Wie man vergeben kann, ohne ein Narr zu sein. Das macht mir noch immer schwer zu schaffen, Martin. Aber ich werde nicht untätig zusehen, wie du planst, Mahon mit meinem Feuerhaken den Kopf zu zerschmettern."

Er wollte ihr nicht zuhören. Sein Gesichtsausdruck erstarrte und er weigerte sich, an diesem Abend noch ein weiteres Wort zu sprechen.

Kapitel 11

Vierzehn Reiter gaben ihren Pferden die Sporen, um die ersten zu sein, die die Nachricht verbreiteten. Zwischen der Postkutschenstation und den Toren des Richmond-Gefängnisses gab es drei Zusammenstöße. Eine Wagenladung Bier wurde umgestoßen und ein alter Kriegsveteran, der bei Waterloo gekämpft hatte, feuerte seine Muskete in dem Glauben ab, die Franzosen seien gelandet und würden in Dublin einmarschieren.

Adam Kane sprang von seinem Pferd und rannte die Treppen zum Haus des Gefängnisdirektors hoch. Dabei erdrosselte er sich beinahe an der Schnur einer Flagge, die bei Sonnenuntergang eingeholt wurde.

Nachdem er sich befreit hatte, musste er feststellen, dass er nicht der Erste war, der die Nachricht überbrachte: Daniel O'Connells Verurteilung wegen Verschwörung war vom Berufungsgericht aufgehoben worden. O'Connell und die anderen Verurteilten waren wieder frei.

Im Gedränge der vielen Gratulanten und Freunde dauerte es eine Weile, bis Kane in den inneren Kreis vordringen konnte. Nachdem er das geschafft hatte, konnte er O'Connell sein Anliegen vortragen, der durchaus die Dringlichkeit der Angelegenheit erfasste.

„... und darum, Euer Ehren", sagte Kane, „muss sofort etwas unternommen werden, damit Squire Joseph die Seereise nach Australien erspart wird."

„Muss und wird", stimmte O'Connell zu. „Als Geste des guten Willens; als eine halboffizielle Entschuldigung, wenn Sie so wollen, habe ich bereits die Begnadigung von 42 anderen Gefangenen erreicht. Der Name von Joseph Connor Burke steht als erster auf der Liste."

„Gott sei Dank", murmelte Kane. „Wenn Euer Ehren mich jetzt entschuldigen wollen, ich habe heute Nacht noch einen langen Ritt vor mir."

„Ganz und gar nicht", korrigierte der *Befreier*. „Denn ich habe eine noch bessere Idee."

Die Schaluppe *Flying Cloud* wurde von Daniel O'Connell speziell für Adam Kane gechartert. Der Besitzer der Reederei, der zwar von Geburt Engländer und Protestant war, setzte sich jedoch leidenschaftlich für Reformen ein. Er stellte dem Verwalter eine Kutsche zur Verfügung und befahl dem Kutscher, ihn zur Paketstation in der Nähe des Anlegeplatzes zu bringen, bevor Kane sein Anliegen noch vorgebracht hatte.

*

In Colonel Mahons Arbeitszimmer brannte spät abends noch Licht.

Wieder und wieder las er den Brief von Richter Lewis und überflog die Liste der Männer, die zusammen mit Daniel O'Connell begnadigt worden waren. Dass Joseph Burke auf der Liste stand, beunruhigte Mahon nicht. Was bedeutete eine Begnadigung, wenn Burke längst tot war? Und dafür würde Gann schon sorgen.

Aber es gab noch eine andere Angelegenheit, auf die Richter Lewis nun Mahons Aufmerksamkeit lenkte: Josephs Schuldbekenntnis hatte Mahon Tür und Tor geöffnet, die Krone zu drängen, seine Ländereien zu beschlagnahmen. Mit Richter Lewis auf seiner Seite wäre es ein Leichtes gewesen, Kate Donovan Burke zu zwingen, alles der Krone zu übereignen – alle Rechte, Titel und allen Besitz. Aber jetzt! Die Begnadigung von Joseph Burke bedeutete, dass sein Besitz nicht mehr von rechtlichen Maßnahmen bedroht war. Die 20.000 Acres von Burke Park konnten nun nicht mehr auf rechtlichem Weg konfisziert und dann für ein paar Pennys an Mahon verkauft werden, wie er es geplant hatte.

Selbst wenn Joseph Burke tot war, würde sein Sohn Tom den Titel *Lord Burke* erben und damit auch den Besitz. Kate würde zum Vormund ernannt werden, bis der Junge alt genug war.

Aber wenn das Kind nun einen tragischen Unfall erlitte?

Nach dem Tod des Kindes würde Lady Burke von Connacht die nächste Erbin sein. Colonel Mahon rechnete damit, dass Joseph ein toter Mann war, sobald er zusammen mit Gann auf der *Hive* auslief. Doch noch immer gab es zwei Menschen, die ihm den Weg zu seinem Ziel versperrten.

*

Es war der letzte Blick auf Irland.

Nun gab es keine Verzögerungen mehr. Der Sturm hatte sich in der Nacht gelegt und die Logger und Fischerboote konnten ungehindert auslaufen. Die zu erwartenden Beamten waren endlich erschienen; zu ihnen gehörte auch Andrew Parker, ein neuer stellvertretender Direktor für das Gefängnis in Van Diemen's Land. Auch die lang versprochenen Vorräte, von Fässern mit Schiffszwieback bis hin zu geschmuggeltem Wein, waren endlich an Bord genommen worden. Diese Vorräte verringerten den für die Gefangenen vorhandenen Platz noch weiter.

Und während die Nacht der Morgendämmerung wich, schwand auch Josephs letzte Hoffnung. Daniel O'Connell war inhaftiert, die Aufhebungsbewegung tot und Joseph würde von zu Hause und, schlimmer noch, von Kate fortgebracht werden.

Was würde sie an diesem Tag tun? Dachte sie an ihn, wie er an sie dachte? Wie viel Zeit würde vergehen, bis er sie wieder küssen und in seinen Armen würde halten können? Er erneuerte flüsternd sein Gelübde, zu ihr zurückzukommen, und befahl sie und seine Familie Gottes Schutz an.

Bei Gefangenenschiffen war es nicht notwendig, eine vollständige Mannschaft an Bord zu nehmen. Abgesehen von den Männern, die die Segel setzten und refften, konnten die Gefangenen die Arbeiten übernehmen, die sonst die Matrosen verrichteten. Und so kam es, dass Joseph sich zusammen mit einer Gruppe von Männern an Deck befand, als die *Hive* den Anker lichtete und in See stach.

„Ziehen!", brüllte der Maat und die Ankerwinde begann sich zu drehen.

Von den Gefangenen wurde nicht erwartet, dass sie bei der Arbeit sangen, doch sehr zu Josephs Erstaunen drang eine klare Tenorstimme aus dem Schiffsrumpf zu ihm herauf.

„Grün waren die Felder, auf denen meine Vorväter wohnten. Oh!"

Ein paar Männer an der Ankerwinde stimmten in den Refrain ein: *„Erin ma vorneen! Slan lead got brah!"*

Der Solist sang weiter: *„Wenn unser Hof auch nur klein war, hat er uns doch Brot gegeben. Oh!"*

Und eine größere Zahl an Sängern stimmte in den gälischen Refrain ein: *„Irland, mein liebes Land, adieu für immer!"*

Ben Brophy liefen Tränen die Wangen hinunter, obwohl er

sich immer so hart gab. Als der nächste Vers begann, sang er mit lauter Stimme mit:

„Gewaltsam der Heimat entrissen, wo ich geboren wurde. Oh!
Um in die weite Welt zu fahren, arm, hilflos, verloren. Oh!
Ich sehe mit Bedauern zurück und mein Herz zerreißt. Oh!"

Danach stimmte die gesamte Schiffsbesatzung mit ein: *„Erin ma vorneen! Erin go bragh!"*

Der Anker löste sich vom Meeresgrund und während sich die Toppsegel im Wind blähten, bewegte die *Hive* sich wie ein großes Tier, das aus tiefem Schlaf erwachte.

„Den Anker befestigen!", brüllte der Matrose und die Gefangenen kamen seiner Aufforderung nach.

„Ihr Männer verschwindet jetzt nach unten!", befahl Gann grob. Er trieb sie vor sich her. „Ihr dürft ja nicht zu hart arbeiten, nicht wahr? Habt jetzt neuen Schwung, ja? Runter!"

Normalerweise wäre es den Gefangenen sehr recht gewesen, von der zusätzlichen Arbeit verschont zu werden, doch dieses Mal trödelte die entlassene Mannschaft herum und verweilte bei dem Anblick der grünen Hügel, die bereits in der Ferne verschwanden. „Runter!", bellte Gann und versetzte Patrick Frayne einen Schlag mit seinem Knüppel. Nur widerstrebend verschwanden die Männer unter Deck.

Als einer der letzten an Deck konnte Joseph sehen, wie die *Hive* an einem hereinkommenden Schiff vorbeisegelte. Einzelheiten konnte er nicht erkennen, dazu war das Schiff zu weit entfernt, aber ganz eindeutig war es sehr in Eile. Alle Segel waren gesetzt und gebläht.

Wie unterschiedlich die beiden Haltungen: Die widerstrebende Abreise und die ungeduldige Heimkehr!

Die Segel des herannahenden Schiffes wurden für einen Augenblick von den Häusern Corks verdrängt.

„Ich liebe dich, Kate", murmelte Joseph.

Es war der letzte Blick auf Irland.

*

Adam Kane marschierte ungeduldig über das Deck der *Flying Cloud*, während sich die Dämmerung über die Südküste Irlands senkte. Selbst wenn alles glatt lief, gehörte Geduld nicht zu

Kanes Tugenden. Doch jetzt war er frustriert, dass er ein Schiff nicht so antreiben konnte wie ein Pferd, auch konnte er keinen günstigeren Wind einfordern. Er wusste ja, dass O'Connell Recht hatte: Mit der *Flying Cloud* konnte er die Reise in weniger als 24 Stunden schaffen. Selbst der beste Reiter würde zwei Tage brauchen, vorausgesetzt er blieb wach und brach sich nicht den Hals.

Trotzdem konnte Kane nicht aufhören, ungeduldig hin- und herzulaufen. Immer wieder sah er zu den Segeln hoch und pfiff ohne Unterlass. Der Kapitän des Schiffes hatte ihm gesagt, Seeleute würden immer nach einem günstigen Wind pfeifen.

Diese Strategie schien gewirkt zu haben. Bei Anbruch der Morgendämmerung hatte die *Flying Cloud* die Hafeneinfahrt erreicht. Wie ein Rennpferd durchschnitt der Bug des Schiffes die Wellen. Zum ersten Mal seit Stunden war der Verwalter mit seinem Vorankommen zufrieden.

„Das dort hinter dem Hafen ist Cork", sagte der Kapitän der *Cloud*. „Und Cove liegt unmittelbar voraus."

Ein anderes Schiff lief gerade aus, entfernte sich vom Land. Kane betrachtete diesen Koloss kurz, als die beiden Schiffe aneinander vorbeifuhren. Doch der Verwalter schenkte diesem Schiff keinen zweiten Gedanken. Seine Aufmerksamkeit war voll und ganz darauf gerichtet, die offizielle Begnadigung zum Gefängnisdirektor zu bringen. Kane sah Joseph Burkes erstauntes und erfreutes Gesicht schon lebhaft vor sich ...

Teil II

Willst du meine zerbrechliche schwarze Barke
Über den großen, dunklen Ozean steuern?
Willst du kommen, Herr, in mein Boot,
Wo mein Wille auf dem Wasser umherwandert?
Dein sind die Mächtigen, dein sind die Kleinen,
Dein ist es, mächtige Männer zu Fall zu bringen.
Gott, willst du mir deine Hilfe gewähren,
Wenn ich über den wogenden Fluss komme?

„Crossing the Bar“, ein Gedicht aus dem neunzehnten Jahrhundert von Cormac MacCuilleanain

Kapitel 12

Der erste Tag auf See war für die meisten Gefangenen an Bord der *Hive* ein Albtraum, nicht nur wegen der Erkenntnis, dass sie nun tatsächlich ihr Heimatland hinter sich ließen, sondern vor allem weil sie seekrank waren.

Abgesehen von den wenigen Seeleuten unter den Gefangenen wie Patrick Frayne oder denen, die mehr Erfahrung im Reisen hatten wie Joseph, war noch keiner von ihnen je auf dem Meer gefahren. Einige, wie zum Beispiel Laurence O'Halloran, hatten das Meer noch nicht einmal gesehen.

Solange die *Hive* im Hafen vor Anker gelegen hatte, hatte es keine Probleme gegeben. Niemand spürte etwas, bis sie das offene Meer erreicht hatten und die Wellen des Atlantiks mit dem Schiff zu spielen begannen. Die weniger widerstandsfähigen Seelen liefen sofort zum Eimer und übergaben sich. Andere hielten durch, bis ihnen der Geruch von gekochtem Salzfleisch in die Nase stieg.

Doch das Problem der Seekrankheit beschränkte sich nicht nur auf die Gefangenen. Andrew Parker, der neue Gefängnisdirektor, fühlte sich sterbenselend. Er meinte, Kapitän Clarke, ein Offizier der königlichen Marine, müsse sofort umkehren und ihn an Land setzen!

Um dies zu erreichen, kroch Parker auf allen Vieren aus seiner Koje und schleppte sich die Leiter zum Deck hoch. Beinahe oben angekommen, kam ihm der Gedanke, für einen Regierungsbeamten sei es unpassend, auf Händen und Knien rutschend gesehen zu werden, darum richtete er sich gerade in dem Augenblick auf, als die *Hive* einen Wellenkamm überwand und sich wieder ins Meer senkte.

Parker stürzte die Leiter hinunter und schlug so unglücklich auf dem Deck auf, dass seine Hüfte aus dem Gelenk sprang.

Ein heilloser Tumult brach los.

Parkers Frau schrie: „Er ist tot, er ist tot!", wodurch Kapitän Clarke den Eindruck gewann, unter den Gefangenen sei ein Aufstand ausgebrochen.

Als er die Ursache des Problems erkannte, rief Clarke nach dem Schiffsarzt. Unglücklicherweise war Doktor Whites bevorzugtes Heilmittel gegen die Seekrankheit eine große Menge Gin.

Und da er dem Alkohol bereits tüchtig zugesprochen hatte, war er nicht mehr ansprechbar.

Wegen eines angeschlagenen Passagiers in den Hafen zurückzukehren, hielt Kapitän Clarke nicht für klug, darum sah er sich unter den Gefangenen um.

„Hat einer von euch Männern eine medizinische Ausbildung?“, fragte er die stöhnenden Gefangenen. Die Blicke sagten alles. Nur Pater Talbot und Joseph boten ihre Hilfe an. Bereitwillig wurden sie vom Kapitän zu Parkers Kabine gebracht.

Der Regierungsbeamte lag keuchend auf seiner Koje. Sein rechtes Bein stand in einem unmöglichen Winkel von seinem Körper ab.

Nachdem Talbot das herausgesprungene Gelenk untersucht hatte, meinte er zu Joseph: „Nur ausgerenkt. Nichts gebrochen, Gott sei Dank. Haben Sie so etwas schon mal gerichtet?“

„Nicht bei einem Menschen“, erwiderte Joseph. „Einmal musste ich bei einem Hund eine ähnliche Verletzung versorgen.“

Parker schrie und schlug mit den Fäusten auf die Koje, während seine Frau verzweifelt die Hände rang.

„Lassen Sie einen Flaschenzug holen“, meinte Talbot zu dem Kapitän. „Vielleicht besser zwei. Und zwei Ihrer stärksten Männer.“

Nachdem Talbots Anweisungen ausgeführt worden waren, lag im Flur vor Parkers Kabine bald ein Gewirr von Seilen, die um den Knöchel des Beamten gebunden worden waren. „Ihr Männer haltet ihn fest“, befahl der Priester, „während Squire Burke und ich das Gelenk wieder einrenken.“

Auf drei zogen Joseph und der Priester an den Seilen, die über drei Rollen liefen und zum Bein des Verletzten führten. Die Augen des stellvertretenden Gefängnisdirektors traten aus den Augenhöhlen, als diese umgekehrte Ausgabe der Folterbank in Bewegung gesetzt wurde.

Einen Augenblick lang passierte gar nichts, dann sprang das verrenkte Gelenk mit einem so lauten Schnappen wieder in seine richtige Position, dass nicht nur Parker, sondern auch seine Frau ohnmächtig wurden.

Fröhlich pfeifend baute Pater Talbot den Apparat wieder ab.

„Höchst beeindruckend“, meinte der Kapitän dankbar. „Ich stehe in Ihrer Schuld.“

Auf dem Weg zurück zum Gefangenenquartier fragte Joseph: „Und was sollte das Ganze jetzt? So etwas habe ich noch nie gesehen. Hätten wir nicht mit weniger Aufwand dasselbe Ergebnis erzielen können?“

Augenzwinkernd erwiderte Talbot: „Vermutlich schon, aber es wäre nicht ‚höchst beeindruckend‘ gewesen. Und Sie haben den Kapitän ja gehört: Er steht jetzt in unserer Schuld.“

*

„Begnadigt!“, hauchte Kate und suchte Halt an einem Stuhl, als Kane ihr das Dokument mit dem offiziellen Regierungssiegel reichte.

„Aye. O'Connell hat mir eigenhändig Josephs Begnadigung überreicht. Ich bin sofort mit einer Schaluppe nach Cove aufgebrochen.“ Sein Gesichtsausdruck zeigte ihr aber, dass es nicht gut ausgegangen war.

„Wohin haben sie ihn geschickt, Adam?“

„Wie ich schon sagte, ein Küstenschiff war es. Die *Flying Cloud*. Wir haben Cove in einer guten Zeit erreicht und ich habe die ganze Zeit daran gedacht, wie froh Sie sein würden, wenn ich Squire Joseph nach Hause bringen würde. Und was für ein Fest es geben würde, wenn er sich ein wenig erholt hätte.“

„Adam!“ Kate erhob sich. „Sagen Sie mir, warum er nicht mit Ihnen nach Hause gekommen ist!“

Der Verwalter ließ den Kopf hängen. „Also ... Der Wind war günstig und wir kamen wirklich gut voran.“ Unfähig, ihrem Blick standzuhalten, sah er aus dem Fenster.

Sie beendete den Satz für ihn. „Aber das Gefangenentransportschiff war bereits ausgelaufen.“

„Aye. Allerdings. Ich habe es erst erfahren, als ich die Begnadigung dem Gefängnisdirektor vorlegte. ‚Hier ist es‘, sagte ich. ‚Gültig und rechtskräftig. Lassen Sie Joseph Connor, Lord Burke frei.‘ Aber sie waren bereits ausgelaufen. Ich rannte zurück zum Hafen, doch die *Flying Cloud* hatte sich bereits auf die Heimreise begeben. Andere Schiffe, auf denen ich die *Hive* hätte einholen können, waren nicht da. Das ist der Name des Gefangenentransportschiffes, auf dem er fährt. Ich flehte den Kapitän eines Schiffes an, versprach ihm eine Belohnung, wenn er mich zu dem Schiff bringen würde. Beinahe hätte ich ihn überredet, doch die Flut war nicht günstig und dann kam auch noch ein Sturm auf. Er wollte mich nicht hinbringen. Darum bin ich nach Hause gekommen, um Ihnen zu sagen, dass Ihr Mann jetzt frei ist, obwohl er noch immer in Ketten liegt."

„Wissen Sie, wo die *Hive* anlegen wird?"

„Aye." Er zog eine zerknitterte Karte aus seiner Jackentasche. „Zuerst auf den Kanarischen Inseln."

Kate entriss ihm die Karte und betrachtete die Liste mit den Häfen und den geschätzten Ankunftstag in Neusüdwales in mehreren Wochen. „Läuft irgendein Schiff aus, das die *Hive* einholen könnte?"

„In drei Tagen läuft ein Kaufmannsschiff von Galway City aus. *Blossom* heißt es. Es fährt zum Kap der guten Hoffnung, wie ich gehört habe. Der Hafenmeister meint, es würde genau wie die *Hive* die Kanarischen Inseln anfahren. Woanders bekommen sie keine Vorräte."

„Dann werden Sie mitfahren." Kate zog eine Planke aus dem Fußboden und holte den Lederbeutel hervor, der noch immer zehn Goldsovereigns enthielt.

„Doch nicht ich, Madam. Aber ich werde O'Connell benachrichtigen, dass wir das Gefangenentransportschiff aufhalten müssen."

„Es bleibt keine Zeit für einen Ritt nach Dublin."

Kane fuhr sich erschöpft über seine unrasierte Wange. „Kate, Mädchen ..."

„Lady Burke, bitte, wenn Sie Ihre Meinung nicht ändern!"

„Also gut. Lady Burke. Seien Sie doch vernünftig."

Sie schüttelte den Kopf. „Ich habe auf meinen Verstand gehört, als ich nichts lieber getan hätte, als Josephs Freiheit gegen diesen Platz hier einzutauschen. Kennen Sie das Ungeheuer, dem sein Leben anvertraut ist? Nicht ein Tag darf vergeudet werden. Nicht eine Stunde, Adam. Das werden Sie mir niemals ausreden. Nehmen Sie die Hälfte des Burke-Vermögens." Sie zählte die Münzen in zwei Stapel ab. „Das ist alles, was uns noch geblieben ist. Nehmen Sie das, geben Sie Fern einen Abschiedskuss und gehen Sie!"

„Aber Kate ...!"

„Je eher Sie mir Joseph nach Hause bringen, desto eher werden Sie wieder bei Fern sein. In der Zwischenzeit werden wir auch ohne Sie zurechtkommen."

„Ich werde die Verwaltung des Anwesens nicht Ihnen überlassen", wiederholte Kane, während er in der Küche herumlief.

Gelassen beobachtete Kate ihn vom Tisch aus. „Ich traue keinem anderen, nur Ihnen", sagte sie. „Wenn Sie vorhaben, auch weiterhin für das Haus Burke zu arbeiten, dann packen Sie besser Ihre Seekiste und brechen auf."

„Und was ist mit Mahon?"

„Was soll mit ihm sein? Wir haben gewonnen. Joseph ist begnadigt worden. Wenn Sie ihn zurückbringen, was kann Mahon dann tun?"

„Er will dieses Tal haben. Die Weideflächen stecken ihm in der Nase. Ballynockanor ist auf dem besten Weideland in Connacht erbaut."

„Er wird sein Weideland woanders suchen müssen. Joseph ist begnadigt. Sie werden nach Botany Bay segeln, wenn Sie sein Schiff nicht unterwegs aufhalten können. Sie zeigen dem Gefängnisdirektor diese Papiere und dann wird Joseph nach Hause kommen." Sie hielt inne und dachte darüber nach, dass ihre Worte so einfach klangen. Nicht berücksichtigt waren dabei die Monate, die vergehen würden, bevor sie ihn wieder sah. „Und dann wird alles gut sein."

„Ich denke nicht an Squire Josephs Heimkehr. Ich denke an die langen Wochen, bis ich ihn gefunden habe und mit ihm nach Hause komme. Mahon hat die Absicht, Sie zu vernichten. Wie wollen Sie sich gegen ihn wehren?"

Kate zog die Augenbrauen in die Höhe. „Ich lasse mich nicht bevormunden. Das ist das neue Motto, das ich über das Burke-Wappen werde eingravieren lassen." Sie wiederholte es noch einmal, wobei sie jedes Wort betonte. *„Ich lasse mich nicht bevormunden!* Ich bin eine Donovan, eine Burke und ein Kind Gottes – und dann erst eine Frau."

Er lächelte vor sich hin. „Das sind Sie allerdings, Madam. Aber Sie werden während meiner Abwesenheit keine Duelle austragen, nicht?"

„Nur wenn ich die Wahl der Waffen habe."

„Und womit wollen Sie Mahon bekämpfen, wenn ich fragen darf?"

„Mit meinem Verstand, Sir."

Er verbeugte sich vor ihr. „Ein scharfes Schwert, das großen Schaden anrichten kann. Nun denn. Gott stehe Ihnen bei."

*

Als Kane in Galway City ankam, war es bitterkalt geworden. Ein starker Nordwestwind blies und die etwas kleineren Schiffe blieben im Hafen. Doch es gab ein Schiff in der Bucht, das sofort zu den Kanarischen Inseln auslaufen wollte. Der Hafenmeister führte Adam Kane zu dem Kaufmannsschiff *Blossom.*

Der Kapitän, ein gewisser Costello, war mit Daniel O'Connell gut bekannt und hatte bereits von Joseph Burke gehört. Er hatte die Aufhebungszeitung *Die Nation* gelesen und erinnerte sich daran, Lord Burke unter den Namen gesehen zu haben, die zusammen mit O'Connell begnadigt worden waren.

„Gebunden und in Ketten, sagen Sie?“, fragte Costello. „Auf der *Hive*? Ein schlimmes Schiff ... ehemaliges Sklavenschiff. Hat viel zu lange den Sklavenhandel von der Goldküste zu den Bahamas unterstützt.“ Er schüttelte den Kopf. „Ich habe mich immer gefragt, warum Gott dieses Schiff nicht auf den Meeresgrund geschickt hat, denn wenn es jemals ein Sinnbild für die Hölle auf Erden gegeben hat, dann die *Hive*.“

Kane hatte den Eindruck, dass Costello der richtige Mann für dieses Unterfangen war. Er hegte eine tiefe Abscheu gegen jegliche Art der Tyrannei. „Darum bin ich mein eigener Herr. Kapitän meines eigenen Schiffes. Ich lasse mich nicht drängen, und niemand kann mir sagen, wohin ich segeln oder wann ich ankommen soll.“

Kane erklärte ihm, wie wichtig es sei, das Schiff einzuholen, bevor es die Kanarischen Inseln wieder verließ. „Im Westen braut sich was zusammen. Lady Burke wurde von Ribbonmen von ihrer Farm vertrieben, die sie und ihre Familie mit dem Tod bedroht haben, wenn sie nicht ihre Autorität an einen Loyalisten mit Namen Mahon abgibt. Zwar hat sie sich hinter den Mauern des Anwesens verschanzt, aber es sind nur Dienstboten zur Hand, die sie beschützen könnten, sollten Mahons Männer wiederkommen. Ich brauche nur bis zu den Kanarischen Inseln mit Ihnen zu segeln, Squire Joseph befreien und dann nehme ich das schnellste Schiff nach Hause.“

„Das Wetter ist schlecht.“ Kapitän Costello betrachtete den Himmel. „Ich hatte eigentlich vor, mit dem Auslaufen noch etwas zu warten, bis es aufklart. Verträgt Ihr Magen ein aufgewühltes Meer?“

Kane wusste es nicht, aber er sagte, er würde es ertragen wie ein Mann.

Costello schlug ihm auf die Schulter. „Dann werden wir auslaufen. Morgen früh. Bei diesem Sturm wird die *Hive* auch nicht so schnell vorankommen. Wir werden sie sicher einholen."

Kapitel 13

Die weiblichen Gefangenen mussten für die Passagiere auf dem Schiff kochen. Das bedeutete, sie mussten morgens einen Haferbrei bereiten und abends entweder Kartoffeln oder gesalzenes Rindfleisch kochen. Das schlechte Essen war Grund für viel Murren unter den Gefangenen.

Jeden Tag suchte Gann einige der weniger gefährlichen Verbrecher aus, die in der Küche helfen sollten. Dazu gehörten Laurence O'Halloran, Joseph und die beiden Geistlichen.

An einem Abend hatte O'Halloran bereits drei Eimer mit Abfällen über die Reling gekippt, als er den Fehler machte, den vierten Eimer zu der an der Windseite gelegenen Reling zu bringen. Nur wenige Schritte entfernt stand Gefängniswärter Gann mit einem anderen Wärter ins Gespräch vertieft.

Als Laurence den Eimer auskippte, erfasste ein Windstoß die Abfälle und wehte sie Gann in den Nacken. Der Wärter explodierte. Er riss die Peitsche vom Gürtel und schlug dem Jungen ins Gesicht. „Du hirnloser Affe!“, wütete Gann. „Bist du zu blöd, um zur Leeseite zu gehen? Du hast meine Uniform versaut, du ignoranter Dummkopf!“ Jede Silbe seiner Tirade wurde von einem Schlag mit seiner Peitsche unterstrichen.

Der Junge stotterte: „Es t-t-tut m-m-mir Leid!“, doch Gann achtete nicht auf die Entschuldigung und ließ die Peitsche immer weiter auf den Kopf des Jungen niedersausen.

Als O'Halloran schützend die Hände vor sein bereits blutiges Gesicht riss, schüttete er den Rest des Abfalls auf das Deck.

„Jetzt sieh dir das an!“, schrie Gann. „Du faules Schwein von einem papistischen Bastard! Mach das sofort sauber!“

Noch während er diese Worte aussprach, drehte Gann die Peitsche um und holte nun mit dem Griff zum Schlag aus.

In diesem Augenblick schritten Joseph und Pater Talbot ein. Die beiden Männer waren gerade vom hinteren Teil des Schiffes gekommen, wo sie nach Parkers Hüfte gesehen hatten. Joseph warf sich über das Deck und packte Ganns zum Schlag erhobene Hand. Als Gann mit der anderen Faust nach Joseph schlagen wollte, schritt Talbot ein. Die beiden Gefangenen hielten den Wärter zwischen sich fest, während O'Halloran völlig verängstigt auf dem Deck kauerte.

„Nehmt die Hände von mir“, drohte Gann. „Ich werde euch jeden Fetzen Haut von eurem Körper peitschen! Ich werde euch aufhängen lassen! Hilfe!“, rief Gann dem anderen Wärter zu. „Erschieße sie!“ Doch der zweite Wärter mischte sich nicht ein, sondern lief davon, um Hilfe zu holen.

„Beruhigen Sie sich“, sagte Talbot, während er versuchte, Gann ruhig zu halten. „Sie hätten den Jungen getötet, wenn Sie tatsächlich zugeschlagen hätten. Wir haben eine Tragödie abgewendet.“

Ganns Zorn war so groß, dass er, als Captain Clarke kam und eine Erklärung verlangte, nur unzusammenhängende Sätze herausbrachte. Clarke befahl den beiden Gefangenen, Gann loszulassen, dann schickte er Gann vor und O'Halloran nach unten, während er von Talbot einen Bericht forderte.

„Ich habe Ganns Zorn schon früher erlebt“, gab der Kapitän zu. „Und ich zweifle nicht daran, dass er den Jungen vermutlich getötet hätte. Aber Gefangenen ist es nicht gestattet, einen Wärter zu berühren, egal aus welchem Grund. Ihr beide werdet ausgepeitscht.“

Pater Talbot zuckte die Achseln, als die beiden Männer nach unten gingen. „Verlass dich nie auf den Glauben von Fürsten“, zitierte er. „Jetzt sehen wir ja, wie sehr der Kapitän in unserer Schuld steht.“

*

Die vorgeschriebene Strafe für die einzelnen Verstöße an Bord waren den Gefangenen bekannt; Kapitän Clarke las sie ihnen mindestens einmal pro Woche vor: Diebstahl: beim ersten Mal sechs Dutzend Peitschenhiebe, beim zweiten Mal zwölf Dutzend Peitschenhiebe; Prügelei unter Gefangenen: zwei Dutzend Peitschenhiebe; einen Wärter schlagen: Tod durch Erhängen.

Die Segel waren eingezogen und die *Hive* trieb im Wasser. Mit Musketen bewaffnete Wärter standen in einer Reihe auf dem Achterdeck, die anderen Wärter sahen vom Bug aus zu. Die Gefangenen drängten sich in der Mitte des Schiffs, um die Bestrafung mit anzusehen.

Joseph und Pater Talbot befanden sich bereits auf dem Achterdeck in sicherer Entfernung von ihren Gefährten, damit niemand auf die Idee kam, einen Aufstand anzuzetteln oder sie zu retten. Kapitän Clarke sprach zu den Anwesenden. „Diese

Gefangenen sind schuldig, Hand an einen Wärter gelegt zu haben. Eine Entschuldigung dafür gibt es nicht und ein solches Verhalten kann nicht geduldet werden."

Gann befand sich unter den Wärtern auf der Steuerbordseite. Er grinste hämisch.

„Doch da sie den Wärter nicht geschlagen haben", fuhr Clarke fort, „reduziere ich ihre Strafe von Erhängen auf Auspeitschen."

Gann grinste noch immer. Offensichtlich stellte er sich das zerrissene Fleisch und die eiternden Wunden der beiden Männer vor. Viele solcher Opfer starben an den Folgen der Bestrafung.

„Und auf besondere Bitte um Milde von Mister Parker", fuhr der Kapitän fort, „reduziere ich das Urteil auf zwei Dutzend Peitschenhiebe."

Gann wollte protestieren und trat vor, doch der Kapitän winkte ihn in die Reihe zurück. „Schließlich", schloss Clarke, „da die beiden sich nur eines gemeinsamen Verbrechens schuldig gemacht haben, wird das Urteil zwischen ihnen aufgeteilt. Jeder bekommt zwölf Peitschenhiebe. Bereitet die Gefangenen auf ihre Bestrafung vor."

Talbots Hemd wurde ihm vom Rücken gerissen und seine Arme über dem Kopf zusammengebunden. Joseph wurde in ähnlicher Weise an der Steuerbordseite festgebunden.

„Die Bestrafung beginnt", befahl Clarke. „Eins!"

Die Peitsche in der Hand des ersten Maats zischte durch die Luft und schnitt in Talbots sommersprossige Schultern. Der Priester grunzte leise.

„Zwei!"

Die von Gann persönlich geschwungene Katze schnitt sich tief in Josephs Rücken; Gann hatte besonders steifes Pferdeleder in die Riemen geknotet.

„Drei!"

Als die Bestrafung beendet war, tropfte das Blut von Talbots Rücken auf die Planken. Josephs Rücken war eine einzige blutige Masse.

Als Gann Joseph losschnitt, zischte er ihm ins Ohr: „Glaube nicht, dass das hier für mich schon zählt. Ganz und gar nicht!"

Später, als Pastor Holt Josephs und die Wunden seines Freundes mit Öl behandelte, trat Ben Brophy neben sie: „Ich habe dich falsch eingeschätzt, Squire. Du bist doch in Ordnung."

*

Die *Blossom* ritt hoch auf den Wellen des Atlantiks. Adam Kanes Magen, der doch eigentlich, wie er meinte, aus Eisen war, spielte nicht mit. Das erste Mal übergab er sich in seinen schönen neuen Hut, danach holte er sich einen Eimer vom Koch. Doch in seinem Magen war nichts mehr übrig, was er in den anderen Behälter hätte ausspucken können.

Nach drei Tagen auf See klarte das Wetter auf. Kapitän Costello steckte den Kopf in die Kabine von der Größe eines Schrankes und meinte fröhlich: „Ich dachte schon, wir müssten Sie bald den Fischen übergeben, Kane, wenn der Sturm nicht endlich abgeflaut wäre. Aber ich sehe, heute sind Sie nicht mehr ganz so grün im Gesicht. Möchten Sie zu Abend essen? In einer Dreiviertelstunde."

Nur widerstrebend erhob sich Adam von seiner Koje. Er wusch sich mit Seife und Salzwasser, danach noch einmal mit frischem Wasser und rasierte sich, wobei er sich zweimal in die Wange schnitt. Als er fertig war, fühlte er sich vollkommen ausgelaugt und leer. Er war unendlich dankbar, dass er nicht wirklich weggelaufen und zur See gegangen war, wie er es in seiner Jugend seinem Vater gedroht hatte.

Jetzt also Abendessen.

Kapitän Costellos Mannschaft war zufrieden, denn der Kapitän war ja auch ein netter Mensch. An dem rechteckigen Tisch hatten sechs Männer Platz. Alle Plätze waren belegt. Anwesend waren neben dem Kapitän und dem ersten Maat, Mister Doheny, auch noch andere Passagiere. Der zweite Maat, ein Schotte mit Namen MacDougall, spielte Dudelsack. Während das Rindfleisch serviert wurde, füllte der Schotte die Sackpfeife mit Luft. Er blies die Wangen auf und begann für die Anwesenden zu spielen – für Kanes schmerzenden Kopf eine Aneinanderreihung von Misstönen.

Costello beugte sich zu ihm herüber und meinte: „Das klingt ganz anders als Ihre irischen Pfeifen, nicht?"

Kane konnte nur nicken. Um sich von dem höllischen Lärm abzulenken, betrachtete er die Anwesenden. Sie unterhielten sich angeregt und schaufelten ihr Rindfleisch mit Erbsen und Kartoffeln in den Mund. Allein der Anblick ließ Adam erschauern.

„Geht es Ihnen nicht gut?", fragte Costello.

„Wie bitte?" In seinem Kopf war alles dumpf. Kane hatte die Frage kaum verstanden.

„Geht es Ihnen nicht gut, Sir?"

„Aye." Kane schluckte, schnappte nach Luft und sah sich verzweifelt nach einem geeigneten Behälter um, in den er spucken könnte. Ein Eimer. Nirgends einer zu sehen. Mühsam befreite er sich von dem Stuhl, packte die Pfeifen, riss sie dem Mann aus dem Mund und klammerte sich daran.

„Lassen Sie mich raus!", rief Kane.

Zu spät. Er entleerte Rindfleisch, Erbsen und Kartoffeln über das stöhnende Instrument.

Danach gab es keine Musikuntermalung bei den Mahlzeiten mehr. Kane hatte sich seinen ersten Feind an Bord geschaffen. Von dem Zeitpunkt an funkelte der Schotte ihn zornig an, wann immer er an Deck kam. Er schwor, dass Kane das mit Absicht getan hatte.

*

Zwei Monate nach ihrem achtstündigen Zusammensein mit Joseph wurde Kate klar, dass sie ein Geschenk von Joseph unter ihrem Herzen trug. Ein Wunder war es. Ihres und Josephs Wunder. Sie erzählte es niemandem, nicht einmal, nachdem sie ganz sicher war. Wenn sie nachts in ihrem Bett lag, strich sie über ihren Bauch und sie wusste, dass in ihr ein Teil von Joseph heranwuchs. Josephs Liebe war bei ihr, tröstete sie in jeder Stunde des Tages und in den langen Nächten. Dieses Geheimnis machte ihr die Einsamkeit erträglich.

Oft träumte Kate davon, dass Joseph vor ihr den schmalen Pfad zum St. Brigits-Kreuz hinauf wanderte. Die Vögel zwitscherten fröhlich. In der Nähe des Gipfels drehte sich Joseph zu ihr um und sagte: „Wir sind viel mehr zusammen, als dir klar ist, Kate." Danach verschwand er und die Stille kam. Sie öffnete die Augen und berührte das leere Kissen neben sich. Wenn das Kind nicht gewesen wäre, hätte sich Kate von ihrem Schmerz verzehren lassen. Aber war dieses Wunder nicht ein Beweis dafür, dass Gott über ihnen wachte, sie liebte und eine gemeinsame Zukunft für sie hatte?

Am Morgen wirbelte der Wind die Blätter über die schlammigen Wege auf dem Land der Burkes. Die verkohlten Ruinen des Herrenhauses verliehen dem Garten ein gespenstisches Aussehen. Erinnerungen an traurige Zeiten, an Leid und Verlust lasteten an diesem Ort auf Kate. Sie hatte mittlerweile akzeptiert, dass es richtig und vernünftig war, hinter den hohen Mauern des Parks zu wohnen. Hinter dem Gelände patrouillierten englische Soldaten auf der Straße und somit waren immer Fremde in Sichtweite.

Sie war eine Gefangene in dem Haus, das Joseph aus dem großen, aus Stein gemauerten Stall für sie hergerichtet hatte. Der Legende nach war dies einst die große Halles des Schlosses gewesen, das der erste irische De Burgo erbaut hatte. Als es in den Zeiten der Stuart-Könige in Mode kam, dass die Adeligen in größeren, moderneren Gebäuden wohnten, wurde daraus ein Stall gemacht. Auf den Eichendachbalken über dem zweiten Stock waren noch immer die geschnitzten Gesichter der Männer zu sehen, die das Haus erbaut hatten. Das Holz war durch die Ammoniakdämpfe imprägniert und vor Insekten und Trockenfäule gut geschützt. Dem Schieferboden hatten der Pferdemist, die Hufe und die Kutschenräder nichts anhaben können. Der Heuboden war in Schlafzimmer umgewandelt worden. Unten waren die Boxen abgebaut und die Wände gesäubert und gekalkt worden. Neue Wände aus Eichenpaneelen, die aus einem alten Kloster in Donegal stammten, trennten das Wohnzimmer, ein Musikzimmer, ein Esszimmer, eine Bibliothek und die Küche voneinander ab. Es wirkte noch immer wie ein Herrenhaus, dachte Kate: dunkle Eiche und schwere Möbel; Bilder von Josephs Vorfahren, Schwerter und Schilder an den Wänden. Der erste De Burgo hätte sich hier sehr wohl gefühlt.

Ihr war sehr deutlich bewusst, dass Joseph aus Liebe zu ihr den Zimmermannsleuten und Maurern geholfen hatte, dieses großartige Haus aus einem bescheidenen Grundriss zu schaffen. Oft hatte sie gesehen, wie er unter der Eiche am See saß, Pläne zeichnete und Zahlen auf Zettel schrieb. Er hatte ihr verboten, sich das Haus vor der Fertigstellung anzusehen.

Ohne ihn erschien ihr jedes Zimmer traurig.

Aber er hatte ihr ein einzigartiges Geschenk gemacht; ihre Freude daran wurde immer größer. Um des ungeborenen Kindes willen, für Tomeen, Mary Elisabeth und Martin, würde sie kein Risiko mehr eingehen. Aber sie vermisste die Wärme ihres kleinen Hauses.

*

Die Gefangenen hatten es sich zur Regel gemacht, nach Einbruch der Dunkelheit nicht mehr von Frauen zu sprechen: Weder von den Ehefrauen noch von den Müttern, den Freundinnen oder Frauen überhaupt. Der Schmerz der Erinnerung konnte selbst den Stärksten verrückt machen.

An diesem Abend war das Licht bereits gelöscht, die Luke geschlossen und sie waren in der Dunkelheit und dem unerträglichen Gestank gefangen. Ein leises Stöhnen des Elends erhob sich aus der Bilge. Joseph schloss die Augen und dachte an Kate, an ihre Umarmung, ihren süßen Atem an seinem Hals. Die Einsamkeit war so erdrückend, dass er nur mühsam ein Schluchzen unterdrücken konnte.

Laurence O'Halloran begann zu weinen. Ben Brophy drohte, ihn umzubringen, wenn er nicht den Mund hielte. Pater Talbot neben O'Halloran flüsterte das Vaterunser.

„Sprich es mit mir zusammen, Laurence", sagte der Priester.

Der Junge rang um Fassung und stimmte in das Gebet mit ein. Joseph umklammerte seinen Bleianhänger und sprach es ebenfalls mit, danach schlossen sich noch Reverend Holt und ein Dutzend andere in dem überfüllten Raum an.

Den meisten brachte das Gebet einen gewissen Trost. Ein paar andere, darunter auch Brophy, verkündeten, sie würden diejenigen im Schlaf erwürgen, die weiter zu einem Gott beteten, der sie verlassen hätte.

„Und wenn wir bereits gestorben sind?" O'Hallorans Stimme zitterte. „Und wenn dieses Schiff uns geradewegs in die Hölle bringt? Ich versuche, an zu Hause zu denken, aber es ist ein Traum, Pater. Und das hier – das ist ein Albtraum, aus dem ich nie wieder aufwachen werde."

„Irland ist noch immer da, Junge", tröstete Joseph ihn. „Es wird auch noch da sein, wenn wir zurückkommen. Und daran müssen wir uns klammern, wenn wir eines Tages zurückkehren wollen."

„Aye", fügte der Priester hinzu. „Bewahre unsere Gedanken, oh Herr. Denk an das, was rein und schön ist. Und so sicher, wie es den Himmel gibt, wartet unser Heimatland auf uns."

Wenn sie angefangen hätten zu singen, wäre Gann aufgetaucht. Aber Joseph fiel der Text eines Liedes ein. Leise rezitierte er die Worte:

Cenn Escrach in den Obstgärten,
eine Wohnung der Wiesenbienen.
In ihrer Mitte ein glänzendes Dickicht,
eine Quelle und ein Trinkbecher.

Das friedliche Bild schwebte in der Dunkelheit über ihm und brachte ihn zum Lächeln. Reverend Holt fuhr leise mit melodischer Stimme fort:

Die dunkle Nacht ist still,
und die Dunkelheit liegt auf ganz Galway.
Die Sonne schläft im Bett des Meeres,
und der Mond scheint silbern auf das Wasser.

„Ach", seufzte Pater Talbot, der auch alles vor sich sah. „Da ist es: Irland!" Ein breites Lächeln lag in seiner Stimme.

Stille senkte sich über den Raum, während jeder Gefangene seine Erinnerung nach Bildern und Beschreibungen der Heimat durchforstete. Ben Brophy, dem die Verzögerung nicht behagte, schnappte: „Na los, weiter."

Patrick Frayne lachte leise und flüsterte: „Aye, hier ist noch eins:

Die ruhigen, grünen Seen schlafen im Schatten des Berges,
und auf der Leinwand des Wassers
malt der helle Sonnenschein das Bild des Tages."

„Was ist mir dir, Laurence?", fragte Joseph.

Der Junge atmete tief durch, als würde er bekannte Düfte in sich aufnehmen.

Sie wachsen, die stille Menge,
die wunderschönen Edelsteine
des Reiches der Sonne und des Windes ...

Kapitel 14

Auch wenn sich die Gefangenen mittlerweile an die Schiffsbewegungen gewöhnt hatten, war das Leben an Bord des Gefangenenschiffes beinahe unerträglich. Trotz der Überfüllung waren, abgesehen von einigen wenigen Fällen von Ruhr, keinerlei Krankheiten an Bord ausgebrochen. Bei den weiblichen Gefangenen waren zwei gesunde Babys geboren worden; ein Ereignis, das der abergläubische Patrick Frayne durchaus bemerkenswert fand. Kapitän Clarke behielt den Gefängniswärter Gann sehr genau im Auge, doch dieser zeigte sich gleichgültiger als jemals zuvor.

Das Vorderdeck war für die Schiffsmannschaft und die Gefangenenwärter reserviert. Im Achterdeck waren weitere Wachen, die Schiffsoffiziere und die Passagiere untergebracht. Die Mitte des Schiffes gehörte den unfreiwilligen Passagieren, den Gefangenen, zumindest während ihres nachmittäglichen Ausgangs. Die Gefangenen durften sich jeden Tag in drei Gruppen von je hundert Leuten etwa zwei Stunden lang an Deck aufhalten.

Da sie mittlerweile den Breitengrad Portugals erreicht hatten, war es draußen sehr heiß und die Gefangenen konnten nichts tun, außer untätig herumzuliegen. Aber alle wollten dem Gestank und der Enge ihres Quartiers entkommen.

Joseph saß allein am Fuß des Hauptmasts. Sein Rücken schmerzte noch, aber es war erträglich. Er dachte an Kate, schnappte aber auch hier und da Gesprächsfetzen auf. In der Nähe der Reling an der Steuerbordseite prahlte Ben Brophy dem leicht zu beeindruckenden Laurence O'Halloran gegenüber von seinen Beutezügen.

„Habe den Konstabler erdrosselt, zumindest einen von ihnen. Wenn jemand meinen Rückzug gedeckt hätte, hätte ich davonkommen können, aber mein Partner hat Schiss gekriegt und ist abgehauen, verstehst du?"

Pater Talbot und Pastor Holt liefen im „Viehstall", wie das für die Gefangenen abgeteilte Stück genannt wurde, im Kreis und unterhielten sich über Theologie. Dann hörte Joseph, wie Brophy O'Halloran erklärte: „Also, das Spiel geht folgendermaßen: Du suchst dir ein Mädchen, das mit dir zusammenarbeitet, und du bringst sie dazu, sich an einen Kerl ranzumachen und wenn sie ihn mit auf ihr Zimmer schleppt, platzt du hinein als der betrogene Ehemann, verstehst du? Und er, bezahlt er dann? Natürlich! Aber um das Spiel zu spielen, musst du dir noch ein paar Haare im Gesicht wachsen lassen."

Während Brophy noch immer schallend lachte, zupfte Talbot O'Halloran am Ärmel. „Laurence, hast du vergessen, dass du heute Unterricht hast? Komm jetzt mit."

Brophy runzelte die Stirn, schluckte aber eine offene Kritik an dem Priester herunter. Nach dem Zwischenfall mit O'Halloran waren Talbot und Joseph bei den anderen Gefangenen hoch angesehen. Und da der Schiffsarzt White seit dem Auslaufen seine Koje nicht mehr verlassen hatte, galt er zu Recht als inkompetenter Trunkenbold, in dessen Hände man sich tunlichst nicht begeben sollte. Pater Talbot hatte seine Dienste als Ersatzarzt angeboten und wurde dafür von allen geachtet, mit der Ausnahme von Gann natürlich.

Talbot und sein Freund Holt gaben allen Unterricht, die sich in Grammatik, Geographie, Geschichte und Schauspielkunst weiterbilden wollten. Es dauerte nicht lange, bis dieser Unterricht für die Männer, die damit rechneten, eines Tages nach Irland zurückkehren zu können, einen sehr großen Stellenwert einnahm.

An diesem Tag wurde Geographie unterrichtet.

„Ich habe gehört, wie der Navigator gesagt hat", berichtete Talbot O'Halloran und den anderen Schülern, „dass wir in etwa zwei Tagen den Hafen auf den Kanarischen Inseln anlaufen werden. Die Kanarischen Inseln –"

„Nicht nach den Vögeln benannt", unterbracht Pastor Holt. „Der Name kommt aus dem Lateinischen, ist von dem Wort *canis*, der Hund, abgeleitet. Die frühen Eroberer berichteten, dort viele Hunde vorgefunden zu haben. Daher der Name." Holt verfügte wirklich über ein großes Wissen. „Tatsächlich nannten die Römer die Inseln *Fortunae Insulae*, da sie dachten, sie wären die Heimat der verstorbenen glücklichen Seelen. *Fortunae* ..."

„Wie ich sagte", fuhr Talbot unbeirrt fort, „die Kanarischen oder Hundeinseln oder Inseln der Glücklichen, wie ihr wollt, sind ursprünglich Vulkaninseln. Morgen um diese Zeit werden wir vermutlich bereits den höchsten Berg sehen, den *Pico de Teide*. Er ist dreitausend Meter hoch und ein erloschener Vulkan. Zumindest wollen wir hoffen, dass er erloschen ist! Er liegt auf Teneriffa. Die Kanarischen Inseln sind nicht weit von der afrikanischen Küste entfernt."

An dieser Stelle wurde Talbot von Patrick Frayne unterbrochen. Joseph war überrascht, dass er überhaupt zuhörte. „Verzeihung, Pater, aber wie weit von Afrika entfernt liegen die Kanarischen Inseln?"

Talbot legte nachdenklich den Finger an die Lippe, dann wandte er sich an Holt. „Ich weiß es nicht genau", gestand er. „Nicht mehr als hundert Meilen, denke ich. Ich kann den Navigator nach der genauen Entfernung fragen."

„Nein, nein, das ist nicht nötig", erklärte Frayne hastig. „Fahren Sie nur fort mit Ihrem Unterricht."

*

Der Gipfel des Vulkans *Teide* war in Wolken und Rauch gehüllt. Obwohl Joseph Laurence O'Halloran versicherte, die Hälfte des Berges sei noch unsichtbar, war der Junge aus der Ebene von Tipperary von dem Anblick zu überwältigt, um sich überzeugen zu lassen.

„Sicher, und Sie machen sich über mich lustig", beklagte er sich. „Das ist bestimmt der höchste Berg der Welt. Wie kann da noch mehr sein, wo er doch schon in den Himmel reicht?"

Für einen Jungen, der in einer Gegend groß geworden war, in der sich der höchste „Berg" nur hundert Schritte über die Kartoffelfelder erhob, gab die Vorstellung von etwas so Großem Anlass zu biblischen Spekulationen.

Obwohl man ihm immer wieder den Namen des Berges nannte, beharrte O'Halloran darauf, dass dies der berühmte Berg Ararat sein musste: „Da das hier ganz eindeutig der höchste Berg der Welt ist, muss Noahs Arche dort auf Grund gelaufen sein."

Die *Hive* lief nicht auf Grund, sondern segelte im Nachmittagsschatten des Vulkans zu einem geschützten Ankerplatz vor der Stadt Santa Cruz de Tenerife. Sobald das Gefangenentransportschiff in Sicht kam, stieß ein Dutzend Ruderboote von der Küste ab. Sie waren beladen mit Bananen, Zwiebeln, Trauben und Wein.

Zwei Tage lang entluden die Gefangenen von morgens bis abends die Schiffe, füllten die Fässer mit frischem Wasser, verstauten die Säcke mit den Kartoffeln und füllten die Vorratskästen mit den frischen Lebensmitteln vom Land. Gegen diese Arbeit hatten sie nichts einzuwenden, da die Aussicht auf ein besseres und abwechslungsreicheres Essen alle erfreute.

Obwohl es offiziell verboten war, existierte auch ein privater Handel zwischen Küste und Schiff. Die männlichen Gefangenen arbeiteten mit Beineisen, damit sie nicht vom Schiff sprangen und an Land schwammen, aber nicht einmal die wachsamsten Wärter konnten den Handel unterbinden.

„Hierher, Kamerad", rief Patrick Frayne einem Inselbewohner mit einer Schiffsladung Tabak zu. „Ich gebe dir einen Sixpence für ein Päckchen davon." Ein Wärter, der sich ganz in der Nähe aufhielt, sah den Handel, ignorierte ihn aber. Als das Boot längsseits kam, reichte Frayne das Geld hinüber und wechselte ein paar Worte mit dem Bootsmann. Joseph hatte den Eindruck, dass Frayne auch am Tag zuvor bereits mit demselben Verkäufer gesprochen hatte, maß dem aber keinerlei Bedeutung bei. Pater Talbot hielt ganz in der Nähe seinen Unterricht ab, dieses Mal war Geschichte an der Reihe.

„Da drüben", sagte er und deutete zu der Bucht hinüber, „an diesem anscheinend so idyllischen Ort hat eine schreckliche Schlacht stattgefunden. Das war vor der Jahrhundertwende. Admiral Nelson hat bei dem Angriff auf diese Stadt seinen rechten Arm verloren."

Laurence O'Halloran bekreuzigte sich bei der Vorstellung, aber Ben Brophy fluchte und sagte: „Verdammte englische Armee! In der Hölle schmoren sollen sie! Wie schade, dass Nelson nicht seinen Kopf verloren hat und die Franzosen die Schlacht gewonnen haben. Dann sähe es in Irland jetzt anders aus, das kann ich euch sagen."

„Nicht so voreilig", widersprach Talbot. „Wenn du dir die Zeit nehmen würdest, die Geschichte deines Landes kennen zu lernen, wüsstest du, dass viele Söhne Erins an diesem Tag zusammen mit Nelson gekämpft haben. Die Franzosen der Revolution waren gottlose Heiden."

Joseph fand, dass beide Männer eine gute Aussage gemacht hatten. Es war eines der vielen Missgeschicke des katholischen Irland, dass es sich Hilfe von einem Frankreich erhofft hatte, das Gott ganz und gar ablehnte und weit mehr Hilfe zusagte, als es tatsächlich leisten konnte.

Brophy schien diese Diskussion nicht fortsetzen zu wollen. Er winkte ab und schlenderte zu Patrick Frayne und dem Bootsmann von den Kanarischen Inseln hinüber. Vielleicht wurde da gerade ein Fluchtversuch geplant, denn beide Gefangenen sahen sich aufmerksam um und zuckten zusammen, als der Wärter zurückkam.

Pastor Holt war zu schwach, um schwere Kisten heben zu können. Seine Aufgabe war es, die angelieferten Lebensmittel aufzulisten. Er vermerkte die Ankunft von mehreren Fässern mit der Aufschrift LEBENSMITTEL und versuchte, den genauen Inhalt zu überprüfen, indem er den Deckel des letzten hob.

Patrick Frayne sprang plötzlich auf und rief, während er auf einen anderen Bootsmann deutete: „Hören Sie, Reverend. Ich kann nicht genau verstehen, was dieser Bursche anbietet. Sagen Sie mir, ist das etwas Gutes oder nicht?"

„Und was ist es?", fragte Holt.

„Paprika, *senõr*", lautete die Antwort. „Colorado. *Muy bueno y muy caliente.*"

„Paprika, ja? Genau das Richtige, um dem Eintopf die richtige Würze zu geben", meinte Holt. „Geben Sie mir einen Sack."

Ein paar Münzen und ein kleiner Sack mit rotem Pulver wechselten die Besitzer. „Ich wäre vorsichtig damit, wenn ich Sie wäre, Pastor", warnte Joseph. „Es könnte schärfer sein, als Sie denken."

Holt wollte nicht so unwissend in Bezug auf seinen Kauf erscheinen, darum öffnete er das Säckchen und tat sich etwas auf die Hand. Er betrachtete den kleinen Haufen einen Augenblick lang, dann führte er die Hand an die Nase und schnupfte es.

Einen Augenblick lang betrachteten die Zuschauer ihn erwartungsvoll. Dann schnappte Holt nach Luft. „Wasser! Ich bin vergiftet worden. Frayne, du hast mich vergiftet!" Würgend und schniefend und mit tränenden Augen sah Holt so aus, als wollte er sich ins Meer stürzen, um Erleichterung zu suchen. Doch dann entdeckte er ein frisch angeliefertes Fass mit Trinkwasser und steckte den Kopf hinein. Als er spuckend und hustend wieder hoch kam, flehte er seinen Freund, den Priester an: „Hilf mir, Walter! Ich sterbe!"

„Siehst du, Laurence", lachte Pater Talbot, „der Protestant, obwohl er ein guter Mensch ist, hat Angst vor dem Sterben und ruft mich, damit ich ihm die letzte Ölung gebe. Sieh nur, wie sehr er nach der Taufe verlangt!"

Bei dem anschließenden Gelächter bemerkte niemand, dass Frayne und Brophy schnell die Fässer weggerollt hatten. Kurz darauf wurde die *Hive* zum Auslaufen bereitgemacht.

*

Die Kanarischen Inseln. Der Hafen von Santa Cruz de Tenerife. Adam Kane stand am Bug der *Blossom* und atmete tief den Duft des Landes ein. Die Möwen kreisten über den sich blähenden Segeln und schrien fröhlich, als würden sie in den weißen Segeln einen riesigen Seevogel erkennen, der ins Nest zurückkehrt.

Kane war voller gespannter Vorfreude. Bestimmt würde die *Hive* unter den Kaufmannsschiffen im Hafen liegen. Ein Wald von Masten erstreckte sich über den Hafen. Boote glitten über die Wasserfläche hin und her. An der Küste strahlten die weißen Gebäude mit den roten Dächern in der Sonne und vermittelten den Eindruck, als wäre Santa Cruz eine saubere Stadt.

Dieses Bild und die Vorstellung, dass Squire Joseph in wenigen Stunden frei sein würde, zauberten ein strahlendes Lächeln auf Kanes Gesicht.

Kapitän Costello stand neben ihm. „Das dort drüben ist das Englische Haus.“ Er deutete auf ein großes Steingebäude in unmittelbarer Nähe des Kais. „Es wird noch eine Stunde dauern, bis wir zu den Docks kommen.“

„So lange?“

„Sie werden mir doch nicht etwa vom Schiff springen wollen?“ Er schlug Kane auf den Rücken. „Entspannen Sie sich. Auf der anderen Seite des Hafens liegt ein Gefangenentransportschiff. Ich habe es gesehen, als wir eingelaufen sind.“

„Wie können Sie das erkennen?“

„Es ist kein Problem. Wenn man Fässer mit Wein und Käseräder oder feine Seidenstoffe transportiert, braucht man ein sauberes und ordentliches Schiff. Keine geflickten Segel. Teakholz als Deck. Es muss seetüchtig sein.“ Stolz fügte er hinzu: „Wie die *Blossom*. Aber um menschliche Fracht zu befördern? Dazu ist das schlechteste Schiff gerade recht. Schmutzig und unordentlich. Die Segel alt und zerrissen wie ein Totenhemd. Die *Hive* ist das schlimmste dieser Schiffe. Wenn ich mich nicht irre, liegt diese Hure des Meeres zwischen zwei schlanken amerikanischen Damen.“

„Können wir nicht etwas näher vor Anker gehen und direkt zu dem Schiff hinrudern?"

„Wir müssen uns schon an unseren Ankerplatz halten. Zwanzig Schiffe liegen zwischen uns und ihr vor Anker. Außerdem ist der Wind nicht günstig, um hinzurudern, Mister Kane. Die *Hive* wird noch eine Weile hier bleiben. Und Sie werden dem Gouverneur einen Besuch abstatten müssen."

*

Die letzten Minuten, bevor er an Land rudern konnte, um Josephs Freilassung zu erwirken, waren für Kane eine Tortur.

Die Boote von drei verschiedenen Warenhäusern beeilten sich, die *Blossom* zu erreichen in der Hoffnung, ein Geschäft mit Kapitän Costello zu sichern. Das Boot, in dem Kane an Land gerudert wurde, war dagegen ganz schrecklich langsam und kam kaum von der Stelle.

Vermutlich wäre er schneller gewesen, wenn er an Land geschwommen wäre. Und tatsächlich war die Versuchung groß, seine warme Wolljacke auszuziehen und ins kühle Wasser zu springen. Aber in nassen und tropfenden Kleidern hätte er wohl schlecht vor dem Repräsentanten der Regierung Ihrer Majestät erscheinen und die Begnadigung eines der Gefangenen erwirken können.

Ungeduldig sprang Kane aus dem Boot, als es endlich am Kai anlegte. Ohne einen Blick zurückzuwerfen stürzte er sich in das Gewimmel des Hafens. Die Stadt war alles andere als sauber, im Gegenteil. Die Hitze verstärkte noch den Gestank des Abfalls auf den Pflastersteinen. Das Abwasser floss in offenen Rinnen neben den Straßen durch die Stadt. Prostituierte aller Altersgruppen und in unterschiedlichen Stadien der Bekleidung sprachen Kane an, als er an ihren Türen vorbeikam. Er senkte den Kopf und hielt den Blick fest auf die Straße gerichtet, während er den steilen Berg zum Haus des britischen Gouverneurs hochstieg.

Ein Türhüter saß auf einer Bank vor dem Tor des Anwesens.

Kane starrte lange Zeit durch die Gitter, bis der Mann endlich das Wort an ihn richtete. „Engländer?"

„Ire."

„Das ist doch dasselbe." Der Türhüter fuhr sich mit dem Handrücken über die Nase.

Kane hätte den Kerl wegen dieser Beleidigung zornig anfahren können, aber dazu war er viel zu sehr in Eile. „Ich bin mit der *Blossom* angekommen und habe eine eilige Regierungsangelegenheit zu regeln. Ich brauche eine Unterredung mit Ihrem Herrn."

„Engländer. Alle dasselbe. Sprechen genau gleich."

„Würden Sie bitte das Tor öffnen und mich hineinlassen?"

„Alle sind sie in Eile."

„Jawohl, Sir. Ich bin einen langen Weg gekommen und das Leben eines Mannes steht auf dem Spiel."

„Hallo. Wie geht es dir?" Der Wachposten grinste und erwartete Anerkennung für seine meisterhafte Beherrschung der englischen Sprache.

„Nicht so gut, danke. Ich bin lange auf See gewesen. Meine Beine stehen nicht besonders fest auf dem Boden. Die Welt schaukelt hin und her und ich stehe dicht davor, die Geduld zu verlieren. Außerdem habe ich ein typisch irisches Temperament."

„*Si*, guten Abend. Alle dasselbe. Ich spreche gut. Ich verstehe ..."

Um Kanes Geduld war es geschehen. Durch die Gitterstäbe hindurch packte er den Mann am Kragen und zog ihn zu sich heran. Nase an Nase brummte er: „Dann begreifen Sie Folgendes: Ich bin Ire, Sir. Sie werden mich jetzt einlassen, Sir, sonst werde ich Ihre wertlose, faule und unwissende Haut auf den Spitzen dieses Zaunes aufspießen!"

Der Wachposten kehrte, nachdem er das Tor aufgeschlossen hatte, zu seiner Bank zurück, während Kane die Stufen hocheilte und in den Hof des Gouverneurs Ihrer Majestät auf Teneriffa stürmte.

*

Als Lord Hampshire Adam Kanes irischen Akzent hörte, befahl der Repräsentant von Königin Victoria auf den Kanarischen Inseln dem Butler, den Verwalter vor dem Speisezimmer warten zu lassen, bis das Essen beendet war.

Ungeduldig ging Kane im Vorzimmer auf und ab. Er konnte den Gouverneur und seine Gäste ganz deutlich in dem offenen, von der Sonne beschienenen Speisezimmer beobachten. Ihre fröhliche Unterhaltung machte Kane beinahe wahnsinnig. Aber

Kapitän Costello hatte ihn gewarnt, dass Hampshire die Iren nicht besonders mochte und Kane nur zu gern aus irgendeinem Grund verhaften und in die Hölle schicken würde, wo seiner Meinung nach alle Iren hingehörten.

Die Einwohner Teneriffas nannten Lord Hampshire *El Boracho Gordo*, was bedeutete „der fette Trunkenbold". Kane brauchte keine Übersetzung, wenn er den Speiseraum des korpulenten, kahlköpfigen, rotnasigen Regierungsbeamten betrachtete. Umgeben von einem halben Dutzend Kapitäne der verschiedenen Schiffe erzählte El Boracho angeregt die Geschichte von Admiral Nelson, der bei der Seeschlacht von Trafalgar ums Leben gekommen war und dessen Leichnam man in ein Fass mit Brandy gesteckt hatte, um ihn während der langen Seereise nach Hause zu konservieren.

„Ein schönes Ende. Das würde ich mir auch für mich wünschen, sollte ich auf diesem Lavaklumpen vom Leben scheiden. Wenn ich auf dieselbe Art wie Nelson nach Hause geschickt würde, würde ich als glücklicher Mann sterben."

„Aber Sie wären dann doch tot und würden es gar nicht merken, Euer Ehren", wandte ein graubärtiger Seeoffizier ein.

„Aye", scherzte ein anderer. „Und Konsul Hampshire würde sowieso niemals in ein Fass Brandy hineinpassen."

El Boracho klopfte sich auf den dicken Bauch. „Der Admiral war etwa von derselben Statur wie ich. Aber leider ist er jung gestorben und hatte nicht die Gelegenheit, das Leben in seiner Fülle auszukosten."

Der Geruch von Alkohol wurde durch die Poren seiner Haut ausgeschieden. Selbst auf die Entfernung konnte Kane die Fahne riechen. Kane hatte den Eindruck, dass der Mann ein Kandidat für Selbstentzündung war. Man wagte nicht, sich in seiner Nähe eine Pfeife anzustecken aus Angst, er würde in Flammen aufgehen. El Boracho trank noch ein Glas Whisky, bevor Kalbfleisch und ein Berg Kartoffeln vor ihn hingestellt wurden. Schnüffelnd wie ein Igel untersuchte er das Essen, dann schaufelte er es in seinen Mund, als wäre er halb verhungert. Einmal schloss er eines seiner blutunterlaufenen Augen und hielt inne, um Kane zu betrachten.

„Wer ist das?", fragte er den Bediensteten.

„Wie ich schon sagte, Euer Ehren, das ist der Kerl aus Dublin."

„Ire ist er?"

„Aye, Sir."

„Das erklärt alles." Mit einem missbilligenden Schnauben wandte er sich wieder seinem Essen zu.

Die Mahlzeit dauerte weitere dreißig Minuten. Der Schweiß durchnässte Kanes Jacke. Ihm war übel vor Aufregung. Als sich Lord Hampshire endlich den Mund abwischte, laut rülpste und verkündete, er brauche nun dringend einen Mittagsschlaf, hatte Kane genug gelitten. Das versiegelte Dokument schwenkend, das die volle Begnadigung von Joseph Connor enthielt, zwängte er sich an den drei Dienstboten vorbei in den Speiseraum.

„Nein, Sir!", rief Kane. „Sie werden nicht schlafen, bis ich unterwegs bin, um meinen Herrn von dem Gefangenenschiff, der *Hive*, zu befreien. Hier ist seine Begnadigung, Sir! Der Anstand erfordert es, dass Sie mich anhören, bevor Sie sich schlafen legen."

Hampshire schien verwirrt zu sein. „Wer ist dieser Kerl?", fragte er einen der Dienstboten.

„Der Mann aus Dublin, Mylord."

„Aha. Ein Ire." Er stützte sich auf seinen Ellbogen ab und sprach verschwörerisch mit einem amerikanischen Offizier zu seiner Rechten. „Das erklärt alles. Keine Manieren. Ich hatte in der vergangenen Woche eine ganze Schiffsladung von denen im Hafen." Er kratzte sich nachdenklich am Kinn. „*Die Hive*."

Kane schoss vor und knallte Lord Hampshire die Papiere auf den Tisch. „Aye. Die *Hive*."

El Boracho lächelte amüsiert. „Einer dieser irischen Verbrecher ist er? Sie sagten, der Herr sei auf der *Hive*?"

„Genau auf diesem Schiff. Und dies ist seine Begnadigung, damit ich ihn von dort wegholen und nach Hause bringen kann."

„Das tut mir ja so Leid", erwiderte Hampshire. „Die *Hive* ist vor fast einer Woche ausgelaufen. Ein stinkender Pott war das! Falls Sie sie je einholen, werden Sie Ihren Herrn sicher auch in ein Fass Brandy stecken müssen."

*

Die *Hive* war sechs Tage zuvor aus dem Hafen von Santa Cruz ausgelaufen mit Kurs auf Kapstadt in Südafrika. Drei Tage würde es dauern, die nötigen Vorräte auf die *Blossom* zu schaffen. Das bedeutete, dass die *Hive* neun Tage Vorsprung vor der *Blossom* hatte.

Kapitän Costello war der Meinung, dass gute Chancen bestanden, Kapstadt zu erreichen, bevor das Gefangenentransportschiff den Hafen wieder in Richtung Australien verließ.

Er habe noch nie gehört, meinte Adam Kane in Anspielung auf die Namen der Schiffe zu Costello, dass eine Blüte einen Hornissenschwarm verfolge.

Am ersten Abend wieder an Bord des Schiffes starrte Kane nachdenklich auf die Lichter von Santa Cruz und überlegte, welche Konsequenzen es haben würde, wenn sie die *Hive* nicht in Kapstadt einholten. Die Reise, die, wie er gehofft hatte, nur ein paar Wochen dauern sollte, würde sich über Monate oder noch länger hinziehen.

Er nahm eine Feder zur Hand und schrieb einen Brief an Kate und einen anderen an seine geliebte Fern. Seine Gedanken wanderten erneut nach Hause, nach Galway. Die Ungeduld verstärkte sein Heimweh noch. Außerdem nagte eine undefinierbare Angst an ihm.

*

In den Tavernen am Hafen von Santa Cruz drängten sich die Seeleute. Es war nicht schwer, einen unter ihnen zu finden, der Adam Kanes Brief an Kate mit nach Hause nahm.

Kane klopfte auf einen Tisch und rief in die Runde: „Gibt es hier jemanden, der nach Irland fährt? Nach Galway City, um genau zu sein?“

Ein Dutzend Männer meldeten sich; einige wollten nach Belfast, andere nach Dublin. Nur einer von ihnen, Leutnant Charlie Nesbitt, sprang auf und rief: „Galway City, ja? Das ist meine Heimat, Sir! Jawohl!“ Er war erster Offizier auf einer britischen Fregatte, die nach London segeln sollte. Dort würde er sein Offizierspatent abgeben und dann zu seiner Familie nach Galway zurückkehren.

Nesbitt war Protestant und hatte dreißig Jahre lang in der britischen Armee gedient. Aber zuerst und vor allem war er Ire. Nur zu gern war er bereit, behilflich zu sein und einen Brief in seine Heimat mitzunehmen.

„Sicher, das gibt einem Mann einen Sinn. Wenn mich die Offiziere der Königin bitten, noch ein paar Jahre ihr Gast zu sein, werde ich sie ansehen und sagen: „Ich nicht, Sir, ich muss eine Nachricht nach Hause nach Galway City bringen, und zwar so schnell wie möglich."

Kane schlug ihm dankbar auf den Rücken und bestellte noch eine Runde. „Das ist sehr nett von Ihnen, Sir. Die Dame wartet auf die Rückkehr ihres Mannes und ich möchte sie nicht länger als nötig im Ungewissen lassen."

Nesbitt lehnte sich zu Kane herüber und bemerkte: „Ich habe die *Hive* gesehen, als wir in den Hafen eingelaufen sind. Ein traurigeres Schiff gibt es nicht auf dem Meer. Ein dreckiger, verseuchter Kahn. Wird bestimmt beim ersten Sturm, in den er kommt, untergehen. Aber da das Schiff nach Neusüdwales segelt, werde ich Ihnen etwas sagen, das Sie aufheitern wird. Es ist ein wunderschönes Land. Der Himmel ist so blau, wie Sie es noch nie gesehen haben, und das Wasser so klar, dass man die Muscheln auf dem Meeresgrund zählen kann. Allerdings gibt es Haie, aber man muss ja nicht schwimmen gehen. Es ist nicht die Heimat, doch man könnte es ein Paradies nennen, wenn einen nichts in die Heimat zurückzieht. Das ganze Gerede von Kannibalen und Kopfjägern ist übertrieben. Es sind mehr Menschen an Krankheiten gestorben als an dem Pfeil eines Wilden. Die Moskitos sind unvorstellbar groß. Ich habe miterlebt, wie sie ein Pferd umschwärmt und so in Panik gebracht haben, dass es kopfüber von einer Klippe gestürzt ist. Aber das alles ist ja unwichtig. Ich werde Ihre Ladyschaft mit den guten Nachrichten aufheitern, denn ich habe das Land mit eigenen Augen gesehen und fand es wunderschön. Viele Gefangene bleiben drüben, nachdem sie ihre Strafe abgesessen haben. Sie werden Säulen der Gesellschaft. Ein Dieb wird immer ein guter Geschäftsmann, sage ich."

Nesbitt war ein so liebenswürdiger Mensch, dass Kane den Abend mit ihm verbrachte und ihm so viele Informationen wie möglich entlockte. Sechs oder sieben Monate Seereise lagen noch vor ihm. Dieselbe Zeit für die Heimreise. Und wie lange dazwischen? Das hing davon ab, wann welches Schiff auslief, welche Jahreszeit war und wann man eine Passage buchen konnte.

Kane stellte sich vor, dass Fern verheiratet sein und Kinder haben konnte, bevor er sie wieder sah. Dieser Gedanke war durchaus nicht tröstlich.

Kapitel 15

Nach zehn Tagen auf See fuhr die *Hive* nun auf den nordöstlichen Handelswegen. Der Gefangenentransport segelte schon bald an den Kapverdischen Inseln vorbei. Die relative Gelassenheit der Passagiere schwand nach und nach. Eines Morgens bei Tagesanbruch kamen bewaffnete Wachen nach unten. Mit grimmigem Gesicht und drohender Stimme schickten sie die erste Gruppe von hundert Gefangenen nach oben zu ihrem Deckaufenthalt. Die Gefangenen wurden aneinander gekettet, die übrigen an ihre Kojen gefesselt, was bisher nicht üblich gewesen war. An diesem Tag durften die Gefangenen nicht an Deck herumlaufen, sondern mussten sich in die tropische Hitze setzen.

Bei ihrer gegenwärtigen Position von zwanzig Grad nördlicher Breite war die Hitze so intensiv, dass der Teer zu laufen begann und das Pech, mit dem die Fugen ausgestrichen waren, Blasen warf. Doch den Gefangenen wurde nicht gestattet, sich einen schattigen Platz zu suchen, auch bekamen sie keinen Tropfen Wasser.

Es ging das Gerücht, auf den Kanarischen Inseln seien Waffen an Bord geschmuggelt worden. Dies war ein Vergehen, das mit 400 Peitschenhieben bestraft wurde, eine Bestrafung, die niemand überleben konnte. Im Laufe der Jahre, in denen die Deportation praktiziert wurde, war es immer wieder vorgekommen, dass ein Gefangenentransportschiff von den Häftlingen übernommen worden war. Darum wurde nicht nur der Besitzer einer Waffe bestraft, sondern auch alle anderen in seiner Schlafkammer, da man davon ausging, dass Männer, die auf so engem Raum zusammengepfercht waren, keine Geheimnisse voreinander haben konnten.

Dem schmierigen Gann bereitete es besonderes Vergnügen, die wenigen persönlichen Besitztümer der Gefangenen zu durchsuchen. Er warf Josephs Tasche auf Deck, leerte Patrick Fraynes Seesack darüber aus und schleuderte Pater Talbots Bücher dazu. Nachdem er die Besitztümer aller Gefangenen auf ähnliche Weise durcheinander gebracht hatte, wandte er sich den Vorräten zu.

Gann berichtete Captain Clarke, er hätte keine Waffen gefunden. Allerdings hatte er etwas Ungewöhnliches entdeckt: einige leere Fässer, die bei den gefüllten standen. Kleine Löcher waren darin entdeckt worden, die den Verlust des Inhalts erklären könnten, wenn die Fässer irgendeine Flüssigkeit enthalten hätten. Erstaunlicherweise sollte in den Fässern jedoch Korn lagern und das konnte nicht so leicht verschwinden.

Etwa zur selben Zeit wurde die *Hive* von einer Rattenplage befallen. Bevor die Gefangenen an Bord gebracht worden waren, hatte man das Schiff ausgeräuchert und seither hatte es nirgendwo angelegt, wo die Nagetiere an Bord hätten kommen können. Ratten waren eine unausweichliche Plage auf Segelschiffen, doch in größerer Zahl stellten sie ein ernstes gesundheitliches Problem dar, weil sie nicht nur die Lebensmittel verdarben, sondern auch Krankheitsträger waren.

*

Das Horn der Postkutsche aus Galway ertönte dreimal vor dem Tor von Burke Park.

Die verrückte Molly, die gerade imaginäre grüne Bohnen von dem leeren Spalier hinter der Küche pflückte, spitzte die Ohren und sagte zu Mary Elisabeth: „Der Tinker ist nach Hause gekommen, Schätzchen.“

Mary Elisabeth und Martin sahen sich bedeutungsvoll an. Der geheimnisvolle Zigeuner war in der Nacht, in dem das Herrenhaus abgebrannt war, ums Leben gekommen.

„Wie du meinst, Molly“, erwiderte Mary Elisabeth, die sich ungern mit der verrückten Molly anlegte.

„Aye.“ Molly legte die Hand ans Ohr, als das Horn erneut ertönte. „Es ist der Tinker, bestimmt. Bringt Neuigkeiten von Joseph, meinem kleinen Connor Burke.“

„Molly.“ In Martins brüchiger Stimme lag Ungeduld. „Der Tinker ist schon viele Monate tot. Er kann nicht nach Hause kommen.“

Die alte Frau hob ihre Röcke und tanzte vor Freude. „Er hat die Hochzeit verpasst, sicher, Martin, aber er ist über die sieben Meere gesegelt. Der Botschafter, der eine Weile unter den Bienen summt. Segelt von hier nach da. Sie können den Botschafter nicht töten. Kate wird ihn brauchen, bis Joseph nach Hause kommt.“

Erneut ertönte das Horn, damit jemand kam und das Tor öffnete. „Wo ist der alte Flynn?“, fragte Martin stirnrunzelnd.

„Fischen“, verkündete Molly. „Hat ein Seeungeheuer zum Abendessen gefangen. Du wirst den Tinker einlassen müssen, Martin, Lieber.“

Widerstrebend schnappte sich Martin den Torschlüssel vom Schlüsselbrett in der Küche und trottete den langen Weg zum Tor, wo die Kutsche wartete. Mary Elisabeth und Molly gingen hinterher. Molly sagte einen Vers aus dem Lied „Wilde Iren“ auf:

Eine Truppe Pferde an der Mündung des Passes,
eine wilde Flucht, eine wilde Schlacht der Fußsoldaten,
dies sind einige der Freunde von Donnchadhs Sohn –
und der Wettkampf mit Fremden!

Martin entdeckte einen großen Mann, der ungeduldig vor den Gitterstäben stand. Mary Elisabeth rief: „Er sieht tatsächlich aus wie der Tinker, Martin.“

Martin gab zurück: „Soll ich dich jetzt verrückte Mary Elisabeth nennen? Der Tinker ist tot und dieser Bursche sieht überhaupt nicht aus wie er.“ Trotz seiner Worte konnte Martin eine gewisse Ähnlichkeit erkennen. Sie ließ ihn erschaudern.

Molly sang:

Er hat sein Herz nicht an ein Federbett gehängt,
er würde lieber auf den Binsen liegen;
für den guten Sohn von Donnchadh ist ein Haus aus Flechtwerk
lieblicher als die Zinnen eines Schlosses.

„Molly!“, rief Martin ungeduldig. „Würdest du bitte mal eine Weile den Mund halten?“

Molly fügte sich und hielt ihre Zunge mit dem Daumen und dem Zeigefinger fest.

Der Fremde am Tor trug eine Öljacke, wie Seeleute sie besitzen. Auf seinem Kopf saß eine abgenutzte Seemannskappe. Sein dichter, schwarzer Bart war mit grauen Streifen durchzogen. Seine Augen waren dunkelbraun, die Nase gekrümmt, die Haut gebräunt; sein Aussehen verriet seine spanischen Vorfahren, die ihre Armada in den Tagen der Königin Elisabeth an den Küsten Irlands verloren hatten.

„Ich möchte Lady Burke sprechen“, rief er mit irischem Akzent.

„Wer sind Sie?“, fragte Martin krächzend.

Molly ließ ihre Zunge los und flüsterte: „Der Tinker.“

Der Fremde erwiderte: „Mein Name ist Nesbitt, Junge. Ich bin von weit her gekommen, um der Dame des Hauses einen Brief zu bringen. Ich habe Nachrichten über Lord Burke.“

Molly begann zu kichern. „Seht ihr“, meinte sie zufrieden, „doch nicht immer verrückt, nicht?“

*

Tomeen schlug unter Kates Schreibtisch mit einem Löffel auf einen Zinntopf ein. Über den Lärm hinweg vernahm Kate das Rufen von draußen.

Mary Elisabeth klang aufgeregt. „Kate! Schwester! Ein Brief! Ein Brief!“

Ferns Stimme, die sich vor Freude überschlug: „Dann ist er gekommen? Ein Brief von meinem Liebsten Adam?“

Martins Ermahnung: „Hände weg, Frau! Der ist für Kate bestimmt! Der Fremde ist den weiten Weg gekommen, um mit Kate zu sprechen.“

Margaret atemlos: „Möchte der Herr eine Tasse Tee nach dieser langen, kalten Reise? Vielleicht eine Scheibe Brot mit Butter? Eine Kartoffel?“

Die Frage des alten Flynn: „Wie ist er denn durch das Tor gekommen? Master Kane hat gesagt, wir sollten niemanden einlassen, den wir nicht kennen. Er wird uns im Schlaf die Kehle durchschneiden.“

Und schließlich Mollys Forderung: „Geh und hol den zahnlosen Priester! Wie heißt er noch, Mary Elisabeth? O'Bannon. Über dieser Angelegenheit muss gebetet werden.“

Kaum hatte sich Kate von ihrem Stuhl erhoben und Tomeen auf den Arm genommen, als die Tür aufflog und die Menge, die einen großen, rau aussehenden Mann umgab, versuchte, sich durch die Türöffnung zu zwängen.

Der grimmige Gesichtsausdruck des Fremden beunruhigte Kate. Er drehte das Gesicht zur Seite und betrachtete sie, als würde er durch ein Fernglas sehen.

Höflich nahm er die Mütze vom Kopf und verbeugte sich. „Sie müssen Lady Burke sein.“

„Das bin ich, Sir. Und mit wem habe ich die Ehre?“ Sie war verstimmt. Niemand hatte sich die Mühe gemacht, anzuklopfen oder diesen Burschen anzukündigen. Er könnte ja auch durchaus ein von Mahon gedungener Mörder sein.

„Er bringt einen Brief, Schwester“, erklärte Mary Elisabeth.

„Von Adam.“ Martin schwenkte den Umschlag wie eine Trophäe.

„Von Adam“, bestätigte Fern. Sie konnte sich kaum zurückhalten, ihn Martin aus der Hand zu reißen.

„Er ist der Tinker“, rief Molly mit strahlendem Gesicht.

Jetzt musste der Fremde lächeln. „Mein Name ist Charlie Nesbitt, Madam. Ich könnte ja beinahe Angst haben, im Irrenhaus gelandet zu sein, doch ich habe auf Teneriffa mit Adam Kane zusammengesessen. Er hat mich vor dem gewarnt, was ich vorfinden würde, und mir erklärt, wen ich antreffen würde.“ Er deutete auf die einzelnen Mitglieder der Gruppe und nannte ihre Namen. Stolz fuhr er fort: „Und nun, hier ist der Beweis, dass ich auf den Kanarischen Inseln freundschaftlich mit Ihrem unglücklichen Verwalter Adam Kane verkehrt habe. Er lässt Fern ganz herzlich grüßen.“ Bei diesen Worten errötete das Hausmädchen. „Er hat mir von Ihrer Situation erzählt, Lady Burke, und da ich bei meiner Rückkehr feststellen musste, dass meine Familie nicht mehr in Galway lebt, bin ich gekommen, um Ihnen meine Hilfe anzubieten. Gern würde ich Ihren Verwalter eine Zeit lang vertreten, bis er nach Hause kommt. Ich suche eine Beschäftigung und kann gut zupacken. Wenn Sie den Brief lesen, den ich mitgebracht habe, werden Sie sehen, dass Sie mich brauchen.“

„Charlie Nesbitt.“ Kate wiederholte den Namen des Boten, während sie von Martin den Brief entgegennahm. Nach dem zu urteilen, was Nesbitt gesagt hatte, konnte der Brief keine guten Nachrichten enthalten. Schweigen senkte sich auf die Gruppe, als sie ihn öffnete und zu lesen begann, zuerst leise für sich, dann laut für die Gruppe:

Liebe Lady Burke und alle,
wenn Sie diese Worte lesen, werde ich wieder auf See sein. Da ich ein Mann weniger Worte bin, es sei denn, ich brauche viele, werde ich direkt zur Sache kommen und Ihnen die schlechte Nachricht übermitteln, denn es ist unmöglich, Ihnen gute Neuigkeiten zu bringen.

Das Schiff, auf dem ich gesegelt bin, heißt Blossom. Wir sind zu spät auf Teneriffa angekommen, um den Gefangenentransport, auf dem Squire Joseph fortgebracht wird, einzuholen. Die Hive *ist eine Woche vor uns von Teneriffa wieder ausgelaufen.*

Ein vereinigtes Stöhnen erhob sich von den Zuhörern. Kate las weiter. Nur mit Mühe konnte sie die Tränen der Enttäuschung zurückhalten.

Sie verstehen also den Grund für diesen Brief. Ich werde meine Reise auf der Suche nach der Hive *fortsetzen. Unser Kapitän sagt, jedes Schiff, auch das, das wir verfolgen, wird am Kap der guten Hoffnung anlegen, um neue Vorräte an Bord zu nehmen. Darum hoffe ich, dass wir Squire Joseph dort gesund und am Leben vorfinden werden und nach Hause bringen können.*

Er schrieb noch mehr, doch alles lief darauf hinaus, dass Joseph noch immer ein Gefangener war.

Kate überflog den Rest des Briefes und kam schließlich zu den an Fern gerichteten Zeilen. „Das ist nur für dich bestimmt, Fern." Kate reichte ihr den Brief.

Fern betrachtete die Handschrift aus verschiedenen Blickwinkeln und sagte schließlich: „Ich würde das so gern lesen, wenn ich lesen könnte. Aber ich habe es nie gelernt."

Die verrückte Molly schnalzte mit der Zunge. „Mary Elisabeth wird ihn dir in der Küche vorlesen. Komm mit. Komm mit. Komm mit."

Alle außer Kate, Martin und Nesbitt zogen sich feierlich zurück, um zu hören, wie Mary Elisabeth den Liebesbrief vorlas.

Charlie Nesbitt stand in militärischer Haltung vor Kate und Tomeen. Martin betrachtete ihn misstrauisch.

Kate ergriff als Erste das Wort. „Offensichtlich hat Adam Ihnen einiges von uns erzählt."

„Das hat er, Madam."

„Hat er Ihnen auch erzählt, dass wir über viel Hoffnung, aber wenig Geld verfügen?"

„So etwas Ähnliches, Madam."

„Dann wissen Sie, dass ich Ihnen nur wenig bezahlen kann."

„Aye. Er hat mich bereits bezahlt." Nesbitt hielt einen Goldsovereign in die Höhe. „Er sagte, ich solle für Sie arbeiten, bis er mit Squire Joseph nach Hause kommt."

„Und Sie waren damit einverstanden? Ohne uns zu kennen?"

Nesbitt zog die Augenbraue hoch und zuckte die Achseln. „Mir erschien das eine bunte und interessante Mischung zu sein, Madam. Molly und die anderen."

Martin funkelte ihn an. „Das könnte die Münze des Judas sein. Woher wissen wir, dass Adam Sie geschickt hat? In diesem Brief schreibt er nichts von Ihnen. Mahon hätte Sie bezahlen können. Er hätte Adams Brief stehlen können. Vielleicht sind Sie sogar von Dublin Castle geschickt worden, um uns auszuspionieren. Und dass Sie unsere Namen kennen? Das kann ein Trick sein. Alle in Galway kennen die verrückte Molly. Und was Fern betrifft, es ist kein Geheimnis, dass sie Adam versprochen ist. Und da sind noch Mary Elisabeth und ich. Margaret. Der alte Flynn. Mahon kennt uns alle." Er ballte die Fäuste. „Wie können wir überhaupt noch jemandem trauen?"

Nesbitt fuhr sich besorgt über die Stirn. „Man erzählt sich, dass Sie überfallen worden sind."

„Das stimmt."

„Ich halte nichts davon, Frauen und Kinder zu terrorisieren."

Martin unterbrach ihn. „Sind Sie Katholik – oder einer von denen?"

„Ich bin Ire, Junge. Ein Ire wie Wolfe Tone", gab Nesbitt scharf zurück. Er bezog sich auf den protestantischen irischen Anführer der Rebellion von '98. Für ihn war die Angelegenheit damit erledigt und für Kate plötzlich auch. Nesbitt blickte Martin nachdenklich an. „Ich möchte deiner Schwester gern dienen und das werde ich mit oder ohne deine Billigung tun. Aber du hast so viel Feuer im Bauch, dass ich dich gern als Verbündeten hätte." An Kate gewandt, fügte er hinzu: „Ich werde ein paar starke Männer mitbringen, Madam."

„Aber ich kann sie nicht bezahlen ..."

„Männer aus Claddagh. Große Kerle. Brüder. Vier insgesamt. Stark wie Eichen. Sie waren Fischer. Haben keine Arbeit mehr. Lieben eine handfeste Auseinandersetzung. Und sind so hungrig, dass sie mit zwei Mahlzeiten am Tag und einem Stall zufrieden sind. Sie haben das Mäßigungsgelübde von Pater Mathew abgelegt. Alkohol kommt nicht über ihre Lippen. Sie sind allein stehend und ihre Mutter ist schon lange tot. Niemand braucht sich um sie zu kümmern. Falls es zu einem

Kampf mit Mahon kommt, werden wir Männer brauchen, die keine Farmen zu verlieren und keine Frauen und Kinder zu versorgen haben."

*

Jeden Morgen erhob sich Kate vor Anbruch der Dämmerung, um die Kühe zu melken, so wie sie es zu Hause getan hatte. Sie war froh, dass sie von der Übelkeit verschont geblieben war, die viele Frauen in den ersten drei Monaten der Schwangerschaft erlebten.

In einer halben Stunde würde es hell werden. Der Atem der Kühe hing wie ein feiner Dunst im Stall. Kate und Martin gingen von Kuh zu Kuh und füllten die Eimer mit Milch.

Dreimal hatte Kate den Eimer bereits in den großen Zinnbehälter ausgeleert. Als sie sich bückte, um den vierten Eimer hochzuheben, überfiel sie eine Welle der Übelkeit. Die Steine in den Wänden schienen sich zu bewegen. Sie umklammerte den Griff des Eimers und lehnte sich gegen die warme braune Flanke der Milchkuh.

Sie spürte eine Hand auf der Schulter. Die Stimme von Nesbitt erstaunte sie. „Wie weit sind Sie schon, Madam?", fragte er leise. „Drei Monate?"

„Weiter als drei ..." Er wusste es also.

„Bei manchen Frauen kommt es auch später. Nun denn. Fern und Margaret können diese Arbeit tun, bis die Claddagh-Brüder kommen."

„Was ..." Kate zögerte. „Sie sind aber früh auf."

„Ich habe Wache gehalten. Diese unangenehmen Kerle am Tor, wissen Sie. Wenn sie beschließen herüberzukommen ..." Er ließ den Satz unausgesprochen, aber Kate war getröstet. Er berührte leicht ihren Arm. „Es ist nicht richtig, dass Sie sich um all das hier kümmern, Madam. Die Jungen werden das Melken schon lernen, wenn Martin es ihnen zeigt. Keine Sorge. Milchkühe lieben den Klang der gälischen Sprache, wie man mir gesagt hat. Und wenn Sie einem Mann aus Claddagh Käse und Butter zum Brot geben, wird er arbeiten wie zehn."

*

Die Anwesenheit von Nesbitt auf dem Land von Burke Park beunruhigte die drei von Mahon angeheuerten Verbrecher, die vor dem Tor lauerten.

Als Verwalter war Nesbitt ein sehr fähiger Mann. Er organisierte die Dienstboten und Arbeiter in ihrer täglichen Arbeit wie die Mannschaft auf einem Schiff. Innerhalb einer Woche nannte selbst der eigensinnige alte Flynn ihn „Sir“ und gab zu, er würde die Hilfe der Männer aus Claddagh im Stall zu schätzen wissen. Fern und Margaret, die morgens und abends die Kuhherde versorgten, beschwerten sich bei Martin, es sei jetzt viel mehr Milch zu Butter und Käse zu verarbeiten und wie froh sie seien, wenn die Männer endlich eintreffen würden.

Endlich brach der Tag an, an dem die Vier ankommen sollten. Martin und Mary Elisabeth hatten auf Kates Anweisung hin ein Päckchen mit Butter und Käse für Pater O'Bannon zusammengepackt, wie sie das jede Woche taten. Die beiden Kinder hielten sich mit Fern, Margaret und Molly in der Küche auf.

„Es ist ein so langer Weg“, beschwerte sich Mary Elisabeth.

Martin jedoch kannte die Wahrheit. Seine Schwester wollte die Ankunft der Fremden nicht verpassen. „Es ist nicht weiter von Ballynockanor hierher als von hier nach Ballynockanor.“

Mary Elisabeth dachte darüber nach. „Aber wenn sie mit der Postkutsche von Galway kommen?“

„Sie werden segeln.“ Molly sah aus dem Fenster zum Himmel. Sie lachte leise.

„Sie werden nicht hersegeln“, schimpfte Fern.

„Sie sind doch Seeleute, oder etwa nicht?“, fragte die alte Frau.

„Fischer.“ Margaret schniefte verächtlich. „Leute aus Claddagh sprechen nur gälisch. Sie hassen die englische Sprache. Wenn ihr mich fragt, als Mister Nesbitt sagte, sie würden aus Claddagh kommen, habe ich mich in Bezug auf ihn sehr viel besser gefühlt.“

„Aye.“ Molly zwinkerte Mary Elisabeth zu. „Habe einmal gesehen, wie ein Mann aus Claddagh einen englischen Sergeant aufgeschlitzt hat wie eine Makrele.“ Sie hüpfte aufgeregt in die Luft. „Sie haben ihn auch gehängt.“

„Den toten Engländer?“ Mary Elisabeth versuchte, sich das vorzustellen.

Die verrückte Molly schnaubte verächtlich. „Nein, Kind! Den Engländer haben sie begraben. Sie haben den Mann aus Claddagh gehängt. Dann haben sie ihn auch begraben, damit waren sie wieder quitt." Sie begann zu summen. „Sie haben den Engländer wie Kekse in eine Dose verpackt und nach Hause geschippert. Dann hat der Mann aus Claddagh eine angemessene Totenwache bekommen. Seine Schwester sang ein ganz trauriges Lied." Und nun begann sie, vollkommen unmelodisch zu singen:

Is arriu!
Agus a leanbh
Cad a dheanfaidh me?
Oh mein Kind,
Und was soll ich tun?
Du bist schon so lange tot
'Sariu!

„Verschwinde mit deinem Trauergesang aus meiner Küche, Molly", schimpfte Margaret. „Es bringt Unglück, einen Trauergesang anzustimmen, wenn niemand tot ist und geliebte Menschen fort sind. Adam und auch der Squire. Du wirst noch Unglück auf sie herabbeschwören."

Fern dachte an Adam und fuhr sich mit ihrer Schürze über die Augen. „Ohne Adam ist das Leben nicht mehr dasselbe", jammerte sie.

Molly schnaubte verächtlich. „Adam Kane? Ein netter, guter Junge. Gesund wie ein Pferd. Warum sich Sorgen machen? Warum sich Sorgen machen? Er wird in Shalamaramba bestimmt ein hübsches kleines Ding kennen lernen und sich dort niederlassen. Aber er ist nicht tot. Nicht er."

Diese Worte rissen Fern aus ihren trübsinnigen Gedanken. Sie funkelte Molly an. „Du magst vielleicht total verrückt wirken, aber du hast die Zunge einer Schlange." Sie stapfte aus der Küche, während Molly zu kichern begann.

„Total verrückt! Die Zunge einer Schlange! Nein! Schlangen sind in Irland verboten! Fragt den heiligen Patrick!"

Da Molly im Augenblick abgelenkt war, nahm Martin das Päckchen und schob Mary Elisabeth zur Tür hinaus, bevor es der alten Frau einfiel, den ganzen Weg zu Pater O'Bannons Kirche hinter ihnen herzulaufen.

Kapitel 16

Martin und Mary Elisabeth waren die Ersten, die die vier Brüder aus Claddagh zu Gesicht bekamen.

„Sie sind es“, freute sich Mary Elisabeth. „Genau wie Nesbitt uns gesagt hat.“

Als er sie erblickte, empfand Martin so etwas wie Furcht. Doch es war keine Furcht, redete er sich ein. Nein. Es war, als würde man auf einer Wiese stehen, wenn Sturm aufkam und der Donner über dem Gebirge rollte. Es war, als würde man den Donner eine Meile hinter sich hören, wenn man bereits beinahe zu Hause und in Sicherheit war. Diese Männer aus Claddagh sahen genauso aus: wie Blitz, Donner, Wind und Regen.

Sie hatten alle fast dieselbe Größe – einen halben Kopf größer als Joseph, dachte Martin. Somit waren sie fast zwei Meter groß und so muskulös wie Tim Muldoon, der Kämpfer aus Tuam, der jeden Mann besiegen konnte. Sie trugen keinen Hut und wie Nesbitt Kate erzählt hatte, hatten sie ihren Namen nach ihrer Haarfarbe bekommen. Der eine mit Namen Rusty hatte flammend rotes Haar. Der nächste war dunkel wie ein Spanier. Sein Name war Moor. Der Dritte war blond und sonnengebräunt. Sein blondes Haar war lang und im Nacken zusammengebunden. Er hieß Sonny. Der Letzte des Quartetts war sehr hässlich. Sein Haar und Bart waren mausbraun. Seine Stirn war niedrig und breit, der Unterkiefer stand vor und gab ihm ein beinahe affenartiges Aussehen. Er hieß Simeon.

Alle trugen die bei Fischern üblichen Öljacken, rote Flanellhemden und knielange Kordhosen. Trotz der Kälte hatten sie keine Wollstrümpfe an. Ihre Füße steckten in den dünnen Lederschuhen, den so genannten *Pampooties*. Ihre Kleidung wirkte ärmlich, doch ihre Haltung war stolz und ließ nichts von ihrer Armut ahnen. Auch wirkten sie durchaus nicht unterernährt.

Mary Elisabeth sprach aus, was Martin dachte. „Wir werden eine Menge Kartoffeln brauchen, um so große Männer satt zu bekommen.“

„Allerdings“, stimmte Martin zu und trat zur Seite, um ihnen

Platz zu machen. Wie ein Vierspänner Pferde mit Scheuklappen rauschten sie vorbei und schienen die Kinder nicht wahrzunehmen.

Martin biss sich auf die Lippe und starrte ihnen hinterher.

„Sollten wir sie ansprechen?“, fragte Mary Elisabeth.

„Sie sprechen nur Gälisch, sagt Nesbitt.“

Nach etwa zwanzig Metern drehte sich Simeon um und starrte Martin und Mary Elisabeth an.

Mary Elisabeth winkte zaghaft. Ein breites Grinsen trat auf das Gesicht des Riesen. Er winkte zurück, dann drehte er sich wieder um und ging mit den anderen weiter.

*

Die auf Teneriffa an Bord genommenen Vorräte schwanden viel schneller dahin als erwartet. Kapitän Clarkes Verwalter beschuldigte den Koch, Obst zu stehlen und an die Seeleute und Wärter weiterzugeben. Der Koch dagegen behauptete, der Verwalter sei unfähig, da die Hühner, die er gekauft hatte, keine Eier legten.

Auch der Vorrat an *soft tack*, wie das Brot auf See genannt wurde, schwand schneller dahin als geplant. Ein großer Teil des Brotes war verdorben, weil es von Ratten angenagt oder mit Rattenmist verschmutzt war. Wieder einmal wurden Beschuldigungen erhoben, aber kein Wort davon kam dem Kapitän zu Ohren. Da auf seinen Tisch immer das Beste kam, was an Bord zu finden war, hatten nur die Gefangenen unmittelbar darunter zu leiden.

Der Verlust von Nahrungsmitteln war umso schlimmer, da alle gesehen hatten, wie viele gute Sachen an Bord gebracht worden waren. Kurz nachdem sie von den Kanarischen Inseln ausgelaufen waren, bekamen die Gefangenen erneut hartes Brot, Salzfleisch und Hafergrütze vorgesetzt. Die Unzufriedenheit, die nach dem Anlegen auf Teneriffa größtenteils verschwunden war, flackerte wieder auf und war nun stärker als zuvor.

Gann peitschte zwei der Wortführer wegen Insubordination aus. Seiner Meinung nach konnten die Gefangenen froh sein, überhaupt etwas zu essen zu bekommen. Sie hatten nicht das Recht, sich zu beschweren.

Diese harte Strafe führte dazu, dass der Zorn nun im Untergrund weiterschwelte, schaffte das Problem jedoch nicht aus der Welt.

Als eine der weiblichen Gefangenen ein Fass mit Hafer öffnete, um die Morgengrütze zu kochen, fand sie ein ganzes Nest von Ratten darin. Der Hafer war verunreinigt, doch Gann befahl ihr, den Mund zu halten. Pater Talbot beantragte, den Kapitän von der Verunreinigung in Kenntnis zu setzen, doch das wurde abgelehnt.

„Ihr könnt essen, was euch vorgesetzt wird, oder ihr könnt hungern", sagte Gann. „Das ist mir vollkommen egal. Aber ihr werdet kein neues Fass aufmachen, bis das hier leer ist, und ihr werdet den Kapitän nicht mit solchen Nichtigkeiten belästigen, sonst lasse ich euch wieder auspeitschen und dieses Mal werdet ihr nicht so leicht davonkommen."

Es war mitten in einer sonst recht friedlichen Nacht, als Laurence O'Halloran von einem stechenden Schmerz an seinem rechten Ohr aufwachte. Da die Lichter unter Deck gelöscht wurden, nachdem sich die Gefangenen zur Ruhe begeben hatten, fuhr sich der Junge mit der Hand über den Kopf, ohne zu sehen, was ihm diesen Schmerz verursacht hatte. Seine Hand ertastete einen dicken, pelzigen Körper mit einem langen haarlosen Schwanz. Das Nagetier war keineswegs erschreckt, sondern biss O'Halloran in den Finger, sodass der Junge vor Schmerz aufschrie.

Ben Brophy, der neben Laurence schlief, war sein Schlaf heilig. In der Nacht geweckt zu werden gefiel ihm überhaupt nicht und sein Zorn wurde noch gesteigert, als er hochfuhr und sich den Kopf an der Koje über ihm stieß. Brophy schlug aus und traf in seinem Zorn Joseph und Patrick Frayne, bevor er die Ratte erwischte.

Brophy schleuderte die Ratte mit solcher Wucht gegen das Schott, dass dem Tier das Genick brach. Dies wäre das Ende der Episode gewesen, wenn Brophy nicht, als er aus seiner Koje aufstand, auf zwei weitere Ratten getreten wäre.

Der daraus resultierende Lärm ließ Gann in seinem Nachthemd und nicht minder aufgebracht als Brophy auf der Szene erscheinen. Der Wärter hielt eine Laterne in der Hand und drei bewaffnete Wachen standen hinter ihm, als er nach dem Grund für den Aufruhr fragte.

„Sehen Sie hier", sagte Brophy und schwenkte den schlaffen Körper der ersten Ratte vor Ganns Gesicht. „Schlimm genug, dass sie unsere Lebensmittel auffressen, aber jetzt fangen sie auch noch an, uns anzunagen!“

„Das stimmt“, bestätigte Joseph und drehte O’Hallorans rechte Wange der Laterne zu. „Sehen Sie hier.“ Ein kleines Blutrinnsal tropfte aus der Bisswunde an seinem Ohrläppchen.

„Das werden wir uns nicht bieten lassen, verstanden?“, beharrte Brophy. „Nicht wahr, Kameraden?“

„Keinesfalls“, bestätigte Frayne und zustimmendes Gemurmel erhob sich in der Kabine.

Gann schnappte sich eine Muskete von einer der Wachen und hielt die Spitze an Brophys Kinn. „Ihr werdet es euch sehr wohl bieten lassen“, korrigierte er. „Dies ist Meuterei, Brophy. Morgen wirst du sechs Dutzend Peitschenhiebe bekommen. Und das gilt für alle anderen auch, die Ärger machen wollen.“ Und an die Wachen gewandt, befahl er: „Dieser gesamte Raum ist sofort zu verschließen.“

Das feindliche Gemurmel verstärkte sich und die Wachen blickten besorgt drein. Die Situation hätte sich dramatisch zuspitzen können, wäre nicht der laute, spitze Schrei einer Frau aus der Achterdeck-Kabine gewesen, in der der stellvertretende Gefängnisdirektor Parker mit seiner Frau untergebracht war. Der Schrei begann in einer bestimmten Tonhöhe und schraubte sich dann immer höher. Dieser Vorgang wiederholte sich mehrmals.

„Pass gut auf sie auf“, sagte Gann hastig und rannte los, um nachzusehen, was die Ursache für die erneute Störung war.

Die zurückbleibenden Wachen wichen zum Ende der Kabine zurück. Jede kleinste Bewegung brachte die Wärter dazu, das Gewehr auf den Verursacher zu richten.

Wenige Minuten später war Gann zurück. Niemals erklärte er einem Gefangenen irgendetwas und er hasste es, sein Handeln zu rechtfertigen, aber dieses Mal war er gezwungen, es zu tun. „Der Kapitän sagt, kein Einschluss“, brummte er. „Die Laternen sollen im Korridor hängen bleiben und zwei Wärter halten Wache. Wie es scheint, ist eine Ratte auch in Parkers Koje gekrochen.“

*

Entgegen Ganns Drohungen gab es am folgenden Tag keine Auspeitschung. Kapitän Clarke sprach zu den drei Gruppen mit jeweils hundert Gefangenen, die zu ihrem täglichen Spaziergang an Deck kamen.

„Mir ist zu Ohren gekommen, dass die *Hive* verseucht ist.“

Einige der Gefangenen lachten leise über seine Wortwahl, aber Clarke sprach mit so viel spürbarem Mitgefühl, dass das Lachen schnell verstummte.

„Normalerweise würde ich mich dieser Sache erst im nächsten Hafen annehmen, aber jede weitere Verunreinigung der Lebensmittel wäre höchst unangenehm und die Vermehrung des Ungeziefers stellt ein gravierendes gesundheitliches Problem dar.“

Bei diesem freimütigen Eingeständnis ertönte zustimmendes Gemurmel von den Gefangenen.

„Ich schlage daher Folgendes vor“, fuhr der Kapitän fort. „Wir haben an Bord einen Vorrat an Schwefel. Die Dämpfe werden die Ratten aus den Vorratsräumen und Kabinen scheuchen. Dann können sie vernichtet werden.“

Breite Zustimmung war in der Menge zu spüren.

„Der Nachteil ist, dass während dieser Aktion niemand unter Deck bleiben kann. Daher werden alle dreihundert Gefangenen an Deck gebracht werden. Es wird ziemlich eng werden, aber wir werden das Beste daraus machen.“

Die Gefangenen fingen tatsächlich an zu applaudieren und Pater Talbot ergriff das Wort. „Sie können sicher sein, dass wir kooperieren werden“, sagte er. „Wir danken Ihnen für Ihr entschlossenes Handeln.“

Großer Jubel erhob sich bei seinen Worten. Joseph fiel auf, dass Patrick Frayne, Ben Brophy und mehrere ihrer engsten Kameraden besonders breit grinsten.

*

Mit der Ankunft von Nesbitt und den Claddagh-Brüdern verschwanden die allgegenwärtigen Halunken aus Castletown.

Eine Woche verging und Flynn hatte Mahons Männer nicht mehr vor den Toren oder auf der Straße im Gespräch mit den britischen Soldaten gesehen, die dreimal pro Tag auf der Straße patrouillierten.

Der Morgen war hell und wolkenlos und nicht ganz so kalt. Kate badete Tomeen und zog ihn in der Küche an, dann verkündete sie, sie würde zur Beichte und in die Messe gehen.

„Aye“, bemerkte Fern verträumt. „Meine Seele könnte auch eine Reinigung vertragen. Dann kommt Pater O'Bannon also heute zu uns?“

„Ich gehe, habe ich gesagt“, erklärte Kate.

„Sie meinen doch nicht, dass Sie *in die Kirche* gehen wollen?“, fragte Margaret und schrubbte den Topf noch fester.

„Pater O'Bannon hat mir zweimal die Woche die Messe gebracht. Seine Knochen stöhnen wie rostige Angeln. Ich möchte nicht, dass er in dieser Woche den langen Weg zu uns zurücklegt.“

Fern und Margaret sahen sich zweifelnd an. Fern schnappte sich einen Arm voll Leinenwäsche und schlüpfte aus der Küche. Kate hörte, wie sie mit Dringlichkeit in der Stimme etwas sagte, dann die tiefere Stimme von Nesbitt. „Ich werde ihr das ausreden, meine Liebe.“

Kate zog Tomeen das Hemd über den Kopf und knöpfte die kleinen Perlenknöpfe zu, als Nesbitt die Küche betrat.

„Sprechen Sie es gar nicht erst aus“, warnte Kate.

„Aber Madam, bis Ballynockanor sind es vier Meilen.“

„Dieses Kind wird gar nicht wissen, wie eine Kirche von innen aussieht, wenn ich ihn nicht mitnehme.“

„Aber Madam, Sie wissen doch, dass es nicht klug ist.“

Kate küsste den kleinen Tom auf den Kopf. „Wir werden für deinen Papa beten.“

„Mapa ... gagu ...“, plapperte Tom.

„Sehen Sie? Tom ist dafür. Die Kälte macht Pater O'Bannon so sehr zu schaffen, dass er sich kaum hinknien kann. Er braucht einen ganzen Tag, um so weit zu laufen.“

„Ich kann das nicht gestatten.“

„Seit Sie und die Brüder gekommen sind, hat sich niemand mehr hier in der Nähe herumgetrieben, der nicht hierher gehört. Selbst die Männer in Castletown haben schreckliche Angst, einen von ihnen zu beleidigen.“

„Die Claddagh-Brüder sind dabei, das brachliegende Feld zwei Meilen östlich hinter dem Hügel zu bestellen. Ich habe um halb elf ein Treffen mit dem Schmied, damit die Nabe am Kutschrad ausgetauscht wird. Und danach ein weiteres Treffen mit Squire Wilson wegen der Mutterschafe.“

„Ich gehe zu Fuß“, verkündete Kate. „Bevor meine Beine vergessen, wie man sich bewegt.“

*

Kate band sich ihren Schal um, setzte sich Tom auf ihre Hüfte und trug ihn den steilen Hang zum St. Brigits-Kreuz hinauf. Es war ein langer Weg von der Kirche nach Hause, aber Kate hatte es nicht eilig.

Die Vormittagsmesse war sehr fröhlich verlaufen. Der vertraute Geruch des muffigen alten Gebäudes und der Widerhall von Pater O'Bannons Gebeten hatten Kate gut getan; sie hatte das Gefühl, nach Hause gekommen zu sein.

Pater O'Bannon hatte mit ihr geschimpft, weil sie ohne Begleitung gekommen war, aber das war nicht so ernst gemeint. Um ehrlich zu sein war er dankbar, dass er sich nun den langen Weg sparen konnte, und er freute sich, das Baby zu sehen.

„Er ist ein liebes Kind", erzählte Kate.

„So wie du, kleine Katie Donovan. Aye. Freundlich wie du und er sieht dir von Tag zu Tag ähnlicher."

Seine Bemerkung freute Kate entgegen aller Vernunft. Jetzt fuhr der Wind durch die roten Locken des Kindes. Er hob sein Gesicht und blinzelte fröhlich in den blauen Himmel. Sie waren viel zu lange im Haus eingesperrt gewesen! Als sie sich das letzte Mal hinausgewagt hatten, war der Himmel grau und das Wetter viel zu kalt für ein Kleinkind gewesen.

„Es ist Frühling, Tomeen", erklärte Kate. „Wir können natürlich nicht damit rechnen, dass es jetzt jeden Tag so ist, aber es wird besser werden."

Der Junge hörte zufrieden ihrem Geplauder zu. Es tat so gut, ihn an sich drücken zu können, zu sehen, wie er sie anlächelte. Er war ihr Herz, ihre Freude und nur er machte ihr die Trennung von Joseph erträglich. Kate erzählte ihm von den Vögeln, die bald aus dem Süden nach Hause kommen würden und den Blumen, die auf den Hügeln blühen würden. Und sie sprach auch von Josephs Rückkehr. „Du musst deinen Papa in Erinnerung behalten, Tomeen. Er hat dich so lieb, mein Schatz. Er wird bald zurück sein und dann wird es keine Kälte mehr geben und der Regen wird sanft und warm auf unser Gesicht fallen."

Auf dem Gipfel, auf dem das alte Steinkreuz als Wächter über das grüne Tal von Ballynockanor stand, hielt Kate eine Weile inne. Sie breitete ihren Schal aus und setzte sich mit

Tom auf das frische Gras. Zum Mittagessen hatte sie Brot, Butter, Käse und einen Krug Milch mitgebracht. Das teilten sie sich.

Tomeen legte den Kopf in ihren Schoß und schlief ein, während sie von oben auf ihre Farm hinuntersah. Sie hatte ihr so viel bedeutet. Die ehemals weiß gekalkten Wände waren schwarz verkohlt. Der Stall war bis auf die Grundmauern niedergebrannt. Als ob die Erde wüsste, dass dieser Ort für Menschen nicht mehr geeignet war, hatte sich das Unkraut bereits ausgebreitet und rankte an den Mauern hoch.

Aber das Tal! Ein grüner Edelstein unter einem blauen Himmel. Das strahlende Blau des Himmels spiegelte sich in den Windungen des Flusses. Josephs Vater hatte ein Herz für seine Pächter gehabt, so wie auch Joseph ein Herz für die ihm anvertrauten Menschen hatte. Saubere, gut gebaute Häuser, ordentliche Farmen und geflickte Zäune bildeten einen starken Gegensatz zu der sichtbaren Armut und den dreckigen Lehmhütten von Mahons Pächtern.

„Gott segne dich, Tomeen. Diese Leute von Ballynockanor sind deine Angehörigen. Dein Großvater, nach dem du benannt bist, hat dort gewohnt, wo dieser Haufen von Steinen noch zu erkennen ist. Und sein Großvater und dessen Großvater vor ihm. Du wirst aufwachsen und für sie sorgen, wie Joseph es tut."

Plötzlich kam ihr der Gedanke, dass Joseph vielleicht gar nicht mehr zurückkommen würde. Sie schloss die Augen und wollte die Furcht zurückdrängen, aber das war nicht so leicht. Und wenn es nun stimmte? Wie würde sie allein zurechtkommen? Und wenn sie Tom nun allein würde großziehen müssen? Wie sollte sie ihn dazu erziehen, ein so guter Mann zu werden, wie Ballynockanor ihn brauchte, um überleben zu können?

Die nagende Furcht vor dieser Möglichkeit nahm ihr das Gefühl der Freiheit, das sie nur Augenblicke vorher empfunden hatte. Sie war nicht mehr Kate, die Tochter des Milchbauern, die friedlich in dem kleinen Haus in Ballynockanor lebte. Sie trug eine neue Verantwortung: Sie musste sich einem Gegner stellen, der alles niederreißen konnte, was sie liebte. Mahon betrachtete dieses Tal mit ganz anderen Augen. Er schielte danach mit dem Plan, jedes Haus zu zerstören und die Mauern um die Felder und Weiden abzureißen. Das Vieh war ihm wichtiger als die Menschen. Kate wusste, sie würde während Josephs Abwesenheit gegen ihn antreten müssen. Und wenn Joseph nun für immer fort blieb? Hier schloss sich der Kreis ihrer Besorgnis.

Mit einem tiefen Seufzer sammelte sie die Brotkrumen zusammen und verteilte sie am Fuß des Kreuzes für die Vögel.

*

Der Berg dem St. Brigits-Kreuz gegenüber war kahl und grau, der Kreis knorriger Baumäste noch immer so sehr in die Öde des Winters gehüllt, dass sie entschlossen schienen, das Kommen des Frühlings zu verhindern.

Von dem erhöhten Wall aus, den Überresten einer Siedlung aus dem Bronzezeitalter, beobachteten Kirby und Scully Kates Picknick mit Tomeen.

„Ist das nicht großartig, Scully?“, fragte Kirby spöttisch. „Ist das nicht einfach toll? Wir werden dem Squire nicht sagen, wie leicht das war, nicht?“

„Natürlich nicht“, stimmte Scully zu. „Er hat uns beim letzten Mal ganz schön runtergemacht. Viel Lob ist nötig, um mich wieder etwas aufzurichten und ich habe nicht vor, diese Sache zu schmeißen.“

„Dann komm“, drängte Kirby. „Es ist zwar heller Tag, aber es ist sonst niemand in Sicht. Jetzt ist der richtige Zeitpunkt, eine offene Rechnung zu begleichen.“

*

Bedauernd packte Kate die Überreste des Essens ein und machte sich bereit, nach Hause zu gehen. Wie gern wäre sie noch geblieben, aber Nesbitt und die anderen würden sich Sorgen machen. Wenn sie dann wieder einmal die Einsamkeit brauchte, würde es viel schwieriger sein, sich von zu Hause fortzustehlen. Kate band sich den Schal wieder um und schüttelte nachdenklich den Milchkrug. Es war nur noch ein Schluck darin, aber Tomeen würde bestimmt gern etwas trinken, wenn er aufwachte. Gerade streckte sich der kleine Junge mit dem roten Lockenkopf.

„Ist das nicht ein friedlicher Anblick?“, fragte eine Stimme hinter ihr.

Kate wirbelte auf ihren Knien herum und erblickte einen von Mahons Söldnern, der mit dem vernarbten Ohr. Er kam von der Seite auf sie zu.

„Bleiben Sie weg, Sie“, rief Kate und nahm schnell das Kind auf den Arm, wobei sie versuchte, gleichzeitig den Milchkrug festzuhalten.

„Das klingt aber gar nicht freundlich, findest du nicht?“, fragte Kirby seinen Begleiter, der von der anderen Seite auftauchte. „Das muss dein hässliches Gesicht sein, Scully“, fügte er hinzu. „Du machst der Missus Angst. Natürlich, sie hat ja keine Hand frei, um mit Steinen zu werfen, nicht? Sagen Sie mir, Missy, haben Sie sich Ihre Hände verbrannt, als Ihr letztes Haus abgebrannt ist, oder ist das bei dem anderen Brand passiert?“

Die beiden trennten sich, um sie einzukreisen. Sie wollte fliehen, aber sie waren schneller und schnitten ihr den Weg ab. Tom, der in ihrem Schal saß, begann zu jammern, weil er so grob aus dem Schlaf gerissen worden war. Kate wich wieder zurück und blieb bei dem Steinkreuz stehen. Drohend schwang sie den Milchkrug. „Bleibt weg“, wiederholte sie. Tomeen schrie noch lauter.

„Ts, ts, ts, Scully. Hörst du diese Ratte jammern? Wessen Kind ist das wohl? Das des jungen Marlowe? Oder das von diesem Verräter Burke? Eigentlich müssten die Haare des Kindes alle Regenbogenfarben aufweisen für all die Väter, die dieser Bastard hat.“

Kate schmetterte den Krug gegen das Kreuz und behielt den Henkel als Waffe in der Hand. Der Rest der Milch ergoss sich über den Stein und tröpfelte herab.

„Na komm, Kleine“, bemerkte Scully. „Du kannst es dir leicht machen oder schwer, aber mitkommen wirst du auf jeden Fall. Sicherer für dich und das Kind ist es, wenn du uns nicht zwingst, grob zu werden.“

Kates Stimme zitterte, als sie schwor: „Ihr werdet dieses Kind nicht bekommen, weder jetzt noch jemals.“

„Und wer sollte uns daran hindern?“, fragte Kirby.

Kate wandte den Blick zu der Seite, wo der Hügel nach Ballynockanor abfiel.

„Das ist ein guter Trick“, schnaubte Kirby. „Wir sollen denken, da sei jemand hinter uns.“

Das tiefe Räuspern eines Menschen erstickte Kirbys Gelächter. Ohne nach dem Urheber zu sehen, rief er Scully zu: „Pass auf die Frau auf!", und stürzte sich auf den Ankommenden.

Einer der Claddagh-Brüder, Simeon, sprang gewandt zur Seite wie ein Stierkämpfer und ließ seine rechte Faust auf Kirby niedersausen. Der Schlag brachte Kirby zu Fall. Simeon schüttelte kurz missbilligend den Kopf, dann beugte er sich hinunter und hob Kirby an den Hüften hoch.

Als Nächstes spürte Kirby, wie sein Kopf in die Erde gerammt wurde. Simeon ließ ihn los und trat zurück.

Als Kirby sich zum dritten Mal aufrappelte, rief er halb betäubt: „Worauf wartest du denn, Scully? Hilf mir doch!"

Die beiden Kerle gingen von zwei Seiten auf Simeon los, doch mit dem Herzen waren sie nicht bei dem Kampf. Als Scully einen Bruchteil einer Sekunde vor seinem Kameraden bei Simeon ankam, packte ihn der Claddagh-Mann am Hemd und schleuderte ihn Kirby entgegen. Die beiden Männer gingen gleichzeitig zu Boden.

Als Simeon mit geballten Fäusten auf sie zutrat, sah er aus wie ein Bär, der sich zum tödlichen Schlag aufgerichtet hat. Kirby und Scully warfen einen weiteren Blick auf Kate, die in sicherer Entfernung am Fuß des St. Brigit-Kreuzes stand, dann flohen sie den Abhang hinab.

„Wie haben Sie mich gefunden?", keuchte Kate, die den noch immer jammernden Tomeen beruhigte und gleichzeitig versuchte, selbst wieder zu Atem zu kommen. Sie wiederholte die Frage auf Irisch.

Auf Gälisch antwortete Simeon: „Wir haben Strohhalme gezogen. Ich bin Ihnen den ganzen Tag gefolgt."

Kapitel 17

Colonel Mahon war in Westport nicht bekannt. Der Ort lag an der Stelle, wo der Carrowbeg in die Clew-Bucht mündete und einen Tagesritt quer durch die Grafschaft Mayo von Galway entfernt.

Trotzdem fühlte er sich dort sehr wohl. Das Gebiet verdankte seine englische Siedlung König Heinrich 8., der sie einem loyalen Untertanen mit Namen Brown geschenkt hatte. Zweihundert Jahre später gründete ein Nachkomme dieser Familie, der noch immer Browne hieß, die Stadt Westport. Zur Zeit von Mahons Besuch, wieder ein Jahrhundert später, war Westport eine saubere, kleine Gemeinde, in der Mahon unter Seinesgleichen sein konnte.

Mahon wäre im Westport House, dem Sitz des gegenwärtigen Lord Browne, dem Earl of Altamont, herzlich willkommen gewesen, aber dies war nicht sein Ziel. Vielmehr führte sein Weg ihn zur Flussmündung, zu einer kleinen Bucht mit einem einzigen heruntergekommenen Pub namens *Molloy's*.

Diese Bucht, auf keiner Karte verzeichnet, hätte sehr gut auch *Schmugglerbucht* heißen können. In dem düsteren Schankraum des Pubs wurden Pläne geschmiedet für die Einfuhr von Schmuggelware wie französische Weine oder andere Artikel. Trotz der Tatsache, dass Mahon und alle englischen Gutsbesitzer den Gesetzen der Krone Treue geschworen hatten, war es doch ihren Plänen zuträglich, diese Gesetze von Zeit zu Zeit zu beugen.

Das *Molloy's* war sozusagen ein internationaler Umschlagplatz für Handelswaren aller Art. Italienische Händler erwarben dort irisches Leinen im Austausch gegen südafrikanisches Elfenbein, das für spanisches Gold in Marokko gekauft worden war. Die dort abgewickelten Geschäfte waren sehr komplex.

Mahons geschäftliche Angelegenheit war längst nicht so kompliziert. Ihn hatte die Suche nach geeigneten Männern für eine bestimmte Aufgabe hierher geführt. Sie sollten keine Fragen stellen, keine Antworten schuldig bleiben und das Land nach Erledigung ihrer Aufgabe fröhlich verlassen.

Molloy, der Besitzer des Pubs, war ein Mann, der keine Farbe außer Gold kannte und keine Religion außer der Gier. Er führte

Mahon zu einem Ecktisch und ließ ihn mit zwei finsteren Gestalten allein.

„Sie sind –“, begann Mahon.

„Bitte, *señor*“, unterbrach ihn der Größere der beiden. „Ohne Sie beleidigen zu wollen, wir ziehen es vor, nur unseren Vornamen zu benutzen. Wenn Sie mehr wissen, können Sie später danach gefragt werden, nicht?“

„Und wie soll ich Sie anreden?“, fragte Mahon.

„Sie können mich Jago nennen“, erwiderte der erste Sprecher. Er schwenkte dabei sein Furcht einflößendes Messer. „Er ist Sebastian.“ Sein Partner legte die Hände zusammen und drückte zu, als würde er einen schmalen Hals würgen.

Mahon nickte. Er griff in seine Manteltasche, holte einen Lederbeutel hervor und warf ihn auf den Tisch. Jago nahm ihn, blickte hinein und meinte: „Haben Sie keine Angst, *señor*, so viel Gold an einen so ... verrufenen Ort mitzubringen?“

„Meine Leute warten draußen“, gab Mahon zurück. „Außerdem sind wir beide doch Geschäftsleute. Dies ist ehrlich verdientes Geld, wenn Sie mein Angebot annehmen. Aber wenn Sie mich betrügen, werden Sie den Rest niemals zu sehen bekommen.“

Ein Grinsen machte sich auf dem Gesicht des Mannes breit. „Dann ist das hier also nur ...?“

„Ein Drittel der Summe, die Sie bekommen werden“, erklärte Mahon. „Den Rest gibt es nach Erledigung des Auftrags.“

„Erzählen Sie uns etwas über diesen Auftrag“, sagte Jago. „Unser Interesse steigt.“

„Da ist diese Frau“, begann Mahon.

„Ach, es ist immer eine Frau im Spiel“, bemerkte Sebastian und nickte wissend.

„Dies ist eine ... eine überaus unbequeme Frau.“ Mahon beugte sich über den Tisch und sprach noch leiser. Er schob einen Zettel zu den beiden hinüber. „Alle Einzelheiten stehen hier vermerkt. Ihr Name ist Kate, Lady Burke. Sie wohnt in der Nähe von Castletown in Galway. Sie und ein kleines Kind – sein Name ist Tom ... sie müssen beide ...“

„Das reicht, *señor*“, unterbrach ihn Jago. „Wann?“

„So bald wie möglich.“

„Und der Rest des Geldes?“

„Den können Sie hier abholen, nachdem der Auftrag zu meiner vollsten Zufriedenheit erledigt wurde.“

„*Muy bien*", schloss Jago. „Es war ... wie heißt das noch auf Englisch? Es war nett, mit Ihnen Geschäfte zu machen. Beinahe bedauere ich es, dass wir uns nicht wieder sehen werden."

*

Obwohl das Meer ruhig und der Wind so schwach war, dass kaum ein Luftzug die Segel blähte, glich die *Hive* mehr denn je, ihrem Namen entsprechend, einem Bienenkorb. An Deck wimmelte es von Gefangenen. Es war nicht genug Platz zum Sitzen, darum standen sie aufrecht und dicht an dicht an Deck. Trotz des Platzmangels waren die Menschen ständig in Bewegung. In der bereits sengenden Hitze des Vormittags kämpften sich die in der Mitte der Menge stehenden Gefangenen zur Reling vor, während die an der Reling stehenden Leute den wenigen Schatten an der Backbordseite zu erreichen suchten.

Dicht gedrängt standen die Gefangenen auch an beiden Enden des Schiffes. Weitere fünfzig teilten sich das Deck um den Hauptmast mit den Seeleuten.

Die restlichen Gefangenen, dazu gehörten die weiblichen Häftlinge und die Kinder, durften sich auf dem Achterdeck aufhalten zusammen mit den Schiffsoffizieren und den Passagieren. Bei dieser Anordnung blieben noch immer fünfundzwanzig Gefangene unbeobachtet. Diese Männer mischten sich unter die Gruppe, die beim Kapitän in der Steuerkajüte auf dem Achterdeck stand.

Dazu gehörten Joseph Burke, Pater Talbot und Pastor Holt, sowie O'Halloran, Frayne und Brophy. Die sechs Männer standen an die Reling gedrückt unmittelbar hinter dem Steuer. Das war gar kein so übler Platz, dachte Joseph. Von achtern kam eine leichte Brise und das Wasser war kobaltblau und wetteiferte in seiner Farbe mit dem Himmel über ihnen.

Trotz der Überfüllung und der sengenden Sonne hatten es nicht nur die Gefangenen besonders unbequem an Bord der *Hive*. Als sechs Glockenschläge der Vormittagswache ertönten, nahm der stellvertretende Gefängnisdirektor Andrew Parker seine Taschenuhr heraus, räusperte sich und meinte zu seiner Frau: „Elf Uhr, meine Liebe. Das wird nicht lange dauern."

Im Gegensatz zu den weiblichen Gefangenen in ihrer einfachen Gefängniskluft war Mrs. Parker von Kopf bis Fuß in viele Meter Stoff gehüllt und von einem Fischbeinkorsett eingeengt. Doch anstatt auch nur ein einziges Diktat der Mode zu vernachlässigen, wurde sie beinahe ohnmächtig vor Hitze und es gefiel ihr überhaupt nicht, von Kriminellen umgeben zu sein.

„Andrew“, zischte sie ihrem Mann zu, „wie widerlich! Ich kann mich nicht umdrehen, ohne von einigen dieser ... dieser Kerle berührt zu werden. Tu etwas.“ Wohin sie sich auch wendete, wurde Mrs. Parker angestarrt und viel zu offensichtlich wurde über sie gesprochen. Das gehörte sich nicht; es war nicht angemessen. Sie fächerte sich Luft zu und wiederholte: „Tu etwas.“

Mrs. Parker war nicht die einzige Person, die sich unwohl fühlte. Die zehn Wärter, die normalerweise vollauf damit beschäftigt waren, kleine Gruppen von Gefangenen zu bewachen oder bei den größeren Zusammenkünften der in Ketten gelegten Männer Ordnung zu halten, waren mit der gegenwärtigen Situation hoffnungslos überfordert. Die Wärter hatten am äußeren Rand um die Gefangenen herum Stellung bezogen. Sechs von ihnen balancierten auf der Reling und klammerten sich krampfhaft an die Takelage. Zwei weitere hingen an den hinteren Streben und die anderen beiden im Bugspriet wirkten wie wenig anmutige Galionsfiguren. Trotz ihrer Uniformen und Musketen sahen alle lächerlich hilflos aus. Sie waren wie Flöhe, die auf einer Bulldogge ritten, und beide Seiten wussten es.

Dieses Ungleichgewicht wurde nur dadurch ausgeglichen, dass Kapitän Clarke auf der Plattform auf dem Achterdeck an einer Drehkanone stand. Unter dem aufmerksamen Blick eines einsamen Wärters stand eine ähnliche Kanone, geladen mit Pulver und einem Kanister Bleikugeln auf der Backbordseite und erwartete die Rückkehr von Gefängniswärter Gann.

Im Augenblick befand sich Gann unter Deck im niedrigsten und fauligsten Bereich der Bilge und zündete einen Behälter mit Schwefel an. Die Ratten, von denen einige so groß waren wie Katzen, verfolgten sein Tun, ohne auch nur mit ihren Schnurrhaaren zu zucken.

„Man sollte lieber die Gefangenen über Bord werfen und die Ratten behalten“, murmelte Gann vor sich hin, während er das gelbe Pulver anzündete. Er wartete nur so lange, bis die Chemikalie Feuer gefangen hatte, dann verschwand er schnell zum nächsten Behälter. Auf diese Weise arbeitete er sich durch die verschiedenen Lagerräume und Kabinen.

*

Wenn sich ein Beobachter in Reichweite einer Viertelmeile der *Hive* befunden hätte, hätte er bestimmt eine Bemerkung zu dem passenden Namen des Schiffes gemacht. Kaum eine Viertelstunde, nachdem Gann den ersten Behälter mit Schwefel entzündet hatte, quoll dicker, öliger Qualm aus jeder Luke und jedem Luftschacht. Der dichte Rauch drang durch die Ritzen in den Planken und floss durch das Speigatt wie schmutziges Wasser. Die Ähnlichkeit zu einem Bienenstock, der ausgeräuchert wurde, war wirklich sehr groß.

Die Gefangenen mittschiffs setzten nun neue Prioritäten. Anstatt Schatten zu suchen, wollten sie nun so weit wie möglich von dem fauligen Gestank entfernt sein, auch wenn das bedeutete, sich noch dichter zusammenzuzwängen.

Das Achterdeck blieb dank der Windrichtung von dem Gestank relativ verschont, doch vom Kreuzmast an waren alle in die stinkenden Dämpfe gehüllt. Mrs. Parker hielt sich ein mit Fliederwasser getränktes Taschentuch vor die Nase und beschwerte sich lautstark über den widerlichen Gestank.

Die ersten Ratten erschienen etwa zur selben Zeit an Deck, wie der Rauch aus den Fenstern des Achterdecks quoll. Diese weniger ausdauernden Nagetiere wurden von den Gefangenen ins Meer gefegt, die sich ein Spiel daraus machten zu sehen, wie weit die Tiere durch die Luft flogen und wie hoch das Wasser bei ihrem Aufprall aufspritzte.

Die Stimmung schlug abrupt um, als die Ratten nicht nur größer wurden, sondern auch in größeren Mengen an Deck kamen. Hunderte dieser Tiere huschten über die Füße der Gefangenen, die von dem gelblichen Rauch eingehüllt waren. Um den Dämpfen zu entkommen, wären die Ratten sicherlich in die Takelage geklettert, wenn nicht bereits Schutzschilde aufgebaut worden wären, um dies zu verhindern. Die Folge davon war, dass die Ratten in ihrer Panik den Gefangenen an den Beinen hochkletterten. Dies wäre vielleicht lustig gewesen, wenn es vereinzelt vorgekommen wäre, doch innerhalb von drei Minuten blieb keiner davor verschont.

Gann befand sich wieder auf seinem Posten an der Schwenkkanone, als Mrs. Parker zu schreien begann. Beim Anblick der zwei Ratten, die in den Falten ihres Kleides Schutz suchten, war es um ihre würdevolle Haltung geschehen. „Hilfe, Andrew, Hilfe!“, schrie Mrs. Parker und versuchte, ihre Kleider auszuschütteln. Einige der weiblichen Gefangenen hatten aufrichtiges Mitleid mit ihr und halfen ihr dabei. Parker drehte sich in hektischer Ineffektivität um sich selbst, während Joseph und Laurence O'Halloran den weiblichen Gefangenen halfen, die kleinen Kinder zu schützen und ihnen die Ratten von Rücken und Haaren zu klauben.

Das war der Augenblick, in dem Ben Brophy und seine Verschwörer zuschlugen. Als wäre Mrs. Parkers Schrei das vorher vereinbarte Signal gewesen, packte Brophy Andrew Parker von hinten und legte seinen muskulösen Arm um dessen Hals.

Auf dem ganzen Schiff fanden ähnliche Kämpfe statt. In den anscheinend zufälligen Bewegungen der Gefangenen hatten Brophys Komplizen es geschafft, sich so weit wie möglich außer Reichweite der Wärter zu bringen.

Kapitän Clarke wurde von seinem Platz gezerrt, ohne auch nur die Abzugsleine der Kanone berühren zu können. In einem Augenblick stieß er noch eine Ratte von Deck, im nächsten lag er bereits mit dem Gesicht nach unten auf den Planken.

Die Wärter an der Reling wurden auf ähnliche Weise gepackt, geschlagen und entwaffnet, abgesehen von dem einen an Achtern, der mit einem Gefangenen in Fußeisen kämpfte und zusammen mit ihm über Bord ging. Von den beiden Wachen auf dem Bugspriet feuerte einer einen Schuss ab, der einen Gefangenen ins Gesicht traf, dann verlor er den Halt und stürzte ins Meer, wo er sich, umgeben von Ratten, mühsam über Wasser hielt. Der andere Wärter gab einen Schuss ab, traf aber niemanden. Daraufhin warf er seine Muskete ins Meer und machte sich daran, über die Takelage zu entkommen. Im Bug wurde heftig gekämpft, da die Schiffsmannschaft den Gefangenen zahlenmäßig unterlegen war.

Gefängniswärter Gann war der einzige Offizier, der vollkommen ruhig blieb. Mit einer Haltung, die seiner absoluten Missachtung des menschlichen Lebens entsprang, zog er an der Abzugleine seiner Drehkanone und schoss ein halbes Dutzend Gefangene zu blutigem Brei. Die Gefangenen in der Nähe der Kanone versuchten, sich in Sicherheit zu bringen. Damit hatte Gann Zeit, die Kanone erneut zu laden. Doch bevor er die Bleikugeln einfüllen konnte, wurde er von Gefangenen bewusstlos geschlagen und er wäre sicherlich über Bord geworfen worden, wenn nicht die laute Stimme von Ben Brophy die allgemeine Aufmerksamkeit gefordert hätte.

„Kapitän Clarke", schrie Brophy. „Sagen Sie Ihren Männern, sie sollen aufhören zu kämpfen, sonst werde ich unseren lieben Mr. Parker hier töten."

Während er diese Worte sprach, verstärkte er den Würgegriff um den Hals des stellvertretenden Gefängnisdirektors, sodass Parkers Bitte um Zustimmung als klägliches Quieken herauskam. „Tun Sie, was er sagt, Kapitän. Bitte!"

„Hört auf zu kämpfen!", befahl Clarke.

Mit Patrick Frayne am Ruder und Ben Brophy als Bewacher für die Wärter, die nun zu Gefangenen geworden waren, war die Übernahme des Schiffes abgeschlossen.

*

Zwei Wärter, die zu Tode geprügelt worden waren, wurden über Bord geworfen, zusammen mit den sterblichen Überresten der Gefangenen, die den Kanonen zum Opfer gefallen waren. Ein Wärter und zwei Gefangene wurden aus dem Meer gerettet. Die Ratten waren entfernt und das Schwefelfeuer war niedergebrannt.

Die Mitglieder der Verschwörung sammelten sich um Ben Brophy am Achterdeck. Die meisten der Deportierten freuten sich über den erfolgreichen Übernahmeversuch und drohten Gann und Parker mit den Fäusten. Sie jubelten und erklärten ihnen, sie würden bald Futter für die Haie sein. Doch die Mehrheit derjenigen, die nicht an dem Plan beteiligt gewesen waren, auf Teneriffa Ratten an Bord zu bringen und sie auf dem Schiff frei zu lassen, kauerten sich in Gruppen zusammen. Sie hatten genauso große Angst vor ihren ehemaligen Kameraden wie vorher vor ihren Wärtern.

„Das kann nicht gut gehen", flüsterte Pater Talbot Joseph zu. „Sie werden damit anfangen, ihre Peiniger zu ermorden, dann werden sie sich gegenseitig töten. Sehen Sie nur, dort drüben."

Joseph, Talbot und Holt hatten sich schützend vor Kapitän Clarke, Parker, seine Frau und einen bewusstlosen Wärter gestellt. Der Priester deutete zu Frayne und Brophy, die am Steuer des Schiffes aufgeregt miteinander diskutierten.

„Du hast mir gesagt, du könntest ein Schiff steuern!“, rief Brophy und schlug gegen das Kompasshaus. „‚Ich habe viele Seereisen hinter mir‘, hast du gesagt! Und jetzt, wo wir das Schiff haben, gibst du zu, dass du es doch nicht kannst! Ich sollte dich niederschlagen, weil du gelogen hast!“ Er hob den Knüppel, als wollte er zuschlagen.

Der stetig stärker werdende Nordostwind schlug in dem Augenblick gegen die *Hive*, als Frayne das Steuerrad losließ. Das Schiff legte sich durch den Windstoß auf die Seite und Brophy geriet ins Taumeln. „Und wie weit wirst du ohne mich am Steuer kommen?“, fragte Frayne herausfordernd. „Ich habe nie behauptet, navigieren zu können. Das ist die Aufgabe der Offiziere. Ich kann reffen und steuern und ich weiß mit dem Kompass umzugehen, aber Seekarten sind Bücher mit sieben Siegeln für mich.“

„Kann einer von euch anderen navigieren?“, fragte Brophy die Gefangenen. Niemand meldete sich.

„Wie schwer kann das schon sein?“, fragte Dawson, ein großer Raufbold aus Ulster. „Die ganze lange afrikanische Küste liegt östlich von uns. Ihr braucht die Nase des Schiffes doch nur in die aufgehende Sonne zu halten, dann stoßen wir darauf.“

„Und auch auf die ganze Königliche Marine, du Blödmann. Wir brauchen einen Hafen, in dem wir Vorräte und Wasser an Bord nehmen können und einen Weg zurück nach …“ Brophy brach abrupt ab, als hätte er sich gerade noch zurückhalten können, ein Geheimnis zu verraten. „Also dann“, begann er erneut. „Wir werden Clarke am Leben lassen, damit er navigieren kann, und wir werden die da und alle, die gegen uns sind, töten.“

„Dann müsst ihr mich auch töten“, meldete sich Pater Talbot zu Wort. „Denn ich werde nicht zusehen, wie ihr kaltblütig Menschen umbringt.“

„Wir auch nicht“, riefen Joseph und Pastor Holt.

„Und ich werde euch nicht helfen“, meinte Clarke entschlossen. „Hört zu“, rief er mit lauter Stimme. „Viele von euch sind nur zu sieben Jahren verurteilt und könnten nach vier Jahren begnadigt werden. Piraterie und Mord sind Verbrechen, auf die die Todesstrafe steht. Wenn ihr jetzt aufgebt, verspreche ich euch, dass nur die Anführer bestraft werden!“

„Halt den Mund!“, rief Brophy und versetzte dem Kapitän mit dem Knüppel einen Schlag auf den Arm. „Und ihr anderen, die ihr euch uns nicht anschließen wollt – ihr könnt schwimmen!"

Brophy hätte den Kapitän vielleicht umgebracht, wenn Frayne ihn nicht aufgehalten hätte. „Nicht, Ben. Wir brauchen ihn!"

Clarke biss die Zähne zusammen, hielt sich den rechten Arm und ergriff erneut das Wort. „Ihr könnt alle töten, doch dann müsst ihr mich auch umbringen. Aber ich werde ein Abkommen mit euch treffen. Ich werde euch zu einem von den Franzosen besetzten Hafen bringen, wenn ihr alle anderen verschont."

„Trau ihm nicht", warnte Dawson. „Er wird uns geradewegs den Engländern in die Arme führen."

„Nicht wenn wir Missus Parker als Geisel halten", widersprach Brophy. Parker, der sich noch immer den Hals rieb, begann zu protestieren, doch Brophy schlug ihm mit der Hand ins Gesicht, sodass er verstummte. „Wenn wir auch nur einen *Union Jack* hissen, stirbt sie. Verstanden, Kapitän?"

Kapitän Clarke erklärte sich mit den Forderungen der Gefangenen einverstanden.

„Also gut", schloss Brophy. „Wir werden die anderen nicht töten, aber wir können uns nicht die Mühe machen, sie zu bewachen. Wir werden sie also aussetzen. Alle außer ihm." Brophy deutete auf die auf dem Boden liegende Gestalt von Gefängniswärter Gann. „Ihn werden wir zu Tode peitschen."

*

Gann jammerte, als er zwischen zwei Streben des Hauptmastes gebunden wurde. „Lass nicht zu, dass sie mich töten! Ach Gott, ich will nicht sterben!" Der Wärter wurde so hoch gehängt, dass er mit den Zehenspitzen nur knapp das Deck berührte. Abgesehen von einer Leinenunterhose war er nackt.

Ben Brophy schüttelte die Lederriemen der neunschwänzigen Katze und stellte sich zu Ganns Linker auf. Brophys entblößter Rücken war von alten Narben übersät – Spuren eines Lebens voller Auspeitschungen. „Ich brauche einen Linkshänder, der mir hilft", rief er. „Eines der besonderen Schauspiele, die ich in Dublin erlebt habe – zwei Männer, die abwechselnd zuschlagen. O'Halloran, wie wäre es mit dir?" Brophy reichte dem Jungen den Griff von Ganns Peitsche.

Laurence O'Halloran streckte seine linke Hand aus, um die Peitsche entgegenzunehmen, als Pater Talbot leise sagte: „Tu es nicht, Junge. Willst du denn genauso schlecht sein wie er?"

„Mach schon", drängte Brophy. „Du würdest einen verrückt gewordenen Hund töten, nicht? Tu der Welt diesen Gefallen."

Joseph musste schwer mit sich kämpfen. Am liebsten hätte er die Peitsche genommen. Er wollte sie über Ganns Rücken ziehen. Jeder Schlag wäre eine Genugtuung für eine Peinigung gewesen: *Das ist für meine allzu früh beendete Hochzeit, das für das Verlies, das für meine Auspeitschung und das hier ist für Kate und ihren Kummer.* Er trat einen Schritt vor. In ihm wütete ein Kampf zwischen seinen unerfüllten Rachegelüsten und seiner Liebe zu Gott.

O'Halloran berührte den Griff der Peitsche, dann senkte er den Blick auf das Deck und nahm die Hand weg. Er trat zurück in die Menge.

Brophy kräuselte die Lippen. „Gibt es denn keinen Mann unter euch Würmern?"

Fünf andere Gefangene mit vor Hass verzerrten Gesichtern traten vor. Um Gann war es geschehen, wie es schien. Nicht einmal Kapitän Clarke würde es riskieren, sich noch weiter für den Mann einzusetzen.

Pater Talbot trat vor. „Ich habe viel eher das Recht, das zu tun, als jeder andere von euch", sagte er und nahm den Griff der Peitsche, die O'Halloran ihm hinhielt. Die Gefangenen murmelten zustimmend.

Widerstrebend überließ Brophy Talbot die Katze und trat von dem jammernden Wärter zurück. „Ihr sollt Folgendes wissen", sagte Talbot an die Menge gewandt. „Ihr fahrt auf einem Kurs, der viele von euch in einen schlimmeren Zustand bringen wird, als ihr vorher wart. Einige von euch könnten sterben. Aber wenn ihr dabeisteht und einem Mord zuseht, dann werde ich höchstpersönlich gegen euch aussagen."

„Was!?", rief Brophy und sprang auf den Priester zu. „Ich habe dir nicht die Erlaubnis zum Predigen gegeben!" Joseph trat dazwischen und die beiden Männer kämpften um den Besitz der Peitsche.

Joseph blickte Brophy ins Gesicht. „Er gehört auch mir", sagte Joseph mit zusammengebissenen Zähnen. „Er hat mich im Gefängnis gequält, hat mich von meiner Familie fortgerissen und grundlos geschlagen – und jetzt gehört er mir."

„Nehmt ihn und seid zufrieden“, schnaubte Brophy. „Bringt ihn fort von hier!“, befahl er. „Wachen und Gefangene in die Boote.“

*

Während die Rettungsboote zu Wasser gelassen wurden, fanden auf dem Achterdeck der *Hive* zwei eilige Gespräche statt. Das eine zwischen Kapitän Clarke und Joseph; das andere führten Talbot, Holt und Laurence O'Halloran.

„Ich muss meine Mannschaft an Bord behalten, sonst würde die *Hive* nicht einen einzigen Tag mehr schwimmen“, entschuldigte sich Clarke bei Joseph, „und die Frauen und Kinder wären verloren. Sie wollen Ihnen weder Seekarte noch Kompass geben. Ich kann Ihnen nur raten, mit dem anderen Boot zusammenzubleiben. Unsere Position ist etwa 500 Meilen südlich der Kapverdischen Inseln. Wenn Sie auf den Handelswegen zurückfahren, können Sie die Inseln oder die Küste von Guinea erreichen. Die Strömung wird Sie nach Süden ziehen. Sie haben Wasser und Schiffszwieback für zehn Tage. Danach ...“ Clarke zuckte die Achseln. „Wir befinden uns nicht weit von den Schiffsrouten entfernt. Sie könnten bald aufgefischt werden. Gott mit Ihnen.“

„Und mit Ihnen“, gab Joseph zurück. „Sie sind ein anständiger Mann, Kapitän, und ich hoffe, dass wir uns unter besseren Umständen wieder sehen werden.“

Auf der anderen Seite des Decks, wo Frayne an der Ruderpinne stand und Brophy Gann und die anderen ehemaligen Wärter bewachte, diskutierten die beiden Geistlichen mit dem jungen O'Halloran.

„Du darfst nicht bei diesen Piraten bleiben, Laurence“, drängte Talbot. „Brophy ist nicht der einzige Schwerverbrecher an Bord. Er und die anderen werden sich gegenseitig vernichten, bis nur noch einer übrig bleibt.“

„Du musst gehen, Junge.“ Holt schloss sich der Bitte seines Freundes an.

„Aber was ist mit Ihnen?“, fragte O'Halloran.

Holt und Talbot blickten sich resigniert an. „Ich werde bleiben, um, so gut es geht, Frieden zu halten“, gestand Holt. „Pater Talbot wäre auch an Bord geblieben, aber er muss sich um den verwundeten Wärter kümmern.“

„Ich brauche deine Hilfe, Laurence", bat Talbot. „Dir kann ich vertrauen."

Langsam nickte Laurence O'Halloran. „Ich werde mitgehen", sagte er. „Bisher hat noch niemand mir vertraut oder mich gebraucht."

*

Der Wind wurde stärker, als Joseph an einer Strickleiter an der Seite der *Hive* hinunterkletterte. Das kleine Boot war bereits mit Männern überfüllt. Der verwundete und halb bewusstlose Wärter Kirkland lag zusammengekauert im Bug auf dem Boden. Pater Talbot und Laurence O'Halloran teilten sich eine Ruderbank, ebenso wie Gefängniswärter Gann und der Schiffsarzt White. Hinten saßen ein einarmiger Gefangener mit Namen John Hoyle, der sich strikt geweigert hatte, bei einem Menschen wie Brophy und seinesgleichen zu bleiben; er sagte, dann würde er lieber sein Glück auf dem Meer versuchen. Neben ihm nahm Joseph Platz.

Das andere, größere Beiboot lag längsseits und schaukelte in den Wellen. Darin saßen die übrigen Wärter und der stellvertretende Gefängnisdirektor Parker. An der Reling des großen Schiffs schrie seine Frau, ihr Mann solle sie nicht verlassen.

Parker hatte es inzwischen aufgegeben, sie zu beruhigen. Er sah nicht einmal mehr zu ihr hoch. Schließlich führte Pastor Holt sie fort. Ben Brophy beugte sich über die Reling und spuckte zwischen die beiden Rettungsboote.

„Gute Fahrt, wünsche ich euch", spottete er. „Ich frage mich, wie lange es dauern wird, bis eure Zungen schwarz werden und eure Augen euch aus dem Schädel gebrannt sind. Dann werdet ihr euch wünschen, ich wäre gnädig gewesen und hätte euch alle aufgehängt. Vor allem du, Burke", rief er. „Dir hatte ich mehr Verstand zugetraut. Aber dass du dich für Gann eingesetzt hast ..." Brophy zuckte die Achseln.

„Und du", rief nun Pater Talbot und deutete mit dem Finger auf ihn, „du bist verantwortlich für das Leben von Frauen und Kindern. Gott hat Acht auf euch."

„Pah!" Brophy spuckte erneut aus. „Haut ab!" Mit einem Ruck wurden die Seile, die die beiden Boote am Schiff hielten, ins Wasser geworfen. Das Schiff setzte Segel und sofort entstand eine Lücke zwischen den beiden kleinen Ruderbooten und dem großen Schiff. Innerhalb von einer halben Stunde waren die beiden Boote weit zurückgeblieben und bereits eine Stunde später war das Schiff nicht mehr zu sehen.

*

Das Rettungsboot, in dem Joseph saß, war für den Kapitän reserviert gewesen. Es war sehr leicht und schmaler als das Boot, in dem die anderen Verbannten saßen. Joseph hatte gehört, wie ein Seemann das leichtere Boot als „klinkergebaut" beschrieben hatte, was sich auf die mit Kupfernägeln vernagelten überlappenden Planken bezog. Trotz der sieben Insassen, lag es nicht sehr tief im Wasser.

Joseph saß Achtern neben der Ruderpinne und alle sahen auf ihn und warteten auf Anweisungen von ihm. „Wir müssen versuchen, mit dem anderen Boot zusammenzubleiben", sagte er. „Auf diese Weise haben wir beide bessere Chancen. Wir wollen jetzt die Segel hissen."

„Und wer hat dir erlaubt, uns Befehle zu erteilen?", brummte der halb nackte Gann. „Nur der Doktor hat einen höheren Rang als ich und betrunken wie er ist, ist er nicht in der Lage, Entscheidungen zu treffen. Ich habe hier die Befehlsgewalt."

„Mann, Mann", mahnte Pater Talbot. „Haben Sie denn überhaupt keinen Verstand? Hat Lord Burke Sie nicht vor dem sicheren Tod bewahrt? Und Sie haben ihn angefleht, verschont zu werden?"

„Ich bin Offizier der Königin", beharrte Gann. „Und er ist noch immer mein Gefangener. Es ist meine Pflicht, dafür zu sorgen, dass er den Behörden überstellt wird. Und du, O'Halloran, und Hoyle auch, wo wir schon dabei sind. Ihr habt nichts anderes getan, als euren Hals ein wenig länger aus der Schlinge gehalten. Anderer Verbrechen seid ihr nicht weniger schuldig und ihr werdet voll dafür bezahlen."

„Sie sind unglaublich", bemerkte Laurence O'Halloran schließlich. „Wie kann man nur so abgrundtief schlecht sein?"

Gann begann zu grinsen. „Wünschtest du, sie hätten mich ausgepeitscht? Ich bitte einen Gefangenen niemals um einen Gefallen. Und jetzt stell diesen Mast auf, O'Halloran, und mach dich bereit zu springen, wenn ich es sage."

Der Sergeant der Wachen, der die Befehlsgewalt über das andere Boot hatte, kam längsseits gerudert. „Und was nun, Mister Gann?“, fragte er.

„Wir fahren in Richtung Osten“, erwiderte Gann. „Mit dem Rücken zur Sonne, wenn sie untergeht. Bleiben Sie in Sichtweite und lassen Sie die ganze Nacht über ein Licht an Ihrem Mast brennen. Und geben Sie mir diesen Hammer da.“ Der andere Wärter reichte ihm einen Holzhammer, mit dem Lecks in den Planken repariert wurden. Gann betrachtete ihn blinzelnd mit seinem einen Auge und prüfte sein Gewicht. „Und jetzt“, meinte er zufrieden, „ist die Situation allmählich wieder unter Kontrolle. Gib mir dein Hemd, Hoyle, und du gibst mir deine Hose, Priester. Besser ihr verbrennt als ich.“

*

Adam Kane hatte seinen Appetit wieder gefunden, den er schon über Bord gegangen glaubte, aber er war davon überzeugt, dass ein Dudelsack ihm von jetzt an wohl immer Übelkeit verursachen würde. Der schottische Maat MacDougall blickte ihn finster an und schnalzte verächtlich mit der Zunge, wann immer der Verwalter der Burke-Ländereien in Sicht kam. Seine Abneigung war so offensichtlich, dass auch Kane keine anderen Gefühle für ihn empfinden konnte.

Auf jeden Fall konnte Kane an Deck der *Blossom* herumlaufen, vorausgesetzt er konzentrierte sich auf den Horizont und nicht auf die hochschlagenden Wellen.

Ununterbrochen suchte er den Horizont ab und eines Tages bemerkte Kane den Rauch. Kurz vor Einbruch der Dämmerung spazierte er auf der Leeseite über das Achterdeck und entdeckte eine dünne Rauchsäule, die aussah wie ein dünner schwarzer Faden und nur zu sehen war, weil sie vor dem blassblauen Hintergrund so fehl am Platze wirkte. Er machte Kapitän Costello darauf aufmerksam.

Costello konnte den Rauch nicht ausmachen, aber er rief zum Ausguck hinauf: „Hallo, da oben! Was siehst du Südsüdwest?“

Es dauerte eine Weile, in der beide Männer an Deck zusahen, wie der Mann im Ausguck angestrengt in die angegebene Richtung spähte. Einen Augenblick später drang seine Stimme zu ihnen herab. „Hallo, Deck! Eine Rauchfahne, aber sie ist jetzt weg. Kein Schiff in Sicht.“

Der Himmel färbte sich violett und noch immer war keine Spur von dem geheimnisvollen Rauch zu sehen. „Könnte es ein Dampfschiff gewesen sein, Kapitän?“, fragte Kane.

Costello überlegte, sah auf der Karte nach, dann schüttelte er den Kopf. „Zweifelhaft“, meinte er. „Wir fahren außerhalb der normalen Schiffsrouten. Nein, auch kein Walfangschiff mit seinen Schornsteinen – nicht in diesem Gewässer. Sollen wir ihm folgen?“

Der geheimnisvolle Rauch konnte etwas mit der *Hive* zu tun haben und Kane fragte sich, ob seine Entscheidung ihn von Joseph Connor Burke fortbringen würde. „Könnte es ein Schiff in Seenot sein?“, fragte er.

„Durchaus möglich“, lautete die Antwort.

„Dann folgen Sie ihm“, erwiderte Kane entschlossen.

„Steuermann! Südsüdwest!“

Kapitel 18

Colonel Mahon saß auf seinem zweitliebsten Pferd, einer nussbraunen Stute, und überblickte von dem Hügel aus den Teil seiner Ländereien, zu dem das Dorf Stokestown gehörte. Der Bach, in der nassen Jahreszeit gut drei Meter breit, war in diesem Jahr bereits vollkommen ausgetrocknet. Keine gute Zeit für die Aussaat des Hafers. Die Kartoffeln würden zweifellos ebenfalls klein und wenig nahrhaft ausfallen. Mahon war hocherfreut.

„Sehen Sie das dort hinten, O'Shea?", fragte er seinen Nachbarn. Als O'Shea nicht sofort reagierte und in die gewünschte Richtung sah, schlug ihm Mahon mit der Reitgerte gegen den Schaft seines hohen Lederstiefels. „Da hinten", wiederholte er ungeduldig. „Sehen Sie diese Frauen, die den Torf ziehen? Schmierige Kreaturen. Ich kann mir nicht vorstellen, wie ihre Männer sie überhaupt anfassen können."

O'Shea, der sich gern in jeder Hinsicht Mahons Meinung anschloss, nickte zustimmend mit dem Kopf, obwohl er noch immer nicht verstand, was er meinte. „Aye", sagte er, „und ihr Gefolge von Kindern. Um diesen Wagen springen doch bestimmt zehn oder zwölf davon herum wie ... wie ..."

„Wie Flöhe!", beendete Mahon den Satz. „Und wie die Flöhe in dem alten Sprichwort werde ich das Haus abbrennen und sie töten. Sie wissen doch, O'Shea: Der irische Bauer kann nur drei Dinge hervorbringen: Kartoffeln, Kinder und Schwierigkeiten."

O'Shea dachte bei sich, dass auch Whisky und Musik auf die Liste gehörten, aber er hatte nicht vor, den Mann zu unterbrechen, von dem auch er Land gepachtet hatte.

Mahon fuhr fort: „Ich habe viel zu lange Geduld mit denen gehabt. Sie wissen, ich habe drei volle Jahre und noch länger auf die rückständige Pacht gewartet. Aber jetzt nicht mehr! Meine aus Schottland importierten Angusbullen haben ihre Pflicht getan; im kommenden Herbst werde ich eine ansehnliche Herde haben, die Weidefläche braucht. Zehn Acres pro Tier sind das Mindeste. Stokestown wird bald verschwinden müssen, darum wird der Regen, den wir irgendwann wieder bekommen, dem Gras gut tun und nicht den Kartoffeln oder dem Hafer!"

„Und wenn sie genügend Geld zusammenkratzen, um die rückständige Pacht zu bezahlen?“, fragte O'Shea. „Sie kennen doch die Paddys.“ O'Shea blinzelte verschwörerisch, um zu zeigen, dass er nicht zu den Paddys gehörte, obwohl er Ire und Katholik war. „Sie verstecken immer einen Teil in ihren Kaminen oder vergraben es in ...“ Das zornige Funkeln in Mahons Auge erinnerte O'Shea daran, dass Joseph Connor Burke einen Teil von Mahons großartiger Strategie durch genau so etwas zunichte gemacht hatte. O'Shea schluckte und beeilte sich fortzufahren. „Ich will damit sagen, vielleicht regeln sie die Angelegenheit mit Ihnen ja.“

Mahon zog ein Blatt Papier aus der Tasche seines langen Reitmantels. „Als Bedingung für die Aussetzung der Pacht für drei Jahre hatte ich ihren Besitz auflisten lassen. Die Liste wurde jedes Jahr auf den neusten Stand gebracht. Hören Sie nur: Die zweihundert Familien von Stokestown besitzen insgesamt ...“ Mahon imitierte den irischen Akzent der einfachen Leute. „Einen Pflug, Euer Ehren, fünf Schaufeln, Euer Exzellenz, acht Rechen, Euer Hoheit, zwei Tischgabeln, 25 Stühle, 67 Hocker, ein Federbett, zwei Strohbetten, zwei Truthähne, neun Gänse, eine Taschenuhr und vier Quadratmeter Fensterglas.“

Außerdem fügte er noch hinzu: „Da war noch eine Uhr, aber sie wurde im vergangenen Jahr für sechs Pence verkauft, um eine andere Anleihe zu tilgen.“

Nachdem O'Shea ihn bedauert hatte, weil er solche Versager als Pächter hatte, fuhr Mahon fort: „Sie besitzen nicht einmal einen Wagen. Ziehen alles auf diesen primitiven Schlitten. Wenn sie auch nur einen einzigen überflüssigen Schilling hätten, denken Sie, sie würden leben wie Stallratten, nein, sogar noch schlimmer? Das ist nicht wahrscheinlich! Da auch in diesem Jahr die Ernte schlecht ausfallen wird, wird es keine Schwierigkeiten geben. Sie verschwinden!“

„Wann wollen Sie sie denn verjagen?“

„Sobald meine Leute von den Docks hier eintreffen. Ich habe einen Kontakt in Galway City, der mich mit so vielen Männern versorgt, wie ich brauche.“

*

Die Gruppe von Schlägern, zu der auch Kirby und Scully gehörten, war an den Docks von Galway City rekrutiert worden, damit sie für Mahon die Pächter vertrieben. Sie lachten, als sie das Dorf Stokestown sahen.

„Wofür brauchen wir denn hier Äxte und Seile?“, fragte Kirby. „Ich könnte die Häuser ja mit einem Atemzug umpusten!“

„Aye“, stimmte sein Kamerad Scully zu. „Das könntest du. Aber es geht ja darum, die Häuser niederzureißen, ohne gleichzeitig die Menschen zu töten.“

Kirby schlug Scully seinen bereits eingebeulten Hut vom Kopf. „Und warum nicht?“, fragte er. „Diese elenden Kreaturen wären doch tot besser dran. Sie leben doch bereits in Gräbern.“

Die Häuser, in denen die Einwohner von Stokestown lebten, waren größtenteils aus Lehmziegeln gebaut und mit Stroh gedeckt. Der Boden bestand aus Lehm – noch dazu losem Lehm. Die Dachbalken der Hütten sackten so erbärmlich durch, dass man den Eindruck hatte, es seien Ruinen, abgesehen von der Tatsache, dass noch immer schmale Rauchfahnen aus den Schornsteinen stiegen.

„Das ist eine leichte Art, sich ein paar Kröten zu verdienen“, fügte Kirby hinzu. „Und kein Bedauern. Das ist nicht wie das Niederreißen des weiß gekalkten Mulrooney-Hauses für den alten Marlowe. Also kommt, wir wollen es hinter uns bringen.“

Die Familien von Stokestown waren angewiesen worden, sich zum Abmarsch bereitzuhalten. Sie hatten kaum genügend Kraft, sich von einem Tag zum nächsten am Leben zu halten, geschweige denn, um Widerstand zu leisten. Außerdem kannten sie ihren Herrn: Da Colonel Mahon angekündigt hatte, sie würden an diesem bestimmten Tag gehen müssen, hatten die meisten von ihnen bereits seit Mitternacht ihre armselige Habe gepackt.

Vor der ersten Hütte stand eine vierzehnköpfige Familie neben einem einzigen Schlitten – einer räderlosen Konstruktion auf zwei Stöcken und einer aus Ästen zusammengeschnürten Transportfläche. Darauf befand sich alles, was für die Familie wertvoll war: Eine alte Großmutter und drei kleine Kinder.

„Genau“, meinte Kirby. „Ihr verschwindet.“ Die Familie setzte sich in Marsch, eine armselige Prozession, die mühsam den Schlitten hinter sich herzog. Es gab keine Tränen, nur ein kleines Mädchen mit schmutzigem Gesicht riss sich von der

Hand der Mutter los und rannte zurück ins Haus. Einen Augenblick später tauchte sie mit einem roten Haarband wieder auf.

„Nein, nein, so geht das nicht“, rief Kirby. „Ihr dürft nichts mitnehmen, was dem Gutsbesitzer gehört!“ Das Mädchen ließ das Band fallen und rannte hinter seinen Eltern her. Kirby betrachtete angewidert das schmutzige Band und steckte es in seine Hemdtasche.

Eine Gruppe von fünfzehn Abbrucharbeitern brauchte genau zehn Minuten, um die Hütte in einen Haufen zerbröckelten Lehm und Stroh zu verwandeln. Colonel Mahon, der gerade angekommen war, überwachte die Vorgänge hoch zu Ross.

„Sollen wir die Dachbalken aufheben, Euer Ehren, Sir?“, fragte Kirby.

Mahon schnaubte verächtlich. „Nachdem sie ein ganzes Jahrhundert dem Torfrauch ausgesetzt waren? Wer würde die noch wollen? Zünde den Haufen an, O’Meara. Diese Ratten werden wieder in ihre Löcher zurückkriechen, wenn auch nur eine Wand stehen bleibt.“

„Recht haben Sie, Euer Ehren“, lachte Kirby. „Das ist ein guter Ausspruch. Ratten. Dürfen nicht mehr hinkriechen, wo sie nicht erwünscht sind.“

*

Die ersten der von Mahons Land vertriebenen Pächter passierten die Tore von Burke Park kurz nach Sonnenaufgang. Martin und Mary Elisabeth kletterten auf die Eiche und beobachteten sie aus dem Schutz der knorrigen Äste. Das war ein Anblick, wie ihn Martin noch nie gesehen hatte.

Es waren auch schon andere Wanderer über die Straße durch Ballynockanor gekommen. Normalerweise kamen sie als Familie: Vater, Mutter und einige zerlumpte Kinder. Als die Donovan-Milchwirtschaft noch existierte, hatte Kate ihnen immer etwas zu essen über den Zaun gereicht. Milch für die Kinder, Kartoffeln, Brot und Käse waren angeboten worden, bevor sie darum hatten bitten müssen. Sie glaubte, dass kein Segen darauf lag, wenn man den Bedürftigen erst etwas gab, nachdem sie bittend die Hand danach ausgestreckt hatten. Jeder Fremde – Frau, Mann oder Kind –, der an ihrem Haus vorbeigekommen war, hatte eine Mahlzeit von ihr bekommen.

Aber heute! Wie konnte sie so viele Menschen satt bekommen? In einem nicht enden wollenden Strom kamen sie über die Straße von Mahons Land. Die etwas Stärkeren der Flüchtlinge zogen die mit Haushaltsgegenständen beladenen Schlitten, die älteren und die ganz kleinen Kinder. Die Leute waren in einem Mitleid erregenden Zustand. Die Kleider hingen ihnen am Körper herab und die Gesichter der Kinder waren ausgezehrt und aschfahl. Auf den ersten Blick konnte Martin gar nicht erkennen, wer noch jung und wer schon alt war. Der Hunger hatte ihnen allen ein ausgezehrtes Aussehen gegeben.

Man sprach davon, dass tausend Seelen aus Stokestown vertrieben worden waren. Martin hatte den Eindruck, als wären es sehr viel mehr. Vom Anfang der Kolonne erstreckte sich die traurige Schlange über den Hügel bis nach Castletown und noch weiter.

Um halb sechs Uhr an diesem Morgen gab Kate die Anweisung, die Tore von Burke Park zu öffnen. Nur wenige Minuten später tauchte Pater O'Bannon auf.

Der alte Flynn kam wild gestikulierend angerannt. „Wer hat die Tore geöffnet? Verwalter Kane hat klare Anweisungen gegeben! Keine Fremden sollen hier hinein!"

Kate packte ihn am Arm, deutete mit dem Kopf zu einem abgezehrten Kind von etwa vier Jahren und flüsterte ihm etwas in sein Ohr, das ihn beschämte und zum Schweigen brachte.

Bereitwillig half Flynn Fern, Margaret und Molly in den riesigen Kupferkesseln, die sonst zum Wäschewaschen benutzt wurden, Porridge zu kochen. Kein Bedürftiger würde fortgeschickt, verkündete Kate. Und alle waren bedürftig.

Mary Elisabeth begann zu zählen, als die ersten Reisenden um halb sieben Uhr morgens ihre Mahlzeit bekamen. Zwei Stunden später hörte sie auf zu zählen. Sie war bei mehr als 800 angekommen. Hungrige Menschen strömten auch weiter durch die Tore und die Straße war noch immer von Menschen übersät.

*

Stokestown gab es nicht mehr. Es war, wie Mahon O'Shea stolz erklärte, als sie durch die Ruinen ritten, „vollkommen unverpachtet".

Alle Bäume waren umgehauen worden. Nur noch Baumstümpfe ragten aus dem Boden. Die Jahresringe der großen Stümpfe gaben Zeugnis von den Generationen von Menschen, die in diesem Dorf gelebt hatten.

„Meine Männer werden das Holz einsammeln. Kleine Bäume für das Feuer. Aber die Eiche dort drüben wird sich sicherlich zu einem schönen Tisch verarbeiten lassen. Mein Zimmermann sagt, sie sei bestimmt 500 Jahre alt. Cromwell hat bei der Eroberung Irlands zwanzig Priester daran aufgehängt."

Bei dieser letzten Information wandte O'Shea den Blick ab.

Mahon brummte: „Na, lässt Sie das zusammenzucken? Ha! Ich vergesse immer, dass Sie ein Papist sind. Nun gut. Was meinen Sie? Wenn ich meinen Tisch habe, werden wir auf Ihre toten Priester und danach auf Cromwell anstoßen?"

Fünfzig Meter weiter an der matschigen Straße stand eine Tür ohne dazugehöriges Haus. Sie hing noch immer in ihrem Türrahmen und wurde von einem Haufen Steine gehalten. Sie schlug auf und zu, als würden zornige Männer hindurchgehen und sie hinter sich zuknallen.

Öd und leer war der Ort und doch war eine Gegenwart zu spüren, die O'Shea Angst machte. Am liebsten hätte er seinem Pferd die Sporen gegeben und wäre nach Hause geritten. Mahon lächelte spöttisch über die Unruhe seines Gefährten.

„Sie sehen, O'Shea, wie Irland sein könnte, wenn wir systematisch vorgehen würden!"

Aus dem Augenwinkel heraus nahm O'Shea eine Bewegung wahr. Das Flattern eines Stückes Stoff, die Bewegung von etwas Rotem in einem Graben.

„Verzeihung, Colonel." O'Sheas Stimme verklang.

„Aber O'Shea, Sie schwitzen ja. Sie sind doch nicht etwa abergläubisch, oder?"

„Sollen wir direkt wieder zurückreiten?"

„Aber ich dachte, es würde Ihnen gefallen, wenn eine solche Jauchegrube endlich geräumt ist."

„Aye." O'Shea wischte sich die Stirn. „Es wird ein schöner Anblick sein, wenn das Vieh auf der Weide steht."

„Allerdings. Das Potenzial für Weideland ist enorm. Hundert Stück Vieh können allein auf diesem Land satt werden."

Ein gelber Farbklecks sprang von einem Hügel und ließ sich in einen Graben gleiten. O'Shea zog scharf die Luft ein.

„Was ist denn los, Mann?" Mahon drehte sich auf seinem Pferd um.

„Dort drüben bewegt sich etwas“, keuchte er. „Ganz bestimmt. Etwas ...“

Mahon trabte mit seinem Pferd zu dem Graben hin. Er stellte sich in seinen Steigbügeln auf und spähte hinunter auf ein provisorisches Dach. Eine Decke verhüllte den Eingang zu dieser von Hand geschaffenen Höhle. Eine Reihe von Fußabdrücken war im Matsch zu sehen.

„Kommt raus!“, brüllte Mahon. „Kommt sofort da raus!“

Im Innern ertönte der Schrei eines Kindes und die drängende Stimme einer Frau, die versuchte, das Kind zu beruhigen.

Mahon sprang von seinem Pferd und schob die Decke mit der Fußspitze zur Seite. „Raus da oder ich werde euer Dach als Brücke für mein Pferd benutzen.“ Er stampfte mit dem Fuß auf das dünne Holz, um seinen Worten mehr Gewicht zu verleihen.

Aus dem Inneren rief die Frau: „Nicht, Sir! Ich habe Kinder hier drin! Ich bitte Sie, Sir! Erbarmen, Euer Ehren!“

Mahon genoss die Situation. Er griff in seinen Stiefelschaft und holte eine Pistole hervor.

O'Shea murmelte: „Nicht, Colonel, Sir. Da sind doch Kinder ...“

Mahon rief: „Dann kommt raus!“ Er gab einen Schuss auf den Boden ab. Im Innern ertönte ein erschreckter Schrei.

Die Klappe wurde vorsichtig zurückgeschlagen. Das schmutzige Gesicht einer Frau tauchte auf. Sie blinzelte in die Sonne. „Erbarmen, Euer Ehren! Meine Kinder!“ Sie hob die Hand, als wollte sie sich ergeben.

„Raus da! Dreckige Hure! Und bring deine Brut mit! Ihr haltet euch unbefugt hier auf.“

Weinend rang sie die Hände und hob sie zu Mahon auf. „Erbarmen! Sie sind doch noch so klein!“

Genüsslich lud Mahon seine Waffe nach, als würde er ihr Flehen nicht hören. „Hol sie raus!“ Er zielte auf das Dach der Unterkunft. „Ich zähle bis fünf und alle, die dann noch darunter sind, werden die Kugel bekommen.“

Er begann zu zählen, während die Frau aufschrie, das Jüngste packte und den anderen befahl herauszukommen.

„Fünf.“ Er feuerte. Der Schuss hallte in der Leere wider.

Schluchzend und sich an ihre Mutter klammernd standen sieben Kinder im Alter von zwei bis zehn Jahren vor Mahon. Ihre Kleidung hing ihnen in Fetzen am Körper. Die Augen waren groß und die Bäuche vom Hunger aufgedunsen.

Mahon betrachtete die Familie. „Sind kaum noch Menschen, nicht, O'Shea?"

O'Shea antwortete nicht. Er schluckte und fragte die Frau: „Wo ist dein Mann?"

„Tot, Euer Ehren."

Mahon schnaubte. „Bestimmt an irgendeiner Seuche gestorben."

O'Shea fragte weiter, dieses Mal auf Gälisch. „Wie kommt es, dass du allein bist, Frau?"

Sie erwiderte in derselben Sprache. „Mein Mann ist im vergangenen Monat gestorben. Wir haben von Kartoffeln gelebt, die wir im Feld des Nachbarn ausgegraben haben. Liam, unser Baby, ist vor zwei Tagen gestorben. Gott hab ihn selig."

Sie bekreuzigte sich und bei dieser Geste wurde Mahon zornig. Er versetzte O'Sheas Pferd einen Schlag mit seiner Reitgerte, dann schlug er die Frau ins Gesicht.

„In meiner Gegenwart sprechen Sie Englisch, O'Shea! Sie kennen doch die Gesetze gegen diese Teufelssprache!" Die Peitsche traf O'Shea am Bein. „Dafür werde ich Ihnen mein Land wegnehmen!"

O'Shea hatte Mühe, sein aufgeregtes Pferd im Zaum zu halten. „Ich habe nur versucht, ihr die Wahrheit zu entlocken, Colonel! Ich wollte Sie doch nicht beleidigen!"

Mahon trat zurück. O'Sheas erschreckter Gesichtsausdruck belustigte ihn.

Der Wind war stärker geworden. Die Frau rappelte sich aus dem Schmutz hoch.

Mahon stieg wieder auf sein Pferd. „Und was hat sie gesagt?"

„Das Baby ist vor zwei Tagen gestorben."

„Sie vermehren sich wie die Kaninchen, diese Kreaturen. Was macht eins mehr oder weniger im Grab schon aus?" Mahon grinste, als er die Zügel aufnahm. „Sehen Sie zu, dass Sie sie los werden, O'Shea." Er gab seinem Pferd die Sporen und jagte durch den niedergebrannten Ort den Berg hinauf.

*

Martin stolperte mehr durch Zufall über das Lager.

Er sollte das Gelände von Burke Park nicht verlassen, wenn nicht Nesbitt oder einer der Claddagh-Brüder ihn begleitete. Aber seit dem Tod seines Vaters hatte sich Martin an seine

Rolle als Oberhaupt der Familie gewöhnt und es gefiel ihm gar nicht, untätig herumzusitzen, wenn er Arbeit sah, die erledigt werden musste.

So kam es, dass er, als sich eine Kuh verirrte, seine Aufgabe ganz klar erkannte, obwohl Nesbitt und Flynn sich um eine Stute mit einer Kolik kümmerten und die Claddagh-Brüder auf den Feldern beschäftigt waren.

Er erwähnte Kate gegenüber, er würde nach einer Milchkuh sehen, aber das tat er, als sie gerade damit beschäftigt war, Tomeen zu füttern. Um nicht von Molly und Mary Elisabeth erwischt zu werden, die vor der Tür spielten, schlüpfte er zur Hintertür hinaus.

Nachdem er das Haus hinter sich gelassen hatte, seufzte er erleichtert auf. Obwohl sie in Burke Park vollkommen sicher waren, war für einen Jungen seines Alters die Atmosphäre dort manchmal erdrückend. Viel zu viele Frauen und zu viele ängstliche Dienstboten mit zu großem Beschützerinstinkt. Außerdem, sagte sich Martin, waren Mahons Beobachtungsposten seit der Ankunft der Vier Großen, wie Molly sie nannte, und der Begegnung mit Simeon verschwunden. Vermutlich für immer.

Nördlich von Burke Park befand sich unbearbeitetes Brachland. Das niedrig liegende Gebiet war gutes Weideland und sehr geeignet zum Torfstechen, aber außer Dachsen, Falken und dann und wann einer Herde wilder Connemara-Ponys waren hier keine Tiere zu finden.

Die betreffende Kuh hatte schon immer halsstarrige Züge an sich gehabt; sie graste weit weg von den anderen und kehrte als Letzte in den Stall zurück, als würde sie ihre Freiheit nur widerstrebend aufgeben. Trotz der zusätzlichen Arbeit, die Martin mit ihr hatte, mochte er sie.

Da sie für eine Kuh recht flink war, dauerte es eine Weile, sie aufzustöbern. Bei jeder verdächtigen Erhebung schüttelte Martin geräuschvoll den Hafer in seinem Eimer und rief: „Hierher, Kuh. Komm und schau, was ich dir mitgebracht habe."

Ein schriller Pfiff wie von einem Falken zog Martins Aufmerksamkeit auf sich, aber nur für kurze Zeit. Er dachte noch, dass der Schrei des Falken ungewöhnlich laut für einen Vogel war. Der Junge folgte einem alten Weg zwischen zwei Hügeln hindurch. Er kannte diesen Weg und wusste, dass eine noch größere Anstrengung auf ihn wartete. Der Weg führte zu einem

Sumpf, in dem Tiere, wenn sie nicht aufpassten, häufig stecken blieben.

„Na, komm schon, Kuh“, rief er. „Du sitzt doch nicht etwa fest?“

An dem Punkt, wo sich das Tal wieder weitete, konnte Martin den niedrig liegenden Sumpf vor sich sehen. Doch er fand dort keine fest steckende Kuh vor, sondern einen geschlossenen Wagen und ein provisorisches Lager. Zwei Zugpferde grasten ganz in der Nähe.

Staunend starrte Martin auf den Wagen, als er von hinten gepackt wurde. Ein knochiger Arm legte sich um seinen Hals und eine schmierige Hand presste sich auf seinen Mund. Martin wehrte sich, aber der Arm drückte nur noch stärker zu, so fest, dass er Sternchen sah. Schließlich zischte eine Stimme mit ausländischem Akzent ihm ins Ohr: „Es ist besser, sich nicht zu wehren, nicht wahr, Junge? Es sei denn, du willst, dass ich dich erwürge.“

In der Hoffnung, die richtige Antwort zu geben, schüttelte Martin den Kopf. „Gut!“, verkündete die Stimme und der Griff wurde lockerer, sodass er wieder Luft bekam.

Eine dünne, dunkelhaarige Gestalt tauchte vor ihm auf und in einer Sprache, die weder Englisch noch Irisch war, stellte sein Peiniger eine Frage. Die beiden schienen sich über Martin zu unterhalten.

„Was tust du hier, Junge?“, wurde Martin gefragt.

„Ich suche eine meiner Kühe. Sie ist davongelaufen. Was tut ihr hier? Dies ist Burke-Land.“

Wieder wechselten die beiden einige eilige Worte und Martin wurde vom Boden hochgehoben und wie eine ungewöhnliche im Sumpf lebende Spezies betrachtet. „Bist du ein Burke, Junge?“

Martin antwortete verneinend, denn irgendetwas im Tonfall des Fragestellers warnte ihn davor, diesen Leuten gegenüber eine Verbindung zu Joseph einzugestehen. Als er nach seinem Namen gefragt wurde, antwortete er: „Martin. Martin McCaslin.“ Dies war die Wahrheit, da dem Jungen als Teil seines Vornamens der Name der Familie seines Urgroßvaters gegeben worden war. Die Familie Donovan verschwieg er lieber.

Daraufhin wurde Martin abrupt losgelassen und fiel zu Boden. Der Mann, der ihn festgehalten hatte, schwang drohend ein Messer vor seiner Nase. „Wir wollen keinen Ärger“, sagte der Mann. „Wir sind nur auf der Durchreise. Keinen Ärger für uns oder für dich, wenn du den Mund hältst. Wenn nicht, dann …“ Der Satz wurde durch einige schnelle Schnitte in der Luft vor den Augen des Jungen beendet. Die Geste war eindeutig.

Martin nickte ernst.

„Gut! Und jetzt verschwinde und denk an das, was ich gesagt habe.“

Martin verlor keine Zeit, eine möglichst große Distanz zwischen sich und die beiden Fremden zu legen. Als er zurücksah, bemerkte er, dass einer von ihnen ihn beobachtete. Das bedeutete, dass der andere ihm folgte. Der Junge änderte seine Richtung und verschwand in Richtung von Ballynockanor. Burke Park mied er tunlichst.

Erst als er die Kirche St. John erreichte und Pater O'Bannons Haus betreten hatte, fühlte sich Martin wieder sicherer.

*

„Der Tinker ist der da“, sagte Molly und deutete auf Nesbitt, „er kann es also nicht sein.“

Pater O'Bannon bemühte sich nach Kräften, die verrückte alte Frau zu ignorieren. „Der Beschreibung des Wagens nach zu urteilen“, sagte der Priester zu der in Kates Küche versammelten Gruppe, „und der Sprache nach zu urteilen, denke ich, dass wir es hier mit fahrendem Volk zu tun haben.“ Er funkelte Molly an, damit sie den Mund hielt, und sie streckte ihm die Zunge heraus. „Sie wollen vielleicht ein paar Hühner stehlen und hätten auch nichts dagegen, einer verirrten Kuh durch eine Lücke im Zaun zu helfen, aber du sagst, das vermisste Vieh sei von allein wieder nach Hause zurückgekehrt.“

„Aber Martin ein Messer an die Kehle zu halten!“, protestierte Kate. „Passt das nicht eher zu Colonel Mahons Verbrechern?“

Nesbitt schwieg, aber er wirkte sehr nachdenklich.

O'Bannon zuckte die Achseln. „Mister Nesbitt hier und ein oder zwei der Claddagh-Brüder werden sich morgen ihr Lager einmal ansehen. Aber überlegt doch mal, was könnte es Mahon nützen, wenn seine Männer so weitab im Gebüsch sitzen? Vor allem Männer, die die irische Sprache so schlecht beherrschen, dass sie in jedem Dorf sofort auffallen würden?“

Kate gab zu, dass dies unwahrscheinlich war. „Dann sind das also Tinker, die keine Bedrohung darstellen?“

„Die Tinker bedrohen nur die, die böse Absichten haben“, meinte Molly verächtlich. „Und Martin hatte keine böse Absichten, nicht wahr, Martin?“

Ihr eindringlicher Blick erinnerte Martin an etwas. „Und warum wollten sie wissen, ob ich zu den Burkes gehöre?“, fragte der Junge.

Margaret hatte eine Antwort darauf. „Dieses ausländische Geplapper, das du gehört hast, klingt ganz nach der Zigeunersprache. Und wenn das tatsächlich herumziehende Tinker waren, wollen sie immer wissen, wem das Land gehört. Es gibt Leute, zu denen gehörte übrigens auch der alte Marlowe, die sie ausgepeitscht hätten, nur weil sie sein Land betreten haben. Zweifellos kann man auch Mahon zu dieser Sorte zählen.“

Pater O'Bannon fuhr fort: „Es gibt genug, um das wir uns kümmern müssen, auch ohne dass wir Schatten jagen. Bleibt wachsam und vorsichtig, ja?“ Der Priester drohte Martin mit dem Finger. Molly ahmte seine Geste so perfekt nach, dass der alte Priester und die dürre Frau wie gegenseitige Abbilder in einem schadhaften Spiegel aussahen. „Vorsichtig, aber nicht ängstlich“, fasste O'Bannon zusammen und ließ die Hand sinken.

Am folgenden Tag führte Martin Nesbitt und Simeon zu dem Sumpf, aber das Lager war verschwunden. Sie folgten den Wagenspuren etwa eine halbe Meile, bis sie sich in seichtem Grund verloren. Martin war zufrieden, dass sie weg waren, aber ihm fiel auf, dass der besorgte Ausdruck nicht von Nesbitts Gesicht wich.

Kapitel 19

Während sich die Dunkelheit über den Atlantischen Ozean senkte, wurde eine flackernde Kerze in einer Messinglaterne erneut an den dünnen Stiel gehängt, der ihnen als Mast diente. Dieses schwache Zeichen, dass Leben an Bord des Rettungsbootes war, wurde durch ein ähnliches Zeichen von dem anderen Boot bestätigt. Eine dichte Wolkendecke hing über dem Meer und machte die finstere Nacht noch düsterer.

Selbst im Hellen war es an diesem dritten Tag auf hoher See schwer gewesen, die beiden Boote zusammenzuhalten. Weder auf dem einen noch auf dem anderen war jemand, der Erfahrung im Umgang mit einem Segelboot hatte. Das schwerere Beiboot lag tiefer im Wasser und war niedriger, trotz der Tatsache, dass beide mit Vor- und Achtersegel ausgestattet waren. Im Gegensatz dazu ritt das Boot des Kapitäns hoch auf den Wellen. Als Gann versuchte, ihre Geschwindigkeit zu drosseln, indem er ein Segel reffte, schlug dabei das Boot zur Seite und eine Menge Wasser schwappte hinein.

O'Halloran und Talbot schöpften unentwegt das Wasser aus dem Boot, während Hoyle mit seinem einen Arm die Ruderpinne hielt. Gann funkelte sie von seinem Platz im Bug aus an, während er dann und wann Kirkland anstieß, um zu sehen, ob der Verletzte noch am Leben war. Joseph war die Aufgabe zugefallen, ihre mageren Vorräte zu sichten.

Die Lebensmittel, die die Meuterer ihnen zugestanden hatten, bestanden aus hartem Schiffszwieback und Wasser. Joseph schätzte, dass sie pro Tag ein Pfund Brot und etwa einen halben Liter Wasser für jeden von ihnen hatten. Als Joseph dies berichtete, brummte Gann missbilligend. Alle anderen schwiegen. Niemand wollte daran denken, was passieren würde, wenn dieser Vorrat zu Ende ging und sie noch immer auf hoher See trieben.

Pater Talbot ruhte sich einen Augenblick von seiner Arbeit aus. Er beugte sich zu Joseph hinüber und fragte: „Haben Sie gehört, wie schwer der arme Kirkland atmet?"

Jeder Atemzug ging rasselnd und ein ständiges Zittern durchlief den Körper des Verwundeten. „Können Sie nichts für ihn tun?", fragte Joseph.

„Nichts“, erwiderte Talbot. „Das ist keine so leichte Verletzung wie eine Verrenkung. Sein Schädel ist gebrochen. Ich habe versucht, Brophy dazu zu bringen, ihn an Bord der *Hive* zu behalten, aber ich glaube, auch das hätte nichts genutzt. Es ist ein Wunder, dass er überhaupt noch am Leben ist.“

Beide Männer schwiegen eine Weile. Joseph nahm die Zinntasse und begann zu schöpfen, damit Talbot sich etwas ausruhen konnte. Der Priester fuhr fort: „Der Arzt ist nutzlos. Falls Kirkland stirbt, wird Gann erkennen, dass er allein gegen uns andere steht ... und er ist bereits mehr als nur halb verrückt.“

„Kein Reden dort drüben“, ertönte die feindliche Stimme von Gann. „Gefangene dürfen sich nach Einbruch der Dunkelheit nicht mehr unterhalten.“

*

Joseph bediente das Ruder. Da weder Mond noch Sterne zu sehen waren, an denen er sich orientieren konnte, wusste er nur, dass es zwischen Mitternacht und Morgendämmerung war. O'Halloran schöpfte noch immer Wasser aus dem Boot, aber die anderen schienen zu schlafen. Von Gann oder dem verletzten Kirkland war schon länger nichts mehr zu hören. Doktor White schnarchte.

Der Geruch von Regen hing in der Luft. Die Brise, gegen die das Boot ankämpfte, hatte sich zu einem stürmischen Nordostwind entwickelt und trieb das kleine Boot noch weiter in Richtung Süden, fort von dem beabsichtigten Kurs.

Der erste Tropfen auf seinem Hals riss Joseph aus dem Dämmerschlaf. In diesem Augenblick schlug die Windbö zu.

Das Boot legte sich auf die Seite, sein Bug grub sich in eine Welle und es schwappte so viel Meerwasser hinein, dass die unter einer Plane aus Ölzeug gelagerten Vorräte in Gefahr gerieten. Während Joseph und Hoyle sich bemühten, das Boot wieder unter Kontrolle zu bekommen, schöpften die anderen nach Kräften das Wasser aus dem Boot. Gann brüllte Befehle, die niemand beachtete.

Und dann setzte der Regen ein, ein wahrer Wolkenbruch.

Das Wasser im Boot stieg schneller, als es herausgeschöpft werden konnte. Die Füße und Waden der Passagiere standen bereits im eiskalten Wasser. Joseph spürte, wie ihm etwas gegen das Bein schlug. Er packte ein herumschwimmendes Päckchen mit Brot, das sich aus dem Vorratspaket gelöst hatte.

Inmitten des Tumults ertönte O'Hallorans Schrei: „Ich kann das Licht des anderen Bootes nicht mehr sehen."

Der Wind flaute genauso schnell wieder ab, wie er aufgekommen war. Der Regen hörte auf. Joseph suchte die Dunkelheit in alle Richtungen ab, aber das Licht am Mast des anderen Bootes tauchte nicht mehr auf.

*

Der gedungene Mörder mit Namen Jago pfiff leise nach seinem Gefährten. Mit einer knappen Geste forderte er Sebastian auf, den ehemaligen Stall nach einer unverschlossenen Tür oder einem ungesicherten Fenster abzusuchen.

Jago selbst marschierte in der anderen Richtung um das zweistöckige Gebäude herum. Auf der anderen Seite des gepflasterten Hofes wurde ein Pferd im Stall unruhig und wieherte. Jago erstarrte und verschwand im Schatten zwischen der Mauer des Gebäudes und einem steinernen Wassertrog. Nachdem Jago bis hundert gezählt hatte und kein weiteres Geräusch mehr zu hören war, setzte er seinen Erkundungsgang fort.

Jago und Sebastian lungerten schon eine Weile auf den Hügeln hinter Burke Park herum. Durch ein Fernglas hatten sie das Kommen und Gehen der Bewohner beobachtet, bis sie einiges über die Gewohnheiten dort herausgefunden hatten. Nesbitt, der alte Flynn und die Claddagh-Brüder schliefen in der Scheune. Blieben also nur Kate, die drei Kinder, die Köchin und das Hausmädchen im großen Haus übrig. Dann war da noch eine alte Schachtel, die anscheinend kam und ging, wie sie wollte. In dieser Nacht war sie gesehen worden, wie sie kurz nach Sonnenuntergang verschwunden war zu einem Dorf, das einige Meilen entfernt lag. Sie wussten also, wo alle sich aufhielten.

Jago und sein Partner waren sehr viel diskreter als Mahons andere Mörder. Nachdem ihr Lager durch Zufall von Martin entdeckt worden war, hatten sie es sofort abgebrochen und waren von da an täglich woanders hingezogen, wobei sie die Gebiete mieden, in denen Torf gestochen wurde. Die beiden Männer wechselten sich in der Beobachtung von Burke Park ab. Niemand schien sie bisher bemerkt zu haben.

Jago war zornig, als er sah, dass Martin doch im großen Haus lebte. Ganz offensichtlich hatte der Junge mehr gewusst, als er preisgegeben hatte. Sehr leicht hätte er den ganzen Plan zunichte machen können, aber das war zum Glück nicht der Fall gewesen.

Leise rüttelte Jago an den Doppeltüren des Eingangs und es überraschte ihn nicht, sie fest verschlossen vorzufinden. Umso erstaunter war er, als das Ausfalltor in der Mitte der breiten Tür schon beim kleinsten Stoß nachgab. Jago stolperte beinahe über die erhöhte Türschwelle und schaffte es gerade noch, das Gleichgewicht zu halten, bevor die Tür mit einem lauten Gepolter aufflog.

Jago zog einen dünnen Handschuh aus der Tasche und legte ihn in die Tür, damit er sie auch später wieder leicht aufstoßen konnte.

Dann machte er sich auf die Suche nach Sebastian.

*

Martin lag wach in seinem Zimmer, das ihm allein gehörte. Neben seinem Raum auf derselben Seite des Flurs schlief Mary Elisabeth. Durch die geöffnete Tür konnte er sie leise schnarchen hören, als würde ein Kätzchen schnurren.

Auf der anderen Seite seines Zimmers lagen die beiden Räume, in denen Kate und der kleine Tomeen schliefen. Die Nacht war windstill und draußen war kein Laut zu hören.

Es war kein bestimmter Gedanke, der Martin so lange wach hielt. Vielmehr war es ein Gewirr von Bildern, die ihn umtrieben: Joseph bei seiner Gerichtsverhandlung, der Aufmarsch der von Mahon vertriebenen Flüchtlinge, die Flammen, die von viel zu vielen brennenden Häusern in den Himmel schlugen. Martin bemühte sich nach Kräften, Pater O'Bannons Ermahnung nachzukommen, sich nur mit dem gegenwärtigen Übel zu befassen und nicht noch zusätzlichen Ärger zu erfinden. Trotzdem, es betrübte den Jungen sehr, dass das Leben so unsicher war. Wer konnte schon wissen, welche Tragödie als Nächstes über sie hereinbrechen würde? Würden sie schließlich doch von ihrem Land vertrieben werden? Und wohin würden sie dann gehen? Wie würde Joseph sie und das neue Baby, das in Kates Bauch heranwuchs, dann finden?

Eine Tür quietschte und es ertönte ein kurzes Klappern, doch dann war wieder alles still. Vielleicht hatte Kate nach dem Baby gesehen. Martin lauschte, hörte aber nichts mehr. Als alles ruhig blieb, döste er schließlich ein.

Tomeen wurde unruhig. Das kleine Lockenköpfchen hatte sich schon zu einem vorwitzigen Kind entwickelt. Er war durchaus in der Lage, abwechselnd fordernd, nachdenklich, strahlend, ernst und neugierig zu sein.

Im Augenblick verspürte er Hunger. Tomeen hatte an diesem Nachmittag so lebhaft in der Küche mit Margaret, Fern und der verrückten Molly gespielt, dass er beim Abendessen eingeschlafen war. Die Seiten seines Kinderbettes waren hochgeklappt und die Eichengitter zu eng, als dass er dazwischen hätte hindurchklettern können, aber erst vor kurzem hatte Tomeen entdeckt, dass er bestimmte Dinge erreichen konnte, wenn er sich auf Zehenspitzen stellte. Anstatt nach seiner Mama zu rufen, stellte er sich hin und hielt sich am oberen Rand seines Bettes fest. Er stützte sich mit den Zehen ab und zog sich immer höher hinauf, bis er schließlich kopfüber aus dem Bett fiel.

Sein Sturz wurde von einem Korb mit weicher Leinenwäsche abgefangen, die noch gefaltet werden musste. Die Wäsche dämpfte auch seinen erschreckten Aufschrei und unverletzt kullerte er über den Boden.

Die Tür vom Kinderzimmer auf den Flur war normalerweise immer geschlossen, damit er keinen Zug abbekam, doch die Tür zu Kates Zimmer stand offen. Tomeen marschierte, eine Decke hinter sich herziehend, hindurch.

Die Dunkelheit machte dem Kind keine Angst und jegliche Furcht, die er bei seinem Abenteuer vielleicht empfunden hatte, wurde durch die ruhigen Atemzüge seiner Mama vertrieben. Er näherte sich der Decke, die auf den Boden hing und griff nach dem aufgestickten Bild einer Blume.

Ein plötzlicher Luftzug wirbelte durch das Zimmer. Kates Tür zur Galerie stand offen, damit die warme Luft von unten hinein konnte. Der Windstoß brachte den Duft von Kartoffeln mit sich. Der Duft lockte Tomeen vom Bett fort.

Die große Galerie mit dem riesigen Dach darüber machte ihm zuerst Angst, aber Kate hatte Tomeen beigebracht, rückwärts die Treppe hinunterzusteigen, damit er nicht kopfüber hinunterpurzelte.

Eine Hand an die Wand gelegt näherte sich Tomeen der obersten Stufe. Dort drehte er sich um, wie es ihm beigebracht worden war. Geduldig ging er auf die Knie und suchte mit dem Fuß nach der ersten Stufe. So stieg er hinab in die Dunkelheit der großen Halle.

*

Jago entfernte den Handschuh aus dem Türrahmen und zog die Tür hinter sich zu. Sorgfältig sicherte er den Eingang gegen andere Eindringlinge.

Im blassen Schein der noch glühenden Asche sahen sich die Mörder in der Halle um: Sie bildete den Mittelpunkt des Hauses und von ihr gingen andere Räume ab. Ein Flur führte zu einem Seitengebäude, das sie bei ihrer Beobachtung des Hauses bereits als den Dienstbotenflügel mit Küche und Vorratskammern identifiziert hatten.

Jago deutete auf die Treppe und forderte Sebastian auf, ihm zu folgen. Sebastian nickte. Die beiden Männer waren in Schwarz gekleidet, auch ihre Gesichter hatten sie mit Kohle geschwärzt. Wie Gespenster glitten sie über die Fliesen zur Treppe.

Zwei Stufen hoch, dann drei und so weiter. Jago tastete sich vorsichtig vor, damit nicht eine knarrende Stufe ihre Anwesenheit verriet. Über ihren Köpfen sahen Hirschköpfe auf sie, die Eindringlinge, herab.

Oben am Treppenabsatz verfing sich Sebastians Fuß in etwas. Er klammerte sich hektisch an Jagos Schulter fest, um nicht zu stürzen. Beide Männer blieben stehen. Sebastian bückte sich und befreite seinen Fuß. Es war eine Babydecke. Er zeigte sie seinem Partner und warf sie dann angewidert fort.

Jago gab ihm ein Zeichen, dass sie sich getrennt auf die Suche nach ihren Opfern machen sollten. Nicht dass sie moralische Bedenken gehabt hätten, alle Bewohner zu töten; aber sie wurden eben nur für zwei Morde bezahlt.

Beinahe sofort wurde Jago klar, dass er die richtige Tür erwischt hatte. Das tiefe, gleichmäßige Atmen konnte nur von der einzigen Erwachsenen stammen, die hier lebte. Und wo die Frau war, konnte das Kind nicht weit entfernt sein.

Er würde ihr ein Kissen auf das Gesicht drücken, während er ihr die Kehle durchschnitt, beschloss er. Dann würde er sich des Kindes annehmen. Falls Sebastian sich nicht an den Morden beteiligte, würde er einen größeren Anteil des versprochenen Geldes bekommen. Leise zog er sein Messer aus der Scheide.

Die Stille der Nacht wurde zerrissen durch das Geräusch von Geschirr, das auf den Fliesen zersplitterte. Von unten ertönte ein markerschütternder Schrei.

Bei dem Lärm fuhr Kate jäh aus dem Schlaf hoch, sprang aus dem Bett und rief den Namen des Kindes. Jago stand in der Tür und war deutlich zu sehen. Nun begann auch Kate zu schreien; sie bückte sich und nahm den Spazierstock zur Hand, den sie griffbereit dort liegen hatte.

Jago sprang auf sie zu und stach mit dem Messer zu. In der Dunkelheit konnte er sein Ziel nicht genau erkennen, aber Kate, die wild mit dem Spazierstock um sich schlug, traf den Mörder an der Schulter. Es war ein einziger Schlag, der dem Mann nicht viel ausmachte, doch sein Angriff wurde abgewehrt.

Laut nach Sebastian rufend, gewann Jago sein Gleichgewicht zurück, nur um gegen einen niedrigen Hocker zu stoßen, den er nicht gesehen hatte. Kate sprang über das Bett und rannte zum Treppenabsatz, doch Jago hatte sich wieder gefangen und trat ihr entgegen, so wandte sie sich stattdessen zum Kinderzimmer, eine Hand schützend auf ihren bereits gewölbten Leib gelegt.

Auf der anderen Seite der Galerie hatte Sebastian gerade Mary Elisabeths Zimmer inspiziert und festgestellt, dass sie nicht das gewünschte Opfer war. Er befand sich zwischen ihrem und Martins Zimmer, als der Tumult losbrach. Bei dem Krachen von unten und Jagos Ausruf rannte der zweite Mörder los und stieß mit Martin zusammen, der ebenfalls Tomeens Geschrei gehört hatte.

Sebastian hatte als Waffe nur seine Hände. Diese versuchte er um den Hals des Jungen zu legen. Martin schrie um Hilfe und trat nach seinem Angreifer. Bei ihrem Kampf prallten sie gegen das Geländer und taumelten wieder zurück gegen die Wand. Sebastians Finger schlossen sich immer fester um Martins Hals.

Im Kinderzimmer warf Kate das Kinderbett hinter sich um. Während Jago wütete und fluchte und versuchte, es beiseite zu schieben, landete Kate mehrere Treffer mit dem Knüppel auf dem Kopf des Angreifers.

Aus dem Dienstbotenquartier kamen eilige Schritte und Margarets Stimme ertönte: „Missus Kate! Was ist los?"

Kate brüllte zurück: „Einbrecher! Mörder! Hol die Männer!"

Im selben Augenblick ertönte ein Pochen an der Eingangstür. Nesbitts Stimme rief: „Wir haben ein Krachen gehört! Lasst uns herein! Lady Burke!"

Jago schnappte sich frustriert das Kinderbett und warf es nach Kate. Sie wurde mit dem Rücken gegen die Wand gedrückt. Teilweise unter dem Kinderbett eingeklemmt, konnte sie sich nicht befreien. Jago ging mit dem Messer auf sie los. Sie riss den Arm hoch, um ihr Gesicht zu schützen und die Klinge fuhr durch den Stoff.

Mary Elisabeth hörte den Schrei ihres Bruders und den Kampfeslärm. Sie taumelte aus ihrem Zimmer und machte verschwommen die beiden kämpfenden Gestalten aus. Ganz ruhig schnappte sich das Mädchen einen Wasserkrug, der vor ihrem Zimmer stand, und schmetterte ihn Sebastian auf den Kopf.

Martin war so geistesgegenwärtig, sich gegen Sebastians Arm zu werfen, bevor der Mörder Mary Elisabeth mit seiner Faust traf.

Die Eingangstür flog mit einem lauten Krachen auf. Schwere Schritte in der Halle und Stimmen, die sowohl auf Englisch als auch auf Gälisch brüllten, tönten durch die Halle. „Lady Burke!", rief Nesbitt. „Sind Sie in Ordnung?"

Jagos Messer traf ein Gitter des Kinderbettes einen halben Zentimeter von Kates Hals entfernt. Er hatte gerade die Klinge zurückgezogen, um erneut auf sie einzustechen, als sie es schaffte, den Spazierstock zwischen den Gitterstäben anzuheben und nach Jago zu stechen. Die Metallspitze des Stockes traf Jago unmittelbar neben der Nase und verfehlte nur um Haaresbreite sein rechtes Auge.

Wutentbrannt hob Jago seine Waffe über den Kopf und umklammerte sie mit beiden Händen. Er war entschlossen, Kate mit dem nächsten Stich zu erledigen.

Doch als er zustechen wollte, stellte er fest, dass ihm beide Arme nach hinten und beinahe aus den Gelenken gerissen wurden. Simeon auf der einen und Sonny auf der anderen Seite zerrten Jago auf die Beine und schleuderten ihn gegen die Wand. Jagos Kopf knallte gegen einen Balken, aber der gedungene Mörder ließ sein Messer nicht fallen. Er schlug damit um sich, doch die Claddagh-Brüder umkreisten ihn vorsichtig. Auf der anderen Seite der Galerie hatte Sebastian Martin mit der einen und Mary Elisabeth mit der anderen Hand gepackt. Er schüttelte die Kinder und wollte ihre Köpfe wie Walnüsse gegeneinander schlagen. Lichter auf der Treppe und rennende Schritte warnten ihn, dass das Spiel vorbei war und ihm nun nur noch die Flucht blieb. In Windeseile sprang er auf die Füße und schleuderte die Kinder zur Seite. Er wollte den sich nähernden Männern entkommen, doch musste er feststellen, dass Nesbitt ihm den Weg versperrte. Die beiden Männer stießen zusammen. Es gelang Sebastian, seine Hände um Nesbitts Hals zu legen und er begann zuzudrücken. Doch sehr zu seinem Entsetzen musste der Mörder feststellen, dass Nesbitt ebenfalls seine Hände um seinen Hals gelegt hatte und dabei war, den Wettstreit, wer als Erster ohnmächtig werden würde, zu gewinnen.

Jago setzte zum Sprung an und schaffte es. Es war an der Zeit zu verschwinden. Da Simeon und Sonny ihm dicht auf den Fersen waren und Rusty und Moor sich ihm von der Seite näherten, sprang er auf das Geländer und dann hinunter in die Halle.

Er landete unglücklich auf den Fliesen und verstauchte sich den Knöchel. Trotz des Schmerzes humpelte er behände zum Ausgang auf der anderen Seite der Halle. Unmittelbar vor ihm stand Margaret mit Tomeen in den Armen. Zu den Füßen der Köchin lagen die Scherben einer zerbrochenen Schüssel inmitten zermatschter Kartoffeln.

Schnaubend vor Wut ging Jago auf sie los. Zumindest würde er das Kind töten; er würde Rache nehmen für seine Verletzung und wenigstens das Blutgeld für einen Mord bekommen.

In der Zwischenzeit ließ Sebastian Nesbitts Hals los, um dessen Hände von seinem eigenen Hals zu lösen. Es gelang ihm teilweise, doch dann schlossen sich Nesbitts Hände wieder fester um seinen Hals. Als er Jagos Schmerzensschrei hörte, dachte er, dass sein Partner nach unten gesprungen sein musste. Er beschloss, es ihm nachzutun.

Da sein Blick noch vom Kampf verschwommen war, konnte er nicht sehen, was ihn unten erwartete. Von dem Geländer aus stürzte er sich in die Tiefe. Er landete auf einem Geweih, das über der Halle hing. Das Geweih hatte sich während des Sturzes umgedreht, sodass seine Spitzen nun nach unten deuteten.

Mann und Geweih trafen Jago am Rücken, die Spitzen des Geweihs durchbohrten beide Lungen und das Herz. Jago war sofort tot, nur wenige Schritte von Tomeen entfernt.

Sebastian landete kopfüber auf den Fliesen und brach sich im Fall das Genick.

*

Alle Lichter in Burke Hall brannten. Simeon und Sonny hatten, dicke Knüppel in den Händen, bereits alle Räume sorgfältig inspiziert, ebenso wie alle Außengebäude. Sie waren zu dem Schluss gekommen, dass keine weiteren Eindringlinge mehr da waren.

Die Leichen von Jago und Sebastian waren in den Stall geschafft worden und Margarets entschlossenem Schrubben war es zu verdanken, dass keine Spur mehr von Jagos Blut auf den Fliesen zu sehen war. Nur ein feuchter Fleck auf dem Boden erinnerte noch an den schrecklichen Vorfall.

Immer wieder musste Kate Nesbitt, Margaret, Fern, Martin und Mary Elisabeth versichern, dass es ihr wirklich gut ging. Ja, mit dem Baby sei auch alles in Ordnung. Sie tätschelte ihren Bauch, um zu verdeutlichen, dass dem Kleinen nichts geschehen war.

Nesbitt deutete auf den Schnitt in Kates Ärmel. Ein schmales Rinnsal Blut lief an ihrem Ärmel hinunter, aber sie hatte nur einen Kratzer abbekommen. Kate zuckte die Achseln. „Waren das Mahons Männer?“, fragte sie.

Nesbitt nickte kurz. „Wir haben natürlich keinerlei Beweise und ich denke auch nicht, dass wir irgendetwas finden werden, aber dies ist Mahons Werk, das steht fest.“

„Es waren keine Tinker, nicht?“, fragte Mary Elisabeth erschauernd.

„Nein, mein Schatz“, erwiderte Kate. „Das waren keine Tinker.“

„Von jetzt an“, meinte Nesbitt in einem Tonfall, der keinen Widerspruch duldete, „werden zwei von uns am Fuß der Treppe schlafen, die anderen werden draußen Wache halten.“

Kate neigte zustimmend den Kopf. „Er wird nicht aufhören, nicht wahr?“, fragte sie.

„Nicht nach diesem Zwischenfall“, erwiderte Nesbitt. „Es ist ein Kampf um Leben und Tod und er weiß es.“

Die Claddagh-Brüder begriffen, worum es sich bei dem Gespräch drehte. Sie nickten feierlich.

*

Squireen O'Shea ging unruhig in Mahons Bibliothek auf und ab. Sein Nacken war gebeugt und auf seinem Gesicht lag Furcht, als er mit seinem Gutsbesitzer sprach.

„Colonel Mahon, Sir, ich halte nichts von Gewalt gegen Frauen und Kinder."

„Nicht Gewalt, O'Shea. Die Dame braucht ein wenig ... Druck. Sie wird unterzeichnen. Das wird sie."

„Sie hat diese Männer aus Claddagh angeheuert. Das sind harte Brocken. Und dann ist da noch ihr Verwalter, dieser Nesbitt. An ihnen kommt man nicht vorbei. Man kommt nicht durch die Tore und in die Nähe des Kindes oder Ihrer Ladyschaft. Diese Männer sind immer um sie."

Mahon zuckte die Achseln. „Sie werden die Tore für uns öffnen."

„Nicht bis Joseph Burke zurückkommt, ganz bestimmt nicht."

„Ich habe Ihnen doch schon gesagt, Joseph Burke wird niemals zurückkommen. Vermutlich ist er bereits tot."

„Dann wird sie die Tore nicht öffnen, bis Sie drei Meter unter der Erde liegen. Alle Ihre Pläne sind fehlgeschlagen. Sie werden es nicht schaffen, durch diese Tore zu kommen. Einer der Claddagh-Brüder wird Ihnen das Genick brechen."

„Sie sind sehr vergesslich, O'Shea. Ihre Ladyschaft hat eine Vorliebe für verwahrlostes Gesindel und Bettler. Der Abriss von Stokestown, Sie erinnern sich? Kessel mit Porridge, bevor sie weitergezogen sind?"

„Das war, bevor die Männer aus Claddagh gekommen sind. Vor Nesbitt."

„Verflucht sei Claddagh. Wir werden drin sein, bevor sie sich noch umgeschaut haben."

„Aber wie wollen Sie in die Nähe des Kindes kommen? Und falls wir es tatsächlich schaffen, wie wollen wir es vom Grundstück schaffen?"

„Zweihundert Familien bewirtschaften das Stück zwischen meinem Land und den Weiden, die Sie von mir gepachtet haben. Stellen Sie sich vor, sie werden vertrieben. Wohin werden sie gehen? Ach ja! Bei Lady Burke bekommt man immer eine Mahlzeit. Viele Menschen laufen also dort herum. Ein oder zwei lenken sie ab. Ein anderer schnappt sich das Burke-Kind und verschwindet mit ihm."

Squireen O'Shea verzog den Mund. „Keine Gewalt, Mahon. Dem Kind darf nichts geschehen. Bei meiner Seele, ich werde nicht mithelfen, einem unschuldigen Kind etwas anzutun."

Mahon breitete die Hände aus. „Ihm wird nichts geschehen."

Teil III

Ich wünschte, oh Sohn des lebendigen Gottes,
oh ewiger König,
ich hätte eine verborgene kleine Hütte in der Wildnis,
die meine Wohnung sein könnte.
Eine graue, flinke kleine Lerche daneben,
ein kleiner, klarer Teich, um die Sünden abzuwaschen
durch die Gnade des Heiligen Geistes.

Altes Lied eines irischen Einsiedlers

Kapitel 20

Der Wind flaute mit dem Morgen ab. Der Wärter Kirkland starb ebenfalls bei Sonnenaufgang. Ohne das Bewusstsein wiedererlangt zu haben, begann der Mann wie im Krampf zu zittern, schnappte hechelnd nach Luft und atmete dann mit einem erschöpften Seufzer aus. Alle an Bord außer Gann und dem Schiffsarzt White bekreuzigten sich. Gann runzelte die Stirn, murmelte etwas von der Nutzlosigkeit von Ärzten und bediente sich am Inhalt von Kirklands Taschen: Ein paar Schillinge, ein Taschenmesser und ein kleines goldenes Medaillon mit einer blonden Locke.

Die Tatsache, dass dieser von Kirkland geliebte Mensch vielleicht niemals etwas über sein Schicksal erfahren würde, ernüchterte Joseph mehr als der Tod selbst. Er berührte den Anhänger um seinen Hals und betete für Kate und für sich selbst.

„Werft ihn über Bord", befahl Gann Talbot und O'Halloran.

„Nicht ohne ein paar Worte gesagt zu haben", widersprach Talbot entschlossen. „Kein Mensch sollte so seinem Schöpfer übereignet werden."

„Ich werde hier kein papistisches Gequatsche zulassen", entgegnete Gann. „Kirkland war ein guter Protestant und ich erlaube nicht, dass irgendwelcher Hexenzauber seine Seele belastet."

„In Ordnung", gab der Priester zurück. „Dann müssen Sie eben ein paar Worte sagen."

Gann kämpfte mit sich und gab schließlich zu: „Das kann ich nicht."

„Mister Gann", sagte Talbot leise, „wir beten zu ein und demselben Herrn und es ist ein und derselbe Richter der Menschen, vor dem Kirkland jetzt steht." Bei diesen Worten verzog sich Ganns Gesicht zu einer Grimasse, aber er hielt den Mund. „Falls", fuhr Talbot fort, „der arme Kirkland ein guter Protestant war, wie Sie sagen, dann steht er unter dem rettenden Kreuz Jesu. Und niemand hat größere Hochachtung vor dem kostbaren Blut unseres Herrn als ich und meine Brüder und Schwestern der römischen Glaubenszugehörigkeit. Darf ich ihm nicht denselben Dienst erweisen, den ich mir für mich wünschen würde?"

Gann forderte den Priester mit einer abfälligen Handbewegung auf zu tun, was er wolle. Pater Talbot hielt eine einfache Trauerzeremonie ab, befahl Kirklands Seele Gott an und erflehte Gottes Erbarmen für den Verstorbenen und auch für sie selbst.

„Zieht ihm die Kleider aus“, befahl Gann mit emotionsloser Stimme, nachdem das Gebet zu Ende war. „Er braucht sie nicht mehr. Und befestigt ein Gewicht an seinen Füßen. Wir wollen doch nicht, dass er uns hinterherschwimmt.“

Kirklands Leiche verschwand ohne ein Platschen unter den Wellen.

Joseph berichtete, dass die Rationen für zwei Tage vom Regen durchnässt worden seien. Sie müssten sofort aufgegessen werden, sonst würden sie verderben. Dazu gab Gann widerstrebend seine Erlaubnis. „Wie gut, dass Kirkland so bald den Löffel abgegeben hat“, bemerkte er offen, „anstatt uns die Lebensmittel wegzufressen und dann doch zu sterben.“

Von dem anderen Boot war nichts zu sehen, auch war keine Spur von einem anderen Schiff auf dem großen weiten Meer zu entdecken. Es war, als wären die sechs noch in dem kleinen Boot sitzenden Männer ganz allein auf der Welt.

*

Bei Anbruch der Morgendämmerung war Adam Kane auf der *Blossom* enttäuscht zu hören, dass während der Nachtwache keine Spur von einem anderen Schiff zu entdecken gewesen war. Und auch jetzt war kein Segel in Sicht. Die leere Weite des Meeres verspottete seine Anstrengungen. Kane wunderte sich, warum nicht mehr Seeleute blind oder verwirrt wurden, wo sie doch Tag für Tag dieselbe Leere um sich sahen. Mehr als einmal spielten seine angestrengten Augen ihm einen Streich, wenn er ein Stück Holz für den weit entfernten Rumpf eines Schiffes hielt oder wenn er die Flügel eines Sturmvogels mit einem Segel verwechselte.

Der Verwalter hatte schon immer unter Höhenangst gelitten, aber er hielt es für seine Pflicht, jedes nur verfügbare Mittel bei der Verfolgung einzusetzen. Darum stopfte er sich die Taschen mit steinhartem Schiffszwieback voll und stieg zum Ausguck am Hauptmast hoch. Wieder und wieder ermahnte er sich, nicht nach unten zu sehen.

Doch als er an seinem Aussichtspunkt ankam, musste er feststellen, dass die Segel ihm den Blick versperrten. Mit einem tiefen Seufzer der Resignation umklammerte er die Strickleiter und machte sich auf den Weg nach unten.

Nachdem er ein Stück geklettert war, merkte er, wie sehr die Höhe des Mastes das Rollen des Schiffes verstärkte. Die Bewegung, an Deck kaum zu bemerken, wurden in zwanzig Meter Höhe zu einem heftigen Schwanken. Der Mast, um den Kane seine Beine geschlungen hatte, schien sich von dem Schiffskörper abzuheben und getrennte Wege zu gehen.

Sich an das Schlingern zu gewöhnen dauerte eine Weile. Kane fragte sich, ob er es wohl jemals schaffen würde, den restlichen Weg nach unten zurückzulegen, doch dann beschloss er, dem verhassten Schotten MacDougall nicht die Genugtuung zu verschaffen, ihn so verängstigt zu sehen. Nachdem er diesen Entschluss gefasst hatte, machte sich Kane wieder daran, den Horizont abzusuchen. Durch die Höhe hatte sich sein Blickfeld geweitet. Bestimmt würde er von hier oben bis nach Amerika sehen können.

Doch was er schließlich entdeckte, war ein Schiff. Konnte es die *Hive* sein? Konnte es sein, dass die lange Jagd endlich vorbei und ein glückliches Ende in Sicht war? Bei dem Gedanken wurde Kane ganz aufgeregt.

Das unbekannte Schiff war recht weit entfernt, es war sogar kaum als Schiff zu erkennen. Auch befand es sich nicht dort, wo Kane es erwartet hätte: Dieses Schiff fuhr südöstlich von der *Blossom*. Trotzdem rief er stolz: *„He-hoo*, Costello!"

Der Schotte mit Namen MacDougall fuhr ihn scharf an. „Für Sie noch immer *Kapitän* Costello. Was wollen Sie?"

„Ich sehe ein Schiff!", rief Kane und deutete in die Richtung, in der sich das Schiff befand. „In diese Richtung. Sagen Sie *Kapitän* Costello Bescheid und zwar schnell, mein *Junge*." Der Verwalter kletterte vorsichtig und überaus dankbar an Deck zurück.

Costello kam mit einem Fernglas aus seiner Kajüte. Er gratulierte Kane zu seinen scharfen Augen und betrachtete das andere Schiff, dessen Segel nun deutlicher zu sehen waren. Leider musste er Kanes Hoffnungen zunichte machen.

„Nun", sagte Costello, „das kann nicht unser Schiff sein – die *Hive*, meine ich."

„Wie können Sie das jetzt schon sagen?", fragte Kane.

„Sehen denn aus dieser Entfernung nicht alle Dreimaster gleich aus?"

Costello schüttelte den Kopf und reichte ihm das Fernglas. „Sehen Sie selbst. Der breite Bug und die dicken Seiten – das ist ein Walfangschiff. Und nach dem Tiefgang zu urteilen, würde ich sagen, es ist mit großer Ladung auf dem Heimweg." Kane blickte niedergeschlagen drein und Costello fuhr fort. „Aber es kommt auf uns zu. Wir werden mit der Mannschaft sprechen, um zu sehen, ob die Leute etwas über die *Hive* wissen. Vielleicht haben sie etwas gehört."

Widerstrebend nahm Kane diese Auskunft hin und machte sich auf den Weg zu seiner Kajüte. Der zweite Maat MacDougall trat ihm in den Weg. „Und noch etwas: *He-hoo* ist auf einem Schiff auch nur selten zu hören, mein *Junge*."

*

Es war kurz nach Mittag, als drei Matrosen und Peter Chase, der Kapitän des amerikanischen Walfangschiffes *Eliza*, an Bord der *Blossom* kamen. Der Duft von Lebertran umgab die vier wie eine Glocke. Kane zog die Nase kraus, als sie sich in Kapitän Costellos Kajüte zum Mittagsmahl zusammensetzten.

„Die *Eliza* ist bis an den Rand voll mit Tran", bemerkte Kapitän Chase stolz, als er ein dickes Stück Cheddarkäse mit einem Happen herunterschluckte. „Vor 18 Monaten sind wir von Nantucket ausgelaufen. Es war eine gute Jagd."

Die Offiziere der *Blossom* gaben die neusten Nachrichten aus Europa weiter. Sie sprachen auch über die Vorgänge in Irland. Die Mammutveranstaltungen der Aufhebungsbewegung, die Verhaftung, Gerichtsverhandlung und Freilassung von Daniel O'Connell; die Deportation von Joseph Burke. Wichtige Gesprächsthemen bei französischem Wein, spanischen Orangen und irischem Käse aus der Lagerhaltung des Kapitäns.

Als Kapitän Chase hörte, die *Blossom* versuche, das Gefangenenschiff aufzuhalten und die Freilassung von Lord Burke zu erwirken, zupfte er sich am Bart und blickte nachdenklich drein.

„Auch wir haben Rauch von einem brennenden Schiff gesichtet. Wir lagen hart im Wind und aufgrund unserer Ladung tief im Wasser. Wir haben versucht, das Schiff zu erreichen, hatten aber kein Glück. Die ganze Zeit haben wir in seiner Nähe gekreuzt. Drei Männer saßen im Krähennest und haben versucht, die Flammen auszumachen, aber umsonst. Bei Anbruch des Morgens hatten wir das Schiff gänzlich verloren."

„Es war bestimmt nicht der Rauch von einem Walfangschiff wir Ihres, Sir?", fragte Kane.

„Himmel, nein. In diesen Gewässern gibt es keine Wale. Und der Gestank des Rauches von einem Walfangschiff ist unverwechselbar. Aye. Ich kann ihn auf viele Meilen erkennen." Er schob die Unterlippe vor. „Was immer das auch für ein Schiff gewesen ist, es ist untergegangen. Mitsamt der Mannschaft, nehme ich an. Zwei Tage lang sind wir auf der Suche nach Überlebenden von Osten nach Westen, von Norden nach Süden gesegelt. Wir haben einen Leichnam auf dem Wasser treibend vorgefunden. Die Fische hatten sich bereits an der armen Seele gütlich getan, aber er trug das gestreifte Hemd eines Gefangenen."

*

Adam Kane brütete finster vor sich hin, eine für den sonst so fröhlichen Mann ungewöhnliche Stimmung. Für Squire Burke sah es tatsächlich schlecht aus: Sowohl die *Blossom* als auch das Walfangschiff hatten Rauch von einem anderen Schiff gesichtet, dann den Leichnam eines Gefangenen, der offensichtlich von der *Hive* stammte. Welche Schlussfolgerungen konnte er ziehen? Das Transportschiff war abgebrannt und gesunken und Lord Burke war tot. Sollte Kane veranlassen, dass die *Blossom* die Suche aufgab? Gab es noch etwas anderes zu tun, als Lady Burke die traurige Nachricht zu überbringen: *Joseph ist tot und damit sind auch all Ihre Hoffnungen gestorben?*

Costello riet ihm, nicht zu verzweifeln. „Sie hatten doch Boote", erklärte er. „Selbst wenn ein Schiff in Flammen steht, bleibt noch genügend Zeit, dass die Passagiere von Bord gehen können. Wir werden eine Weile in dem entsprechenden Gebiet kreuzen und nach den Überlebenden suchen."

Das war ganz eindeutig der richtige Kurs. Aber Costello und Kane wussten auch, dass die *Hive* nicht genügend Rettungsboote an Bord hatte, um alle Passagiere zu retten. Wie groß waren die Chancen, dass ein bestimmter Gefangener überlebt hatte? Doch diesen Gedanken sprach keiner von ihnen aus.

Tagelang kreuzten sie vergeblich in dem betreffenden Gebiet.

Die *Blossom* geriet vollkommen aus dem Einflussbereich der stetigen Nordostwinde hinein in das Gebiet der Variablen. „Jedes Boot, das so weit abgetrieben wird, ist so gut wie verloren", gestand Costello. „Die Winde hier werden das Boot vermutlich eher nach Brasilien als nach Afrika bringen ... oder es mitten auf dem Meer treiben lassen ..." Das unausgesprochene Ende des Satzes konnte nur lauten: „ ... bis die Nahrungsmittel und das Wasser aufgebraucht sind."

Sie gestanden sich ein, dass eine weitere Suche zwecklos war. Es gab keinen schlüssigen Beweis für ein Sinken der *Hive*. Sie hatten keine absolute Sicherheit, dass es einen Zusammenhang gab zwischen dem auf dem Meer treibenden Leichnam und einem Unglück an Bord des Gefangenentransportschiffes; der tote Gefangene konnte über Bord gefallen oder an einer Krankheit gestorben sein, er konnte sogar wegen irgendeines Vergehens exekutiert worden sein. „Ich denke, es ist an der Zeit, unseren Weg zum Kap fortzusetzen", beschloss Kapitän Costello.

„Ich kann dem nicht widersprechen", stimmte Kane traurig zu. Dann fügte er mit entschlossenerer Stimme hinzu: „Vielleicht macht sich die *Hive* bereits zum Auslaufen bereit. Alles ist gesagt, Kapitän. Wir wollen die Sache nicht länger als nötig hinauszögern."

*

Mahon lehnte sich in seinem Sessel in der Bibliothek des Herrenhauses zurück und legte die Füße auf den Eichentisch, der aus dem alten Baum in Stokestown gezimmert worden war. Er reichte O'Shea ein Glas Wein. „Ich habe Ihnen ja gesagt, wir würden einen Toast ausbringen, nicht, O'Shea?"

O'Shea brachte nur mühsam ein Lächeln zustande, als er daran dachte, woraus der riesige Tisch gefertigt worden war. „Das haben Sie, Colonel, Sir", murmelte er.

„Ein hübsches Stück, finden Sie nicht? Eisenhart." Mahon schlug mit der Ferse auf die Oberfläche. „Irgendwo hier in der Zeit um diesen Ring hat Cromwell Ihre Priester aufgehängt." Er hob das Glas. „Auf Cromwell und die zwanzig Priester."

O'Shea betrachtete die Flüssigkeit in dem Glas, zuckte die Achseln, trank aber nicht. „Nein, Danke, Euer Ehren." Er blickte den Gutsbesitzer herausfordernd an.

„Was ist?“ Mahon gefiel das Spiel. „Keinen Toast auf tapfere Männer?“

„Dann eben auf die tapferen Männer.“ O’Shea trank sein Glas leer.

Mahons Lächeln verschwand. „Höre ich da Unzufriedenheit in Ihren Worten, O’Shea?“

„Nein, Sir.“

„Nun, das ist gut. Wirklich. Denn ich habe schon gedacht, dass der Mann, der das größte Stück Land von mir gepachtet hat, sich gegen mich stellt. ... Nun, O’Shea?“

„Opposition ist ein starkes Wort.“

„Ein starkes Konzept. Eines, das mich zu der Überzeugung bringt, dass ich Ihre Pacht, O’Shea, kündigen und mir einen Pächter suchen muss, der sich meinem Willen beugt.“

O’Sheas Schultern sackten in sich zusammen. „Was wollen Sie von mir?“

„Das gefällt mir schon besser. Gehorsam wie mein Hund. Mir hat kein Tier je so am Herzen gelegen wie Flint, den ich leider erschießen musste. Erinnern Sie sich noch an Flint?“

„Aye. Flint. Der Hund, den Sie auf das Vieh der Donovans gehetzt haben, um Kate Donovan zu täuschen.“

„Lady Kate Donovan Burke. Ich habe ihr Vertrauen gewonnen, indem ich Nutzen aus einer kleinen Katastrophe zog, die ich selbst inszeniert hatte. Ich habe den Hund erschossen, den Verlust bezahlt, die Färsen ersetzt. Flint war mein einziges richtiges Opfer. Loyalität ist eine wichtige Voraussetzung für jeden, der in meinen Diensten steht.“

„Sie haben den Hund getötet.“

„Ich hätte ihn auch getötet, wenn er sich geweigert hätte, die Bäuche der Kühe aufzureißen. Er ist für eine gute Sache gestorben.“

„Auf jeden Fall ist er tot.“

„Ich hätte ihn vielleicht verschonen können.“ Er goss sich ein weiteres Glas Wein ein. „Und ich könnte auch Sie verschonen.“

„Das könnten Sie. Aber auf der anderen Seite, Sir, verzeihen Sie, habe ich mit eigenen Augen gesehen, wie Sie die belohnen, die Ihnen gut dienen.“

Mahon lächelte mit zusammengepressten Lippen. „Das Burke-Anwesen verfügt über ausreichend Land, das Sie Ihrem eigenen kleinen Besitz hinzufügen können, O’Shea. 23 Jahre Laufzeit auf, sagen wir, 5.000 Acres. Interessiert?“

„Welche Wahl habe ich denn?"

„Wenn ich verbreite, dass Sie, Squireen O'Shea, die beiden Kerle angeheuert haben, die versucht haben, Lady Burke und das Kind zu töten ... Wie lange, denken Sie, könnten Sie sich noch halten? Sie, der Sie dazu noch Katholik sind. Ein Verräter Ihrer eigenen Leute, würden sie sagen. Feind der Lady Burke, die jedem Bettler zu essen gibt, der an ihr Tor klopft!"

„In Ihrem Dienst habe ich meine Seele verkauft", sagte O'Shea gepresst.

„Und sehen Sie nur, was Sie gewinnen."

„5.000 Acres Land. Nicht gerade die ganze Welt", erwiderte O'Shea. „Was wollen Sie?"

„Ich brauche einen Ihrer Pächter", erwiderte Mahon fröhlich. Er fuhr mit der Handfläche über die polierte Oberfläche des Tisches. „In Stokestown kam mir die Idee, wissen Sie. Diesen Tag werde ich immer in angenehmer Erinnerung behalten. Erinnern Sie sich noch an die Frau, die mit ihrer zerlumpten Brut in dem Graben gelebt hat? Da hat der Plan Gestalt in mir gewonnen. Bringen Sie mir jemanden wie diese Frau, O'Shea. Eine Witwe. Sie muss verzweifelt sein und mehr zerlumpte kleine Bettler an ihrem Rockzipfel hängen haben, als sie ernähren kann."

Kapitel 21

Das Wetter, das die beiden Rettungsboote der *Hive* auseinander gerissen hatte, gab sich auch weiterhin launisch, manchmal sogar bedrohlich. Die Tage nach Kirklands Tod waren wolkenlos, windstill und verliefen ereignislos. Da kein Windstoß die Segel blähte, waren die Ausgesetzten darauf angewiesen zu rudern. Jeweils vier Männer saßen an den Rudern.

Gann als Befehlshaber weigerte sich zu rudern und der Schiffsarzt White war nicht zu gebrauchen, darum fiel diese Aufgabe den vier Gefangenen zu. Hoyle war trotz seines fehlenden linken Armes so stark, dass er jeden dritten Ruderschlag aussetzen musste, damit das Boot nicht im Kreis fuhr.

Alle Bootsinsassen hatten Brandblasen von der Sonne und dem Salzwasser. Sie bauten sich einen Sonnenschutz, um ihre Köpfe vor der sengenden Sonne zu schützen, aber der Schaden wurde trotzdem immer größer. Ganns abstoßende Gesichtswunde verschlimmerte sich, aber es war der Arzt, der am meisten litt.

Aufgedunsen und gelb von seinem Alkoholmissbrauch keuchte White in der Hitze wie ein sterbender Hund. „Gebt mir mehr Wasser", forderte er mit aufgesprungenen Lippen. „Ich muss mehr Wasser haben."

„Zeigen Sie vor diesen Gefangenen doch etwas mehr Rückgrat", befahl Gann. „Außerdem haben Sie Ihren Anteil bereits gehabt. Bis morgen gibt es nichts mehr."

„Der Mann wird vermutlich sterben, bevor der Morgen anbricht", bemerkte Talbot. „Sehen Sie nicht, wie blass er ist?"

„Willst du ihm deinen Anteil geben, Pfaffe?", fragte Gann. „Wenn nicht, halt deinen Mund und rudere."

Da sie keinerlei Instrumente oder Seekarten an Bord hatten, war es für die Ausgesetzten unmöglich zu sagen, wohin sie fuhren. Sie wussten nicht, ob sie der Rettung entgegenruderten oder dem sicheren Verderben. Osten war das Zauberwort; sie mussten zusehen, dass sie sich nach Osten hielten.

Eine weitere Nacht verging auf dem offenen Meer. Sie verlief ereignislos, abgesehen von der vorübergehenden Aufregung, als eine Gruppe fliegender Fische aufsprang. Ein halbes Dutzend der Fische, einen für jeden der Passagiere, landete im Boot. Die meisten wurden roh als Ergänzung zu dem Schiffszwieback verschlungen, doch Joseph beobachtete, dass John Hoyle seinen Fisch beiseite legte.

Am folgenden Nachmittag ruhten sich die vier Männer aus. Sie hatten mehrere Stunden gerudert und alle außer Hoyle waren zu erschöpft, um weiterzumachen. Sie brauchten eine Pause.

Hoyle war so geistesgegenwärtig gewesen, eine Angelschnur mit an Bord zu bringen. Der Köder war der fliegende Fisch, den er aufgehoben hatte. Joseph hatte festgestellt, dass Hoyle, obwohl er von seinem Naturell her eher unauffällig war, eine positive Grundhaltung hatte, die ihn in Notsituationen zu einem angenehmen Begleiter machte. Er war reserviert, aber nicht schweigsam und antwortete gern auf alle Fragen.

„Ich habe als Stauer auf den Docks von Wexford gearbeitet", erklärte Hoyle. „Dort habe ich mit meinen Kameraden oft von den Docks aus gefischt. Ich habe gelernt, dass man einen kleinen Fisch braucht, um einen größeren zu fangen."

Vorsichtig befestigte Hoyle den Köder an der Schnur und warf sie weit hinaus ins Meer. Immer wieder zog und zerrte er daran und ließ den Fisch tanzen, sodass es den Anschein hatte, als wäre er noch am Leben.

Obwohl Joseph nicht nach dem Verlust seines Armes gefragt hatte, erzählte Hoyle ohne Verlegenheit, was passiert war. „Eine Ladung Roheisen ist von einem Ladenetz gefallen", sagte er mit einem Schulterzucken. „Hat ihn zerschmettert. Ich hatte Glück, dass ich nicht verblutet bin. Der Arzt hat ihn sofort abgenommen. Natürlich war das das Ende meiner Zeit als Hafenarbeiter."

O'Halloran, der der Geschichte mit weit aufgerissenen Augen gelauscht hatte, konnte nicht mehr an sich halten. „Und wie kommt es, dass Sie deportiert wurden?"

Hoyle wirkte betrübt und O'Halloran entschuldigte sich sofort, dass er die Frage gestellt hatte. „Ich werde euch sagen, warum", platzte Gann heraus. „Er hat einen Mann erwürgt ... einen protestantischen Soldaten, der auf der Suche war nach katholischen Waffen."

„Wenn ich ein paar Gläser getrunken habe, verliere ich leicht die Kontrolle über mich", gestand Hoyle. „Und sie haben mir gesagt, ich hätte jemanden erdrosselt. Das könnte natürlich sein. Allerdings“, fügte er langsam hinzu, „sagten sie, sie hätten auf beiden Seiten seines Halses Fingerabdrücke gefunden.“

„Sie haben einen gefangen!“, rief O’Halloran plötzlich. „Sehen Sie nur!“

Ein glänzender Silberblitz erschien auf der Krone einer Welle. Die Schnur entrollte sich in Hoyles Hand, als der größere Fisch den Haken spürte und zurückblieb. Obwohl Hoyle keine Angelrute und keine Winde hatte, ging er geschickt mit der Situation um. Er ließ den Fisch mit der Schnur davonschwimmen, dann zog er sie wieder ein, indem er seine Hand wie eine Spindel drehte.

„Nicht zu schnell“, rief Pater Talbot.

„Er wird den Haken ausspucken, wenn Sie ihm zu viel Schnur geben“, murmelte der geschwächte Schiffsarzt.

Der Kampf dauerte einige Minuten. Schließlich wurde der erschöpfte Fisch zum Boot gezogen. „Was ist es für einer?“, fragte O’Halloran.

Nur ein Dutzend Meter Wasser lagen zwischen dem gefangenen Fisch und dem Boot, als die Flosse auftauchte. Grau und Furcht einflößend war die Rückenflosse des Hais, und obwohl der Körper des Jägers noch vom Wasser verdeckt war, konnten die Bootsinsassen abschätzen, dass er sehr groß war. Eine weitere Flosse durchbrach die Wasseroberfläche hinter der ersten.

„Ein Hai“, bemerkte Hoyle leise.

„Sie meinen, zwei Haie“, korrigierte O’Halloran.

„Nein, Junge“, meinte Talbot. „Das ist der Schwanz desselben Fisches.“

Die Entfernung von der Rückenflosse bis zum Schwanz war unglaublich groß, mindestens die Hälfte der Länge des Bootes.

Laurence war sich der Gefahr nicht bewusst. Ihm ging es allein um die Beute. „Ziehen Sie doch!“, drängte O’Halloran. „Sie werden Ihren Fang verlieren.“

„Schlimmer noch: Wir werden den Haken verlieren“, brummte Hoyle, der schwitzend die Schnur einzog. Joseph half ihm dabei und übernahm ganz, als Hoyle Ermüdungserscheinungen zeigte.

Eine Höhle im Wasser tat sich auf, als der Hai das Maul aufriss, um den Fisch zu verschlucken. Joseph war nah genug, um die spitzen Zähne zu sehen. Er riss fest an der Schnur. In diesem Augenblick klappten die Kiefer des Haifisches zusammen.

Sie trennten den Kopf einer großen Makrele ab. Der Fisch flog ins Boot und traf Schiffsarzt White im Gesicht.

O'Halloran schrie vor Enttäuschung auf. Er bemerkte nicht, dass der Hai nicht davonschwamm, sondern das kleine Boot umkreiste. Mit einem starren, kalten Auge betrachtete er das Boot und seine Insassen.

*

Der erste Stoß wirkte eher zufällig. Der Hai stieß mit einem langsamen, knirschenden Geräusch an das Ruder und schob das Boot zur Seite, dann schwamm der riesengroße Jäger langsam eine Acht um das Boot.

„Sollen wir rudern?“, fragte O'Halloran Joseph. „Oder sollen wir die Ruder einziehen, damit er sie nicht zerbricht?“

„Er wird uns nichts tun“, erwiderte Gann. „Er hat sein Abendessen bereits gehabt.“ Doch zum ersten Mal klang die Stimme des Wärters zweifelnd.

Hoyle erschauderte und Schweißtropfen traten auf seine Stirn.

„Wird Ihnen schlecht?“, fragte Joseph. „Sie sehen nicht gut aus.“

„Seit meinem Unfall“, erwiderte Hoyle, der den Hai nicht aus den Augen ließ, „habe ich Albträume, dass mir der andere Arm durch riesige Zähne vom Körper gerissen wird. Dieser Traum scheint jetzt in Erfüllung zu gehen.“

Gann lachte laut auf. „Keine Bange! Ein so großer Fisch würde dich ganz verschlucken“, höhnte er. „Du wirst nur eine ...“

Was Gann sagen wollte, blieb ungesagt, denn in diesem Augenblick beschloss der Hai, das Boot nicht weiter zu inspizieren, sondern zu probieren. Nur knapp riss Pater Talbot sein Ruder hoch, als der Hai vorschoss und seine Zähne sich um das Dollbord schlossen. Unmittelbar neben dem Knie des Priesters riss er ein Stück Holz aus dem Boot. „Ich glaube, rudern wäre jetzt gar nicht so übel“, meinte Talbot trocken.

Vier Ruder wurden ins Wasser gelassen, aber der Hai hatte sich bereits ein anderes Ziel ausgesucht. Er schwamm wieder direkt auf das Boot zu, tauchte jedoch in letzter Sekunde ab. Das Boot wurde geschüttelt wie eine Ratte im Maul eines Terriers. „Er hat den Kiel erwischt“, rief Hoyle. „Verjagt ihn!“

Sie stießen mit dem Ruder nach ihm und schafften es, dass

der Fisch ihr Boot losließ. Es war unmöglich, weiter auf ihn Jagd zu machen, da die Bootsinsassen alle Hände voll zu tun hatten zu verhindern, dass das Boot in den Wellen umkippte. Ein Wasserschwall schoss ins Boot.

Joseph sah, wie sich Zorn und Entsetzen auf Hoyles Gesicht mischte. Unter äußerster Anstrengung schlug der einarmige Mann mit dem Ruder nach dem Hai, stieß dem Raubfisch das Ruder ins Maul. Mann und Fisch kämpften eine Weile miteinander, dann brach das Ruder auseinander.

Hoyle zog das verbleibende Stück zurück, aber die verzweifelte Maßnahme hatte Wirkung gezeigt. Mit einem letzten Flossenschlag tauchte der Hai ab.

„Gut gemacht", lobte Pater Talbot.

Hoyle wischte sich das Gesicht ab und nickte. „Das Boot hätte mehr davon nicht überstanden", erklärte er.

Auch Joseph gratulierte ihm, dann sah er hinab auf seine Füße. Hatte sich denn schon vor dem Auftauchen des Haies so viel Wasser in der Bilge befunden? Der Wasserstand stieg merklich.

Gann entdeckte es im selben Augenblick. „Ausschöpfen!", schrie er. „Das Vieh hat eine Planke beschädigt. Schöpft, wenn euch euer Leben lieb ist!"

*

„Da ist tatsächlich eine Planke gerissen", verkündete Hoyle ernst. Jeder Eimer und jede Tasse an Bord des Bootes wurde zum Schöpfen verwendet, doch der Wasserspiegel stieg trotzdem stetig weiter.

„Können Sie erkennen, wo das Leck ist?", fragte Gann.

„Nein", erwiderte Joseph. „Es befindet sich unter den Laufbrettern. Ich glaube nicht, dass es am Kiel ist. Eher drei Viertel von Backbord."

„Was sollen wir tun?", fragte O'Halloran nervös. Trotz der Tatsache, dass der Hai bereits eine Weile fort war, sah er sich noch immer vorsichtig um, bevor er seinen Becher Wasser über Bord kippte.

Joseph, der sich mit dem Problem beschäftigt hatte, schlug vor: „Wenn wir uns alle auf das Dollbord an der Backbordseite setzen, können wir das Boot vielleicht so weit kippen, dass wir sehen, was los ist."

Nicht einmal Gann hatte dagegen etwas einzuwenden. Er half Pater Talbot sogar, Schiffsarzt White in die richtige Position zu bringen. Das Boot kippte immer weiter zur Seite und die rechte Flanke hob sich aus dem Wasser.

„Und jetzt, Laurence", wies Joseph ihn an, „du bist der Leichteste von uns, beuge dich vor und sag uns, was du siehst."

O'Halloran streckte seinen knochigen Körper über die Seite und verkündete: „Da ist eine Planke lose, die dritte Planke vom Boden. Zum Glück ist sie nicht durchgebissen, sondern nur gerissen."

„Kannst du sie wieder andrücken?", fragte Joseph.

Er gab sich die größte Mühe und streckte seine Arme so weit es ging, doch er kam an die beschädigte Stelle nicht heran. „Nein", entschuldigte er sich. „Ich schaffe es nicht."

Das Boot legte sich im Wasser wieder gerade. Alle Hoffnungen der Insassen waren zerschmettert. „Schöpft", befahl Gann erneut, aber die Entschlossenheit war aus seiner Stimme gewichen.

„Es gibt nur eine Möglichkeit", meinte Joseph schließlich. Der Squire von Ballynockanor sah seine Gefährten an: Den Doktor mit den hängenden Schultern, den Jungen, den alten Priester, den einarmigen Hoyle und Gann. „Ihr müsst das Boot so weit wie möglich zur Seite legen. Dann gehe ich mit dem Hammer ins Wasser. Wenn wir die Bodenbretter aufreißen, kann Mister Hoyle vielleicht von innen gegen die Stelle drücken, während ich von außen die Nägel festklopfe."

*

Das Wasser war kalt und strahlend blau. Ein paar Meter unter der Oberfläche brach sich das Licht und zeichnete sternförmige Muster in die Wellen. Joseph hatte den Eindruck, auf einer zersplitterten Glasscheibe über einem dreihundert Meter tiefen Abgrund zu sitzen. Er zitterte. Am besten die Sache schnell erledigen und dann zurück in die relative Sicherheit des Bootes. „Ich bin bereit", verkündete er. „Legt das Boot jetzt auf die Seite."

Das Boot kippte zur Seite. Hoyle hatte darauf bestanden, dass der Squire sich ein Seil umbinden ließ. Das andere Ende hielt Hoyle fest in seiner gesunden rechten Hand, als wäre Joseph ein neuer Fisch, der an seiner Leine hing. „Wir dürfen nicht riskieren, dass Sie abgetrieben werden", bemerkte Hoyle: „Ich werde nicht zulassen, dass Ihnen etwas zustößt."

Der Hammer war durch ein anderes Seil an Josephs Handgelenk befestigt worden. Er schlug gegen die Planken, als Joseph ins Wasser glitt. Joseph schwamm an der Seite entlang, bis er die schadhafte Stelle erreicht hatte. „Ich kann das Leck erkennen", rief er Hoyle zu. „Stellen Sie Ihren Fuß drei Strick aufwärts vom Kiel und etwa sechzig Zentimeter hinter dem zweiten Ruder auf die Planken." Diese Informationen zeigten dem Einarmigen, wo genau er die Laufplanken aufschlagen musste. Denn ohne Gegendruck wären Josephs Hammerschläge nutzlos und die Planken würden sich nicht befestigen lassen. Da sich die anderen Gefangenen auf der hinteren Seite des Bootes weit ins Wasser lehnten, konnten sie nicht sehen, was Joseph tat.

„Fertig!", schrie Hoyle.

Sich mit einer Hand an dem zur Seite gelegten Boot festzuhalten und mit der anderen den Hammer zu schwingen war nicht einfach. Als Joseph den Arm hob, schob ihn die Bewegung des Wassers aus der richtigen Position. Jeder Schlag trieb ihn vom Boot fort und der Schlag hatte keine Kraft. Er versuchte es mehrmals, erreichte jedoch nichts.

Schließlich wickelte er die Sicherheitsleine dreimal um sein Handgelenk und stützte sich mit den Füßen an dem schmalen Stück des hervorstehenden Kieles ab. Auf diese Weise gelang es ihm, einen festen Schlag auszuführen. Er freute sich zu sehen, dass sich ein Stück der Planke wieder der Nachbarplanke annäherte. Da sie keine zusätzlichen Nägel hatten, hätte das Boot anders nicht gerettet werden können.

„Es funktioniert", rief Joseph und bekam zur Belohnung für seine Mühe den Mund voller Meerwasser. Er beschloss, den Mund zu halten und zu feiern, wenn er wieder an Bord war.

Zwei weitere Schläge folgten schnell aufeinander, schließlich rief Joseph Hoyle zu, er solle ihm Seil geben, damit er ein Stück weiter schwimmen könnte. Er fühlte sich wie ein Handwerker auf einem Glockenturm. Noch drei weitere Schläge gegen den Bootsrumpf, dann würde die Planke wieder fest sitzen.

Noch einmal schwamm er ein Stück weiter. Ein paar Hammerschläge und die Sache war erledigt. Das Holz wies zwar gezackte Stellen auf, wo der Hai zugebissen hatte, aber es schien noch zu halten.

Der Hai griff ganz plötzlich an, ohne Vorwarnung oder vorheriges Umkreisen. Nur die Tatsache, dass er von vorne und nicht von hinten angriff, gab Joseph die Gelegenheit zu reagieren. Ein weit aufgerissenes Maul tauchte plötzlich vor ihm auf und Joseph schrie und schwang den Hammer. Der Schlag traf das Tier auf die Schnauze. Er reichte nicht aus, um das Tier aufzuhalten, sondern bewirkte nur, dass das Tier den Kopf beiseite drehte.

Das Gewicht des Haikörpers drückte Josephs Beine gegen den Bootsrumpf, als der Hai an ihm vorbeischwamm. Es war, als würde er gegen eine Mauer gedrückt, während seine Haut aufgeschrammt wurde.

„Zieht!", schrie er. „Zieht mich raus!"

Niemand im Boot wusste, was vorging, aber die Panik in Josephs Stimme veranlasste Hoyle, sofort und energisch zu reagieren. Zwei Dinge passierten in rascher Folge: Joseph wurde mit einem schnellen Einholen der Leine ins Boot befördert; gleichzeitig ertönte ein lautes Platschen und ein unterdrückter Hilferuf.

Das Boot schaukelte heftig hin und her und die Insassen wurden von der Bewegung durcheinander geworfen. Joseph lag halb auf der Ruderbank, halb über Pater Talbot. Er blutete aus zahlreichen Kratzern und Wunden. Wer hatte geschrien?

Lautes Platschen ertönte, dann ein hysterischer Schreckensschrei. Und dann verschwand der Körper von Schiffsarzt White unter der Wasseroberfläche. Eine Blutspur blieb im Wasser zurück.

Joseph saß schockiert und zitternd im Boot. Niemand sagte etwas. Es dauerte eine Weile, bis die Insassen bemerkten, dass die Reparatur erfolgreich gewesen war. Das Boot trieb noch im Wasser und fünf von ihnen waren noch immer am Leben.

Kapitel 22

An Bord der *Blossom* hatte MacDougall dienstfrei; doch das bedeutete nicht, dass der Schotte sich unter Deck aufhielt. Wenn sein Dienst endete, nahm er sich seinen Dudelsack und begann eine Melodie zu üben, die er selbst komponiert hatte – eine Ballade über Bonnie Prince Charlie.

Der zweite Maat marschierte mit schweren Schritten über das Deck. Für Adam Kane war dies eine unheimliche Kombination. Die Melodie war schwermütig, glich eher einem Trauermarsch als einem Heldenlied. MacDougall war immer eine halbe Note hinter seinem eingebauten Metronom zurück und als wäre das noch nicht genug, kreischte das hohe C wie eine Katze, die am Schwanz in ein Haus gezerrt wird.

Kane vergrub sich in seiner Kajüte, stopfte sich Wachskugeln in die Ohren und versuchte nachzudenken. Seit Tagen überlegte er schon, was er Kate schreiben würde. Sollte er erklären, was er bisher erlebt hatte und gar nicht erst versuchen, Kapstadt zu erreichen? Es war eine schwierige Situation.

Er war so vertieft in seine Überlegungen, dass Kane vollkommen überhörte, wie sich MacDougalls Klagelaute in einen aufgeregten Chorus von Pfiffen, Tuten und Quietschen verwandelten.

Costello fragte nach, ob sich vielleicht eine Maus unter MacDougalls Kilt verirrt hätte, aber als der Schotte endlich den Mund aufbekam, schrie er, er hätte etwas im Wasser gesehen.

Schritte eilten über das Deck und erst die abrupte Kursänderung riss Kane aus seinen Gedanken. Einen Augenblick später klopfte Costello an die Tür seiner Kajüte.

Ein kleines Boot schaukelte an der Backbordseite im Wasser. An Bord war keine Bewegung auszumachen, aber mit Hilfe von Costellos Fernglas konnte Kane mehrere Menschen in dem kleinen Boot erkennen. Der Verwalter erschauderte bei den Gedanken, die ihn durchzuckten.

Es dauerte unendlich lange, das kleine Boot zu erreichen, doch endlich war es geschafft und die *Blossom* erreichte das Boot mit dem einen Segel. Die Gesichter der Insassen waren von Brandblasen verschwollen und kaum mehr zu erkennen. Kane hätte Joseph Burke unter ihnen nicht herausfinden können. Dort hinten lag einer, der die Statur und die Größe des Squires hatte, ebenso sein blondes Haar. Das könnte er sein.

Der erste Maat Doheny saß auf der Reling und versuchte mit einem Bootshaken die Takelage des treibenden Bootes zu erfassen. Einer der Männer hob schwach die Hand. „Da ist noch einer am Leben!“, rief Doheny. Diese Information ließ die Besatzung der *Blossom* in Jubel ausbrechen.

Drei Männer wurden lebend an Bord genommen. Alle waren völlig ausgetrocknet und litten unter schwersten Verbrennungen durch die Sonne. Drei andere waren tot.

Keiner davon war Joseph Connor Burke.

*

Der erste der Überlebenden der *Hive*, der so weit zu sich kam, dass er sprechen konnte, war ein Wärter mit Namen Fleer. Er war jünger und kräftiger als die anderen und nachdem er eine Gallone Wasser in kleinen Schlucken getrunken hatte und seine Haut mit Salbe eingecremt worden war, war er in der Lage zu reden.

Er erzählte von der Meuterei auf der *Hive* und wie die beiden Rettungsboote getrennt worden waren. „Es kam ein heftiger Sturm auf“, berichtete er, „und keiner von uns verstand etwas vom Segeln. Wir hatten zu viel Segel gesetzt und kippten um. Haben alle unsere Vorräte verloren ... unser ganzes Wasser. Mister Parker ... er sollte eine Stelle als Gefängnisdirektor antreten ... ist ertrunken. Andere auch. Shields ist vor zwei Tagen gestorben, aber wir hatte nicht die Kraft, ihn über Bord zu werfen.“

Eine respektvolle Stille im Gedenken an die Toten trat ein. Offensichtlich wusste der junge Fleer noch nicht, dass noch zwei weitere seiner Gefährten in den vergangenen 48 Stunden ihr Leben gelassen hatten.

Leise fragte Kane: „Und was ist mit dem anderen Boot? Wissen Sie, wer darin gesessen hat?“

Fleer zog nachdenklich die Stirn kraus und zuckte vor Schmerz zusammen. „Da war Gefängniswärter Gann und noch ein Wärter – er hieß Kirkland“, berichtete er. „Aber der war schwer verwundet. Dann ein Priester, Talbot hieß er, glaube ich. Zwei weitere Gefangene; ihre Namen kenne ich nicht ... und ein politischer Gefangener.“

„Ein politischer Gefangener?"

„Sie wissen schon, stand irgendwie mit dem *Befreier* in Verbindung. Burke, hieß er, glaube ich."

„Und dieser Burke ..." Kane zögerte, die Frage zu stellen. „War er verwundet? Ging es ihm gut?"

Eine lange Pause trat ein. „Ich würde nicht viel für sein Leben geben", erklärte Fleer schließlich. „Gann hatte ihn im Visier. Ich bin erstaunt, dass er überhaupt so lange überlebt hat."

Costello zog Kane beiseite. „Es gibt noch immer Hoffnung", sagte er. „Aber unser Kurs ist festgelegt. Meuterei und Mord müssen gemeldet werden und das Schicksal von Missus Parker und den anderen muss geklärt werden. Wir müssen so schnell wie möglich das Kap erreichen, ob noch ein anderes Boot da ist oder nicht."

*

Colonel Mahon hielt sich ein parfümiertes Taschentuch vor Nase und Mund, während er die Frau betrachtete, die O'Shea in den Stall des Herrenhauses gebracht hatte.

Sie war vielleicht 30, aber die zermürbende Armut und die vielen Geburten ließen sie 20 Jahre älter erscheinen. Ihr braunes Haar war von grauen Strähnen durchzogen. Es hing ungekämmt und verfilzt auf ihre Schultern herab. Die dunklen Augen waren vor Hunger und Leid blass geworden.

„Eine Witwe ist sie, O'Shea?" Mahon sprach über ihren Kopf hinweg, als wäre die Frau nicht anwesend.

„Ihr Mann ist vor zwei Monaten am Scharlach gestorben." O'Shea antwortete im Tonfall eines Mannes, der die Geschichte eines Pferdes oder einer Kuh weitergab, die auf dem Marktplatz zum Verkauf stand.

Mahon nickte zufrieden. „Schmutzig. Abscheulich hässlich, finden Sie nicht?"

Die Frau zuckte zusammen, als hätten seine Worte ihr einen Schlag versetzt.

„Missus Joyce war früher eine Schönheit, heißt es", erwiderte O'Shea leise.

„So ist das bei denen. Sie heiraten mit 15. Jedes Jahr ein Kind und mit 25 sind sie fertig." Er beugte sich herunter, betrachtete sie eingehend und fragte: „Wie viele Kinder?"

Sie blickte flüchtig zu O'Shea hinüber.

„Antworte Squire Mahon", wies O'Shea sie an.

„Acht sind noch am Leben", erwiderte die Frau leise.

„Wie viele sind tot?", fragte Mahon.

„Ich habe vier Babys begraben, Sir."

Mahon klatschte in die Hände, wie um zu sagen, dass er es ja gewusst hätte. „Zwölf! Sehen Sie, O'Shea? Ich habe Recht gehabt."

Mahon lächelte die Frau übertrieben freundlich an. „Wie ist es dir seit dem Tod deines Mannes ergangen, Witwe Joyce?"

Sie hielt den Blick fest auf den Boden gerichtet. „Nicht gut, Sir. Wir würden auf der Straße stehen, wenn Squireen O'Shea unsere Pacht nicht eine Weile ausgesetzt hätte."

Mahon biss sich missbilligend auf die Unterlippe. „Der Squireen hat am Gale Day nicht Ihre Pacht eingefordert?"

„Aye. Um der Kinder willen." Sie merkte plötzlich, dass es vermutlich nicht klug gewesen war, darüber zu sprechen.

Mahons Blick wurde hart. „Das können wir nicht hinnehmen. O'Shea! Was habe ich Ihnen denn in Bezug auf die ausstehende Pacht gesagt? Wenn man nur eine Ausnahme macht, werden alle erwarten, dass sie sich vor ihrer Verantwortung drücken können."

O'Shea zog unglücklich den Kopf ein. „Colonel, Euer Ehren, sie hat so viele Münder zu stopfen und der Mann ist tot ..."

Mahon schüttelte den Kopf. „Jeder kann eine unglückliche Geschichte erzählen. Missus Joyce wird die ausstehende Pacht bezahlen oder ihre Sachen packen müssen."

Sie fiel auf die Knie. „Sir! Wir wissen nicht, wo wir hingehen sollen! Meine Kinder, Sir! Ich habe ein Baby, das noch nicht einmal sechs Wochen alt ist. Es wurde nach dem Tod seines Vaters geboren. Haben Sie doch Mitleid, Sir! Bitte! Ich werde tun, was ich kann, um meine Schulden zu bezahlen!"

Mahon tippte sich mit dem Finger an die Unterlippe, als wäre er tief in Gedanken versunken. „Vielleicht gibt es ... nein, ich denke nicht, dass du die Richtige für diese Aufgabe bist."

„Bitte, Sir! Ich werde alles tun! Sagen Sie es nur!"

„Sind deine Kinder hungrig, Missus Joyce?"

„Ich tue, was ich kann. Aber es bleibt kaum genug zum Leben. Es zerreißt mir das Herz, sie nachts vor Hunger schreien zu hören. Ich fürchte, sie werden mir noch verhungern."

Mahon hob das Taschentuch wieder an seine Nase. „Was

würdest du tun, damit sie genug zu essen bekommen, sauber sind und ein Dach über dem Kopf haben?"

„Alles! Oh, Squire Mahon, Herr! Was kann ich tun, um einen solchen Tag zu erleben?"

Mahon nickte O'Shea zu. „Ich denke, die Witwe Joyce wird uns gute Dienste leisten."

*

Die Kletterrosen neben dem Küchenfenster des Burke-Hauses standen in voller Blüte. Kate war mit Tomeen draußen und pflückte rote Rosen.

„Dein Papa liebt rote Rosen", erklärte sie dem Kind. Es verging kein Tag, ohne dass Kate mit ihm über die Dinge sprach, die Joseph ausmachten. „Du wirst sehen, bald kommt er nach Hause, Tom. Dann wird es sein, als wäre er nie fort gewesen. Komm, wir werden einen Strauß roter Rosen für ihn holen."

Die verrückte Molly lief draußen im Hof herum, wo Sonny einen Haufen Mist auf einen Wagen schaufelte und Simeon das graue Pony beschlug. Molly hielt inne und blickte auf Kates gewölbten Leib.

„Oh, Tochter Evas", seufzte sie. „Du wirst ihr vergeben müssen, wenn sie durch das Tor kommt. Wenn auch der Schmerz dir beinahe das Herz brechen wird. Es ist nichts zu machen. Arme Eva. Kämpft noch immer gegen den Fluch an, den sie über ihre Art gebracht hat. Sie würde sich selbst mit dem Teufel einlassen, wenn sie denkt, das könnte sie retten. Arme Eva. Habe Mitleid mit ihr. Ach, was eine Frau nicht alles tun würde, um ihre Kinder zu retten." Sie tätschelte Tom den Kopf. „Hallo."

„H-llo", erwiderte das Kind.

„Du bist fröhlicher als sonst", meinte Molly kichernd. „Halte dich von fremden Frauen fern, Tom. Sie werden dir das Herz stehlen." An Kate gewandt, fügte sie hinzu: „Trübsal wie Geburtswehen, sagte er. Es wird schrecklich sein."

„Es wird alles gut werden, Molly, Liebe", erwiderte Kate. „Ich habe keine Angst."

Die alte Frau hob den Blick zum Himmel. „Hört ihr das, ihr Heiligen und Märtyrer? Sie hat keine Angst!" Sie brummte und ging langsam zum Tor. „Keine Angst, sagt sie. Und niemand hört zu."

*

Kirby O'Meara und Scully Deane bewunderten Colonel Mahons Eichentisch, als der Colonel in Begleitung von O'Shea den Raum betrat. Die beiden Halunken verbeugten sich und zogen unterwürfig den Hut.

„Ein schönes Stück haben Sie da, Colonel“, sagte Kirby und ließ seine schmutzigen Finger über die glatte Oberfläche gleiten.

„Nimm deine dreckigen Hände weg, du ignoranter Dummkopf!“, brüllte Mahon. „Du wirst die Oberfläche verderben!“ Kirby zog schnell die Hände zurück.

„Dies ist kein gesellschaftlicher Besuch“, warnte Mahon. „Vergesst eure Stellung nicht.“

Mahon saß in einem Armsessel auf einem erhöhten Podium, beinahe wie ein Clanführer auf seinem Thron. Er bot seinen Besuchern keinen Platz an, nicht einmal O'Shea. Der litt unter der Demütigung; auch wenn es nicht ausgesprochen wurde, war dies doch eine Ermahnung an ihn, sich ebenfalls seiner Stellung bewusst zu sein.

„Morgen wird Ben Beg dem Erdboden gleichgemacht“, verkündete Mahon. „Da dies ein Dorf von O'Shea ist, wird er anwesend sein, nicht ich.“

„Jawohl, Sir, Euer Ehren“, stimmte Kirby zu. „Wir werden unsere Sache gut machen, genau wie in Stokestown. Keine Bäume, keine Mauern ...“

„Ihr werdet nichts dergleichen tun!“, fuhr Mahon ihn an.

„Sir?“

Scully mischte sich ein, bevor sein Gefährte sie beide in Schwierigkeiten brachte. „Was Kirby hier fragen möchte, Euer Ehren, ist, welche besonderen Befehle Sie für uns haben.“

„Haltet den Mund und hört zu! O'Shea wird die Zerstörung des Dorfes von seinen eigenen Leuten überwachen lassen. Ihr zwei und zwölf weitere Männer eurer Wahl werdet eine besondere Aufgabe bekommen.“

Kirby grinste breit und zeigte durch das auffällige Fehlen aller seiner Vorderzähne, dass er viel Erfahrung mit der Inszenierung von Krawallen hatte. „Richtig, Sir! Zwölf fähige Männer, Sir.“

Mahon betrachtete den Mann mit einem Gesichtsausdruck, als wünschte er, er könnte seine Entscheidung noch einmal ändern. Er sprach langsam und deutlich wie mit einem besonders begriffsstutzigen Kind. „Hört genau zu. Unmittelbar hinter dem Berg bei Ben Beg befindet sich das Dorf Clonakerry. Ihr kennt es?"

Kirby blickte ihn verständnislos an, doch Scully sagte: „Wir kennen es, Sir."

„Ihr und eure Männer trefft euch morgen bei Anbruch der Morgendämmerung auf dem Gipfel dieses Berges. Achtet darauf, dass alle genau wie die Dorfbewohner gekleidet sind."

„Sir?"

„In Lumpen, Mann! In abgerissenen Kleidern! Muss ich es extra buchstabieren? Wenn die Hälfte von Ben Beg niedergerissen ist und keine Minute früher, werdet ihr den Hügel heruntersteigen, als würdet ihr aus Clonakerry kommen. Ihr werdet so tun, als wäre auch dieses Dorf niedergerissen worden. Könnt ihr mir folgen?"

„Lumpen, bei Morgendämmerung auf dem Berg, halb niedergerissen, richtig", wiederholten Kirby und Scully.

„Falls euch jemand fragt, werdet ihr sagen, euer Dorf sei zerstört worden. Ihr werdet euch unter die Leute von Ben Beg mischen und mit der Menge nach Burke Park ziehen, wo man euch zu essen geben wird."

Kirbys Augen begannen zu strahlen. Er begriff, worauf Mahon hinauswollte und hob wie ein Schuljunge seine dreckige Hand. „Und dort wird der Krawall stattfinden?"

„Ich habe euch bereits gesagt, was ich geplant habe", entgegnete Mahon. „Morgen geht es los. Macht eure Sache gut, dann wird es eine Belohnung für euch geben. Aber gnade euch Gott, wenn ihr versagt."

„Gnade Gott uns allen", murmelte O'Shea.

„Wie bitte? Was war das, O'Shea?"

„Ich sagte: ‚Recht haben Sie, Colonel.' Recht haben Sie."

Kapitel 23

Obwohl die Rationen nur noch durch fünf geteilt werden mussten, war die Wassersituation kritisch und Joseph und die anderen trieben noch immer in dem kleinen Boot auf dem offenen Meer. Keiner machte mehr den Versuch zu rudern. Die Ausgesetzten brauchten alle Energie, um einen weiteren Tag in der sengenden Hitze zu überleben.

Die Wasserknappheit ließ den Hunger unwichtig erscheinen. Den trockenen, salzigen Zwieback zu essen steigerte nur ihren Durst. Sie schafften es kaum, die geringe Menge hinunterzuwürgen, die zum Überleben unbedingt nötig war, und wenn, dann nur, wenn die Tagesration an Wasser sofort hinterher folgte.

Auf den schrecklichen Tag, an dem Laurence O'Halloran dabei erwischt wurde, wie er Meerwasser trank, folgte eine ereignisreiche Nacht.

Den ganzen Tag über hatte die Sonne erbarmungslos vom Himmel geknallt und dann, als wollte sie die gequälten Schiffbrüchigen verhöhnen, tauchte am Abend eine Wolke am westlichen Horizont auf, die kaum größer war als eine Hand. Der Mond jagte die Sonne über den Himmel, bevor er schließlich hinter der kleinen Wolke verschwand. Joseph, der achtern schlief, hörte genau, wie Wasser in einem Krug gluckerte.

Er fuhr aus dem Schlaf hoch, überzeugt davon, dass es nur ein quälender Traum gewesen war, als das Geräusch erneut vom Bug des Schiffes her zu hören war. In diesem Augenblick tauchte der untergehende Mond wieder hinter der Wolke auf und sein Schein fiel auf Gefängniswärter Gann, der aus einer Wasserflasche trank.

„Was tun Sie da?", krächzte Joseph, während die anderen ebenfalls wach wurden. „Sie hatten Ihren Anteil bei Sonnenuntergang, genau wie wir anderen auch."

„Bleibt zurück!", warnte Gann unnötigerweise, da sich niemand gerührt hatte. „Wir sind am Ende ... oder beinahe. Warum sollte ich euch am Leben erhalten, damit ihr gehängt werdet? Von jetzt an gehört das Wasser mir."

Hoyle rappelte sich hoch. „Machen Sie die Flasche sofort zu", rief er. Wie bei allen anderen waren seine Lippen aufgesprungen und schwarz verfärbt. „Oder ich werfe Sie als Futter für die Haie über Bord."

Gann nahm den Hammer und schwenkte ihn. „Du kannst mir keine Angst machen, Kerl." Die beiden Männer funkelten sich an, als der Mond wieder verschwand. Die Stimmung auf dem kleinen Boot war aufs Äußerste gespannt.

Ein Westwind erhob sich, aber niemand bemerkte dies zuerst. Die unbedeutende Wolke schwoll an und füllte ein Drittel des Himmels, dann die Hälfte und schließlich hing sie wie ein dichter Vorhang über ihnen, der vor die Sterne gezogen worden war.

„Hisst das Segel!", befahl Gann. „Wir können diesen Wind nutzen."

Niemand rührte sich.

„Hisst das Segel, verdammt noch mal!"

„Nicht während Sie ... Wasser stehlen", konterte Pater Talbot mühsam. „Wenn dies ... das Ende ist, dann für alle von uns. Sie sind ... zehnmal mehr ein Dieb ... als jeder Mann, der jemals deportiert worden ist."

Der Wind wurde kräftiger und zum ersten Mal seit Tagen war es nötig, dass Hoyle das Ruder festhielt. Blitze zuckten über den Himmel und erleuchteten das Boot mit Feuerzungen.

„Hisst das Segel", rief Joseph abrupt.

„Wie bitte?", fragte Talbot.

„Riechen Sie den Regen nicht? Wir könnten das Segel nutzen, um Wasser in die Feldflaschen zu leiten. Schnell!"

Es blieb kaum genügend Zeit, um das Segel zu einer provisorischen Rinne umzuformen, bis der Regen losbrach. Der Boot wurde mit erstaunlicher Geschwindigkeit in Richtung Osten getrieben, während der Regen herabströmte. Laurence O'Halloran lachte und weinte, während er die Wassertropfen von seinen Armen und den erhobenen Händen ableckte. John Hoyle klemmte sich das Ruder unter seinen Armstumpf, wischte sich das Gesicht ab und leckte die Feuchtigkeit von seiner aufgesprungenen Handfläche.

Joseph ordnete ein Stück Segeltuch so an, dass das Wasser in die Wasserflaschen tropfte, die Pater Talbot ihm hinhielt. Auch nachdem die Flaschen gefüllt waren, regnete es weiter. Sie tranken und konnten gar nicht mehr aufhören zu trinken, bis ihre Bäuche angeschwollen waren.

Als das Gewitter schließlich abflaute, wurde das Segel

gesetzt, das Ruder befestigt und alle fielen in einen tiefen Schlaf.

*

„Es ist salzig!“ Laurence O’Hallorans Klageschrei hallte über das Wasser.

Der Westwind hatte die ganze Nacht über geweht und auch den ganzen langen folgenden Tag. Obwohl sie nach wie vor keine Ahnung hatten, wo sie sich befanden und wie weit es noch bis zu einer Küste war, hatten die gefüllten Wasserflaschen den Verbannten neue Hoffnung gegeben. Die Mägen mit frischem Wasser und hartem Zwieback gefüllt, das Segel gebläht, schien es so, als könnten sie endlich neuen Mut schöpfen.

Diese Hoffnung blieb bis zu dem Augenblick, wo O’Halloran die erste Wasserflasche entkorkte, die sie in der Nacht gefüllt hatten. „Es ist salzig“, krächzte er erneut.

„Was?“, fragte Gann? „Lass mich mal sehen!“

Gann nahm einen großen Schluck aus der Flasche, spuckte, spuckte erneut und wusch sich den Mund mit einem Schluck Wasser aus der Wasserflasche zu seinen Füßen aus. „Du, Gefangener Burke, überprüfe die anderen. Vielleicht ist diese hier in die Bilge gefallen.“

Joseph tat, wie ihm geheißen, doch er war vorsichtig genug, nur einen Finger in das Wasser zu tauchen und abzulecken. „Das hier ist auch unbrauchbar“, bemerkte er.

„Genau wie die hier“, verkündete Hoyle traurig, nachdem er die übrigen überprüft hatte.

„Wie kann das sein?“, fragte sich Pater Talbot. „Wir haben sie doch mit dem Regenwasser gefüllt. Was für ein böses Wunder ist dies?“

„Kein Wunder“, erwiderte Joseph verbittert, „wenn auch böse. Es war das Segel. Das Segel war von Salzwasser durchtränkt und ist dann so getrocknet. Die Regentropfen haben das Salz ausgewaschen.“ Er brauchte nicht fortzufahren. Alle wussten Bescheid. Anstatt Wasservorrat für weitere zwei Wochen auf See zu haben, waren sie nun nicht besser dran als am Tag zuvor.

„Das bedeutet“, meinte Talbot unverblümt, „dass wir überhaupt kein Trinkwasser mehr haben. Abgesehen von der Flasche, die Mister Gann zu seinen Füßen liegen hat.“

„Und dort wird sie auch bleiben", schwor Gann und griff nach seinem Hammer. „Sie gehört mir."

„Wir holen ihn uns", drängte O'Halloran scharf. „Er kann sich nicht gegen uns wehren, wenn wir alle zusammen auf ihn losgehen."

„Und was wird mit dem Boot passieren, wenn ihr das tut? Hast du vergessen, was außer Salz noch in dem Wasser da draußen ist?"

Nervös blickte sich der Junge auf dem Meer nach den gefürchteten grauen Schatten um. Trotzdem drängte er die anderen, sich hinter ihn zu stellen. „Er kann ja nicht immer wach bleiben, nicht wahr, Hoyle? Was ist mit Ihnen, Burke? Dann wird das Wasser uns gehören."

„Ich denke", erwiderte Joseph, der sich erhob und angestrengt den Horizont absuchte, „ich denke, ich sehe Brecher vor uns."

Es war tatsächlich so. Obwohl der Osten in einer niedrigen Nebelwand verborgen lag, tauchte eine unverkennbare Linie weißen Schaums unmittelbar vor dem Boot auf. „Und Brecher bedeuten ... Land."

*

Von hoch oben aus den Ästen der alten Eiche konnte Mary Elisabeth über die Steinmauer um das Burke-Anwesen hinwegsehen bis nach Castletown.

„Da kommt jemand, Martin", rief sie. „Gib mir das Fernglas."

Martin hatte Nesbitts Fernglas bereits an sein Auge gedrückt und betrachtete das Gesicht der Frau in dem zerrissenen Kleid. Ein Baby hielt sie in den Armen, sieben andere Kinder folgten ihr auf den Fersen. Ihre Gesichter verrieten den Hunger. Die Bündel, die sie trugen, erzählten die Geschichte ihrer Vertreibung. Wie so viele andere in den vergangenen Monaten ging sie zielstrebig auf die Tore von Burke Park zu.

„Geh und hole Kate", befahl Martin.

„Geh doch selbst", gab Mary Elisabeth schnippisch zurück. „Und gib mir Nesbitts Fernglas." Sie schnappte sich das Fernglas, verlor das Gleichgewicht und wäre fast vom Baum gefallen.

Nesbitt stand unten und ermahnte beide. „Runter vom Baum und hört auf zu streiten. Es gibt viel zu viel zu tun."

Martin schwang sich von dem Ast. „Da kommt jemand."

„Ich habe sie zuerst gesehen!", rief Mary Elisabeth. „Eine zerlumpte Frau mit ihren Kindern."

„Aye", erwiderte Nesbitt leise. „Armes Ding. Simeon hat sie in Castletown gesehen. Joe Watty hat ihr gesagt, eure Schwester Kate würde ihr und den Kleinen etwas zu essen geben."

„Geh und hole Kate", wies Martin Mary Elisabeth wieder an.

Sie öffnete den Mund, um zu protestieren, aber Nesbitt legte den Finger an die Lippen und deutete zum Haus. „Erzähl Lady Burke, dass du sie zuerst gesehen hast, Mary Elisabeth." Daraufhin hüpfte sie davon.

„Es sind so viele gewesen", sagte Martin.

„Und es werden noch mehr kommen", fügte Nesbitt hinzu. „Morgen wird das Dorf Ben Beg niedergerissen."

„Was? Von O'Shea? Der Priester wird ihn dafür exkommunizieren."

„Den Zorn Gottes fürchtet O'Shea nicht halb so sehr wie Mahons."

„Aber es ist O'Sheas Land."

„Das er von Mahon gepachtet hat. Und Mahon bekommt seinen Willen. Alles soll ihm gehören."

„Wenn Sie mich fragen", brummte Martin, „er hat vor, Kate in den Ruin zu treiben. Sie füttert jeden Bettler, der an ihrem Tor vorbeikommt. Das ist bekannt. Jede hungrige Seele in Irland macht sich auf die Suche nach Kate, der Lady Burke von Galway."

„Und sie wird niemals betteln müssen, weil sie so viel Güte gezeigt hat."

„Vielleicht nicht, aber ich habe gehört, wie Sie mit ihr gesprochen haben. Ich weiß, dass die Vorratskammern leer sind."

Die verrückte Molly mit dem alten Flynn im Schlepptau kam heraus.

„Schon wieder eine?", rief Flynn und rasselte mit den Schlüsseln.

„Eine Frau mit acht Kindern", antwortete Martin.

Molly schniefte. „Acht Stück. Ihre Knochen klappern. Die andere Eva. Aus dem Paradies vertrieben. Es war ihre eigene Schuld. Arme Frau. Hat alles verkauft, um sie zu ernähren. Nun, sie hat ein Abkommen getroffen." Sie blickte Nesbitt stirnrunzelnd an. „Ich nehme an, Sie sagen, sie muss was essen."

Kate stand hinter ihr und erwiderte: „Ich sage es. Lassen Sie

sie herein, Flynn." Mit Tom auf der Hüfte schirmte sie ihre Augen gegen die Nachmittagssonne ab und beobachtete die kleine Gruppe. „Margaret hat gehört, dass O'Shea und Mahon Ben Beg niederreißen wollen."

„Aye, Madam", erwiderte Nesbitt. „Morgen werden 500 Menschen vor Ihrem Tor stehen."

Molly zeterte: „Lass sie nicht herein."

Kate wirkte besorgt. „Zumindest sind wir dieses Mal vorgewarnt. Wir werden die Suppentöpfe hier aufstellen, die Tische dort."

Molly unterbrach sie. „Du solltest sie nicht hereinlassen."

Nesbitt verschränkte die Arme und sprach über Mollys Kopf hinweg. „Morgen werden Sie mit Tomeen im Haus bleiben, Madam. Ihre Zeit ist bald gekommen und ich werde nicht zulassen, dass Sie schwere Dinge heben, wo wir anderen das tun können."

„Reich ihnen Kartoffeln durch die Gitterstäbe", plapperte Molly.

„Sie werden einen Ort brauchen, wo sie sich eine Weile ausruhen können." Kate sah zu den ausladenden Ästen der Eiche hinauf. „Wie ich höre, haben sie jeden Baum in Stokestown gefällt."

„Dasselbe werden sie in Ben Beg tun", stimmte Nesbitt zu.

Molly brabbelte weiter. „Öffne ihr nicht den Garten! Engel mit flammenden Schwertern versperren die Tore! Eva hat die Lüge des Teufels gehört und ihr Abkommen getroffen."

Die Bettlerin und ihre Kinder standen niedergeschlagen und stumm vor dem Tor.

„Lassen Sie sie herein, Mister Flynn", forderte Kate ihn auf.

„Niemand hört mir je zu." Molly eilte über den Rasen und betrachtete die Neuankömmlinge mit unverhohlener Feindschaft.

*

Viermal musste das Wasser in den Waschzubern gewechselt werden, bis die Familie Joyce einigermaßen sauber war. Margaret und Fern nahmen sich der Mädchen und Mrs. Joyces an. Der alte Flynn und Rusty brachten das Wasser, und mit Seife und Bürste wurde der Dreck abgeschrubbt, bis die Haut darunter zum Vorschein kam. Die Lumpen, die sie als Kleidung getragen hatten, waren des Aufhebens nicht wert und wurden verbrannt.

Die Kinder waren entsetzlich dünn, blass und kränklich. Dunkle Ringe lagen unter ihren Augen. Mrs. Joyce war jünger, als Martin und Mary Elisabeth vermutet hatten. Sie wirkte irgendwie zornig, fand Martin, und sie starrte auf die Tür des Hauses, als würde sie sich über jeden ärgern, der in einem so schönen großen Haus lebte, wo sie nichts besaß. Wenn Kate zu ihr hinsah, lächelte sie, aber sobald Kate sich abwandte, verschwand die Freundlichkeit von ihrem Gesicht. Im Schatten der Kletterrosen wurde ein Tisch für sie aufgebaut. Sie sprachen kein Dankgebet für das Essen, was Mary Elisabeth komisch fand für Leute, die sauber gebadet waren, frische Kleidung trugen und außerdem noch eine gute Mahlzeit vorgesetzt bekamen.

Nachdem Kate ins Haus gegangen war, schlangen sie Suppe, Kartoffeln, Milch, Brot und Butter hinunter. Mrs. Joyce lehnte es ab, Pater O'Bannon zu sehen, wenn er an diesem Abend kam, um die Messe zu lesen. „Nein, ich möchte lieber nicht."

Eines der Mädchen war nur wenig jünger als Martin. Höchst missmutig kümmerte sie sich um den zweijährigen Jungen. Zwei Brüder, die ungefähr ein Jahr auseinander waren, machten sich einen Spaß daraus, ihren kleinen Bruder zu Fall zu bringen, wenn er zu seiner Mutter laufen wollte.

„Ich mag sie nicht", sagte Mary Elisabeth zu Martin. Sie saßen in dem Baum und beobachteten sie. „Abgesehen von dem Baby und dem kleinsten Jungen."

Martin nickte. Der Hunger hatte die Joyce-Kinder missgünstig und gierig werden lassen. Obwohl genügend Essen vor ihnen auf dem Tisch stand, stritten sie sich um eine Scheibe Brot, als gäbe es keine andere.

„Ich bin froh, wenn sie wieder weg sind." Mary Elisabeth schwang sich von ihrem Aussichtsposten und klopfte sich die Hände ab.

„Morgen werden noch mehr von ihrer Sorte aus Ben Beg kommen." Martin folgte ihr.

Der große Schatten von einem der Claddagh-Brüder fiel auf sie. „Nicht wie sie", sagte er leise auf Gälisch. „Nicht wie sie. Sie kommen nicht von Ben Beg."

Martin betrachtete die Familie und fragte: „Was meinen Sie?"

Der Mann zuckte die Achseln und tätschelte ihm die Schulter. „Verschließe heute Nacht die Türen, Martin. Haltet die Fenster geschlossen. Wir werden Wache halten, aber ihr müsst auch wachsam sein.“

*

Um neun Uhr abends war es draußen noch immer hell. Pater O'Bannon war vier Stunden zuvor gekommen und schnarchte nun fröhlich im Gästezimmer. Er würde zur Stelle sein, wenn die Heimatlosen aus Ben Beg ankamen. Mary Elisabeth und der kleine Tom lagen ebenfalls im Bett. Kate, Fern, Margaret und Martin schälten Kartoffeln für den riesigen Topf mit Eintopf, den sie morgen an die armen Seelen verteilen wollten. Nesbitt und zwei der Claddagh-Brüder patrouillierten mit Laternen in der Hand über das Gelände. Das Licht war weithin sichtbar und sollte jeden abhalten, der unbefugt das Grundstück betreten wollte.

Fern hatte wie Martin und Mary Elisabeth das ungehobelte Verhalten ihrer Gäste bemerkt. Martin erzählte, die Claddagh-Brüder hätten Vorbehalte gegen Mrs. Joyce und ihre Kinder.

Kate zeigte wenig Interesse für Martins Information. „Und sind sie deswegen weniger hungrig?“

„Nein, aber ...“

„Hunderte werden im Augenblick im Westen von ihrem Land vertrieben. Bevor Männer wie Mahon kamen, waren sie Bauern wie wir.“

„Irgendetwas stimmt nicht mit ihr, Kate.“

„Vermutlich hat sie Angst, wir würden sie abweisen.“

Martin klopfte mit dem Messer an den Rand seiner Schüssel. „Ich wünschte, du hättest es getan.“

„Das würde ich nie tun. Hast du nicht die Kinder gesehen, Martin? Das eine ist kaum älter als Tomeen. Und das Baby ...“ Wie auf ein Stichwort bewegte sich das Kind in ihrem Bauch.

Sie lächelte wehmütig und legte Martins Hand auf ihren Bauch, damit er die Bewegung spüren konnte. „Falls ich selbst auf der Straße stünde und du Hunger hättest und Mary Elisabeth ... Tomeen und jetzt auch noch das Kleine ...“

Margaret schnalzte mit der Zunge und zog die Nase kraus. „Das ist nicht dasselbe. Ich habe noch nie so dreckige Wesen gesehen wie sie. Wasser kostet doch nichts, oder? Egal wie arm ein Mensch ist, Wasser zum Waschen gibt es in jedem Fluss."

„Nesbitt und die Claddagh-Brüder ...", fuhr Martin fort.

Kate schnitt ihm das Wort ab. „Das reicht, Martin. Nesbitt und Simeon werden heute Nacht unten schlafen. Wir werden unsere Türen verschließen und die Fenster verriegeln, obwohl es eine schöne klare und warme Nacht ist."

Damit machte Kate dem Gerede ein Ende. Die letzte Schüssel mit Kartoffeln wurde hinausgebracht und in die großen Töpfe verteilt. Die Hausbewohner machten sich bereit, ins Bett zu gehen.

Um halb elf hielt sich Kate noch immer in der Küche auf. Sie goss sich ein Glas Milch ein, als ein leises Klopfen am Fenster ertönte. Kate hob die Kerze und sah Mrs. Joyce davor stehen.

Alle Warnungen gingen ihr durch den Sinn. Sie zögerte einen Augenblick. Ihre Hand lag auf dem Schlüssel im Türschloss.

„Euer Ladyschaft." Mrs. Joyces unterdrückte Stimme drang durch die Scheibe. „Kann ich mit Ihnen sprechen?"

Kate konnte in der Dunkelheit nicht sehen, was hinter ihr war und beschloss, die Tür doch nicht zu öffnen. Stattdessen schob sie das Fenster hoch.

„Ich habe gesehen, dass Ihre Lampe noch brannte", entschuldigte sich Mrs. Joyce. „Ein freundlicher Anblick."

„Es ist spät. Ist mit Ihrem Zimmer alles in Ordnung?"

„Aye. Oh, Euer Ladyschaft. Ein angenehmer Platz für mich und meine Kinder." Sie beugte sich über das Fensterbrett. „Nun ... Sie sind ein sehr großzügiger Mensch, Ladyschaft. Da liege ich ganz sauber in einem Bett und sehe Ihr Licht. Und da fiel mir ein, dass ich mich noch gar nicht bedankt habe." Sie sah auf ihre Hände herab. „Also, vielen Dank."

Kate lächelte freundlich. „Gern geschehen, Missus Joyce."

„Mein Vorname ist Eve", erklärte die Frau. „Wenn Sie mich so nennen würden, würde ich mich geehrt fühlen."

„Vielen Dank, Eve. Und Ihre Kinder schlafen bereits?"

„Ja. Besser als in der vergangenen Zeit. Sie haben uns das Leben gerettet. Wirklich."

„Ich freue mich, dass ich helfen konnte."

„Ich habe meine Manieren vergessen, Ladyschaft. Eines Tages möchte ich das wieder gutmachen."

„Dann werde ich Ihnen danken, Missus Joyce."

„Eve." Die Frau klang erleichtert. „Eine schöne Art, den Tag zu beenden. Der Herr behüte Sie." Sie winkte fröhlich und verschwand in der Dunkelheit.

Kate schloss das Fenster und legte den Riegel vor.

Schnelle Schritte hinter ihr ließen sie zusammenfahren.

„Madam." Es war Nesbitt. „Ich habe Stimmen gehört."

„Es war Missus Joyce. Sie wollte sich nur bedanken."

„Aye. Und Sie sollten jetzt auch schlafen gehen, Madam."

„Schlafen." Kate sprach das Wort aus, als wäre es ein Fremdwort. „Ich habe das alles so satt, Nesbitt. Ich vermisse die Tage, wo ich einfach durch meine Tür gehen und meinen Garten bestellen und meine Kühe versorgen konnte."

„Sie sind der Schatz der Burkes, Madam. Sie und Tomeen. Und natürlich das Baby, das Sie erwarten. Niemand außer Ihnen kann weitermachen."

„Ich sehne mich danach, dass mein Mann wieder nach Hause kommt."

„Wie wir alle, Madam. Und jetzt gehen Sie ins Bett. Schlafen Sie gut. Ich werde die erste Wache übernehmen."

Kapitel 24

Ben Beg lag am Abhang eines Hügels im Schatten des Partry-Gebirges. Es war kein wohlhabendes Dorf, aber jede Familie hatte ihr eigenes Kartoffelfeld und jeder Haushalt war in der Lage, ein Schwein zur Pacht beizusteuern. Wäre nicht die schlechte Kartoffelernte im vergangenen Jahr gewesen, wären die Pächter jetzt mit den Zahlungen nicht im Rückstand. Und nun wurde die ausstehende Pacht eingefordert.

Einen Monat lang, seit O'Shea verkündet hatte, das Dorf würde niedergerissen, hatten die Einwohner von Ben Beg den Gürtel enger geschnallt in einem letzten Versuch, das Geld aufzubringen. Alle Schweine waren verkauft worden. Alles Getreide war verkauft worden. Alles Heu, das gemacht werden konnte, war geschnitten, gebündelt und zum Markt gebracht worden. Hungrige Männer warteten zur Mittagszeit draußen, um nicht zusehen zu müssen, wie ihre Familien ein paar kümmerliche Kartoffeln zu sich nahmen. Alles, was eingespart werden konnte, war eingespart worden. Und schließlich hatten sie es doch nicht geschafft.

O'Shea stand auf einem Felsbrocken neben der Straße, die sich ins Tal hinunterschlängelte. Ein Strom von Leuten zog aus dem Dorf, das über Generationen ihre Heimat gewesen war. Unter der Anleitung von O'Sheas Vorarbeiter, einem Mann mit Namen Broghill, waren die Abrissarbeiter bereits am Werk. Sie rissen Mauern ein und fällten die Bäume. Von vierzig Häusern des Dorfes war nichts übrig geblieben als ein Trümmerhaufen.

Ein Handwagen, auf dem ein einziger dreibeiniger Hocker und ein Heurechen lagen, zog an O'Shea vorbei. Keiner der sechs Familienangehörigen sah den Gutsbesitzer an. Vielleicht befürchteten sie, er könnte auch ihre letzten Besitztümer einfordern, wenn sie seine Aufmerksamkeit auf sich zogen. Besser, sie mieden den Blickkontakt.

Von der anderen Seite des Berges kam eine Gruppe zerlumpt aussehender Männer. Obwohl sie gestopfte Hemden und abgetragene Hosen anhatten, wirkten sie besser ernährt als die anderen. Auch sahen sie sich trotzig um. Niemand aus Ben Beg wagte es, sie anzusprechen.

Ein Schlitten mit einem verkrüppelten Jungen, von einer Frau und einem Mädchen gezogen, geriet mit der linken Kufe in den Graben. Als wäre es ihnen peinlich, vom Gutsbesitzer beobachtet zu werden, verdoppelten die beiden ihre Bemühungen, die Kufe aus dem Graben zu befreien. Doch sie schafften es nicht. Der Schlitten drohte umzukippen und das lahme Kind wäre in den Graben gefallen.

O'Shea kam von seinem Aussichtsposten herunter und wollte mit anpacken, doch jemand kam ihm zuvor. Kirby O'Meara und Scully Deane schafften es schließlich, den Schlitten frei zu bekommen.

O'Shea biss sich auf die Lippe, während er beobachtete, wie der Strom der Menschen über den Hügel und außer Sichtweite zog.

*

Obwohl Martin nie zugegeben hätte, dass er mit einem Mädchen, dazu noch mit seiner eigenen Schwester, konkurrierte, konnte er es nicht auf sich sitzen lassen, dass Mary Elisabeth beim letzten Mal höher und schneller geklettert war als er. Der Ast der Eiche, auf den er sich setzte, war so dünn, dass er sich unter seinem Gewicht bog. Martin fand, dass er hoch genug gestiegen war. Seine Schwester hatte etwa vier Äste weiter unten aufgehört.

„Was siehst du, Martin?“, rief sie nach oben. „Kommen sie noch nicht?“

Martin blickte in Richtung Osten und suchte den langsam heller werdenden Horizont hinter dem Tal des Cornamona ab. Aus dieser Richtung würden die Opfer von O'Sheas Grausamkeit kommen. „Nein“, rief er zurück. „Noch nicht.“

Dass die Flüchtlinge auf der Straße noch nicht zu sehen waren, bedeutete nicht, dass Burke Park nicht auf sie vorbereitet war, wenn sie denn tatsächlich kämen. Lange vor Sonnenaufgang hatten sich Kate und Margaret darangemacht, die Suppe zu kochen. Nesbitt und Moor hatten Brennholz auf dem Rasen des Anwesens aufgeschichtet. Rusty und Sonny hoben zwischen dem Haus und dem Haupttor Gruben aus, in denen Feuer angezündet wurden. Danach achteten die Männer darauf, dass das Feuer nicht ausging. Daneben wurden ganze Haufen von bereits geschnittenem Brot aufgeschichtet.

Riesige Kessel hingen über den Feuerstellen. Kate trug Tomeen auf einer Hüfte, ihr anderer Arm lag auf ihrem Bauch, während sie und Margaret überlegten, wie viele Leute sie wohl würden versorgen müssen. Fern lief zwischen den Kesseln hin und her und fügte Salz, Gerste und andere Zutaten hinzu.

„Sie kommen!", rief Mary Elisabeth triumphierend.

Martin drehte den Kopf und musste widerstrebend zugeben, dass seine Schwester Recht hatte. Eine dünne schwarze Linie schlängelte sich vom Fluss herauf über die Straße.

Die Menschen sehen zerlumpt und so erschöpft aus, als würden sie jeden Moment zuammenbrechen.

Der alte Flynn und Pater O'Bannon öffneten bereits die Tore. „Kommt herein", hörte Martin den Priester sagen. „Kommt und esst!"

Niemand ließ sich zweimal bitten.

*

Kirby und Scully ließen sich mit dem Strom der enteigneten Bauern bis vor die Tore von Burke Hall treiben.

„Wir sind da", verkündete Kirby überflüssigerweise.

„Das weiß ich", zischte Scully. „Hab schließlich Augen im Kopf!"

Normalerweise hätte Kirby dazu einen Kommentar parat gehabt, doch da er den feindlichen Tonfall in der Stimme seines Kameraden bemerkte, unterließ er es lieber. Stattdessen beschloss er, ihm ein wenig zu schmeicheln. „Klasse, wie du hier herumhumpelst. Das wirkt richtig echt."

„Es ist nicht gespielt!", explodierte Scully. „Ich habe an beiden Füßen Blasen!"

„Das ist auch gut!", meinte Kirby. „Die richtige Vorbereitung für den Krawall. Du klingst zornig. Nun, es ist an der Zeit. Da sind schon die anderen."

Um nicht aufzufallen, hatten sich Mahons Männer nur einzeln oder zu zweit unter die anderen gemischt. Jedes Mal, wenn einer von ihnen an Kirby vorbeikam, legte er den Zeigefinger an die Nase. *Macht euch bereit*, hieß das. *Ihr wisst, was ihr zu tun habt.* Dann banden sich er und Scully Taschentücher über Mund und Nase und mischten sich unter die Menge der Heimatlosen.

*

Das langsame Vorwärtskommen der Menge zu den Suppentöpfen, die stumme Verzweiflung der Leute und der Gestank des Elends im Garten trieben Martin und Mary Elisabeth zurück in die Äste der Eiche.

Von hier oben konnte Martin alles gut beobachten. Das Bild des Leids brannte sich unauslöschlich in sein Gedächtnis ein.

Da war Kate mit ihrem dicken Bauch. Sie teilte Brotscheiben mit der einen Hand aus, während sie mit der anderen Tomeen auf ihrer Hüfte festhielt.

„Sie sind zu niedergeschlagen, um sich auch nur zu bedanken“, meinte Martin.

Martin entdeckte Mrs. Joyce in der Menge. Wie Kate trug sie ihr zweijähriges Kind auf dem Arm. Er schlief, sein blondes Köpfchen an die Brust der Mutter gedrückt. Sie küsste seine Locken und streichelte seine Wange. Es war ein hübscher Anblick und Martin bedauerte, die Frau am Tag zuvor so hart beurteilt zu haben. Sauber und in einem hübschen Baumwollkleid hob sie sich jetzt von den anderen Dorfbewohnern ab. Niemand sprach mit ihr und sie schien sich auch an niemand Besonderen zu halten. Die sieben Geschwister saßen zusammengekauert auf dem Rasen neben dem Weg, der von der Hauptstraße abzweigte. Martin erkannte seine abgelegten Sachen an den Brüdern. Jedes Kind trug ein Bündel mit Essen in der Hand. Kate hatte zu ihrem Wort gestanden, sie würden nicht ohne Wegzehrung weggeschickt. Aber wohin würde ihr Weg sie führen? Martin fragte sich, wie viele von ihnen im vergangenen Sommer ihre Hoffnungen auf Daniel O’Connell gesetzt hatten. Wo wären sie jetzt, wenn die Aufhebungsbewegung nicht gescheitert wäre? Wenn O’Connell nicht verhaftet und Joseph nicht aus Irland verbannt worden wäre?

Martin war sicher, dass dann jeder Mann in diesem Fall sein eigenes Stück Land bestellen würde. Diese Gewissheit ließ den Zorn in ihm hochsteigen.

„Ich werde nie vergessen, was sie getan haben“, zischte Martin durch zusammengebissene Zähne. „O’Shea und Mahon werden nicht damit davonkommen, Mary Elisabeth.“

„Sie kommen mit allem durch“, erwiderte Mary Elisabeth. „Und wie soll Kate alle ernähren, deren Häuser sie niederreißen? Es wird bald nichts mehr da sein.“

*

Scully und Kirby bahnten sich ihren Weg durch die Reihe. Jeder erhielt zwei Scheiben Brot und einen Klecks süßer Butter.

Kirby nahm einen Bissen. „Das ist sehr gut", meinte er zu Margaret. Als er den erfreuten Gesichtsausdruck der Frau bemerkte, fügte er hinzu: „Ich wette, das haben Sie gebacken, nicht?" Als die Köchin nickte, fuhr er fort: „Das Beste, das ich je gegessen habe."

Die Schlange rückte zu den Suppentöpfen vor. Scully zischte: „Warum flirtest du mit der Köchin?"

Kirby gefiel es gar nicht, sein Verhalten erklären zu müssen. „Der Colonel ...", sagte er, dann erinnerte sich, dass er sich nicht verraten durfte. Leise flüsternd fuhr er fort: „Der Boss sagte, wir sollten uns unter die Leute mischen, um die Lage auszukundschaften. Nun, ich mische mich unter die Leute."

Jeder Heimatlose besaß eine Suppenschale oder einen eigenen Teller. Dort hinein wurde der dampfende Eintopf gefüllt. „Scully", sagte Kirby plötzlich. „Wir haben keine Schalen."

„Hier habt ihr welche", rief der schwerhörige alte Flynn. Er tippte Kirby auf die Schulter und reichte den beiden Männern eine Zinnschale. „Schließlich könnt ihr den Eintopf ja nicht in den bloßen Händen halten, nicht?"

„Vielen Dank", schrie Kirby zurück. „Das ist sehr freundlich."

Die beiden Männer suchten sich eine einsame Stelle auf dem Rasen und zogen sich zum Essen zurück. Kurz bevor sie sich hinsetzten, erblickte Scully Kate, die den Leuten in der zweiten Schlange Brot austeilte. Der kleine Tomeen saß auf ihrer Hüfte.

„Lady Burke", sagte er und stieß seinen Gefährten an. „Da ist sie. Sieh zu, dass dein Taschentuch hochgezogen ist."

*

Nesbitt unterhielt sich mit Rusty, während die beiden Männer mit Eisenstäben die Asche unter den Töpfen mit dem Eintopf gleichmäßig verteilten. „Noch nie in meinem Leben habe ich solchen Hunger gesehen", erklärte er auf Irisch. „Ich habe erlebt, wie das Fieber an Bord Menschen vollkommen ausgezehrt hat. Aber so etwas noch nie."

Rusty fand ebenfalls, dass die Leute aus Ben Beg schlimm

dran waren. „Und zu denken, dass sie von einem der Ihren hinausgeworfen wurden."

„Ich glaube nicht, dass auch nur einer von denen sagen würde, O'Shea sei einer der Ihren", widersprach Nesbitt. „Sehen Sie nicht, was passieren würde, wenn er jetzt hier wäre? Natürlich würde er sich von der Masse abheben, so gut gekleidet und wohlgenährt, wie er ist."

Rusty starrte auf zwei Männer, die auf dem Rasen saßen. „Wie die da?", fragte er. „Ihre Kleidung ist zwar zerrissen, aber sie sehen nicht so aus, als wären sie unterernährt wie die anderen."

„Mister Nesbitt", unterbrach der alte Flynn sie, bevor der Verwalter die beiden entdeckt hatte, von denen Rusty gesprochen hatte. „Mister Nesbitt", beharrte Flynn, „Lady Burke sagt, Sie und Rusty sollten die restlichen Brote aus der Vorratskammer holen."

„Sagen Sie ihr, wir würden uns sofort darum kümmern", erwiderte Nesbitt.

Mrs. Joyce schlenderte zwischen den Vertriebenen von Ben Beg herum und sang leise ihrem kleinen Jungen etwas vor. Tränen rannen ihr über die Wangen, doch niemand in der Menge bemerkte es. Was zählte schon eine zusätzliche Träne, wo ein Meer von Tränen bereits für Irland vergossen worden war?

Die Frau blickte zu den beiden wohlgenährten Männern auf dem Rasen. Mit einem verschlagenen Lächeln und einem kurzen Kopfnicken zeigte Kirby ihr, dass es an der Zeit war, ihre Rolle in dem geplanten Schauspiel zu übernehmen.

Sie blickte herab auf das Kind in ihren Armen. Dann wandte sie den Blick ab. Sie würde ihn verlieren. Und doch, vielleicht würde Lady Kate Erbarmen haben. Vielleicht würde sie dafür sorgen, dass er groß wurde, ohne hungern zu müssen. Bestimmt war Kate Donovan Burke eine Frau mit einem liebevollen Herzen.

Die Magd Fern teilte noch immer Eintopf aus. Sie war diejenige, die Mrs. Joyce sich gestern ausgesucht hatte. Der Plan war ganz einfach.

Langsam ging Mrs. Joyce auf Fern zu.

„Aber Mrs. Joyce", bemerkte Fern überrascht, „Sie weinen ja."

„Und gibt es einen traurigeren Tag auf der Welt?", erwiderte Mrs. Joyce. „Aber sehen Sie nur. Ihre Herrin steht da in der heißen Sonne mit Tom im Arm. Gehen Sie und helfen Sie ihr, ich bleibe hier."

„Sie wird arbeiten, bis sie umfällt", erwiderte Fern. „Und dabei ist sie doch in anderen Umständen." Sie drückte der Frau den Schöpflöffel in die Hand und eilte zu Kate, um ihr zu helfen.

Mrs. Joyce teilte an zwei Leute Eintopf aus, dann überließ sie diese Aufgabe einem anderen mit der Entschuldigung, nach ihren Kindern sehen zu müssen.

*

Kirby beobachtete mit einem unverhohlenen Grinsen, wie Nesbitt und Rusty sich entfernten. „Das ist klasse", freute er sich. „Der Verwalter und sein Wachhund sind fort. Jetzt ist der richtige Zeitpunkt."

Gemeinsam gingen sie noch einmal alles durch. Kirby murmelte laut: „Alle unsere Leute sind im Park und haben sich in der Menge verteilt."

„Aye."

„Lady Burke und Kind sind in Sicht."

„Aye."

„Mindestens zwei unserer Leute in der Nähe der Claddagh-Brüder?"

Es dauerte etwas länger, dies zu überprüfen, aber schließlich konnte Scully bestätigen, dass dies so war.

„Dann ist es so weit", meinte Kirby grimmig. „Zeit, dass wir uns unseren Lohn verdienen."

Kapitel 25

Die Sonne stieg höher und brannte Kate auf den Rücken. Tomeen döste in ihrem Arm, während sie neben Pater O'Bannon und dem alten Flynn stand und Brot an die Bedürftigen austeilte.

518 Menschen waren durch ihre Tore gekommen. Flynn hatte sie gezählt. Pater O'Bannon bemerkte, noch nie hätte er eine so ernste Menge erlebt und noch nie wäre bei einer Versammlung von Iren so wenig gesprochen worden.

Fern tippte Kate auf die Schulter. „Sie stehen jetzt schon zwei Stunden hier. Wollen Sie sich nicht mal hinsetzen und ausruhen?", fragte sie Kate.

„Nein. Nicht solange noch Münder gefüttert werden müssen." Kate wollte den Menschen nicht nur Brot und Butter austeilen. Sie wollte ihnen mit eigener Hand Hilfe zukommen lassen.

„Dann geben Sie mir Tomeen." Fern nahm Kate das Baby ab, die ihr das Kind dankbar überließ. „Er kann auch in meinen Armen schlafen."

Die Tatsache, dass Tomeen von Fern übernommen wurde, brachte alles in Bewegung. Zitternd vor Schmerz wegen dem, was sie nun tun musste, küsste die Witwe Joyce ihren kleinen Sohn zum Abschied, drückte ihn ein letztes Mal an sich und unter dem aufmerksamen Blick von Mahons gedungenen Verbrechern eilte sie an Ferns Seite.

„Verzeihung, Miss Fern. Würden Sie meinen Jungen wohl eine Weile halten, während ich mich um die anderen kümmere? Die Sonne verbrennt seine zarte Haut und nur noch hier gibt es Schatten. Lieber Himmel! Wo sind denn die Kinder? Sie haben sich unter die Menge gemischt."

„Aye! Er wird ziemlich rot, nicht? Wie heißt er noch mal? Sie haben so viele, ich habe seinen Namen schon wieder vergessen."

„Robert. Nach seinem Großvater, Miss." Die Stimme der Witwe zitterte, aber Fern beachtete es nicht.

Fern, die gedankenverloren den schlafenden Tomeen wiegte, breitete ihren Schal auf dem Gras aus, setzte sich darauf und legte Tom vorsichtig hin. Dann nahm sie das schlafende Kind der Witwe Joyce entgegen. „So, Robert, das ist doch besser, nicht?“ Und an die Mutter gewandt, meinte sie: „Er ist ein hübscher Junge. Sonnenbrand macht sie quengelig. An einem Tag wie diesem kann man gar nicht genug aufpassen. Ich bleibe hier. Sie können miteinander spielen, wenn sie aufwachen. Sie sind ja gleichaltrig.“

„Danke.“

Die Witwe Joyce berührte Roberts Wange ein letztes Mal, dann eilte sie davon, um zu beobachten und zu warten.

*

Zufrieden lächelnd sah Kirby zu, wie die Witwe Joyce ihren Balg auf Ferns Schal legte und sich dann entfernte. Er erhob sich und bedeutete Scully, ebenfalls aufzustehen. So laut er konnte, schrie er: „Du bist schuld daran, dass ich meinen Eintopf verschüttet habe, du verdammter Idiot!“ Kirby trat mit dem Fuß nach Scullys Suppenschale und kippte ihm den Rest ins Gesicht.

Scully stürzte sich fluchend auf seinen Gefährten. Die beiden Männer rollten miteinander kämpfend über das Gras und krachten in einige Zuschauer, die von dem Lärm aufmerksam geworden waren. In dem Handgemenge wurden noch eine ganze Reihe Suppentöpfe umgekippt.

„Hört doch auf. Vertragt euch“, rief einer der Vertriebenen.

„Du willst auch deinen Teil?“, fragte Kirby und ließ Scully los. „Das kannst du haben!“ Mit diesen Worten versetzte er dem Mann einen Schlag ins Gesicht. Als Freunde des Mannes versuchten, ihn zu verteidigen, nahm Scully sich ihrer an, packte beide am Hals und schlug ihre Köpfe gegeneinander.

*

An mehreren Stellen gleichzeitig brach der Tumult über die verwirrten Menschen von Ben Beg herein. Mit erstaunlicher Schnelligkeit wurde die Menge, die den eigentlichen Grund gar nicht kannte, von dem Gewaltausbruch überrollt.

Die Witwe Joyce stand etwa zwanzig Schritte entfernt und behielt Fern im Auge. Als die Dienstmagd aufsprang, um zu sehen, was los war, wurde Mrs. Joyce aktiv.

Sie hob ihre Röcke und rannte zu Fern. „Was ist los? Was ist passiert?“, rief sie.

„Dort!“ Fern deutete über die wogenden Köpfe hinweg.

„Herr, erbarme dich!“, rief Mrs. Joyce über den Lärm hinweg. „Passen Sie auf! Sie kommen direkt auf uns zu! Sie werden den Kindern etwas tun! Die Kinder!“ Sofort nahm sie den rothaarigen Tom auf den Arm und rannte in die Menge der Zuschauer hinein.

Auf ihre Warnung wurde auch Fern aktiv. Sie nahm den kleinen Robert Joyce auf den Arm und brachte ihn vor den kämpfenden Männern in Sicherheit. Fest drückte sie das Kind an sich und schirmte ihn vor Angriffen ab.

*

Trotz Mary Elisabeths Bereitschaft, bei der Essenausgabe zu helfen, wurden sie und Martin beiseite geschoben. Es herrschte einfach zu viel Gedränge. Um zumindest die Vorgänge beobachten zu können, waren die beiden Donovan-Kinder auf die Mauer geklettert und balancierten dort.

Dort wurde Martin auch als Erster auf den Tumult aufmerksam. Er sah, wie ein Mann mit wild abstehenden Haaren zwei andere am Hals packte und ihre Köpfe gegeneinander schlug.

Sehr zum Erstaunen des Jungen brachen auch an sechs anderen Stellen fast gleichzeitig ähnliche Kämpfe aus. Martin sah, dass ein Mann, der ganz friedlich in der Schlange stand und wartete, ohne ersichtlichen Grund von seinem Hintermann getreten wurde.

„Mistkerl!“, hörte er eine Stimme. „Du Nichtsnutz!“

„Was ist denn da los, Martin?“, fragte Mary Elisabeth. Das Mädchen streckte den Fuß vor, als wollte sie herunterklettern.

„Nein!“, rief Martin, packte sie am Arm und zerrte seine Schwester wieder auf die Mauer. „Bleib hier!“

Einer der Claddagh-Brüder, dem Aussehen nach zu urteilen war es Moor, versuchte, zwei Streithähne zu trennen. Doch es gelang ihm nicht; stattdessen geriet er selbst in das Handgemenge, wurde von den beiden zu Boden geworfen und von einem Dritten getreten.

„Das ist ein richtiger Tumult“, murmelte Martin. „Wer hätte gedacht, dass Leute, die so verhungert sind, so etwas anzetteln würden?“

„Kannst du Kate sehen? Ist sie in Ordnung?“

Martin suchte die Menge nach ihr ab. „Ich sehe sie“, rief er. „Sie ist bei Pater O’Bannon.“ Und mit besorgter Stimme fügte er hinzu: „Aber ich kann Tomeen nicht entdecken.“

*

Die aufgebrachte Menge kam immer dichter an Kate heran.

„Du solltest lieber reingehen“, sagte Pater O’Bannon. „Es wäre nicht gut, wenn du etwas abbekommen würdest.“

„Aber die Kinder!“, protestierte Kate.

Sechs kämpfende Männer stießen gegen einen Topf mit Suppe. Er fiel um und die Suppe floss ins Feuer. Eine Dampfwolke stieg hoch und die Kämpfenden sprangen zur Seite, um sich nicht zu verbrennen.

„Doch, das wirst du!“, befahl O’Bannon. Er nahm Kate am Arm und zerrte sie zur Küche.

Nesbitt und Rusty kamen aus dem Haus gerannt. „Ich habe den Lärm gehört“, rief Nesbitt. Er erfasste die Situation mit einem Blick und sagte zu dem Claddagh-Mann: „Hilf dem guten Pater, die Frau ins Haus zu schaffen.“ An O’Bannon gewandt, fügte er hinzu: „Passen Sie auf, dass sie drin bleibt, Pater.“ Und zu Kate: „Keine Sorge, Madam. Wir werden hier bald Ordnung geschafft haben.“

Drei kämpfende Männer kamen auf Kate zu, als wollten sie sie auf den Wellen des Kampfes mit forttragen, aber Nesbitt sprang dazwischen und Kate wurde schleunigst fortgebracht.

*

Nesbitt, Pater O’Bannon und Kate hielten sich in der Küche auf.

„Es war gar nichts.“ Pater O’Bannon tätschelte Kate den Rücken. „Gar nichts. Die Emotionen sind hochgekocht. Das ist alles. Keine böse Absicht. Sie haben sich wieder beruhigt, siehst du. Sanft wie die Lämmer sind sie. Die Unruhestifter sind weg. Die Straße entlang und fort.“

Kate hatte den Blick nicht vom Fenster genommen, seit die Unruhen begonnen hatten. Sie war totenbleich. „Wo sind die Kinder? Wo ist Tomeen? Und Martin und Mary Elisabeth?“

Martin klopfte gegen die Tür und rief: „Kate! Bist du da drin?“

„Da, siehst du? Was habe ich dir gesagt?“ Pater O’Bannon

wischte sich die Stirn und schlurfte zur Tür, um die Kinder hereinzulassen.

Martin und Mary Elisabeth platzten in die Küche. Mary Elisabeth stürzte auf Kate zu und schlang die Arme um ihren Hals. „Oh Schwester! Ich hatte solche Angst! Ich habe alles gesehen! Ich dachte, sie würden zurückkommen, um dich zu töten!“

„Aber, aber“, beruhigte Pater O'Bannon.

Martins Hände zitterten. Die Lippen hatte er fest aufeinander gepresst. „Wo ist die Witwe Joyce?“, fragte er. „Wo ist Tomeen?“

Kate erhob sich unbeholfen. „Er ist bei Fern.“

Martin blickte Nesbitt an und sagte: „Fern hat den anderen.“

Ein Schaudern lief Nesbitt über den Rücken. „Was sagst du da, Junge?“, fragte er mit gepresster Stimme.

„Fern ist auf der Suche nach der Witwe Joyce. Fern hat ihren kleinen Jungen. Der, den sie Robert nennen. Und jetzt sucht sie überall nach ihr. Sie dachte, die Witwe wäre hier bei Kate. Sie sagt, die Frau hätte Tomeen hochgenommen und ihn vor Schaden bewahrt, als die Kämpfenden ...“

Nesbitt öffnete den Mund, als wollte er etwas sagen.

Kate deutete seinen Gesichtsausdruck richtig. „Wo sind sie?“, schrie sie. „Wo ist die Frau? Wo hat sie Tomeen hingebracht?“

*

Martin eilte von einer Gruppe Vertriebener zur anderen. „Habt ihr die Witwe Joyce gesehen?“, fragte er. Ein großer Mann, an den die Frage gerichtet war, schüttelte müde den Kopf, ohne den blutverschmierten Lumpen wegzunehmen, den er sich an die Lippe presste.

„Die Witwe Joyce?“

„Nicht mehr, seit wir aus unserem Dorf vertrieben wurden.“

„Die Joyce-Familie? Eine Frau mit einer ganzen Brut, einschließlich eines kleinen Jungen?“

Ein kleiner, stämmiger Mann mit einer zerschmetterten Nase schüttelte den Kopf.

Die verrückte Molly war Simeon entkommen und hüpfte neben Martin her. „Hast du Eve gesehen?“, fragte sie laut. „Das Abkommen wird ihren Kindern nicht gut tun.“

Martin knirschte mit den Zähnen und fragte weiter: „Habt ihr die Witwe Joyce gesehen?“

Die bejahende Antwort eines der Vertriebenen kam so unerwartet, dass sich der Junge beinahe bedankt hätte und weitergegangen wäre. „Wirklich?“, fragte er.

„Aye“, wiederholte der Mann, während er seinem Freund einen provisorischen Verband um den Kopf anlegte, trotz der Schlinge, in der sein eigener Arm lag. „Habe gesehen, wie sie durch das Tor verschwunden ist, bevor ich niedergeschlagen wurde.“

„War jemand bei ihr?“

Der Flüchtling schnaubte und zuckte vor Schmerz zusammen. „Nur ihre ganze Brut“, antwortete er. „Sie muss eine Prophetin sein, dass sie genau wusste, wann sie zu verschwinden hat.“

„Ihr habt die falsche Verrückte eingeschlossen, nicht?“ Molly blickte Martin ins Gesicht. „Er wird sie wegschließen, bis es sicher ist. Hör auf Molly. Er wird sie einschließen, jawohl!“

*

Nur mit Mühe behielt Kate ihre Stimme unter Kontrolle. „Wir sind so wenige“, sagte sie, „und das Land ist so groß. Wie sollen wir ihn finden?“

Fern hielt den kleinen Robert Joyce im Arm, der unbesorgt mit einem Holzlöffel spielte. Nesbitt trug Margaret auf, das Mädchen und den Jungen aus dem Raum zu bringen. „Das ist Justin Davitt aus Ben Beg“, stellte er einen breitschultrigen Mann mit grauen Haaren vor. „Ich kenne seine Cousins. Es sind gute Menschen.“

„Ich verbürge mich ebenfalls für ihn“, fügte Pater O’Bannon hinzu. Davitt nickte dankbar.

„Die Leute aus Ben Beg wissen, was passiert ist“, fuhr Nesbitt fort. „Viele von ihnen wollen helfen. Davitt wird die Zuverlässigsten aussuchen. Da sie ihn alle kennen, wird es keinen Ärger geben. Alle Verdächtigen sind bereits fort.“

„Wir werden die Gegend nach dem Kleinen durchkämmen“, sagte Davitt. „Wir werden eine solche Armee aufstellen, dass nicht einmal ein Hase unbemerkt entkommen kann.“

„Und wir werden sofort mit der Suche beginnen“, fügte Nesbitt hinzu. „Die Spur der Frau ist noch heiß. Sie brauchen sich keine Sorgen zu machen, Lady Burke. Wir werden ihn finden.“

Kapitel 26

Der Geruch von Land – warmem, trockenen Land – drang den Ausgesetzten in die Nase.

„Wir sind gerettet!“, rief Laurence O’Halloran überglücklich.

„Gerettet“, murmelte Pater Talbot.

„Noch sind wir nicht an Land“, bemerkte Joseph. „Seht euch nur die Höhe dieser Brecher an! Wir müssen an der Küste entlangsegeln und nach einer Stelle suchen, wo wir sicher landen können.“

Hoyle hielt das Ruder fest umklammert und Joseph richtete das Segel aus. Das Boot fuhr parallel zu den weißen Wellenkämmen. Obwohl das Land verlockend nah lag, war es noch nicht zu sehen. Unmittelbar über der rollenden Brandung hing ein dichter Nebel als sichtbare Grenze zwischen dem Reich des Wassers und dem Reich des Festlandes.

„Wie sollen wir das schaffen?“, fragte Laurence. „Selbst wenn wir die Wellen überwinden, da könnten Felsen sein. Was sollen wir machen?“

Ja, was? Das Boot, das in einem Augenblick noch auf Ruder und Trimmung reagierte, wurde im nächsten von einer unerwarteten Strömung erfasst und herumgewirbelt. Die reißende Flut machte jeden Versuch, das Boot steuern zu wollen, zunichte. Da der Wind von hinten blies, war es auch unmöglich, wieder aufs offene Meer hinauszufahren.

Das zerbrechliche Boot wurde nach Süden getrieben, direkt in eine dichte Nebelbank hinein. Das Gebrüll der Brecher drang in die Ohren der Ausgesetzten. Was immer auch ihr Schicksal sein würde, es würde jetzt entschieden werden.

„Wenn wir in die Brandung kommen, müssen wir die Nase auf die Küste gerichtet halten!“, schrie Joseph, so laut er konnte, um das Tosen der Wellen zu übertönen. „Wenn wir mit der Breitseite ankommen, sind wir erledigt! Es wird uns die Ruder wegreißen!“

Das Boot wurde von den Wellen erfasst. Hoyle riss das Ruder hart herum. „Ich kann es nicht halten!“, rief er.

Joseph auf der einen Seite und der einarmige Hoyle auf der anderen kämpften mit der Strömung um die Kontrolle über das

Ruder. Laurence und Pater Talbot hielten die Ruder fest. Gann saß zusammengekauert im Bug. Die Wellen türmten sich schneller hinter ihnen auf, als das Boot fahren konnte. Es wurde zur Seite geworfen.

„Dreht bei! Dreht bei!“, ertönte ein Schrei.

Unter großer Anstrengung richteten die Männer das Boot wieder aus, um dann wieder herumgewirbelt zu werden und schließlich jede Steuerungskontrolle zu verlieren. Die nächste Welle wäre beinahe über ihnen zusammengeschlagen. Das Boot füllte sich mit Gischt, die den Insassen in den Augen brannte.

„Gott, erbarme dich!“, betete Talbot.

„Felsen voraus!“, schrie O'Halloran. Von Panik erfüllt blickte er über die Schulter zurück und deutete auf eine gezackte Felsformation, die aus dem Meer ragte. Das Boot schoss in einen Spalt der Felsformation, der so schmal war, dass beide Ruder zersplitterten.

Nun begannen die Wellen, die den Felsen umspülten, mit dem Boot zu spielen. Sie schlugen zuerst von der einen Seite, dann von der anderen zu. Wie ein Federball wurde das Boot von einer Welle zur nächsten geworfen, dem sicheren Untergang geweiht.

Schließlich kam, wie um dem Spiel ein Ende zu bereiten, von hinten eine riesige Welle an. Das Heck wurde höher und höher getragen. Mit einem letzten Schlag warf der Brecher das Boot nach vorn, Heck über Bug und die Insassen gingen mitsamt ihrer wenigen Habe über Bord.

*

Keuchend und hustend schluckte Joseph mehr Wasser hinunter, als er je für möglich gehalten hätte. Er hatte es nicht eilig, sich zu bewegen. Noch nicht. Der raue Sand fühlte sich warm an unter seinem Gesicht und sein Körper wollte Energie aufnehmen von dem Sonnenlicht, bevor er sich zwang, sich zu rühren. Es tat gut, am Leben zu sein – und zum Staunen war es auch. Joseph wollte das Gefühl eine Weile auskosten. Erst als die zurückkehrende Flut ihn an den Füßen kitzelte, rappelte sich Joseph endlich hoch, weil er plötzlich Angst bekam, eine siebte Welle könnte ihn wieder in den Hexenkessel zurückzerren.

Als er ein Augenlid öffnete, sah er sich Auge in Auge mit einem geisterhaft blassen Krebs, der sich, von der Bewegung aufgeschreckt, schleunigst verzog. Joseph rappelte sich hoch auf die Knie und suchte den Strand nach den anderen ab. Etwa dreißig Meter weiter wurde John Hoyle ebenfalls gerade lebendig. Joseph erhob sich und klopfte sich den Sand von den Überresten seiner Kleidung und von seinem sonnengebleichten Bart ab, der ihn uralt aussehen ließ. Ganz in der Nähe saß Pater Talbot und befreite sich vom Seetang, der sich in seinen Haaren verfangen hatte. Neben ihm lag der reglose Laurence O'Halloran.

Taumelnd kam Joseph zu dem Priester gewankt. „Ist er ...?“

„Oh nein“, erwiderte Talbot lächelnd. „Er hat einen Schlag auf den Kopf bekommen, aber er wird bald wieder zu sich kommen, denke ich.“

Beruhigt betrachtete Joseph die Küstenlinie. Die riesigen Brecher, die sie überwunden hatten, erstreckten sich in beiden Richtungen die Küste entlang. Es war ein Wunder, dass sie lebend an Land gekommen waren. Von dem kleinen Boot war keine Spur zu sehen, abgesehen von einem verlorenen Stück des Ruders, das von der Dünung hin und her gerollt wurde.

In der anderen Richtung waren nichts als Sanddünen zu erkennen. Jede Düne war höher als die vorherige. Die ordentlich angeordneten Hügel schienen mit Absicht gebaut, um dieses Stück Strand zu schützen.

Als er zu Hoyle zurückkehrte, fragte Joseph: „Haben Sie Gann gesehen?“

„Nein“, erwiderte Hoyle und klopfte sich mit der flachen Hand gegen die eine Seite seines Kopfes, um das Wasser aus dem Ohr zu bekommen. „Ich habe ihn einmal gesehen, als wir aus dem Boot geschleudert wurden. Er klammerte sich an den Bug, nur war der Bug nicht mehr am Boot.“ Der einarmige Gefangene zuckte die Achseln und fügte hinzu: „Wir sollten mal nach ihm suchen, denke ich.“

Der feine Sand in Richtung Norden war zu heiß unter den bloßen Füßen, darum zogen sie in Richtung Süden los, vorbei an dünner Vegetation, die am Übergang vom Steinstrand zu den Dünen wuchs. Eidechsen huschten davon, als ihr Schatten näher kam, und ein eidechsengroßer Skorpion rannte von einem Grasbüschel zum nächsten.

„Es gibt Leben hier“, bemerkte Joseph, „aber das erscheint mir nicht sehr freundlich.“

„Wo sind wir wohl gelandet?“

„Ich habe keine Ahnung, ehrlich“, gestand Joseph. „Es sieht so aus wie das, was ich über die Südwestküste Afrikas gelesen habe und wir sind ja auch in diese Richtung abgetrieben. Aber Gott allein weiß, wo wir uns befinden.“

„Und ob wir gerettet werden.“

„Gott allein weiß es.“

Sie kletterten auf eine Sanddüne, um vor einer nächsten zu stehen. Auch auf die kletterten sie und auf die dritte. Die vierte war noch höher und steiler als die vorhergehende und so kehrten sie zur Küste zurück. Hoyle ging voran, als sie eine Biegung in der Küstenlinie entlangschritten. Er schrie entzückt auf. „Ein Schiff! Ich kann einen Mast erkennen!“

So schnell sie ihre müden Glieder und geschwächten Körper trugen, eilten sie rufend und winkend über einen steinigen Hügel, um die Aufmerksamkeit auf sich zu lenken.

Beide blieben abrupt stehen, als das ungewöhnlich hohe Achterdeck des Schiffes in Sicht kam. Es war tatsächlich ein Schiff, aber es lag gut zweihundert Meter vom Wasser entfernt im Sand, der es bis zu den Schießscharten bedeckte. Es war ein Wrack, das irgendwann einmal an Land gespült worden war.

„Sollen wir nach Überlebenden suchen?“, fragte Hoyle zweifelnd. „Oder nach Nahrungsmitteln oder Wasser?“ Der Bug fehlte und die andere Hälfte des Schiffes bestand nur noch aus gebogenen Planken und dem Stumpf des Hauptmastes unter dem oberen Deck.

„Vielleicht gibt es noch Werkzeug“, meinte Joseph. „Die Seeleute, die darauf gefahren sind, können schon 300 Jahre tot sein. Das ist ... war ... eine spanische Galeone.“

„Bleibt weg“, warnte eine Stimme, die kaum noch menschlich klang. „Das ist ein Schatzschiff und es gehört mir, verstanden?“ Gefängniswärter Gann tauchte aus dem Gerippe des Schiffsrumpfs auf und trat vor die verblüfften Gefangenen.

„Sind Sie vollkommen verrückt geworden?“, fragte Hoyle. „Wir sind hier ohne Lebensmittel und Wasser gestrandet, und Sie denken an Gold?“

Ein Gebrüll, das selbst noch den Lärm der Brecher übertönte, erhob sich zwischen den Dünen. Ganz in der Nähe kam ein prächtiger Löwe in Sicht. Seine goldene Mähne umrahmte seinen massiven Kopf und er hielt es nicht für nötig, von den Schakalen, die ihn bellend und blaffend umsprangen, überhaupt Notiz zu nehmen. In seinem Maul hielt er den Kadaver einer ausgewachsenen Antilope. Der Löwe trug das Gewicht mit anmutiger Leichtigkeit.

„Sie haben vielleicht ein Schatzschiff gefunden", sagte Joseph leise zu Gann, während die drei Männer zur Küste zurückwichen. „Aber ich glaube, jemand hat schon Anspruch darauf erhoben."

*

O'Halloran saß aufrecht und rieb sich den Hinterkopf, als Joseph, Hoyle und Gann zu dem Kiesstrand zurückkehrten. Der Priester hatte einen provisorischen Sonnenschutz gebaut, indem er Seetang über ausgebleichte Walknochen gelegt hatte. Die Sonne war sengend heiß und der Wind brachte keine Kühlung, sondern wirbelte nur noch stechende Sandkörner gegen das bereits wunde Fleisch.

Nachdem er Josephs Beschreibung der Umgebung und ihrer tierischen Nachbarn zugehört hatte, fragte der Junge: „Und wo sind wir hier gelandet? Gefangen zwischen Salz und Sand, ohne Wasser inmitten von reißenden Löwen. Sind wir hier in der Hölle, Pater?"

Talbot schüttelte den Kopf. „Nein, Junge", sagte er, dann fügte er hinzu: „Aber es ist eine recht gute Nachahmung, die jeden Sünder veranlassen sollte, vor dem Original zu fliehen." An Joseph gewandt, sagte der Priester: „Es ist klar, dass wir hier nicht bleiben können. Da wir kein Wasser haben, können wir nicht mehr als zwei oder drei Tage überleben. Können wir die Dünen überwinden und ins Landesinnere marschieren, was meinen Sie? Oder sollten wir lieber der Küstenlinie folgen?"

„Ich würde sagen, ins Landesinnere", meldete sich Gann zu Wort, obwohl niemand ihn ansah. „Hinter den Dünen muss es Gras geben für die Antilope, die der Löwe gerissen hat. Und wo Gras ist, gibt es auch Wasser."

Joseph und Hoyle tauschten einen Blick, bevor Joseph erwiderte: „An der Küste entlang, denke ich. Es kann gut sein, dass es Wasser im Landesinneren gibt, denn die Tiere müssen ja auch trinken. Aber ich fürchte, dass wir uns in der Wildnis verlaufen werden. Und falls sich jemals Schiffe an diese Küste verirren, könnten wir gerettet werden."

„Ins Landesinnere! Das ist ein Befehl!"

Gann wurde vollkommen ignoriert. Was konnte er ihnen jetzt noch tun? Welchen Befehl konnte er geben oder welche Strafe verhängen, die ihr Los noch schlimmer machen würde? Er konnte sich ihnen anschließen oder nicht, das war seine Sache.

„In den Felsen könnten Eier von Seevögeln liegen oder wir könnten Fische fangen, die sich in seichte Pfützen verirrt haben", erklärte Joseph. „Morgen vor Sonnenaufgang werden wir aufbrechen. Heute Nacht wollen wir uns ausruhen und Kräfte sammeln."

*

Sie hatten keine Möglichkeit, ein Feuer anzuzünden, darum kauerten sich die fünf Überlebenden dicht zusammen, um sich gegenseitig vor herumstreunenden Raubtieren zu schützen. Gann saß ein wenig abseits von den anderen, doch als eine Hyäne ganz in der Nähe zu bellen begann, kam auch er schleunigst näher.

In den Felsen hatten sie tatsächlich hier und da etwas zu essen gefunden, aber das half ihnen auch nicht viel weiter. Ohne Wasser standen sie vor demselben Dilemma: Ihr Hunger war nicht halb so groß wie ihr Durst.

Bevor Joseph einschlief, grub er eine kegelförmige Grube in die feuchte Erde. Diese legte er mit dem saubersten trockenen Gras aus, das er finden konnte. Um das Loch herum arrangierte er die langen, stacheligen Blätter einer Art Agave so, dass sie mit der Spitze in die Mitte des Loches reichten. Vom Strand holte er zwei Hände voll glatter, runder Kieselsteine, mit denen er den Rand befestigte.

Beim ersten Licht der Morgendämmerung überprüfte Joseph seine Konstruktion. Der Nebel hatte sich in der Nacht über das Land gelegt und Wasser auf den Pflanzen abgelagert. Natürlich war es nur eine bescheidene Menge, aber immerhin. Joseph verteilte das vorhandene Wasser an die sich ihm eifrig entgegenstreckenden Hände.

Um sich die Suche nach den für eine solche Konstruktion nötigen Steinen zu ersparen, steckte Joseph sie ein und nahm sie mit, als sie sich auf den Weg den Strand entlang machten.

*

Bei der fieberhaften Suche nach dem kleinen Tom Burke bekamen die Männer bestimmte Gebiete zugewiesen: Der einsame Rotdornbusch über dem Wasserfall, der alte Steinkreis auf der anderen Seite der Niederungen, der Marktplatz am Hügel, das alte Steinkreuz, das abgerissene Dorf den Fluss hinauf. Es war Nesbitts Idee, seine Suchtruppe über das größtmögliche Gebiet zu verteilen. Sie wollten der Frau keine Zeit lassen, aus der Grafschaft zu verschwinden, sondern schneller sein als sie, sie überholen und dann einkreisen.

Martin und Pater O'Bannon suchten jedes Haus in Ballynockanor auf. „Habt ihr irgendwelche Fremden in der Nähe des Dorfes gesehen?", fragten sie. „Eine Frau mit einem rothaarigen Jungen? Irgendjemanden?"

Gemeinsam durchsuchten sie jedes niedergerissene Haus, jedes Nutzgebäude, jeden Stall, jeden Heuschober. Sie fanden nichts.

Nesbitt ritt nach Allintober hinüber und unterrichtete die Dorfbewohner von der Entführung. Er nahm den Bewohnern das Versprechen ab, ihm mitzuteilen, sollte ein Fremder durch das Dorf kommen. Zwei Dutzend Männer erklärten sich bereit, bei der Suche zu helfen.

Simeon und Rusty, Moor und Sonny suchten gemeinsam selbst die einsamsten Stellen des Sumpfes ab. Es gab keine Höhle, die sie nicht überprüften, keine Rauchfahne, der sie nicht nachgingen, kein Lager von Reisenden, das sie nicht aufsuchten.

Doch alle Bemühungen waren umsonst. Niemand hatte eine unbekannte Frau mit oder ohne rothaariges Kind gesehen. Die Joyces und Tomeen waren verschwunden.

*

Am dritten Tag der Suche nach dem Kind bekam Nesbitt im Sattel einen Schwindelanfall. 72 Stunden hatte er nicht mehr geschlafen und er war so steif, dass Simeon ihm vom Pferd helfen musste. Eine Tasse Tee und einen Keks, mehr gestattete er sich nicht, bevor er die nächste Phase der Suche organisierte.

Eine Linie von Männern, die kaum weiter als einen Steinwurf

voneinander entfernt waren, erstreckte sich vom Westufer des Cornamona bis hin zu Burke Park.

Die Männer bewegten sich extrem langsam in Richtung Norden. Jeder Steinhaufen wurde untersucht, jeder frisch gegrabene Hügel aufgegraben. Wenn es auch nicht ausgesprochen wurde, so verstand doch jeder, was das bedeutete: Sie suchten nicht mehr nur ein lebendes Kind.

*

Das Kinn in die Hand gestützt saß die verrückte Molly auf der untersten Treppenstufe vor der Küche und starrte zum Fluss hinüber. Seit Toms Verschwinden hatte sie kein Wort mehr geredet. Sie wollte nicht mit Nesbitt sprechen oder Kate auch nur ansehen. Simeon schaffte es nicht, ihr ein Lächeln zu entlocken. Der alte Flynn brachte sie nicht einmal mehr in Rage. Margaret konnte sie nicht überreden, etwas zu sich zu nehmen. Ihr Zustand bereitete allen zusätzlich große Sorge. Als Fern mit dem armen kleinen Robert im Arm vorbeischlurfte, liefen Molly dicke Tränen die Wangen hinunter. Bei dieser einzigen Gefühlsregung bemerkte Kate, Molly hätte in der Nacht vor nun beinahe zwanzig Jahren, als der kleine Joseph Connor Burke verschwand, den Verstand verloren. Vielleicht würde sich die alte Frau nun daran erinnern und sowohl wegen Joseph als auch um Tomeen weinen.

„Sie ist aufs Sterben ausgerichtet“, sagte Pater O'Bannon, als sie nicht einmal mit ihm sprechen wollte. „Sie umklammert das Kruzifix, das ihr Mann in der Nacht seines Todes in Händen hielt, und will es nicht loslassen.“

„Und sterben wird sie bestimmt“, gab Nesbitt ernst zu. „Denn sie hat jetzt die ganze Zeit nichts gegessen und nur ganz wenig getrunken.“

Martin und Mary Elisabeth beschlossen, Molly zu retten. Den ganzen Tag blieben sie neben ihr sitzen. Sie erzählten ihr von Kate und dem Baby, das bald geboren werden sollte. Sie sprachen von Josephs Begnadigung und dass bald alles besser werden würde. Als Mary Elisabeth sie beruhigte, Tomeen würde bestimmt gesund und munter gefunden werden, drückte sich die alte Frau die Hände auf die Ohren und schloss die Augen.

„Sprich nicht über Tomeen“, flüsterte Martin. „Sieh nur, was das bei ihr bewirkt. Wenn sie eine Schnecke wäre, würde sie sich jetzt in ihr Haus zurückziehen und nicht wieder zum Vorschein kommen."

Mary Elisabeth, die selbst nervös und traurig war, legte ihr die Hand auf den Kopf. „Möchtest du nicht mit uns zum Fluss hinuntergehen, Molly? Komm und fang Frösche mit uns, ja?"

Molly nahm ihre verknöcherten Hände herunter, hob ihr Kinn und sah in die Ferne, hinüber zu den Bergen von Ben Beg. Sie gab keine Antwort.

Martin versuchte sein Glück. „Wenn du keine Frösche fangen willst, wollen wir dann lieber zum Friedhof gehen und den Wettkampf im Speerwerfen zwischen den Toten von Ballynockanor und denen aus Castletown beobachten?" Das war in der Vergangenheit Mollys Lieblingsbeschäftigung gewesen: Sie lief über den Friedhof und gab die Punktezahl von lang verstorbenen Wettkämpfern bekannt. Sie behauptete, die Mannschaft aus Ballynockanor würde immer gewinnen. Das hatte selbst Mollys dunkelste Tage erhellt.

Molly schien Martin jedoch nicht zu hören. Sie bekreuzigte sich und küsste das Kruzifix. Kate versuchte trotz ihres eigenen Kummers Molly aufzuheitern und Fern zu trösten. Sie kam heraus und setzte sich neben sie ins kühle Gras.

Sie nahm Mollys Hand und legte sie auf ihren Bauch. „Das Baby tritt wieder, Molly. Das ist Josephs Kind. Du wirst uns nicht verlassen, bevor du Josephs Baby im Arm hältst, nicht?"

Nicht einmal das rief eine Reaktion hervor. Zart und zerbrechlich wie ein Blatt im Wind schwankte Molly ein wenig, als Wind aufkam. Sie hielt ihren Finger in die Luft, um die Windrichtung zu testen. Vielleicht deutete sie aber auch nur himmelwärts.

„Was macht sie?", fragte Martin.

„Sie sucht nach Tomeen", erwiderte Kate mit leiser Stimme. „Wie wir alle. Sie sucht in ihren Gedanken und fragt sich, wie alles so kommen konnte." Kate bedeckte ihr Gesicht mit den Händen und begann zu weinen. „Was hätte ich nur anders machen können?"

Molly sah sie nicht an, sondern erhob sich und ging langsam zu ihrem Zimmer am hintersten Ende des Stalles.

Nesbitt kam um die Ecke und sah Molly nach. Mit leiser Stimme sagte er zu Kate: „Haben Sie es schon gehört?"

Sie schnappte nach Luft. „Oh nein! Ist er tot?"

„Nicht das, Madam. Tut mir Leid, dass ich Sie erschreckt habe. Es ist nur, die Suchtrupps haben aufgegeben. Wir haben jeden Zentimeter durchkämmt. Er ist einfach nicht da. Und das ist gut, Madam. Wenn wir ihn nicht finden, so heißt das, dass noch Hoffnung besteht, nicht?"

Kate konnte nur nicken.

Kapitel 27

Joseph wischte sich den Schweiß von der Stirn. Jeder Tag verlief nach dem gleichen Muster: Sie marschierten von Anbruch der Morgendämmerung an bis kurz vor Mittag, bis es zu heiß war, um sich noch weiter zu rühren. Dann suchten sie Schutz vor der sengenden Sonne und dösten bis zum späten Nachmittag, marschierten weiter, bis die Dunkelheit hereinbrach. Alle bauten nun ähnliche Wasserfallen wie Joseph, sodass sie wenigstens ein Minimum an Trinkwasser hatten. Als Nahrung pflückten die fünf Männer Seetang und Muscheln von den Felsen und suchten Eier von Seevögeln, die sie roh verzehrten.

Nachts war ihr Lagerplatz von glühenden Augen umgeben; jeden Morgen fanden sie Spuren von Schakalen. Auch wurden sie tagsüber immer häufiger von diesen unangenehmen Aasfressern umkreist. Wenn sie nicht bald Rettung fanden, war klar, was passieren würde.

Eines Abends bei Einbruch der Dämmerung bedeutete Hoyle, der sie anführte, ihnen, stehen zu bleiben. Joseph schätzte, dass sie an diesem Tag kaum mehr als zehn Meilen zurückgelegt hatten. „Hört nur“, rief Hoyle.

Zuerst war es schwierig, das Geräusch über das Donnern der Wellen hinweg zu unterscheiden, aber da war noch etwas anderes. Es war ein rollendes Brummen wie das Gebrüll eines Löwen, nur nicht so tief. „Das klingt, als wären es Hunderte“, meinte O'Halloran nervös. „Vielleicht sollten wir wieder umkehren. Und wenn sie uns nun riechen?“

„Wir können nicht umkehren“, widersprach Hoyle. „Wo sollen wir denn hin?“

Joseph deutete auf einen kleinen Felsvorsprung vor ihnen. „Hoyle und ich werden hinaufklettern und nachsehen“, bot er an. „Die anderen bleiben hier.“

Während die Männer immer höher stiegen, wurde der Lärm lauter und lauter, bis er sogar das Gebrüll der Brecher übertönte. Auch klang es gar nicht mehr so drohend, sondern eher wie ein Brummen oder Bellen. „Das sind keine Löwen“, rief Joseph, als er gerade den Gipfel erreichte. „Das sind ... Seehunde!“

Die Bucht war die Heimat von Tausenden von Seehunden, vielleicht sogar Hunderttausenden. Das unablässige Brüllen war ohrenbetäubend und verwirrte die Sinne. Bellend, beißend, schnappend belagerten die Seehunde den Strand von einem Ende der Bucht bis zum anderen und auch im Wasser tummelten sie sich zu Hunderten. Und mittendrin lag ein Segelschiff vor Anker.

Eine Stunde später befanden sich die Ausgesetzten an Bord der *Sigurd*, einem Robbenfangschiff, das Kapitän Jochim ten Eyck aus Kapstadt gehörte. Alle fünf Überlebenden waren wiederholt ermahnt worden, langsam von dem reichlich vorhandenen Wasser zu trinken. Die Mannschaft der *Sigurd* bestand aus schwarzen, holländischen, englischen und portugiesischen Robbenfängern, die die ausgezehrten Gesichter der Männer anstarrten, die aus der Wüste gekommen waren.

Der Kapitän sprach leidliches Englisch mit ausgeprägtem holländischem Akzent. Mit aufrichtigem Erstaunen sagte er: „Ihr könnt euch glücklich schätzen. Niemand ist bis jetzt lebendig aus der Namib herausgekommen. Und heute ist unser letzter Tag hier. Noch heute laufen wir nach Kapstadt aus."

John Hoyle sank auf die Knie und Pater Talbot sang ein Loblied und pries Gott. Gann wählte diesen erhebenden Augenblick, um zu verkünden: „Ich bin Offizier der britischen Krone", erklärte er. „Diese Männer sind Gefangene. Ich möchte sie in Ketten legen, bis wir am Kap mit dem Gouverneur sprechen können."

*

Colonel Mahon fuhr mit dem Finger über die Ringe in dem Eichentisch. „Sie sind ein Narr, O'Shea."

„Sie haben aufgegeben! Er ist zu klein und kann nicht erzählen, woher er kommt oder wer seine Eltern sind. Ich will damit sagen, Squire, dies kann erledigt werden, ohne das Blut eines Kindes zu vergießen. Ein Waisenhaus in Belfast. Wer würde das schon erfahren?"

Mahon donnerte mit der Faust auf den Tisch. „Sein Blut oder unseres! Der Sohn von Joseph Burke ist in der Vorstellung von jedem Menschen zwischen London und Galway City tot. Warum sollten wir die Welt enttäuschen? Töten Sie ihn!"

O'Shea trat unbehaglich von einem Fuß auf den anderen. „Ich kann es nicht."

„Sie werden es tun. Jeder Finger wird auf Sie deuten, wenn er am Leben bleibt und gefunden wird!"

„Ich habe ihn an einem sicheren Ort untergebracht, zusammen mit der Witwe Joyce."

„Mit der Schlampe! Sie meinen, Sie haben sie auch am Leben gelassen, damit sie ausplaudern kann, was sie weiß?" Mahon packte O'Shea am Kragen. „Sie stirbt zusammen mit ihm – und damit die Wahrheit. Wenn sie und das Kind am Leben bleiben, steckt Ihr Hals in der Schlinge!"

„Nicht nur meiner!

Mahon stieß ihn von sich. „Doch, Ihrer allein." Er deutete auf die Uhr. „Ich gebe ihnen bis morgen Zeit, O'Shea. Töten Sie den Erben Joseph Burkes, sonst werden die Gerüchte Sie zermalmen."

„Und Sie."

„Das haben alles Sie arrangiert. Ich habe darauf geachtet, dass ich nicht hineingezogen werden kann." Nachdem er sich etwas beruhigt hatte, schloss er die oberste Schublade seines Schreibtischs auf. Er nahm einen Stapel zusammengebundener Dokumente heraus und hielt sie O'Shea vors Gesicht. „Eidesstattliche Erklärungen von denen, die Sie angeheuert haben, an jenem Tag den Krawall in Burke Park vom Zaun zu brechen. Alles beeidigt und keiner wusste etwas von Ihrer Absicht. Zwei von ihnen haben gesehen, wie die Witwe Joyce in Ihrer Kutsche davongefahren ist." Höhnisch grinsend legte er die Beweise in die Schublade zurück. O'Shea war geschlagen.

„Wenn ich das Kind töte, verdamme ich meine Seele."

„Sie sind bereits verdammt. Sie haben mir schon vor langer Zeit Ihre Seele verkauft." Mahon atmete tief durch. „Ich will einen Beweis."

„Soll ich Ihnen als Beweis seine Leiche vor die Tür legen?", fragte O'Shea verbittert.

„Sein Herz reicht aus."

*

Sonnenlicht und Schatten spielten auf den Felsterrassen des Berges, der sich hinter dem niedergerissenen Dorf Ben Beg erhob. Unmittelbar unter der Felsspitze befand sich eine kleine

Hütte. O'Shea hatte in dieser Hütte immer einen Vorrat an Lebensmitteln und Decken gelagert für die Zeiten, wenn er sich an seine Wurzeln erinnerte und sich danach sehnte, dem zu entfliehen, zu dem er geworden war.

Dort hatte er die Witwe Joyce und ihre Kinder untergebracht.

O'Shea erblickte die schmale Rauchsäule, die aus dem Schornstein aufstieg. Sie wirbelte hoch und verlor sich über der Bergspitze. Er war sicher, dass niemand daran denken würde, hier nach dem entführten Kind zu suchen. Niemand würde etwas vermuten. Immerhin erzählte man sich in der Grafschaft, die Suche wäre abgebrochen worden, abgesehen von Lady Burke, dem Verwalter Nesbitt und den Claddagh-Brüdern, die noch immer die Gegend erkundeten.

Da sie einen Mord vermuteten, hatten die in Cong stationierten Soldaten die seichten Flussarme überprüft, in denen sich die Leiche eines Kindes nach einer Weile verfangen würde. Dadurch wollten sie der Bevölkerung zeigen, dass sie nichts mit dem Mord an dem Burke-Kind zu tun hatten. Beamte bis hin nach Dublin streuten das Gerücht aus, das Verschwinden des Kindes sei das Werk von irischen Militanten, die noch immer Groll hegten gegen Joseph Burke und Daniel O'Connell wegen des Scheiterns der Politik zur Befreiung der Iren. In Dublin Castle hoffte man, die Leiche des Kindes würde nie gefunden und das Verbrechen niemals aufgeklärt werden. Fälle dieser Art konnten der politischen Partei in die Schuhe geschoben werden, die gerade im Ansehen der irischen Bevölkerung stieg. Für den Mord an einem unschuldigen Kind verantwortlich gemacht zu werden, egal aus welchem Grund, würde ganz bestimmt die Ribbonmen Westirlands in Verruf bringen.

Abgesehen von dem Rauch war kein Anzeichen zu sehen, dass jemand hier wohnte. Die Witwe hatte sich an O'Sheas Warnung gehalten, sie dürfe sich unter keinen Umständen zeigen, sonst würde sie wegen Kindesentführung gehängt. Zweifellos hatten ihn die älteren Kinder bereits Stunden zuvor entdeckt. Doch als er näher kam, verschwanden sie schnell.

Während er den steilen Weg hochritt, beugte er sich über den Hals seines Pferdes, um ihm den Aufstieg zu erleichtern. Oben angekommen, hielt er inne und blickte zurück. „Von hier aus müsste man die ganze Welt sehen können, falls die Wolken jemals verschwinden würden", murmelte er und tätschelte den Hals seines Pferdes.

Er stieg ab und wartete eine Weile, bevor er rief: „Frau!"

Im Innern der Hütte bewegte sich etwas. Die Angeln der alten Tür stöhnten. Das schmutzige Gesicht der Witwe tauchte in der Tür auf. Misstrauisch blickte sie ihn an. Wie es schien, hatte die Witwe Joyce nichts über den Zweck von Wasser und Seife gelernt.

„Ach! Sie sind es, Sir! Wir hatten schon fast die Hoffnung aufgegeben, dass Sie uns holen würden. Die Lebensmittel sind beinahe aufgebraucht."

„Ist das Kind am Leben?", fragte O'Shea in der Hoffnung, irgendeine Krankheit könnte Tom Burke dahingerafft und ihm die Arbeit abgenommen haben.

„Das ist er, Euer Ehren! Wir haben gut für ihn gesorgt. Er ist nicht mein Robert, aber ich habe ihn trotzdem immer getröstet." Über die Schulter hinweg rief sie: „Maeve! Bring den Burke-Jungen."

O'Shea trat nicht in die Hütte ein. Die Kinder drängten ins Freie. Ein Mädchen von etwa elf Jahren trug Tomeen in den Armen. Sie kam als Letzte heraus. Die glänzenden roten Locken des Jungen waren verfilzt und schmutzig. Seine Augen waren trüb, die Wangen eingefallen.

O'Shea kam der Gedanke, dass selbst der Sohn eines Lords für Abschaum gehalten werden konnte, wenn er in einem Schweinestall hauste.

„Und jetzt, Euer Ehren", sagte die Frau und wandte den Blick ab, um schüchtern zu wirken, „ich habe meinen Teil des Abkommens gehalten. Werden Sie Ihren auch einhalten? Einen Platz für mich und meine Kinder. Ich weiß, Sie werden es tun."

O'Shea betrachtete sie verbittert. „Der Colonel sagt, ich soll dich töten."

Bei diesen Worten verschwand ihre aufgesetzte Fröhlichkeit. Ein Ausdruck der Furcht und des Zweifels wechselte sich auf ihrem Gesicht ab; schließlich siegte ein schwaches Lächeln. „Ein gemeiner Scherz, Euer Ehren."

„Kein Scherz."

Jetzt gewann die Furcht die Oberhand. Sie fiel auf die Knie und flehte ihn händeringend an. „Aber ich habe doch alles getan, was Sie wollten. Alles! Sie können mir doch nicht wirklich etwas antun wollen."

„Er denkt, du würdest reden", erwiderte O'Shea kalt. „Du

und deine Kinder. Die, die sprechen können, sagt er, werden alles ausplaudern."

„Kein einziges Wort werden wir sagen! Ich schwöre es!" Sie weinte. „Bitte, Euer Ehren! Lassen Sie uns gehen! Ich werde mein Versprechen halten! Verschonen Sie meine Kinder!"

O'Sheas Blick wanderte zu Tom Burke. Hier hatte es begonnen und hier würde es enden. Wenn er dieses Kind tötete, würde sich Mahon niemals um die Witwe Joyce oder ihre Brut kümmern.

„Ich werde dich am Leben lassen", bemerkte er emotionslos. Allerdings verschwieg er, dass er nie vorgehabt hatte, sie zu töten.

Die Witwe Joyce warf sich vor ihn auf den Boden. Schluchzend vor Dankbarkeit grub sie ihre Finger in den Boden. „Gott segne Sie, Sir! Sie sind ein guter Mensch!" Sie küsste seine Stiefel, während sich ihre Kinder an die Wand der Hütte drängten.

„Steh auf." Angewidert wandte er sich ab. „Hör auf mit dem Jammern."

Abrupt hörte sie auf zu weinen und setzte sich auf. „Was Sie wollen, Sir."

Er wandte den Kopf um und sagte zu dem Mädchen: „Lass den kleinen Burke herunter. Ja, genau so. Stelle ihn auf den Boden."

Das Mädchen gehorchte. Tom, der nun nicht einmal mehr den armseligen Trost der körperlichen Nähe hatte, begann zu weinen.

„Er sieht halb verhungert aus", bemerkte O'Shea. „Ich habe dir doch gesagt, er solle nicht leiden müssen."

„Wir haben ihm zu essen gegeben, Euer Ehren. So viele Münder zu stopfen ..."

„Halt den Mund", unterbrach O'Shea sie und schnippte mit den Fingern. „Und jetzt hör zu, du schmutziges, unwissendes Wesen. Nimm deine Brut mit zum Fluss, dort wascht ihr euch den Schmutz ab."

Die Witwe Joyce nickte heftig. „Wie Sie befehlen, Sir."

O'Shea fuhr fort. „Ich habe einen Koffer voll sauberer Sachen mitgebracht. Zieht sie an. Da ist auch Geld für einen neuen Anfang und eine Passage an Bord der *Ivory Tess*, die von Galway City ausläuft."

„Wir sollen Irland verlassen?" Ihr Eifer erlosch.

„Oder sterben."

„Ich wollte schon immer die Welt sehen." Sie erhob sich und klopfte sich den Staub ab. „Wohin fahren wir?"

„In Australien gibt es zu wenig Frauen. Selbst eine Witwe mit sieben Kindern wird keine Probleme haben, einen Mann zu finden."

Sie knickste. „Gott segne Sie, Sir. Ich werde jeden Tag für Sie beten!"

Drohend trat er auf sie zu. „Wage das ja nicht! Sprich niemals meinen Namen aus! Vergiss mein Gesicht! Denn wenn du ... oder die da ... auch nur an mich denken, wird es der Teufel mir ins Ohr flüstern und ich werde hinter euch her sein. Ist das klar?"

Sie schluckte und bekreuzigte sich. „Sicher. Ich ... wir ... also kein einziges Wort. Und was ist mit dem Burke-Jungen?"

„Überlass ihn mir. Nimm den Koffer. Eine Meile den Weg entlang findest du einen Wasserfall und einen Teich. Ohne diese Schmutzschicht wird dich niemand erkennen. Du hast eine Woche Zeit, um an Bord des Schiffes zu kommen. Sieh zu, dass du rechtzeitig da bist. Und jetzt verschwinde, bevor ich meine Meinung ändere."

O'Shea blickte der Witwe Joyce mit ihren Kindern nach, bis sie nicht mehr zu sehen waren.

Tomeen zog sich am Türrahmen hoch und watschelte auf O'Shea zu. Er klammerte sich an sein Hosenbein und blickte erleichtert zu dem Mann hoch.

„Sie haben dich nicht gut behandelt, junger Burke."

Das tränennasse Gesichtchen leuchtete auf, als der kleine O'Sheas Stimme hörte. Dieser runzelte die Stirn und befreite sich von der Umklammerung der winzigen Hände. Tomeen fiel auf sein Hinterteil.

Geduldig rappelte sich das Kind wieder hoch, marschierte auf unsicheren Beinchen wieder zu O'Shea und streckte ihm die Arme entgegen, um auf den Arm genommen zu werden.

„Ich bin hier, um dich zu töten." O'Shea zog sein Jagdmesser aus der Scheide. Die Klinge blitzte im Sonnenlicht. Er entdeckte sein eigenes Spiegelbild auf der Klinge. „Ich soll dir das Herz herausschneiden, sagt Mahon. Gott weiß, er hat es häufig genug gesehen. Auch Frauen und Kinder. Ihm bedeutet das nichts. Aber ich?" Er nahm den Jungen hoch und ging zum Rand des Abgrunds, wo der Fluss sich siebzig Meter weit in einem Wasserfall in die Tiefe ergoss, wo eine warme Quelle einen Teich ausgewaschen hatte. „Ich bin kein Schlächter. Du wirst von selbst sterben, wenn ich dich hier lasse. Oder du wirst verhungern. Oder in den Abgrund stürzen. Aber ich werde es nicht mit ansehen, nicht? Ich nicht. Du wirst nicht lange überleben. Zerschmettert von den Felsen. Tot, bevor du auch nur im Wasser aufschlägst. Aber nicht von meiner Hand." Er setzte den Jungen in der Nähe des Abgrunds ab. Das Kind jammerte leise, aber nicht aus Furcht vor der Gefahr, sondern weil O'Shea ihn verlassen hatte. „Jetzt bist du in Gottes Händen", bemerkte O'Shea. Als er sein Pferd bestieg und den Berg hinunterritt, warf er keinen einzigen Blick zurück.

Kapitel 28

Molly war fort.

Simeon und der alte Flynn teilten Kate die Nachricht noch vor dem Frühstück mit.

Simeon erklärte leise: „Sie hat gestern Abend mit mir gesprochen. In der Alten Sprache. Sie sagte, der Fluss würde oben auf dem Berg entspringen. Das Wasser sei kalt im Sommer und warm im Winter. Ihr Mann hätte ihr das erzählt, sagte sie. Dampf würde vom Wasser aufsteigen wie der Atem eines Ochsen in der Kälte. Der kleine Tomeen sei dort, wo er begänne und endete.“ Er klopfte sich nachdenklich ans Kinn. „Das hat sie zu mir gesagt. Ich habe nichts verstanden, aber ich dachte, es ist gut, dass sie überhaupt spricht.“

Obwohl alles in ihr danach schrie, sitzen zu bleiben, erhob sich Kate von ihrem Stuhl und ging nach draußen. Sie schirmte die Augen gegen das frühe Morgenlicht ab und starrte in Richtung Osten zu den Bergen hinter Ben Beg.

Nesbitt folgte ihr. Simeon und Flynn kamen auch nach.

„Was ist los, Madam?“

„Dampf wie der Atem eines Ochsen“, wiederholte Kate. Dann sagte sie zu Flynn: „Mein Vater hat früher dort oben Forellen geangelt. Erinnern Sie sich, Flynn? Baden in einem Fluss mit einer heißen Quelle?“

„Aye. Das haben wir alle in unserer Jugend getan. Bei meiner Gicht wünschte ich, ich könnte es noch einmal tun. Die Quelle befindet sich auf O'Sheas Besitz, Madam. Es ist verboten, dort zu angeln und zu baden. Wenn man O'Sheas Fischgrund verletzt, wird man verhaftet. Schon seit vielen Jahren ist die Gegend für das gewöhnliche Volk gesperrt.“

„Sie ist dort“, erklärte Kate bestimmt. „Sie ist hingegangen, um zu sterben, denke ich. Reiten Sie ihr nach, Nesbitt? Simeon? Ich kann es nicht ertragen zu denken, dass sie dort oben ganz allein ist. Bringt sie nach Hause, damit sie dort begraben werden kann, wenn sie tot ist. Wie auch immer, bringt sie einfach nur nach Hause.“

*

„Ihr werdet nicht ohne mich reiten!", Martin trat Nesbitt in den Weg und klammerte sich an dem Zaumzeug von Simeons Schimmelstute fest.

„Molly wird tot sein, wenn sie sie finden", widersprach Flynn leise. „Du willst sie doch nicht tot sehen."

Martin runzelte die Stirn. „Sattle das Pony für mich, Flynn. Wenn die verrückte Molly noch nicht tot ist, wird sie vermutlich eher mit mir nach Hause kommen als mit diesen beiden. In ihrem verdrehten Hirn sind sie Fremde. Sie kennt mich mein ganzes Leben lang und ..."

Nesbitt schnippte mit den Fingern. „Aye. Der Junge hat Recht. Satteln Sie das Pony, Flynn. Martin wird uns begleiten."

Die Suche nach der verrückten Molly führte die drei Reiter durch Stokestown, vorbei an dem Stumpf der alten Eiche und schließlich weiter zu den Ruinen von Ben Beg.

Es war, als wollte Molly mit eigenen Augen die Zerstörung dessen sehen, was sie ihr ganzes Leben lang gekannt hatte. Oft hatte sie erzählt, dass die Familie ihres Mannes aus Ben Beg kam. Immer wieder, wenn sie schlechter Laune gewesen war, hatte sie gedroht, dorthin zu ziehen. Jedoch war sie niemals zu einem Besuch dorthin zurückgekehrt. Bis jetzt.

Wie Molly es am Abend zuvor getan hatte, verbrachten sie die Nacht am Rande des ehemaligen Dorfes. Es war ein unheimlicher, trauriger Ort, fand Martin. Der Wind ging darüber hinweg, als wäre er niemals lebendig gewesen. Martin war dankbar für die Gesellschaft von Nesbitt und Simeon.

*

O'Shea ritt langsam von dem Berg hinter Ben Beg zu Colonel Mahons Anwesen. *Das Kind ist sicher mittlerweile tot*, dachte er, *aber ich bin nicht schuld daran. Wenn Gott es anders haben will, dann ist es nicht mein Werk.*

Aber was war mit dem Beweis, um Mahon zufrieden zu stellen?

Abgelegen in den Sümpfen befand sich ein Dorf, das so klein war, dass es nicht einmal einen Namen hatte. Ein halbes Dutzend Hütten waren um ein Wasserloch herum errichtet.

Die Hütten waren niedrig, ohne Fenster und ohne Türen. Ein paar mickrige Hühner kratzten lustlos im Schmutz. Aus einer der Hütten drang das Grunzen eines Schweins.

„Hallo, ihr da drinnen", rief O'Shea.

„Wer kommt da?", fragte ein einbeiniger Farmer, der sich auf einen Torfspaten stützte. „Was wollen Sie?"

„Verkauft mir das Schwein."

„Das geht nicht", erwiderte der Mann misstrauisch. „Das ist ein Pachtschwein von Squire Mahon."

„Wie hoch ist die Pacht? Was ist das Schwein wert?"

Ein verschlagener Ausdruck trat in die Augen des Farmers. „Drei Schilling", erwiderte er.

„Du bist ein schlechter Lügner", antwortete O'Shea. „Es kann nicht mehr als einen Schilling wert sein. Aber ich bin in Eile. Hier hast du deine drei." O'Shea warf die Münzen auf den Boden. „Und jetzt töte das Tier."

„Sir?"

„Willst du nun das Geld oder nicht?" O'Shea verlor langsam die Geduld.

„Ja, Euer Ehren, ist ja schon gut."

„Hier", fügte Squireen O'Shea hinzu und warf sein Messer so, dass die Spitze im Boden zu den Füßen des Mannes stecken blieb. „Nimm das."

Wenige Minuten später war O'Shea wieder unterwegs, das Schweineherz trug er in Stroh verpackt bei sich. „Ich bin nicht schuld am Tod des Kindes", redete er sich ein. „Ich bin nicht schuld am Tod des Kindes."

*

„Sie bewegt sich nicht, als wäre sie alt und schwach", meinte Simeon bewundernd, als er die Fußspuren von der verrückten Molly auf dem Weg untersuchte. In Martins Ohren klangen seine gälischen Worte wie ein Lied. „Hoch aufgerichtet geht sie mit langen Schritten wie ein Mann." Er blinzelte in den Staub und betrachtete andere Spuren eine Weile, dann fügte er düster hinzu: „Sie ist nicht allein auf diesem Weg, Nesbitt."

Als der Weg steiler und gefährlicher wurde, stieg Simeon ab und führte die Pferde. Sie befanden sich an einem tiefen Einschnitt, den der Fluss in die Felsen gegraben hatte.

Ein falscher Schritt und man war verloren. Martin fragte sich, wie Molly einen solchen Anstieg überstehen konnte und ob sie sie jemals finden würden, damit sie zu Hause auf ihrem Friedhof beerdigt werden konnte.

Obwohl Simeon zu Fuß ging, kamen sie schnell voran. Sein Tempo war atemberaubend und er bewältigte den steilen Pfad, als würde er zu ebener Erde gehen.

Die Bergspitze über ihnen steckte in einer Wolkendecke. Unter ihnen breitete sich Connacht mit seinen grünen Wiesen und den kobaltblauen Seen aus. Simeon blieb häufig stehen, untersuchte den Boden und ging dann eilig weiter.

*

Kapitän ten Eyck weigerte sich, die vier Deportierten für die zwei Tage dauernde Fahrt nach Kapstadt in Ketten zu legen, allerdings war er damit einverstanden, dass sie nachts unter Deck eingeschlossen wurden. Das war John Hoyle nur recht. „Schließen Sie vor allem Gann ein, damit er uns nichts tun kann!“, sagte er.

Am zweiten Morgen nach Verlassen der Wüstenküste lief die *Sigurd* in den Hafen von Kapstadt ein. Dichter Nebel hing über dem Plateau mit der Siedlung und dem Felsmassiv des Tafelbergs.

Ten Eyck brachte die Gefangenen an Deck, damit sie die Sonne genießen konnten, und setzte ihnen gekochten Hummer und frisch gebackenes Brot vor. Er konnte mit Gann nicht über das Schicksal der Gefangenen diskutieren, aber er sah keinen Grund, sie schlecht zu behandeln.

Gann dagegen machte sich einen Spaß daraus, die Gefangenen immer wieder daran zu erinnern, dass sie nun vom Kap aus ihre Reise nach Neusüdwales fortsetzen würden. Er deutete auf einen hässlichen Turm auf einem blanken Felsen mitten in der Tafelbucht. „Das ist ein Gefängnis. Ich nehme an, es wird euer Zuhause sein, bis das nächste Gefangenentransportschiff hier eintrifft. Ihr genießt besser eure letzte Mahlzeit, die nicht aus Hafergrütze und gesalzenem Rindfleisch besteht!“

Als wäre sein Spott über ihren Zustand noch nicht genug, begann er wieder, O'Halloran zu terrorisieren. „Sieh dich genau um, Kleiner“, sagte er. „Das ist die letzte Stadt, die du zu Gesicht bekommst. Du wirst deine Zeit in Botany Bay nicht überleben. Du hast noch nicht erlebt, wie dort ausgepeitscht wird. Wenn du deinen Spaten fallen lässt, setzt es 400 Peitschenhiebe. Und so dünn wie du jetzt bist, wird schon ein Schlag dich in zwei Stücke zerteilen.“

„Lassen Sie ihn in Ruhe“, sagte John Hoyle und Pater Talbot stimmte ihm zu.

„Ach nein“, höhnte Gann. „Ihr wollt mir drohen? Wie auf dem Boot? Denkt ihr, ich hätte das vergessen? Ich nicht. Es wird nicht lange dauern, bis einer von euch ausgepeitscht wird.“ Er deutete auf ein vor Anker liegendes Schiff, das eine blaue Flagge gesetzt hatte, um die Mannschaft an Land daran zu erinnern, dass es bald auslaufen würde. „Der holländische Kapitän sagt, das Schiff würde in einem oder zwei Monaten zurück nach Irland segeln. Ihr winkt ihm am besten einmal zu, weil keiner von euch seine Heimat wieder sehen wird.“

O'Halloran zitterte am ganzen Körper. Er sprang Gann an und legte die Hände um seinen Hals. „Mein Urteil lautet sieben Jahre“, protestierte er. „Ich werde in vier Jahren nach Hause fahren ...“

Gann befreite sich von dem Griff des jungen Mannes, dann versetzte er ihm eine Ohrfeige. „Du wagst es, mich anzugreifen, ja? Dafür gibt es 200 Peitschenhiebe.“ Er lachte. „Hier hast du eine Anzahlung.“ Damit versetzte er dem Jungen erneut einen Schlag.

„Hören Sie auf damit!“, rief Joseph. „Das reicht!“ Gann wandte sich dem neuen Protestierenden zu, doch da er sich zu der Seite drehte, auf der er blind war, sah er Josephs Faust nicht. Sie traf ihn an der Stirn. Sein Kopf schlug gegen die Reling eines Rettungsbootes, wurde zurückgeschleudert und Joseph landete noch einen Treffer.

Gann sank auf dem Deck zusammen. Mit geballten Fäusten stand Joseph über der am Boden liegenden Gestalt.

„Das ist das Ende“, sagte er.

„Aye, Junge“, bestätigte Pater Talbot. „Sie werden dich hängen, das ist sicher. Du musst fliehen.“

Hoyle schätzte die immer geringer werdende Entfernung zu dem vor Anker liegenden Schiff. „Sind Sie kräftig genug, um zu schwimmen?“, fragte er und deutete auf den Dreimaster. „Wo immer dieses Schiff auch hinsegelt, es ist besser als hier zu bleiben.“

„Allerdings“, stimmte Talbot zu. „Über die Reling mit Ihnen und schwimmen Sie, so gut Sie können.“

Joseph war in Windeseile über die Reling geklettert und glitt mit Leichtigkeit in das ruhige Wasser. Einen Augenblick später drehte die *Sigurd* zu den Docks bei und Joseph war nicht mehr zu sehen.

„Ich bin ein elender Sünder und habe gegen eine Lüge nichts einzuwenden", sagte Hoyle an den Priester gewandt, „aber ein Geistlicher ...?"

„In der Beziehung brauchen Sie keine Angst zu haben", erwiderte Talbot. „Ich kann ehrlichen Herzens sagen, dass ich keine Ahnung habe, was aus ihm geworden ist. Das sollte genügen."

*

Die Oberfläche des Eichentisches glänzte im Licht der Laterne. Das dunkle Holz wirkte in dem trüben Licht rötlich wie geronnenes Blut.

„Nun", sagte Colonel Mahon zu dem erschöpft wirkenden O'Shea, „haben Sie Ihren Auftrag erledigt?"

Schleppend, als hätte er ein schweres Gewicht zu tragen, nickte O'Shea und verschloss die Tür hinter sich. Erst dann holte er das in Stroh verpackte Herz hervor, das er langsam und mit großer Sorgfalt auspackte.

„Beeilen Sie sich doch!", fuhr Mahon ihn an.

Endlich war das Päckchen ausgepackt. Etwas baumelte von O'Sheas Hand herunter. Er warf es auf den Tisch, wo es mit einem dumpfen Aufprall landete.

„Ausgezeichnet!", lobte Mahon spöttisch. „Nun, das war doch gar nicht so schlimm, nicht? Nun bleibt nur noch die Frau mit ihrem ungeborenen Kind übrig, dann haben Sie Ihre Ruhe."

„Keine weiteren Morde mehr!", schrie O'Shea. „Ich bin fertig damit und mit Ihnen!"

„Oh, das glaube ich nicht", korrigierte Mahon. „Nicht nach dem Kind. Ich glaube nicht, dass Sie mir jemals noch etwas abschlagen werden ... niemals mehr."

In seinem Zorn stieß O'Shea den großen Eichentisch um. Das blutige Herz flog quer durch das Zimmer und landete neben dem Kamin.

„Ha!", lachte der Colonel. „Was wollen Sie denn erreichen, indem Sie meine Möbel ruinieren?"

Mit einem erneuten Wutgebrüll schob O'Shea den schweren Eichentisch auf Mahon zu und trieb ihn damit rückwärts auf den Kamin zu.

„Das ist jetzt genug!“, brüllte Mahon. „Hören Sie auf!“

Doch O'Shea ließ sich nicht beirren. Mahon war in einer Ecke zwischen dem Kaminsims und der Wand gefangen. Als der Colonel versuchte, den Tisch wegzuschieben, trat er auf etwas Glitschiges. Er rutschte aus und fiel zur Seite.

Mahons Kopf landete auf dem Feuerschutzgitter, die Schultern hingen frei in der Luft. O'Shea warf den Tisch über ihn. Mahons Hals war gestreckt und entblößt wie für die Schlinge des Henkers.

Dann sprang O'Shea mehrmals auf das Eichenholz. Wieder und wieder schrie er: „Ich bin nicht schuld am Tod des Kindes. Ich bin nicht schuld ...“

Der Verwalter klopfte an die Tür. „Sir! Colonel! Ist alles in Ordnung? Was ist das für ein Lärm?“

Über Colonel Mahons Kaminsims hingen zwei geladene Duellpistolen. O'Shea hielt inne, um sie zu untersuchen, und suchte sich die beste aus.

Bevor der Verwalter mithilfe von Scully und Kirby die Tür des Arbeitszimmers aufbrach, hallte ein Schuss durch das Herrenhaus.

Im Zimmer fanden sie zwei tote Männer: einen mit einem Kopfschuss, den anderen mit gebrochenem Genick.

*

Das Rauschen des Wasserfalls war so laut, dass jegliche Unterhaltung zwischen Martin und den Männern unmöglich war. Es war Spätnachmittag, als sie die Stelle erreichten, wo der Fluss durch einen schmalen Spalt hinunter in den dampfenden Teich stürzte.

Trotz ihrer schwierigen Aufgabe bewunderte Nesbitt kurz die wunderschöne Landschaft. Er stieg ab und forderte Martin auf, ebenfalls vom Pferd zu steigen. Sie führten ihre Pferde zum Rand des Wassers, ließen sie trinken und ausruhen. Überall im Schlamm waren menschliche Fußspuren zu sehen. Große und kleine, übereinander und untereinander, brachen plötzlich ab und tauchten ganz woanders wieder auf. Auch die Abdrücke eines beschlagenen Pferdes und des Stiefels eines Mannes waren zu sehen.

Simeon reichte Martin die Zügel seines Pferdes und schlenderte zum nördlichen Ende des Teiches.

Er kniete nieder, schöpfte Wasser mit der hohlen Hand, als wolle er trinken, sah nach oben und ließ das Wasser durch seine Finger rinnen. Was machte er da nur?

Martin ließ seinen Blick über die Klippe gleiten, über Büschel von Heidekraut und graue Steine. Ganz oben entdeckte er etwas Rotes. Rot wie der Petticoat, den Joseph Molly am Tag seiner Hochzeit mit Kate geschenkt hatte.

„Sie ist da!“, rief Martin und deutete nach oben. „Das ist Molly, ganz sicher!“ Hatte sie vor zu springen? Seine Worte gingen im Rauschen des Wasserfalls unter.

Simeon sprang auf sein Pferd und galoppierte den Weg hoch. Nesbitt jagte ihm nach. Martins langsames Pony bildete das Schlusslicht.

Als Martin die letzte Erhebung erklomm, ertönte Molly Faheys Stimme.

„Sie liebt heißes Wasser, allerdings! Aber sie ist zu faul, um das Feuer unter dem Kessel in Gang zu halten! Kein Platz für heißes Wasser, außer der Teich des Einsiedlers. Dies ist ein Ort, wo niemand wagen wird zu suchen. O'Sheas privates Schwimmbecken. Welch besseres Versteck gibt es? Die Hütte des Mönchs. Ein Bad! Sie braucht ein Bad, sage ich mir! Verlorene Dinge sind immer da, wo man zuletzt sucht. Ich habe einmal meinen Schuh verloren und wo, glaubt ihr, habe ich ihn gefunden? Ich kann mich nicht mehr daran erinnern. Aber hier ist er. Ich habe ihm etwas zu essen gegeben.“

Martin sprang von seinem Pferd und rannte halb, halb humpelte er den Rest des Weges zu dem Plateau, wo die Hütte in den Felsen gebaut war.

Die drei saßen im Schneidersitz auf dem Boden: Molly, Nesbitt und Simeon. Zwischen ihnen, sicher im Kreis ihres Schutzes, tollte Tomeen herum.

„Tomeen!“, rief Martin überglücklich.

Das Kind erblickte ihn, lachte und hob die Arme, um hochgenommen zu werden.

Molly strahlte vor Glück. „Und sieh nur! Martin ist zum Abendessen gekommen. Du bist spät, Martin. Wir haben hier auf dich gewartet.“

*

Der Empfang für Kapitän Costello in Südafrika war eines Helden würdig. Und wie ein Held wurde er gefeiert, weil er die überlebenden Wärter gerettet hatte. Eine schnelle britische Fregatte wurde losgeschickt, um die Nachricht von der Kaperung der *Hive* nach London zu bringen. Zwei Kanonenboote bekamen den Auftrag, vor der afrikanischen Küste zu patrouillieren, falls das Schiff dort vor Anker gegangen war.

Adam Kane dagegen brachten die Leute etwas gemischtere Gefühle entgegen. Zuerst konnte auch er sich im Ruhm der *Blossom* sonnen, doch dann kam heraus, dass er wegen eines *irischen Gefangenen* gekommen war ...

Selbst nachdem der Wärter Fleer berichtet hatte, Lord Burke habe aktiv Wärter und Offiziere beschützt und sei wegen eben dieser Bemühungen ausgesetzt worden, war die ganze Sache gesellschaftlich wenig akzeptabel.

Der Gouverneur war zu beschäftigt, um Mr. Kane zu empfangen, richtete der Sekretär des Gouverneurs aus, aber ob er ihm weiterhelfen könnte? Kane versuchte ihm zu erklären, dass Lord Burke begnadigt worden wäre, doch er wurde von dem Kanonenschuss vom Signalhügel unterbrochen.

„Tut mir schrecklich Leid", sagte der Sekretär und verbeugte sich. „Ich muss mich um das Mittagessen für Kapitän Costello kümmern. Kommen Sie doch morgen wieder."

Wütend wanderte Kane zurück zur Stadt. In Kapstadt wusste man nichts über den Verbleib der übrigen Schiffbrüchigen oder der *Hive*. Es war an der Zeit, Kate einen Brief zu schreiben, aber was konnte er sagen, ohne der armen Frau jegliche Hoffnung zu nehmen? Da er, so weit von Irland entfernt, nichts mehr unternehmen konnte, beschloss Kane, gar keinen Brief zu schicken, sondern auf dem ersten besten Schiff selbst nach Irland zurückzukehren. Ihm graute vor der Begegnung mit Kate, aber zumindest würde er konkrete Hilfe anbieten können statt Mitgefühl auf Briefpapier.

Um sich von seinem Kummer abzulenken, sah sich Kane in der Kolonie am Kap um. Ein so faszinierendes Treiben hatte er noch nirgendwo erlebt. Es ging so hektisch zu wie in Dublin, doch wegen der vielen hier ansässigen Kulturen war es zehnmal faszinierender. Die herrschende Klasse der britischen Gesellschaft fuhr in Kutschen vorbei und wurde von schwarzen Dienstboten aufgewartet. Wagen, beladen mit Möbeln, Bierfässern und Elfenbein, wetteiferten um Platz auf der engen

Straße. Der Geruch des Meeres wand sich von den Docks hoch und mischte sich mit dem Aroma von Curry und Gebratenem aus den kleinen Seitengässchen. Ein Bure mit breitem Hut und hohen Stiefeln marschierte energisch die Straße entlang.

Der zweite Maat MacDougall war auf die Suche nach Adam Kane geschickt worden. Schließlich fand er ihn auf der Aussichtsplattform neben der Festung, von wo er hinaus auf die Tafelbucht schaute. Weit hinten im Hafen begann ein Schiff mit gesetzten Segeln ein Wendemanöver zum Auslaufen. Von einem anderen Schiff wurden Ballen mit Seehundfellen entladen.

„Wo stecken Sie denn?“, fragte MacDougall. „Wissen Sie nicht, dass Sie bei der Soirée des Gouverneurs erwartet werden?“

„Ich doch nicht“, entgegnete Kane. „Iren sind nicht eingeladen.“

MacDougall räusperte sich. „Also wirklich, Sie sind ein Dummkopf, aber das sind ja alle Iren. Wie dem auch sei, hier sind die neusten Neuigkeiten! Die übrigen Schiffbrüchigen der *Hive* sind soeben an Land gekommen – diejenigen, die mit Lord Burke zusammen waren!“

Obwohl MacDougall körperlich gut in Form war, konnte er mit Adam Kane auf dem Weg zurück zum Palast des Gouverneurs nicht mithalten.

*

Adam Kane schrieb von seinem Schreibtisch im Hotel in Kapstadt aus einen Brief an Kate:

Endlich habe ich Neuigkeiten, die der Mitteilung wert sind. Ihr Mann, Squire Burke, obwohl Sie das ja sicher wissen, da Sie keinen anderen haben, ist am Leben und gesund oder war es zumindest noch zwei Stunden zuvor. Heute ist er zusammen mit den anderen Überlebenden einer Schiffsmeuterei hier, das heißt in Kapstadt, der britischen Siedlung am Kap der Guten Hoffnung, angekommen.

Dann berichtete Kane in aller Ausführlichkeit von der schrecklichen Fahrt auf der *Hive*, wie Pater Talbot, Hoyle und O’Halloran sie ihm geschildert hatten.

Der gute Squire hat die hitzigeren der Gefangenen davon abgehalten, kaltblütige Morde zu begehen, und deswegen wurde er von Bord gewiesen. Nachdem er Hunger und Wassermangel auf See überlebt hatte, wurde er an Land gespült und erlitt dort dasselbe, das heißt, Hunger und Durst an dem schrecklichsten Ort der Welt, wenn man dem Priester Glauben schenken kann. Oh, und er ist auch beinahe von einem Haifisch aufgefressen worden, aber das kam vor der Wüste, wie ich denke, nur war die Erzählung des Priesters von den anderen unterbrochen worden.

An dieser Stelle schweifte Kane ab und beschrieb, wie nett Pater Talbot und die anderen beiden Gefangenen waren. Dann fuhr er fort:

Aber die ganze Zeit hatten sie einen Teufel in ihrer Mitte. Dieser Gefängniswärter Gann hatte Lord Burke besonders gequält und, wie berichtet wird, sogar versucht, ihn umzubringen. Aber Preis sei dem Allmächtigen, der Squire ist endlich den Klauen dieses Mannes entkommen. Nachdem Gouverneur Napier den Bericht der Gefangenen angehört hatte, begnadigte er sie und schickt sie auf dem nächsten Schiff zurück in die Heimat. (Der Teufel Gann wird auch zurückgebracht; welch ein Pech für Irland!)

Nun entschuldigte sich Kane dafür, dass er erst so spät am Kap angekommen war. Wie dem auch sei, konnte Kane nicht der Retter seines Herrn sein – noch nicht. Nur um wenige Stunden hatte Kane Lord Burke verpasst und konnte ihm daher nicht mitteilen, dass er begnadigt worden war. Kane war jedoch versichert worden, Joseph sei an Bord eines anderen Schiffes und Adam sei ihm auf den Fersen.

Da gibt es nur ein kleines Problem ... Niemand weiß genau, welches Schiff der Squire für seine Flucht gewählt hat. Es könnte ein indisches sein, das nach Indien oder an einen anderen heidnischen Ort fährt. Aber haben Sie keine Angst, Lady Burke, ich finde ihn!

Epilog

Adam Kanes Brief aus Kapstadt lag geöffnet auf Kates Schreibtisch. *„Da gibt es nur ein kleines Problem ...“* Joseph befand sich irgendwo auf dem weiten Meer. Es gab keine Möglichkeit, ihm zu sagen, dass er nach Hause kommen konnte. Seit der Brief des Verwalters am Tag zuvor angekommen war, hatte Kate ihn bestimmt ein Dutzend Mal gelesen. Sie konnte ihre Enttäuschung nur schlecht verbergen. Joseph würde nicht erfahren, dass sein Baby jeden Tag zur Welt kommen konnte. Kate würde die Geburt ohne ihn durchstehen müssen.

Auf Kates Schoß war aufgrund ihres dicken Bauches kaum Platz für Tomeen, doch er ließ sich nicht abweisen. Es war Zeit für seinen Mittagsschlaf. Fern hatte den kleinen Robert bereits ins Bett gebracht. Tom bestand aber darauf, noch geschaukelt zu werden. Kate konnte ihm einfach nicht widerstehen.

„Singen, Mama“, forderte er mit seiner klaren Stimme.

Sie kam seinem Wunsch nach und nahm seine kleine Hand in ihre.

Ag an bposadh ...
Bei der Hochzeit zu Kana
war der König der Gnade zugegen ...

Der Trompetenstoß der Postkutsche aus Galway unterbrach Kate. Dreimal bedeutete: Ein Brief war angekommen.

Fern rief aufgeregt im Flur: „Ein Brief! Vielleicht noch eine Nachricht von Adam für mich! Vielleicht hat er das Schiff des Squire gefunden und sie kommen endlich nach Hause!“

Tomeen verzog enttäuscht das Gesicht. Die Unterbrechung gefiel ihm überhaupt nicht.

„Geduld, Liebling. Vielleicht ist das ein Brief von deinem Papa“, erklärte Kate, obwohl sie seit dem letzten Brief aus Kapstadt beinahe die Hoffnung aufgegeben hatte.

Martin und Mary Elisabeth platzten ins Zimmer. Martin schlitterte, den Umschlag schwenkend, auf sie zu.

„Josephs Handschrift! Kate! Er hat ihn mit eigener Hand geschrieben!“

Mary Elisabeth nahm Tomeen auf den Arm und Martin reichte Kate den Brief.

„Gott sei gelobt!", hauchte Kate, während die Dienstboten ins Zimmer drängten. Sie zitterte so sehr, dass sie kaum das Wachssiegel erbrechen und das Blatt Papier herausnehmen konnte.

Als sie die verkrampfte Handschrift überflog, traten ihr Tränen der Freude in die Augen.

„Was schreibt er denn?", fragte Martin ungeduldig.

Kate begann zu lesen:

Meine liebste Frau, meine Kate,

ich schreibe jetzt in Freiheit von einem französischen Schiff aus, das nach Marokko fährt. Ich liege nicht mehr in Ketten, sondern konnte mit Gottes Hilfe allem entfliehen. Ich bin in Sicherheit und gesund und, abgesehen von meiner Sehnsucht nach dir, glücklich. Ich habe dir so viel von den letzten Monaten meiner Reise zu erzählen ...

Kates Stimme zitterte vor Rührung, als sie seine Geschichte vorlas. Und sie musste laut lachen, als er seinen Brief mit den Worten beendete:

Ich hoffe, Adam regelt zu Hause alles zur vollsten Zufriedenheit für dich und dein Leben verläuft angenehm und langweilig!

DER ERSTE BAND DER IRLAND-SAGA

Bodie & Brock Thoene:

NUR DER FLUSS
KENNT DIE
FREIHEIT

Roman

Irland zu Beginn des 19. Jahrhunderts:
Die verarmten irischen Bauern stöhnen unter dem Joch der englischen Herrschaft. Katholische Grundbesitzer werden enteignet und durch protestantische britische Adelige ersetzt.

Auch der von seinen Pächtern geschätzte irische Lord Connor Burke von Ballynockanor fällt einer englischen Intrige zum Opfer: Nach seinem Tod versucht sein skrupelloser Nachfolger William Marlowe, den Besitz der Familie an sich zu bringen und Burkes einzigen Sohn Joseph Connor ebenfalls zu ermorden. Doch der tot geglaubte Junge kann entkommen.

Als an einem Weihnachtsabend 14 Jahre später ein junger Mann den zugefrorenen Fluss überquert, ahnt niemand, wer der geheimnisvolle Fremde ist und dass sein Kommen das Leben der Menschen von Ballynockanor für immer verändern wird ...

Paperback, 280 Seiten, Nr. 815 567

DER ZWEITE BAND DER IRLAND-SAGA

Bodie & Brock Thoene:

DIE GRÜNEN HÜGEL VON GALWAY

Roman

„Ich habe eine zweite Chance bekommen", sagte Joseph zu dem Priester. „Ein Zuhause, eine Familie. Etwas, das ich für immer verloren glaubte. Für mich ist es wie ein erfüllter Traum. Kann ich riskieren, dies alles wieder zu verlieren?"

Joseph Connor Burke hat sein rechtmäßiges Erbe als Herr von Burke Hall angetreten. Doch seine Träume von einem friedlichen Leben scheinen zum Scheitern verurteilt. Immer schwerer lastet das Joch der englischen Unterdrücker auf den Iren, und Gewalt und Ungerechtigkeit ersticken den Funken der Hoffnung. Auch das Dorf Ballynockanor wird bald immer tiefer in den Strudel der politischen Unruhen hineingezogen, der die ganze grüne Insel mit sich reißt.

Wird Joseph für seine Überzeugungen eintreten, egal wie hoch der Preis auch sein wird? Und wird die Frau seines Herzens zu ihm stehen, wenn der Tag der Entscheidung gekommen ist?

Dieses Buch ist die Fortsetzung von „Nur der Fluss kennt die Freiheit".

Paperback, 300 Seiten, Nr. 815 655